Gabriel

Le bâtard de Toylola

Martine MAFFLY

Gabriel
Le bâtard de Toylola

Roman

En application de l'art. L137-2-1. du code de la propriété intellectuelle, toute reproduction et/ou divulgation de parties de l'œuvre dépassant le volume prévu par la loi est expressément interdite.

© 2025 Martine Maffly
Édition : BoD · Books on Demand,
31 avenue Saint-Rémy, 57600 Forbach, bod@bod.fr
Impression : Libri Plureos GmbH,
Friedensallee 273, 22763 Hamburg (Allemagne)
ISBN: 978-2-3225-6133-9
Dépôt légal : Avril 2025

CHAPITRE UN

*'L'histoire est un roman qui a été, le roman est de
l'histoire qui aurait pu être' (E de Goncourt)*

Je suis né en des temps de ténèbres et de lumières, des temps d'immenses changements et de combats barbares venus du fond des âges.
Des temps de découvertes qui allaient bouleverser la face du monde.
Des temps audacieux où les hommes osèrent défier l'ordre établi.
Des temps de renaissance, mais aussi de cruauté et d'esclavage.
Des temps où rois et empereurs s'affrontaient en de sanglants combats pour dominer la terre.

En Italie, des artistes fous inventaient, créaient et faisaient naître un art nouveau. Ils peignaient comme nul n'avait jamais osé peindre, inventaient d'étranges machines, scandalisaient et fascinaient rois et princes. Ils avaient pour noms Leonardo Da Vinci, Michelangelo, Raffaello, Botticelli.

En Allemagne Luther, un moine révolté, avait affronté Rome en affichant ses quatre-vingt-quinze thèses sur la porte d'une église dans la petite ville de Wittenberg. Ce simple geste avait bouleversé l'ordre religieux et engendré une nouvelle religion, qui allait à son tour connaître les plus sanglantes persécutions.

Les livres et les idées nouvelles circulaient depuis le siècle dernier grâce à une nouvelle et merveilleuse invention appelée imprimerie.

En 1492, Christophe Colomb avait découvert un nouveau continent et ouvert la porte aux grands navigateurs : Amerigo Vespucci, Vasco De Gama, Albuquerque et bien-sûr Magellan et El Cano qui seraient les premiers à accomplir le tour du monde, démontrant ainsi que la terre était ronde.

En 1492, la Reconquista avait pris fin. Al Andalus n'était plus et l'Espagne redevenait terre catholique, sous la férule des premiers rois très catholiques, Isabelle et Ferdinand.

En 1492, les juifs avaient été chassés de la très catholique Espagne et depuis, la terrible inquisition se chargeait de démasquer les conversos, juifs convertis que l'on soupçonnait de continuer à croire en secret. Les bûchers purifiaient les impurs et dans de sombres caves voûtées, l'inquisiteur torturait et suppliciait, pour la plus grande gloire de Dieu.

À Alger, Khayr Al Din, dit Barberousse, s'était placé sous la souveraineté turque après la mort de son frère, tué par les espagnols. En 1529, il reprit aux espagnols le fort du Penon qui gardait le port d'Alger, créant ainsi la régence d'Alger. La Sublime Porte étendait sa domination dans le bassin méditerranéen où se livraient de furieux combats sur une mer ensanglantée.

En 1520, Soliman II, dit le Magnifique ou le Législateur, montait sur le trône de l'empire turc.

Charles 1er était alors roi d'Espagne avant de devenir empereur sous le nom de Charles Quint, contre le roi de France François 1er son grand rival.

Je naquis en 1520, en des temps de ténèbres et de lumières, dans une vallée reculée de Catalogne, pays ravagé par des décennies de pestes et de famines, pays qui ignorait encore que le monde changeait. Les seigneurs régnaient sur leurs serfs qu'ils traitaient en esclaves et écrasaient d'un joug impitoyable.

Je suis né en un lieu sombre et obscur, démuni de tout ce qui faisait un homme en ces temps-là : sans famille, sans père, sans protection, pauvre comme job.

Ma mère, avilie et déshonorée par celui qui m'avait engendré dans la violence, ma mère rejetée du monde des hommes et méprisée, ma mère donc, m'aima et me reçut comme un cadeau de Dieu.

Monastère de Santa Colomba[1]. Vallée de Sant Sebastia, Catalunya. Royaume d'Aragon. Décembre 1520.

Un long cri, le dernier, l'ultime, déchira la nuit au moment même où un éclair lacérait le ciel et que les trombes d'eau redoublaient de force, comme si les éléments voulaient accompagner l'humble événement qui venait de se produire.

Un faible vagissement sembla faire écho au tonnerre quand il s'amplifia pour devenir un cri strident.

Un moment plus tard, mère Teodora se pencha sur le nouveau-né que la sage-femme venait de laver rapidement et d'envelopper d'un linge usagé. Les deux femmes échangèrent un regard entendu.

– Alors ? s'enquit la supérieure.

– Un garçon ma mère, murmura la femme, un beau et solide bâtard en pleine santé. Regardez ces beaux yeux verts !

La prieure se pencha et admira, puis, d'un même mouvement, toutes deux se tournèrent vers la jeune femme aux yeux fermés qui respirait doucement et semblait revenir d'un long et douloureux combat d'où elle émergeait vainqueur, mais vidée de toute force.

– Elle vient de mener une rude bataille, commenta la sage-femme.

– Elle a conçu dans la souffrance et enfanté dans une grande douleur, espérons que ce bel enfant saura mettre un baume sur son cœur, murmura la supérieure

– Elle est forte et courageuse, ajouta l'autre, et elle ne sera pas seule avec vous et les sœurs.

Au même instant, la porte s'entrouvrit sur sœur Celesta, la plus jeune des religieuses, un bol de bouillon fumant à la main.

La sage-femme venait de se pencher sur la parturiente qui avait ouvert les yeux et fixait les femmes d'un air interrogateur.

Mère Teodora se pencha vers elle d'un air affectueux et déposa le petit paquet emmailloté entre ses bras.

– Dieu a entendu nos prières ma fille et récompensé votre courage, vous avez un fils beau et plein de vigueur, il n'est donc point entaché du péché de son géniteur. Comment allez-vous le

---

[1] En catalan : Santa Coloma. J'ai préféré le castillan.

prénommer ? Je dois faire quérir le père Alvaro qui va le baptiser sur le champ.

La jeune femme acquiesça, un pauvre sourire aux lèvres, tandis qu'elle découvrait son enfant.

– Il a les plus beaux yeux du monde Ana, intervint la sage-femme pour l'encourager.

– Oui, ce sont ceux de son pèr... géniteur, murmura-t-elle d'une voix sourde.

Elle sembla émerger d'un cauchemar et leva les yeux vers la supérieure.

– Ma mère, nous allons le nommer Gabriel, un nom d'ange qui le portera vers le Très-Haut.

– Gabriel ! Un bien beau nom ! Prions qu'il influe sur son caractère et que cet enfançon-là soit d'un abord doux et aimable. Sœur Celesta, dit-elle à la jeune sœur qui aidait la jeune mère à boire son bouillon, l'heure des laudes va sonner, allez dire à nos sœurs qu'un rude combat a été mené cette nuit et que notre Seigneur a accordé un bel enfant à notre protégée !

– Oh oui ma mère, s'exclama la bouillante Celesta, le premier enfant qui naît ici, cela se fête non ?

– Celesta ! s'offusqua la supérieure, plaise à Dieu qu'il s'agisse de la première et de la dernière naissance, nous sommes un couvent ma sœur ! Un lieu de chasteté et de prière ! Offrez donc au Seigneur Dieu quelques actions de grâce car ce bel enfant et sa mère vont trouver parmi nous paix et sécurité.

Ma mère me nomma donc Gabriel et ce fut ainsi que je vins au monde, dans le plus reculé des monastères, le plus humble et le plus paisible, là où elle avait trouvé refuge.

Santa Colomba ! Je revois encore ses humbles et austères bâtiments nichés dans un petit vallon boisé bordé de falaises, que je croyais être les plus hautes du monde, le petit hameau qui entourait le couvent avec ses pauvres masures, ses quelques champs et pâtures où paissaient vaches, chèvres et moutons. Animaux, humains et terrains appartenaient au monastère, lieu paisible loin des routes d'usage et du tumulte des cités. Le seul bourg, modeste au demeurant, était à une heure de carriole.

Santa Colomba était donc un couvent mineur, loin du célèbre Montserrat et de ses foules de pèlerins. Les voyageurs étaient rares, comme les retraitantes. Il n'était situé sur aucune grande route et nul n'y passait s'il n'avait quelque affaire à traiter.

Les sœurs venaient presque toutes de la petite noblesse : n'étant pas nées aînées, elles étaient destinées à la religion par leur famille, qui protégeait ainsi son héritage et ne versait qu'une modeste dot. La plupart étaient instruites et se livraient à l'étude, voire à l'enluminure, car l'invention de l'écriture n'avait point encore fait mourir cet art si délicat. D'autres sœurs, d'origines plus modestes, se contentaient de servir et de se consacrer aux tâches matérielles, permettant ainsi à quelques privilégiées de s'appliquer à l'étude et la prière.

Ce fut là que je passai les plus jeunes années de ma vie, au milieu d'une quinzaine de religieuses et d'une poignée de paysans incultes et simples.

Je garde de ces lointaines années un souvenir tendre et lumineux. Comme tous les enfants, je n'avais ni passé ni futur, vivais l'instant présent sans qu'aucune question ne perturbe mon quotidien. Ma mère y veillait soigneusement : elle me voulait innocent et pur, ignorant des réalités du monde rude qu'elle avait fui, ignorant surtout de son passé et de mes origines. Je la suivais partout, l'aidant dans ses travaux dès que j'ai su marcher, attentif à sa voix, obéissant à tout ce qu'elle me disait.

Ses tâches étaient variées : elle secondait la cuisinière, travaillait au potager, frottait les sols, cousait, ravaudait, tissait et assistait parfois la sœur qui fabriquait des remèdes avec des simples. Régulièrement, elle allait aussi aider les serfs lorsque des bras supplémentaires étaient requis, lors des moissons, des fenaisons ou des vendanges. Non que ma mère fût une force indispensable, mais la mère supérieure l'obligeait ainsi à sortir du couvent et à rencontrer des laïcs. Ces journées de labeur se terminaient par une veillée à laquelle nous prenions part et que j'appréciais particulièrement. Ce fut là que je découvris des chants autres que les psaumes latins, Miserere, Veni Creator ou Salve Regina que j'entendais à longueur de journées.

Au début, je fus effrayé par le bruit produit par tous ces paysans réunis : élevé dans le silence et un calme extrême, je découvris, quelque peu effaré, qu'il était possible de travailler en chantant et en criant, de manger en parlant, chose impensable ! De rire et de plaisanter, attitudes que les sœurs jugeaient inconvenantes. J'avais appris, dès mon plus jeune âge, à marcher en silence, sans me hâter. J'appris à murmurer avant de parler et les quelques fois où je m'oubliais et me mettais à courir ou à crier, une sœur ne manquait pas de me reprendre d'un simple regard qui suffisait à me réduire au silence.

Je fus intrigué quand mère Teodora obligea ma mère à rejoindre parfois les serfs 'pour le bien du petit' selon ses dires. Je commençai à soupçonner que le monde n'était pas constitué que de couvents et de leurs serfs et que tous les petits garçons ne vivaient peut-être pas comme moi. Il me fallut du temps pour oser rire et m'ébaudir avec les autres enfants car je croyais que ces jeux innocents étaient entachés par le péché. Je loue ici la sagesse de mère Teodora qui avait bien compris que je n'étais pas destiné à une vie de religion et qu'il me serait salutaire de connaître la réalité du monde extérieur.

Dès l'âge de trois ou quatre ans, je fus autorisé à fréquenter les autres enfants et à partager leurs corvées, leurs rires et leurs jeux. Ils m'acceptèrent sans broncher, de toute façon, je ne comprenais mot des plaisanteries que les plus grands pouvaient faire à mon sujet : je les amusais par ma naïveté et mon innocence et ils se firent un devoir de m'apprendre la vraie vie. Cet apprentissage fut parfois rude et je ravalais souvent mes larmes quand je devais subir des moqueries ou recevoir quelques horions. Je revois l'air effaré de ma mère quand je revenais vêtements déchirés, visage ensanglanté et genoux couronnés. J'appris à me défendre et à rendre les coups. Une sorte de fierté me poussait à leur montrer que je n'étais pas que le petit innocent du couvent et je m'acharnais à exceller dans certaines tâches. Je fus vite le meilleur grimpeur quand je sus dénicher les nids en haut des arbres ou au sommet de la falaise. Je ne connaissais pas le vertige et devins le préposé aux escalades hasardeuses, il faut dire que mes camarades étaient fouettés s'ils se blessaient ou déchiraient leurs pauvres vêtements tandis que ma mère n'aurait jamais permis qu'on levât la main sur moi.

Ma mère. Je compris vite qu'elle n'était pas comme les autres mères, rudes paysannes peu enclines à témoigner une quelconque tendresse à leur nombreuse progéniture. Les enfants naissaient en nombre, mouraient beaucoup en bas âge et représentaient une force de travail indispensable. Leur enfance était rude et laborieuse mais ils n'en étaient point marris car ils ignoraient qu'il existât autre chose.

Ma mère était différente. D'abord elle était belle et fraîche et non pas épuisée et usée prématurément. Mais surtout, sa différence était dans la tendresse et l'amour qu'elle me témoignait, surtout lorsque nous étions seuls tous les deux, particulièrement le soir sur notre paillasse où nous nous délassions d'une longue journée de labeur. Elle me serrait contre elle, m'embrassait et me faisait mille compliments en me disant combien elle était heureuse de m'avoir pour fils. Elle me berçait ensuite par quelques chansons pour endormir les enfançons dont certaines n'étaient pas en catalan, mais dans une langue que j'ignorais. Je croyais qu'il s'agissait de latin et que ces mélopées devaient être les berceuses que la sainte vierge chantait à Jésus pour l'endormir !

Lorsqu'un chagrin me désolait, j'étais sûr de trouver vers elle consolation et douceur, au contraire de mes camarades qui se gardaient bien d'aller se plaindre de crainte de se faire rabrouer.

Les nuits d'hiver, nous dormions dans la cuisine, près de la cheminée où nous tirions nos paillasses. Lorsque les sœurs étaient couchées, ma mère faisait griller quelques châtaignes que nous dégustions en riant sous cape. La nourriture, quoique abondante, était austère et peu variée : ragoûts de légumes avec un peu de viande, soupes épaisses, œufs, poissons salés, le tout accompagné de pain de froment ou de seigle.

En tant que marmot, j'avais droit à quelques douceurs recommandées par la supérieure : cette bouillie de céréales appelée papin à laquelle ma mère ajoutait du miel ou du sucre, du lait de chèvre et des fruits frais lorsqu'il y en avait. Les jours de fête, les repas étaient plus luxueux : chapons grillés aux épices et arrosés de sauce cameline aux amandes, purées de légumes, rissoles et parfois du riz au lait à la cannelle. J'en salivais des heures à l'avance en regardant la cuisinière et ma mère préparer ces mets, accompagnés pour l'occasion d'hypocras ou d'hydromel en lieu et place de la bière légère que les sœurs s'octroyaient une fois la semaine.

Ma mère et moi mangions seuls dans la vaste cuisine. Les repas des sœurs étaient silencieux et rien ne devait troubler leur tranquillité. Il en était de même des offices : nous n'y étions pas admis et nous nous contentions de rejoindre les paysans lors de la messe du dimanche célébrée par le père Alvaro qui, dos à l'autel, ne pouvait voir combien l'assemblée était peu attentive. Il faut dire que j'étais l'un des seuls à comprendre quelques mots de latin, les sœurs ayant veillé à m'inculquer quelques notions dès que j'eus maîtrisé l'espagnol et le catalan. Les enfants riaient où jouaient à la marelle sur les dalles disjointes du fond de l'église, les commères commèraient en faisant des signes, nul ne comprenait goutte à ce qui se déroulait devant l'autel mais aucun n'aurait songé à ne pas se présenter, leur salut éternel étant en jeu.

J'ai surtout souvenir de ma dernière année à Santa Colomba, entre ma cinquième et ma sixième année, âge où mon entendement n'était plus celui d'un enfançon. Deux faits marquèrent cette période : sœur Clarissa entreprit, avec l'accord de mère Teodora de m'enseigner la lecture, l'écriture et les chiffres, en même temps que les prières en latin, les sept péchés capitaux, les sept vertus et les sept sacrements, qu'il me fallut toute l'année pour ingurgiter.

Les leçons avaient lieu dans ce qui se nommait encore le scriptorium malgré l'apparition des livres imprimés. Sœur Clarissa m'apprit d'abord à tracer mes premières lettres à l'aide d'un stylet sur une tablette de cire avant de me laisser utiliser la plume et le papier. Je l'aidais à fabriquer l'encre dans laquelle elle mettait du noir de fumée et du miel, entre autres substances. Je remuais la potion en posant mille questions, ne manquais pas d'y goûter avant de me faire rabrouer et d'être envoyé réciter deux Pater autour du cloître en guise de pénitence, la bouche toute noire de la mystérieuse substance.

Je sus néanmoins tracer les lettres et ajouter les chiffres assez vite et la sœur était fière de son succès. Si fière qu'elle entreprit ensuite de me faire écrire en latin, ce qui n'alla pas sans mal. Un jour je l'entendis dire à une autre sœur 'qu'il était visible que j'étais né de bon lignage malgré mon état de bâtardise'.

Lorsque je n'étudiais pas avec Clarissa, j'aimais passer du temps avec sœur Carmelita, qui fabriquait des remèdes et soignait religieuses et manants. J'aimais la pièce voûtée où elle officiait, la longue table de bois brut, les étagères où s'alignaient des bocaux de terre et des fioles en verre aux mystérieuses étiquettes. Des bouquets de simples séchées pendaient au plafond et l'odeur de ces lieux restera à jamais gravée dans ma mémoire. L'hiver, quand je ne courais pas la campagne avec les petits paysans, elle m'embauchait au sortir d'une ou deux heures d'études au scriptorium et me saisissait avant que, désœuvré, je ne commette quelque bêtise, comme escalader les murs de la chapelle qui offraient d'excellentes prises, ainsi que je l'avais fait plusieurs fois, toujours dans le plus grand silence afin de me montrer obéissant.

Carmelita m'installait à la grande table et me donnait des herbes et des poudres à écraser dans un mortier de pierre muni d'un pilon. Femme avisée, elle ne manquait pas de m'expliquer l'usage des différents ingrédients avant de me les faire mélanger. Je reconnus vite l'odeur de la verveine, de diverses teintures, du gingembre et du curcuma qui venaient du lointain orient. Je mélangeais avec ardeur plantes écrasées, teintures, miel, argile, alun et autres substances dont je porte encore l'odeur et l'arôme en moi.

Aux beaux jours, elle me prenait avec elle pour aller chercher des plantes sauvages dans la campagne. Elle m'affirmait qu'elle avait besoin d'un homme comme moi pour la protéger et j'étais fier de la suivre, avec un grand panier pour y déposer les plantes. Chemin faisant j'apprenais mille choses, elle me désignait les plantes, me les faisait respirer et toucher, m'expliquait leur usage et la façon de les sécher et conserver. Au bout d'un moment, nous nous asseyions sur l'herbe ou sur un rocher, elle sortait de sa poche un fruit ou un morceau de pain qu'elle me tendait, puis elle m'invitait à faire silence et à prêter l'oreille aux multiples bruits de la nature : le murmure du ruisseau, le gazouillis des oiseaux, les craquements des branches, le bruit de fond des milliers d'insectes butineurs et surtout, le souffle du vent, brise légère ou vent d'autan, rares étaient les fois où les feuilles ne chantaient pas autour de nous.

Sœur Carmelita m'a appris l'émerveillement devant la nature, ce que je n'ai jamais vu chez les paysans, trop occupés à s'échiner pour une maigre pitance, ou chez les seigneurs, qui ne voient en elle qu'un terrain de chasse où démontrer leur habileté.

Carmelita m'emmenait aussi prendre soin du jardin des simples dans l'enceinte du couvent. Je binais, désherbais et apprenais à cueillir délicatement feuilles ou fleurs au bon moment. A ses côtés, j'ai appris la patience et la persévérance, tout comme avec sœur Clarissa.

Lorsque je n'étais pas avec l'une ou l'autre, j'aidais ma mère et la sœur cuisinière, Constanza. J'allais quérir du petit bois, chercher de l'eau ou cueillir des légumes. Puis, je touillais le contenu de la marmite pour ne pas qu'il brûle, entretenais le feu, rinçais une écuelle sale, lavais les légumes, écossais des pois, bref j'accomplissais toutes ces tâches comme le faisaient mes camarades paysans et n'imaginais pas qu'une autre vie pouvait exister.

Dès les beaux jours, je rejoignais mes camarades trois ou quatre fois la semaine et nous étions occupés à diverses corvées : nous chassions les oiseaux lors des semailles en rivalisant de grands cris et gestes saccadés, allions à la recherche des œufs des poules ou alors en quête d'une chèvre, d'une oie ou d'une brebis partie vagabonder. Parfois, il fallait aller chercher du petit bois ou des baies dans la forêt, relever des pièges à petit gibier ou bien pêcher quelques poissons pour améliorer l'ordinaire. Ces sorties en forêt ou ces parties de braconnage et de pêche ne se faisaient qu'avec des plus grands que moi et j'étais attentif aux leçons reçues, parfois douloureusement. J'ai su nager le jour où ils me firent tomber dans la rivière, j'ai réussi à me débrouiller dans les arbres le jour où, bloqué au sommet d'un chêne et incapable d'en redescendre, je les appelai à l'aide en vain : ils me rétorquèrent que, puisque j'apprenais à lire et écrire comme un lettré, je n'avais qu'à faire appel au latin pour redescendre et retrouver mon chemin. Je parvins à surmonter ma panique, à dégringoler de l'arbre tant bien que mal et à les rattraper sur le sentier. Je suis rentré avec une longue estafilade à la cuisse et des chausses déchirées, au grand dam de ma mère et pour le plus grand plaisir de notre sœur soigneuse, qui expérimentait souvent sur moi quelques remèdes inédits de sa composition.

Cette dernière année à Santa Colomba me fit comprendre que le monde était plus complexe et plus rude que je ne croyais et que le monastère constituait une sorte de havre de paix dans un monde moins accueillant.

Avec cette cinquième année, vint aussi le temps des questions et je fis quelques découvertes intéressantes.

Un soir, alors que nous revenions avec un panier plein de châtaignes, fourbus après une bonne course dans les bois où nous nous étions gorgés de baies sucrées, un des plus grands se tourna abruptement, un doigt pointé vers moi et s'écria :

– Et d'abord, il est où ton père et comment il s'appelle ?

Je le fixai stupidement car l'idée que je puisse avoir un père ne m'avait jamais effleuré. J'avais rarement vu mes petits camarades avec leurs parents respectifs et la notion de famille m'était très floue. J'avais ma mère et cela me suffisait. Je haussai les épaules et fis face au grand :

– J'ai pas de père moi, tu sais bien ! Au monastère, il n'y a pas de pères, rien que des mères et des sœurs !

– Gros bêta ! Tout le monde a un père ! D'où tu viendrais sinon ? s'exclama une grande fille. Tu sais bien comment les animaux font leurs petits non ? On les a assez regardés ensemble, eh bien ma mère m'a dit que pour nous c'est pareil, il faut un mâle et une femelle ! Donc ta mère, elle est allée s'étendre sous un homme pour te fabriquer. Pense à Alberta et Suero qu'on a guettés dans le fenil l'autre semaine ; eh bien ils étaient en train de faire un bébé. D'ailleurs ils vont bientôt se marier, le père Alavaro a dit qu'il était temps de les traîner à l'autel !

Choqué, je revis la scène qui m'avait à la fois terrifié et étrangement excité. L'idée que ma mère ait pu se livrer à ce genre d'exercice m'horrifia et me révulsa et je pris sa défense d'un ton outragé :

– C'est pas vrai ! Ma mère elle vit comme les sœurs ! Un homme l'a jamais touchée !

– D'où tu viens alors ? Allez, dis-nous ! ricanèrent-ils

Je plongeai dans une profonde méditation et la réponse m'apparut, limpide :

— La mère de Jésus, elle était vierge quand elle a eu Jésus ! Eh ben ma mère c'est pareil ! Je suis né de l'opération du Saint-Esprit, comme notre sauveur !

La réponse impressionna les plus petits, tout prêts à voir en moi un futur messie, mais laissa les autres sceptiques, quoiqu'ils n'eussent jamais entendu dire que d'autres enfançons étaient nés au monastère.

— Oui, mais alors, intervint un des marmots, si tu es un autre sauveur, tu vas aussi être crucifié comme le Christ qui est en croix dans le fond de l'église ?

Je vis la sanglante statue dans ma tête et mon enthousiasme messianique se refroidit nettement. Un des enfants voulut m'aider.

— C'est peut-être le père Alvaro ton père ?

— Ben non ! s'offusqua une des filles, mon père dit qu'il a jamais touché une femme et qu'il n'y connaît rien !

L'aîné du groupe s'approcha d'un air mystérieux :

— Moi je sais ! Un jour à la veillée, les grands ont dit que ta mère était déjà grosse quand elle est arrivée ici et que c'est pour ça qu'elle est venue, parce qu'elle portait un bâtard et qu'elle n'avait pas d'endroit où aller !

— C'est faux, ma mère elle a toujours habité ici !

— Bien-sûr que non ! C'est l'hidalgo qui vient tous les ans qui a amené ta mère ici, le neveu de mère Teodora. C'est mon paternel qui l'a dit ! C'est peut-être lui ton père. Il t'apporte un cadeau quand il vient voir sa tante, non ? C'est pour ça que tu apprends à lire comme les seigneurs, parce que c'est ton père !

Don Miquel Arbaca mon père ? Je fixai mes camarades, les yeux aussi gros qu'une écuelle.

La perspective ne me déplut pas. Don Miquel était jeune, beau, élégant et plein de prestance. Il montait un superbe cheval noir qui me terrifiait, il portait une vraie épée et c'était un seigneur, un hidalgo devant lequel les paysans s'inclinaient quand ils le croisaient.

Un tel père me parut offrir une perspective plus intéressante qu'une éventuelle filiation divine se terminant dans un sacrifice sanglant. De plus, lors de sa dernière visite, il m'avait apporté un solide manteau et des chaussures en arguant qu'il était las de me voir toujours vêtu comme le dernier des gueux. Je m'apprêtais à confirmer leurs soupçons lorsqu'un infâme vint tuer tous mes espoirs.

– Don Miquel a les yeux et les cheveux noirs. Ta mère a les cheveux et les yeux marron clair. Toi, tu as des yeux verts et des cheveux brun clair, tu ne leur ressembles pas du tout ! Ton père doit avoir des yeux verts comme toi. Qui ici a les yeux verts ?

Nous nous regardâmes tous en vain, ne trouvant personne qui me ressembla. L'aîné du groupe, décidément un futur sage, tint les conclusions qui s'imposaient :

– Tu vas aller demander à ta mère, ensuite tu viendras tout nous raconter.

Je hochai la tête, incertain. Je connaissais ma mère. Un autre voulut me consoler.

– Mon père y dit toujours que ta mère c'est un morceau de roi et que pas un des gars du village a jamais réussi à y fourrer une main sous son jupon. Y dit qu'elle est trop belle pour des serfs comme nous et que si c'est un seigneur qui l'a amenée ici, c'est que c'est un noble qui l'a mise grosse.

Émoustillé, j'approuvai. Après tout, il y avait toujours du seigneur dans l'air.

– Je vais lui demander tout de suite ! clamai-je, et je reviens vous dire !

Je trouvai ma mère en grande discussion avec la supérieure et sœur Clarissa et mon enthousiasme fut quelque peu douché. Néanmoins, je rassemblai tout mon courage, me glissai entre elles et tirai sur sa jupe :

– Maman, les copains y veulent savoir qui c'est mon père ! Y disent que c'est pas le seigneur Miquel parce qu'il me ressemble pas et que c'est pas non plus l'Esprit-Saint parce que t'es pas la vierge Marie et que j'ai pas envie de mourir crucifié !

Sœur Clarissa se retint de pouffer, ma mère frôla la pâmoison et mère Teodora leva les yeux au ciel en soupirant et en invoquant quelque saint à la rescousse, en particulier le saint des causes perdues. Elle finit par se pencher vers moi.

– Gabriel, c'est une histoire compliquée. Il vaudrait mieux que don Miquel t'en parle la prochaine fois qu'il viendra. Tu aimes don Miquel n'est-ce pas ?

– Oui, mais j'ai peur de son cheval ! Il m'a apporté une épée en bois que vous m'avez prise. Vous voulez bien me la rendre pour que je puisse jouer avec ?

Voyant là un dérivatif, mère Téodora approuva.

– D'accord, viens avec moi, mais je ne veux pas que tu joues dans le cloître avec, ni que tu poursuives encore les sœurs en la brandissant quand elles se rendent aux offices. Ni que tu grimpes sur le bassin avec et tombes à nouveau dedans, compris ?

– Oui ! Je vais juste poursuivre le dragon que l'archange Michaël a terrassé avec son épée. Je veux m'entraîner pour faire archange plus tard ! lui-avouai-je avec un grand sourire, sûr de rentrer dans ses bonnes grâces avec un tel programme.

Elle retint un sourire et soupira en fixant ma mère :

– Vous voyez Ana, il va avoir six ans, il ne peut plus rester ici, don Miquel a raison et je vais lui écrire que j'accepte son offre.

Excité à l'idée de retrouver mon épée en bois, je ne pris garde à ses paroles. Le soir, je voulus à nouveau interroger ma mère au sujet de mon géniteur, mais elle tomba subitement endormie quand je posai la question et je ne parvins pas à la réveiller. Le lendemain, tout à mon épée, j'oubliai mes projets. La matinée n'était pas terminée que je tombais dans la vasque d'eau qui trônait au centre du cloître et mes cris interrompirent l'office de sexte qui venait de commencer. Je dus passer l'après-midi à frotter le sol avant de recopier quelque prière en latin en guise de pénitence.

Le lendemain, qui était une chaude journée, je faussai compagnie à ma mère à l'heure de la sieste et partis rôder autour du cloître. En passant devant la chapelle, j'aperçus une forme sombre étendue devant l'autel, immobile et les bras en croix. L'une des sœurs priait dans la solitude, en silence, humble et prostrée. Il me vint l'idée de faire de même et d'attirer ainsi sur moi la faveur divine. Je m'avançai sous le porche, avisai les dalles de l'entrée chauffées par les rayons du soleil, et m'étendis dessus en goûtant leur agréable chaleur. Je fermai les yeux, commençai à balbutier une prière et……ce fut

la sœur sortie de son oraison qui me réveilla un moment plus tard.
Je frottai mes yeux tandis qu'elle me relevait et m'interrogeait d'un air quelque peu ébaudi :
– Mais que fais-tu donc là mon petit ?
– Je voulais prier Messire Dieu, lui avouai-je un peu piteux, j'avais une faveur à lui demander.
– Et quelle est donc cette faveur ?
– Euh….je voudrais savoir qui est mon père.
Je la sentis se raidir.
– Et pourquoi donc ? Tu as ta mère qui te chérit plus que tout !
– Je voudrais un père qui m'apprenne à monter à cheval, à tenir une épée et qui nous protège ma mère et moi.
Elle hocha la tête d'un air entendu.
– J'ignore qui est ton père mais je souhaite qu'il soit aussi bon que le mien.
– Il était gentil ?
– Très gentil et très patient. Il m'a aimée comme si j'étais un fils…. quand j'ai refusé le mariage proposé et l'ai prié de me laisser entrer en religion alors que j'étais la fille aînée et donc promise à un beau mariage, il m'a permis de venir ici et de choisir la vie que je voulais. La chose est rare et je bénis Dieu pour ce père terrestre. En attendant, remercie Dieu pour le bon abri que tu as ici et pour l'excellente mère qui prend soin de toi. Peut-être un jour, sauras-tu qui est ton père, en attendant, sois un bon fils, obéissant et studieux, devient sage et intelligent, ainsi ton père sera fier de toi s'il te rencontre un jour et il aura peut-être le désir que tu deviennes vraiment son fils… Beaucoup de bâtards sont élevés chez leur père dans les familles nobles aujourd'hui…. Peut-être ton père voudra-t-il que tu viennes vivre vers lui un jour ?
– Et il épousera ma mère ?
Elle me caressa les cheveux.
– Je ne crois pas non ! Il semble que ton père soit déjà marié et qu'il soit de bonne lignée. A-t-on déjà vu noble épouser une fille du peuple ? Point ici je peux te dire ! On ne mélange pas les écuelles et la vaisselle d'or… Maintenant, va retrouver ta mère ou sœur Clarissa afin d'étudier quelques lignes, j'ai à faire mon petit.

Je la quittai, songeur, tentant de comprendre quel était le rapport entre ma mère, des écuelles et de la vaisselle d'or, chose dont je n'avais jamais entendu parler et qui m'intrigua un long moment.

Ce soir-là, je me blottis contre ma mère qui me serra tendrement contre elle en me chantant une de ces étranges mélopées que j'aimais tant et qui chaque fois, me faisaient tomber dans un profond sommeil. J'eus néanmoins le temps de songer que j'étais un petit garçon bien chanceux et bien heureux.

CHAPITRE DEUX

'On dit que je suis un ange et marche à marche
Pour atteindre la lumière,
Je dois user mes jambes' (Manuel Altoguirre)

Quelques semaines plus tard, ma mère et moi avons quitté Santa Colomba.

Mère Teodora m'avait averti la veille afin que je puisse aller faire mes adieux à mes petits camarades, et je m'étais exécuté, très excité à l'idée de partir en voyage et de quitter pour la première fois de mon existence la vallée que j'aimais. Je ne songeai pas un instant que ce départ fut définitif. Mère Teodora m'avait annoncé que don Miquel m'emmenait faire mon éducation et je jugeai que je serais très vite de retour, mon éducation étant, selon moi, déjà bien avancée.

Je ne perçus ni la nervosité de ma mère, ni le chagrin des sœurs qui avaient été des mères pour moi. Je m'inquiétais de deux choses : allais-je pouvoir récupérer mon épée et don Miquel viendrait-il avec son cheval noir, celui qui m'effrayait tant ?

Je fus comblé : mon épée réapparut dans le maigre baluchon que nous emportions et don Miguel se présenta sur un paisible roncin[2], accompagné d'un soldat d'un certain âge qui tirait derrière lui une brave et placide jument destinée à ma mère.

Je passai à nouveau dans tous les bras et don Miquel nous pressa car nous avions une longue route devant nous. Je fus hissé devant notre protecteur, qui me tint fermement devant lui et je quittai les sœurs en leur faisant de grands signes et en promettant de revenir très vite et de me montrer le meilleur petit garçon du monde afin de leur faire honneur.

---

[2] Roncin : cheval mi-selle mi-trait, tout terrain et résistant, parfait pour les voyages.

– Avec tout ce que tu as promis, tu devrais te faire canoniser sur le champ, me souffla don Miquel d'un air amusé, ce n'est pas un compagnon et un serviteur que j'amène à Felipe, mais l'ange Gabriel en personne !

J'accablai immédiatement don Miquel de questions : qui était ce Felipe, valait-il mieux devenir un saint ou un archange, je penchais pour archange à cause de l'épée, où allais-je faire mon éducation, était-ce dans une école d'archanges ?

Don Miquel leva les mains en signe d'armistice, m'ordonna de me taire sous peine de sanction et daigna m'éclairer quelque peu :

– Pour devenir saint ou archange il te faudra attendre l'autre monde mon garçon, après avoir été sur terre le meilleur des hommes... Quant à Felipe, c'est un marmot de ton âge, fils du marquis Jaume de Montradon qui a épousé ma plus proche cousine et qui possède un fort joli domaine. Tu vas aller vivre chez lui, apprendre et étudier avec lui, mais aussi servir. Après la vie de couvent, tu vas découvrir la vie de château mon gaillard ! Attends-toi à une existence mouvementée, Felipe n'est pas de tout repos et a besoin d'un compagnon pour veiller sur lui et l'assister. C'est un grand honneur qui t'est octroyé et tu vas me promettre d'en être digne... Ce n'est pas tous les jours qu'un bâtard sans nom comme toi reçoit une telle faveur. Tu vas partager la vie d'un futur marquis et recevoir la même éducation.

Je restai songeur un court instant.

– Pourquoi vous dîtes que je n'ai pas de nom ?

– Parce que tu n'as pas encore été reconnu, tu le seras un jour je crois, surtout si ton géniteur découvre en toi les qualités d'un jeune noble... Me comprends-tu ? Excelle en toutes choses et ton père sera fort tenté de te reconnaître, d'autant plus que son héritier n'est ton aîné que de quelques mois et qu'il aura besoin lui aussi d'avoir un page comme le veut l'usage. Plusieurs de nos Grands d'Espagne élèvent ainsi leurs bâtards et leur font partager la vie de leur famille légitime. Ceci laisse un grand espoir aux bâtards comme toi, nés de nobles de classe moins élevée.

Le cœur battant, je reposai ma sempiternelle question, celle qui restait toujours sans réponse :
— C'est qui mon père ? Vous le connaissez ?
Don Miquel, une bonne nature décidément, éclata de rire.
— Gabriel, ton père refuse que tu le connaisses pour l'instant, car il ne veut pas que le monde apprenne qu'il a procréé un bâtard. Je ne te révèle pas son nom car tel que je connais Felipe, il te tirera les vers du nez et tout le comté en sera avisé en un rien de temps, seules quelques personnes sont au courant et gardent le secret. Ton père s'est allié par mariage à l'une des plus puissantes familles de Castille, le genre de famille qui produit des archevêques, des ministres royaux et des inquisiteurs. Il ne pourra t'accueillir qu'avec le plein accord de son épouse qui est une femme très pieuse et vertueuse, élevée dans des principes rigides quant à la morale… Tu n'es rien d'autre pour elle qu'une créature engendrée par le péché de son époux, alors mon garçon, tu vas te sortir tes origines de ta tête et penser au présent… Si tu veux un jour connaître ce père, il te faut vraiment devenir quelqu'un de bien tu comprends ? Maintenant, quitte cet air défait, il est temps de recevoir ta première leçon d'équitation, redresse-toi, saisis la crinière de ce brave Alberto et laisse-toi aller…

Dépité, j'obéis aux injonctions de don Miquel et découvris ce que signifiait faire corps avec sa monture et tenir les rênes à bonne hauteur. Je pris goût au jeu et oubliai mes préoccupations. Ma mère nous suivait sur une paisible haquenée, installée en amazone, elle semblait à l'aise et conduisait elle-même sa monture, suivie de près par le soldat.

Arrivés au bout de la vallée, don Miquel fit faire demi-tour à notre roncin afin de nous placer face au monastère. Il se pencha sur moi et me murmura, assez fort pour que ma mère entende :
— Regarde bien ce paysage une dernière fois Gabriel et grave-le dans ton esprit car tu ne sais quand tu le reverras. Fixe dans ton être ce que tu vois car tu as été heureux ici, quand tu traverseras des temps d'épreuves, tu n'auras qu'à

puiser en toi pour retrouver ces images de paix et te fortifier en te souvenant de tout ce que tu as vécu en ces lieux.

Toujours obligeant, je contemplai la verte vallée où se nichait le monastère, vis les masures et les fumées des feux qui s'échappaient par les trous des toits, remarquai quelques silhouettes qui s'affairaient dans les champs ou auprès des animaux. Au même moment, la cloche de Santa Colomba retentit pour l'office de tierce, cristalline, légère et acide comme une pomme encore verte, et j'imaginai les sœurs quittant leur tâches pour se rendre à la chapelle.

Comme don Miquel m'avait demandé de graver tout cela dans ma tête, je me figurai tenir un ciseau de graveur dans la main, tel celui du sculpteur venu le mois précédent réparer la statue de l'ange qui gardait l'entrée de la chapelle, et plaçant ma main sur la tête, je me donnai quelques coups tout en contemplant le somptueux et bucolique paysage qui s'étendait face à moi.

– Que fais-tu là ? s'enquit don Miquel intrigué.

– J'ai pris un burin pour graver dans ma tête comme vous me l'avez dit ! lui rétorquai-je.

Il réprima un sourire, tout comme ma mère, m'ébouriffa les cheveux comme il se plaisait à le faire et nous repartîmes de bon train.

Ce premier voyage fut pour moi un enchantement et une source inépuisable de surprises et de questions multiples qui amusèrent, puis épuisèrent Don Miquel et ma mère. Nous croisâmes des pèlerins qui venaient du monastère de Montserrat et partaient pour Compostelle. Leurs chants, leurs vêtements usés, leur fatigue visible, mais aussi leur foi et leur détermination m'impressionnèrent fort et je proposai à Don Miquel de nous joindre à eux... en gardant nos chevaux toutefois.

Le soir, nous fîmes halte dans une modeste et rustique posada[3] que don Miquel connaissait et qui présentait l'avantage d'être propre et plutôt bien tenue. Ce qui

---

[3] Posada : auberge

n'empêcha pas ma mère de secouer et scruter les matelas pour vérifier s'ils n'étaient pas infestés de vermine.

L'argent et le nom de don Miquel nous firent échapper au dortoir et nous bénéficiâmes d'une petite chambre dotée de deux lits. Ces couches n'étaient que de simples cadres de bois mais ils soulevèrent mon enthousiasme car j'avais toujours dormi au sol sur une paillasse. Nous eûmes droit à un copieux souper et je dégustai un délicieux morceau de porc rôti à la broche, chose inouïe pour moi, habitué au modeste régime des sœurs.

Je mangeai tant qu'il fallut me porter pour monter me coucher car je m'étais endormi sur la table, rassasié et enchanté de cette merveilleuse journée.

Mon enthousiasme se prolongea le lendemain, du moins jusqu'à ce que je m'endorme entre les bras de don Miquel, après une longue leçon d'équitation durant laquelle mon protecteur m'épargna peu, sans doute à dessein, afin de m'épuiser pour pouvoir enfin se reposer de mes questions incessantes !

Nous arrivâmes en fin de journée et la vue du château des Montradon me laissa muet de saisissement, ayant peine à croire qu'une bâtisse d'une telle taille puisse exister. J'observai ses fortifications et son donjon ancien, flanqué d'une aile récente aux larges fenêtres qui laissaient entrer le soleil et son chemin de ronde régulièrement coupé de gracieuses tourelles.

L'ensemble ne donnait plus l'impression d'une sévère forteresse mais d'une résidence faite pour la paix et la prospérité, impression accentuée par le village qui entourait le château de ses masures de brique aux toits de chaume, d'où se dégageait une joyeuse animation : des enfants couraient après une chèvre en riant, un coq chanta tandis que résonnait l'enclume du forgeron, des jeune filles regroupées autour du puits riaient sans retenue en se faisant des confidences.

Je découvrais un lieu où il ferait bon vivre et mes craintes se dissipèrent rapidement.

Ma mère nous avait rejoints et observa attentivement notre futur foyer. Elle finit par hocher la tête en se tournant vers don Miquel :

– L'endroit est plus plaisant que la forteresse des Toylona, remarqua-t-elle, on ne se sent pas écrasé par la présence menaçante d'un sombre château, la vie ici semble plus douce.

– Ma foi oui, approuva don Miquel, le marquis mon cousin est d'une bonne et plaisante nature, tout comme son épouse Adelaida, ils sont aimés de leurs gens et non redoutés…

– Comme à Toylona, termina brusquement ma mère d'un ton amer, allons-y voulez-vous, je connais un marmot qui tient à peine debout et risque de s'écrouler devant ses futurs maîtres, ajouta-t-elle en m'observant d'un air amusé.

Je vécus notre arrivée dans une sorte de rêve. Je fus effaré en découvrant l'animation qui régnait dans la cour : non, ce n'était pas la guerre et les gens ne s'apprêtaient pas à fuir, m'expliqua don Miquel, ce n'était là qu'une journée ordinaire dans un château peuplé de toute une foule de gens affairés.

Tout m'émerveilla : les écuries, puis le large escalier de pierre qui menait à la grande salle, les vêtements de tous ceux que je croisais et puis bien-sûr la vaste salle d'apparat qui me sembla être le comble du luxe : son immense cheminée sculptée de feuilles d'acanthe, ses boiseries sombres, les fauteuils rembourrés de tapisseries brodées, les fenêtres qui laissaient pénétrer la lumière, une immense tapisserie murale représentant une scène de chasse. J'eus le sentiment que l'univers se révélait à moi pour la première fois et qu'il recelait des milliers de trésors.

J'étais si occupé à tout admirer, nez en l'air et bouche ouverte, que je sursautai lorsqu'un homme se pencha vers moi pour me parler. Je vis un pourpoint brodé encore plus beau que celui de don Miquel, une chemise garnie de dentelle, une paire de bottes comme je n'en avais jamais vues, et surmontant le tout, un visage d'homme qui me dévisageait d'un air de se gausser. Je compris en un clin d'œil qu'un tel personnage ne pouvait être que le marquis de Montradon et je me dépêchai de m'incliner bien bas comme on me l'avait enseigné. Une dame revêtue d'atours encore plus luxueux que ceux du marquis se profila derrière son époux et je m'inclinai encore plus bas devant celle que je devinai être la marquise Adelaida de Montradon. Ma mère m'avait rejointe dans mon salut tandis que don Miquel leur donnait à tous deux une franche accolade entrecoupée d'exclamations joyeuses.

Ils échangèrent des nouvelles avant de se tourner à nouveau vers nous.

– Voici donc l'enfant, annonça don Miquel en me poussant encore plus près d'eux à mon grand effroi. Il sera je crois, après son adaptation, apte à servir votre petit Felipe et il saura exercer sur lui une bonne influence. Pensez donc qu'il ne connaît que le couvent et les leçons de notre bonne parente, mère Teodora ! Il sait déjà lire, connaît ses prières et les bêtises qu'il a pu commettre ne sont que des facéties de couvent ! En outre, comme ce gaillard compte bien devenir archange, il veille sur sa conduite plus sévèrement que moine en pénitence.

– Mon Dieu ! s'exclama la marquise, notre Felipe va nous corrompre ce beau petit angelot !

– Notre marmot s'y entend en bêtises mieux qu'en latin ! marmonna le marquis en se penchant vers moi, les yeux rieurs.

Il me contempla un moment et se tourna vers son cousin :

– Il a belle allure et un joli minois ce jouvenceau.

– Il a de qui tenir, la plus jolie des mères et... il ne termina pas sa phrase. Le marquis avait posé sur mon épaule une main qu'il voulait rassurante. Je me tournai vers ma mère mais je vis que la marquise l'avait entreprise et s'entretenait avec elle à quelques pas de nous.

– Alors mon gaillard, tu sais que servir mon fils ne va pas être de tout repos. Dis-moi, savoir tes lettres et parler latin est fort bien, mais que sais-tu faire d'autre ? Sais-tu monter à cheval ? Tenir une épée ? Tirer à l'arc ?

Je le contemplai d'un air fier, sûr de moi :

– Je sais monter, don Miquel m'a appris... hier !

– Oh hier ! Et l'épée?

– J'ai apporté mon épée en bois. Mais chaque fois que je voulais jouer avec, les sœurs me la confisquaient car je leur faisais peur. Mais vous savez messire, je sais aussi pêcher et sarcler le potager. Et grimper. Partout. Même contre le mur de la chapelle.

Le marquis rit gaiement en se relevant.

– Il serait dommage de nous priver de tant de qualités. Tu vas donc devenir le page de notre garnement de Felipe, ce qui ne sera pas tâche facile. Le gaillard préfère courir les champs et monter à cheval que passer du temps à l'étude et tu vas lui montrer l'exemple.

– Oui, oui, m'écriai-je, je dois être exemplaire, c'est ce que m'ont dit les sœurs !

Il s'esclaffa en ébouriffant mes cheveux tout en lorgnant au fond de la salle.

– Quand on parle du loup, il n'est jamais loin ! Allons Felipe, viens donc voir ton petit compagnon, vous allez bien vous entendre.

La première chose qui me frappa en découvrant Felipe fut son visage : il avait exactement la tête du sympathique garnement dont avait parlé son père : un visage avenant et malin, aux yeux sombres et rieurs, à la bouche très large, trop large, faite pour le rire, le jeu et les farces. Il était en outre doté d'une abondante tignasse brune qui bouclait et il me fit penser à l'un de ces gitans que nous avions croisés la veille. Je faillis lui demander s'il était lui aussi un gitan, mais me ravisai juste à temps.

J'observai ses vêtements : nul gitan ne porterait de telles parures. Il arborait les mêmes choses que son père, mais à sa taille, ce qui ne laissa pas de m'étonner car j'ignorais que des enfants pouvaient porter de telles splendeurs.

J'eus soudain honte de mes misérables frusques cousues par ma mère avec des chutes de tissus que lui donnaient les sœurs. J'en étais pourtant fier de ma tunique cousue de bric et de broc, à nulle autre pareille et sur laquelle ma mère avait sué.

En un instant je réalisai, en voyant toutes les merveilles qui m'entouraient, que ma mère et moi ne possédions rien en dehors des misérables vêtements que nous portions sur le dos. Je compris ce qu'elle m'avait moult fois répété : venir servir ce jeune marquis était pour moi une chance extraordinaire, une occasion à saisir si je voulais devenir autre chose qu'un misérable serf corvéable à merci.

Je saisis tout cela en un instant et cette réalité franchit la barrière de mon ignorance, de mon jeune âge et de ma naïveté. J'adressai à Felipe mon sourire d'archange (ainsi que le nommait ma mère) et m'inclinai devant lui :

– Je serai heureux de vous servir messire Felipe et j'espère que vous serez satisfait de moi.

Je me redressai en lorgnant du côté de don Miquel, qui s'était évertué la veille, à m'enseigner l'étiquette et les usages des nobles. Il m'adressa un sourire approbateur qui me rassura.

Le dénommé Felipe lui, me toisait avec l'assurance et l'arrogance que lui conféraient son rang, malgré ses six ans. Il finit par se tourner vers sa mère :

– Il me plaît bien mère, mais il faudra lui donner d'autres frusques, il a l'air d'un gueux des bas-fonds ainsi vêtu. Dis-moi, es-tu pauvre pour être si mal vêtu ?

– Oui, lui rétorquai-je du tac au tac en le fixant, je n'ai rien mais je sais lire et écrire, j'ai une épée en bois et j'étudie pour devenir archange. Mère Teodora, votre parente m'encourage en ce sens.

Je le vis tiquer, l'air intéressé.

– Archange ? Avec une épée de feu et des légions d'anges ?

– C'est cela !

Il opina, impressionné. Si lui était un futur marquis, le grade d'archange n'était pas négligeable et je repris de la valeur à ses yeux. Il me posa une dernière question.

– Il paraît que tu es un bâtard, que tu n'as pas de père, pas de nom. Puis-je devenir le compagnon d'un bâtard, moi qui suis bien né ?

Je sentis frémir les adultes derrière nous mais ils n'eurent pas le temps d'intervenir.

– Au contraire messire, cela vous sera compté comme une bonne action par le Dieu du ciel et couvrira une multitude de péchés.

J'avais entendu cette phrase qui m'avait plu et la lui avais ressortie sans réfléchir, mais je vis que j'avais botté en touche. Le fait qu'il ne comprit sans doute pas ce que je venais de lui asséner (et moi guère mieux) m'aida à remporter son adhésion.

Felipe se tourna vers ses parents.

– Je le garde, on va bien s'amuser ensemble et puis je vais euh... couvrir une multi euh... des péchés si je le garde.

C'est ainsi que je rentrai dans la vie de Felipe de Montradon.

Il était doté de deux sœurs : son aînée de deux ans se nommait Elionor et la plus jeune, qui ne devait guère dépasser les deux ou trois ans, répondait au doux prénom d'Abril.

On nous attribua pour logement à ma mère et moi-même une sorte d'alcôve située dans le couloir, placée juste entre la porte des appartements de la comtesse et la chambre de Felipe, qui allait aussi servir de salle d'étude. On nous remit deux paillasses neuves remplies de paille, deux couvertures de laine grossière ainsi qu'un vieux tapis à placer sous les paillasses pour nous protéger du froid qui montait du sol en dalles de pierre. A cela s'ajouta un vieux coffre pour nos vêtements ainsi qu'un bougeoir. Ma mère se déclara enchantée de cet arrangement car elle avait craint de devoir dormir dans la salle commune où la plupart des serviteurs s'entassaient le soir et où régnait une promiscuité qu'elle redoutait. Mais la nécessité de son service l'obligeait à dormir à proximité de la marquise afin qu'elle pût entendre la petite clochette de son appel à tout instant.

Ma mère et moi fûmes rapidement pourvus de vêtements neufs, pareils à ceux que portaient les serviteurs directs du comte et des siens. Je trouvai ma mère charmante avec une jolie robe bleue, simple mais bien coupée, protégée par un devantier blanc et chapeautée d'une coiffe blanche ornée d'une dentelle qui mettait son visage en valeur. Je ne l'avais jamais vue aussi bien vêtue. Il est vrai que les vêtements grossiers et informes qu'elle portait au couvent incitaient peu à la coquetterie.

Quant à moi, je reçus une tenue pour mettre à l'intérieur du château composée d'une chemise de lin, ou de laine pour l'hiver, d'un pourpoint vert sans garniture aucune et de chausses assorties tandis que mes vieilles frusques furent destinées à finir leur existence au cours des exercices physiques et divers entraînements qui nous attendaient. Je n'avais jamais pensé porter un jour un pourpoint et la joie que je montrai émut la marquise Adélaïde et amusa Elionor qui avait entrepris de m'enseigner quelques rudiments de savoir-vivre, que son ignorant et garnement de frère ne pouvait savoir, prétendait-elle. A huit ans, Elionor passait ses journées avec les femmes, sa mère et ses deux suivantes quand notre précepteur ne lui donnait pas de leçon particulière. Sa mère lui enseignait les belles manières et le beau langage, les travaux d'aiguilles dont elles se distrayaient en chantant des chansons de toile, mais aussi la musique vocale ainsi que la harpe ou le luth comme toutes les filles de grandes familles. Ma mère passait ses journées avec ces dames et elle avait souvent la charge des petites quand la marquise était occupée ailleurs. Nous pouvions parfois les rejoindre pour une collation et quelques instants de jeux et je goûtais fort ces instants, apaisé par la douce atmosphère qui se dégageait de ces appartements féminins où régnaient calme et douceur.

Je sus, en prêtant l'oreille à des propos de couloir, que la marquise apprécia très vite ma mère, pour son calme et sa bonté, pour l'autorité empreinte de douceur dont elle faisait montre avec les filles mais aussi parce qu'elle n'était point empotée, savait lire et comprenait tout de suite ce qu'on lui demandait. En outre, bien que très jolie, elle n'était pas encline à écouter les galants et avait même demandé au marquis de bien vouloir avertir les hommes qui tentaient de l'approcher que leurs tentatives resteraient vaines. Il n'avait qu'à dire que la vie de couvent l'avait marquée à jamais, avait-elle ajoutée.

– Dommage ! avait soupiré le marquis, belle, douce et intelligente comme elle est, je l'aurais bien donnée en mariage à l'un de mes hommes, et pas à n'importe lequel ! On m'a déjà interrogé là-dessus.

– Oui, avait ajouté la marquise d'un air marri, si le père du petit se décide à le prendre à son service, je doute fort que son épouse accepte aussi sa mère et ces deux-là seront séparés.

En entendant ces mots j'avais jailli à l'intérieur de la pièce et couru vers la marquise avec de gros sanglots en suppliant que l'on ne me sépare pas de ma mère. La marquise, d'abord interdite, me consola par une caresse et une étreinte et me murmura des paroles rassurantes.

– Gabriel voyons, tu sais bien que tu es ici au moins jusqu'à tes dix ans, quand Felipe partira pour être page, puis écuyer chez le comte de Barcelone. Tu viens à peine d'arriver, ne te fais aucun souci, tu es ici pour au moins quatre à cinq longues années.

Quatre à cinq années ! Une éternité pour un petit de six ans. Je séchai mes larmes et courus rejoindre Felipe qui voulait me montrer le faucon que son père lui avait offert pour la chasse et qu'il devait apprendre à dresser.

Le faucon me terrifia et je fus fort aise de ne pas avoir le droit de le toucher, privilège de seigneur. Felipe n'était guère plus rassuré que moi mais il ne pouvait le montrer car un jeune noble devait toujours se montrer vaillant et courageux.

Quelques temps après mon arrivée Felipe m'intima l'ordre de le suivre car il avait quelque chose à me montrer. J'obéis et il me conduisit déjà à la chapelle familiale que nous traversâmes vite pour descendre sous le bâtiment et arriver dans une sorte de cave totalement vide. L'endroit me parut sinistre. Felipe stoppa brusquement et me montra le sol. Il avait saisi au passage une des chandelles de la chapelle et m'avait ordonné de faire de même. Il s'inclina vers une plaque gravée dans le sol et se tourna vers moi :

– Regarde, m'intima-t-il, c'est mon frère.

Je le fixai d'un air ahuri en me demandant s'il n'était pas fou.

– Il est enterré là. Il est mort quand j'avais deux ou trois ans. C'était lui l'aîné, l'héritier. S'il n'était pas mort, je ne serais pas le futur marquis, ajouta-t-il d'un air sombre.

Je faillis lui demander s'il était content du trépas de ce frère qui lui avait laissé la voie libre mais je m'arrêtai à temps et entrepris de lui faire quitter cet air triste qu'il avait pris.

– C'est bien d'être marquis, vous allez commander, être obéi, porter de beaux vêtements et manger de la viande tous les jours.

Il hocha la tête.

– Oui mais… je voulais devenir capitaine dans l'armée ou alors partir explorer le Nouveau Monde pour trouver de l'or et revenir couvert de gloire. Je ne le pourrai plus, mon père m'a expliqué que je devrai me marier et continuer la lignée. Tant pis ! Allons viens, je vais te montrer nos chiens de chasse et te présenter notre louvetier.

Ce fut ainsi que je découvris ce qu'était la vie d'un château : en cavalant derrière Felipe qui, à peine rendu là où il voulait aller, décidait de repartir ailleurs aussi vite qu'il était arrivé. J'explorai donc au pas de course les différentes parties du château d'Ensegur, depuis les cuisines jusqu'aux dépendances, en passant par les écuries et le chenil.

Ces premiers jours me firent osciller entre effroi et émerveillement. Effroi car tout me semblait immense, trop peuplé, trop bruyant, trop rapide, trop… tout. Je bénéficiai de la mansuétude du personnel qui me découvrit maintes fois en train d'errer dans les couloirs et me remettait en riant sur le bon chemin : 'v'là encore le p'tit bâtard qui s'est égaré ! '.

Je rétorquais que je me nommais Gabriel mais le pli était déjà pris : j'étais le 'p'tit bâtard' et rien d'autre. Cela amusait et me disait-on 'm'aidait à rester à ma place qui n'était pas bien haute et à ne pas me croire parvenu parce que je côtoyais le jeune messire'.

Quand je n'étais pas effaré, je baignais dans une sorte de constant émerveillement. Tout me laissait ébaudi : la décoration des appartements comtaux, les tapisseries, les vêtements de brocarts et velours, la vaisselle, les écuries, la salle d'arme, les épées et les armures des ancêtres qui ornaient les corridors, la nourriture, les veillées animées par des musiciens, le chemin de ronde qui offrait une vue magnifique, le lit dans lequel dormait Felipe qui me laissa sans voix, les jouets qu'il possédait que j'osai à peine toucher car j'ignorais jusqu'à leur existence, bref, en quelques jours je passai du dénuement et de la paix de Santa Colomba à un monde complexe, mystérieux et touffu, à la fois terrifiant et appétissant.

Ma mère passa beaucoup de temps à m'encourager, me stimuler et m'éloigner de ses jupes, vers lesquelles je me réfugiais dès que quelque chose me désarçonnait.

– Tu as passé tes six ans Gabriel, me répétait-elle, je ne serai pas toujours là pour te protéger, il te faut grandir et apprendre maintenant.

Néanmoins le soir, quand nous nous retrouvions tous les deux sur notre paillasse, serrés l'un contre l'autre pour nous réchauffer car le corridor était frisquet, elle me mignotait, me consolait et me redisait sans cesse la chance immense que j'avais d'être à une telle place. J'avais souvent du mal à me rendre à ses arguments, surtout après une journée où le maître d'armes nous avait fait souffrir mille morts et où j'avais le derrière douloureux suite à de longs exercices équestres. Ma mère me consolait en me chantonnant doucement cette vieille berceuse dans cette langue inconnue que j'aimais tant et qui était notre secret à tous les deux.

Nous commençâmes à étudier sérieusement Felipe et moi-même, quelques jours après mon arrivée, une fois mon acclimatation commencée, c'est à dire lorsque je cessai de trembler devant les chevaux, de me perdre dans les couloirs et de prendre la poudre d'escampette quand le maître d'arme me tendait une épée. Mon éducation put alors commencer.

CHAPITRE TROIS

> 'Car hélas ! jeune enfant, pendant le long voyage, Nous
> n'avons pas toujours un beau ciel sans nuage,
> Joins tes petites mains et regarde les cieux' (Sophie
> d'Arouville)

Nos journées prirent alors un tour différent : Felipe fut sommé de se conduire en digne héritier et de cesser de se comporter comme un marmot. Quant à moi, je fus prié de me montrer à la hauteur de l'honneur qui m'était fait par le marquis, qui prit une grosse voix pour m'impressionner, ce qui me terrorisa et m'incita à garder mes craintes et effrois au-dedans de moi pour tâcher de me montrer le plus courageux des compagnons.

Le matin ma mère et moi nous levions tôt, enfilions nos frusques par-dessus nos chemises et allions nous rafraîchir le visage et les mains à l'eau fraîche car nous devions nous tenir propres et bien vêtus. J'allais ensuite rejoindre Felipe que je trouvais debout grâce au soin de la gouvernante, une honorable duègne (une lointaine cousine de rang inférieur) qui voulait nous mener à la baguette. Nous disions alors nos prières avant de suivre la messe dans la chapelle, puis de prendre notre collation du matin, fort copieuse, où nous avalions des œufs, du fromage, du pain, des fruits frais ou secs et buvions du lait de chèvre. On nous servait parfois aussi du riz au lait ou des rissoles qui restaient de la veille et nous nous régalions. Nous mangions dans la chambre de Felipe tandis que ma mère s'affairait dans les appartements de la marquise. Je ne la revoyais parfois qu'aux repas et le soir, ce qui me fut pénible au début.

Le programme de nos journées me donna l'impression d'être pris dans un tourbillon, tant étaient multiples les activités et leur rythme et tant était total le changement de vie par rapport au couvent.

Seuls les repas et les prières venaient interrompre la succession de nos leçons. Leçons d'équitation, de dressage, d'escrime, tir à l'arc avec de petits arcs adaptés à notre taille, course à pied, lutte, lancer de javelot et de poids, escalade, saut, tels étaient les principales matières enseignées et j'en oublie sans doute.

Pour éduquer notre entendement, un lointain cousin de rang inférieur (la réserve de cousins désargentés à la recherche d'une place semblait inépuisable) fut choisi pour nous enseigner. Cadet de famille, il avait étudié à l'université de Valladolid et il fut chargé de nous apprendre tout ce qu'un futur héritier doit savoir : les lettres et les chiffres, la géométrie, les sciences et l'astronomie, le latin et l'histoire. Tout cela en quantité raisonnable car un seigneur n'avait pas besoin d'être fort savant : il aurait à son service bon nombre d'érudits, fils de la petite noblesse et de la bourgeoisie, tous désireux de faire partie de la maisonnée d'un seigneur. Felipe s'empara de cet argument pour se faire dispenser d'étudier mais ce fut en vain, car ses parents lui rétorquaient qu'un seigneur trop ignorant serait une belle proie pour les profiteurs cherchant la bonne aubaine. En outre arguaient ses géniteurs, les temps changeaient et les aristocrates étaient maintenant tenus à devenir plus savants car de nouvelles découvertes venaient éclairer les hommes chaque jour. D'ailleurs, depuis l'invention de l'imprimerie, apprendre devenait plus aisé et il n'avait plus d'excuses pour demeurer ignorant.

Pour aider Felipe à vaincre ses réticences, il fut même fouetté plusieurs fois mais ce qui le convainquit de faire quelques efforts fut mon exemple :

— Regarde Gabriel, lui assénait son père dès qu'il se relâchait, lui qui n'est qu'un pauvre bâtard se montre plus intelligent que toi et il te dépasse largement. Veux-tu nous faire honte en le laissant te précéder ?

La première fois que j'avais ouï cet argument, qui me plût modérément, j'avais voulu prendre la défense de Felipe en m'écriant :

— Messire, c'est parce que je suis un bâtard que j'étudie si fort, il faut bien que je me fasse un avenir me dit ma mère, Felipe a sa voie toute tracée puisqu'il est votre héritier, il n'a donc pas besoin d'étudier car il aura des gens comme moi pour penser pour lui et le conseiller !

Mal m'en prit car le marquis Jaume me foudroya du regard et nous reçûmes tous deux quelques coups de verge, Felipe pour le guérir de sa fainéantise et moi pour proférer des inepties. Je me le tins pour dit et appris la prudence.

Il est vrai que les leçons m'enchantaient et que le cousin qui nous enseignait appréciait mon appétit de savoir et répondait volontiers à mes nombreuses questions. Les choses avaient pourtant mal commencé entre nous car, le premier jour, voulant lui être agréable, je lui avais demandé si lui aussi était un bâtard sans le sou comme moi. Il avait failli se fâcher avant de rire en secouant la tête. Voyant ensuite mon acharnement à l'étude, il me prit en amitié car il savait bien que ma route n'était pas tracée et que je rencontrerais moult vicissitudes le long de mon chemin.

La moitié de la chambre de Felipe était devenue notre salle de classe. Un pupitre était installé, avec tout le matériel destiné à écrire et compter. Un tableau avait été fixé au mur et nous disposions de plusieurs livres. Nous nous installions sur un banc tandis que notre pédagogue se juchait sur une chaire, sa férule à la main. Un plancher avait été posé et la pièce était chauffée en hiver. J'aimais cet endroit et je m'y sentais bien car j'y retrouvais la quiétude de Santa Colomba. Après nos leçons et avant de dormir, on nous laissait jouer quelques minutes et j'appris à manier les petits soldats d'argile peints de Felipe au cours de joutes dont il exigeait de sortir vainqueur. Il possédait aussi de jolies toupies colorées mais j'avoue avoir aussi pris du plaisir à jouer avec Elionor dans la chambre des dames : elle possédait une dînette joliment décorée ainsi que deux poupées de chiffon pour lesquelles sa mère lui faisait confectionner de somptueux vêtements. Elle était la princesse, j'étais le prince et les poupées étaient nos filles dont l'une devait épouser le roi du Portugal. Nous avions ouï la nouvelle du mariage de notre empereur Charles Quint avec sa cousine Isabelle du Portugal, sœur du roi Jean, au cours de cette année de grâce 1526 et ces royales épousailles nous laissaient rêveurs : la mariée était disait-on d'une grande beauté. Pour fêter cette heureuse nouvelle, le marquis Jaume et Adelaida avaient organisé une fête où ils avaient convié quelques nobles voisins et durant deux jours j'avais assisté, émerveillé à une succession de réjouissances dont j'ignorais l'existence : je vis partir la chasse, dont je fus heureusement dispensé, tandis que Felipe, monté derrière son père se cramponnait de toutes ses forces. Le soir il y eut bal et les somptueuses toilettes des invités me fascinèrent. Jugé trop jeune pour être utile à quoi que ce soit à part contempler les invités bouche-bée, je pus courir à travers le château avec d'autres galopins qui nous servaient de camarades de jeux à Felipe et moi-même quand on nous laissait libres de nos mouvements : les marmots de ceux qui servaient au château étaient nombreux et libres de leur temps dans leur jeune âge. En outre, le marquis encourageait son fils à jouer avec les enfants de ses gens : il devait apprendre à les mener et les diriger dès le plus jeune âge et ces jeux, dont il prenait la tête, faisaient partie de son apprentissage. Hélas pour lui, au cours de ces festivités, il dut rester auprès de ses parents, dans sa tenue d'apparat, souriant et calme à la fois. Il chanta aussi avec sa sœur une chanson de geste apprise pour l'occasion, qui célébrait l'amour d'un roi pour sa reine, puis ils récitèrent un mystère écrit pour la circonstance. Il me jetait des regards envieux en me voyant cavaler à la suite du fils du cuisinier muni de mon épée en bois. Pour une fois j'avais le premier rôle : j'étais le Cid, Rodrigo el Campeador, boutant les infidèles hors du royaume d'Aragon et épousant la plus belle princesse de la terre. Felipe se réservait habituellement le rôle du Cid et j'étais tour à tour son second (qui mourait en sauvant son seigneur) ou le chef des infidèles, sorte de démon de l'enfer, irrémédiablement vaincu et décapité ! La Reconquista était le jeu préféré de Felipe car il pouvait s'y donner le beau rôle. Quant à moi, toujours arrangeant, je me soumettais de bonne grâce à ses caprices car il était malgré ses défauts de seigneur, un joyeux compère et bon camarade.

    Le soir du bal, nous devions, avec les autres enfants, accompagner Elionor et Felipe qui allaient à nouveau chanter et réciter une petite pièce édifiante écrite par notre percepteur. Il nous avait fait répéter tant bien que mal, plutôt mal que bien à son grand désespoir, et nous allions entrer en scène quand la marquise Adelaida m'intercepta promptement :

– Que nenni Gabriel ! Je préfère que nul ne te remarque. Va m'enlever ces jolies frusques, mets tes vêtements les plus simples et va aider aux cuisines, il faut du monde pour laver les écuelles, je te donne permission de goûter les gâteaux et friandises pour ta peine.

Je m'éloignai tout défait, la tête basse et passai la soirée à travailler avec les autres enfants tandis que la musique nous parvenait assourdie depuis la grande salle. Quand je rejoignis ma mère le même soir, je lui confiai ma peine et mon incompréhension. Elle me caressa les cheveux en soupirant.

– Ne sois donc pas si marri Gabriel. Tu ressembles trop à ton père et certainement, des invités auraient reconnu ces yeux verts, si beaux et si rares, et auraient posé des questions sur ton identité… ton père ne veut pas que l'on sache qu'il a engendré un bâtard tu sais bien.

Je soupirai et gardai ma peine pour moi car je voyais bien la tristesse qui voilait son regard quand il était fait mention de mon géniteur et je voulais la voir gaie et légère. J'avais déjà appris à taire mes sentiments, comprenant intuitivement que je n'étais que toléré à Ensegur et non pas désiré, et que le moindre manquement de ma part pourrait nous coûter cher à ma mère et moi. Je devais correspondre à ce que l'on attendait de moi et ne pas laisser transparaître mes sentiments personnels. En observant ma mère, je compris qu'elle observait la même règle : elle semblait toujours d'entrain, gaie et disponible même si de sombres pensées devaient souvent lui ronger le cœur quand elle s'interrogeait sur notre avenir commun. C'est ainsi que nous nous sommes joués une comédie mutuelle au cours de ces années : elle voulait me voir vivre une existence heureuse de petit garçon ordinaire et j'aspirais à ce qu'elle me croie fort aise et sans autre souci que celui de me bien former auprès de Felipe. Souvent, je ne me forçais guère car ces années furent parmi les plus heureuses de ma vie, mais parfois, j'aurais aimé lui confier mes tourments.

Au fil des mois, puis des saisons, nos corps s'assouplirent, s'endurcirent, se renforcèrent, se plièrent à ce que l'on exigeait d'eux. Nous devînmes de bons cavaliers (Felipe me dépassait largement en ce domaine), nous sûmes prendre soin des chevaux et les dresser, nous apprîmes à courir vite ou longtemps sans tomber d'épuisement, à escalader arbres et murailles (mon domaine de prédilection où j'excellais, ignorant la peur du vide), à manier nos petites épées ainsi que l'arc et le javelot, à nous faufiler partout sans nous faire remarquer, à nous défaire de liens serrés, à combattre au corps à corps jusqu'à épuisement de l'un d'entre nous.

On ne nous ménageait guère et cela faisait partie de notre éducation, ou plutôt de celle du futur maître d'Ensegur qui devait montrer toutes les qualités de vaillance et courage que l'on attend d'un seigneur. Je n'étais là que pour son utilité, en qualité de faire-valoir et nécessaire compagnon, mais je n'en bénéficiais pas moins des enseignements qui nous étaient prodigués. Je dépassais Felipe dans la salle d'étude mais pris soin de lui permettre de me dominer dans le terrain des exercices du corps. Je savais pouvoir le battre en plusieurs domaines mais lui laissais l'avantage au combat au corps à corps, dans le lancer de javelot et à la course, surtout quand son père venait nous évaluer. J'aurais souvent pu le défaire, mais le marquis en aurait pris ombrage et je prenais soin de demeurer son inférieur, là où son père voulait le voir exceller. Nos professeurs n'étaient pas dupes car souvent, le maître d'armes me prenait à part et m'obligeait à donner toute la mesure de mes capacités, capacités dont il taisait le niveau au marquis afin de ne point le froisser : le bâtard que j'étais ne pouvait se monter meilleur que son rejeton et je pris l'habitude de jouer double jeu tout en prenant des risques lorsque j'étais seul, particulièrement quand il s'agissait d'escalader des falaises dangereuses où je n'aurais jamais voulu que Felipe se risqua. Ma mère ne sut jamais à quel point je me mis parfois en danger, en toute inconscience.

Il est un domaine où je n'eus jamais à feindre une quelconque détestation car ma répugnance était authentique : celui de la chasse. Mes premières expériences me divertirent car je fus mis au milieu des enfants du château et des jeunes serfs pour servir de rabatteurs, ce qui nous amusait beaucoup. Ensuite, je dus me placer à l'affût avec les archers tapis dans les futaies qui attendaient, arcs en main et flèches de fer prêtes à tirer, comme à la guerre, que les rabatteurs amènent le gibier vers eux. J'avais dû prendre mon arc et lorsque le sanglier rabattu se précipita vers les fourrés où nous étions tapis, j'obéis sans coup férir au chasseur qui m'ordonna de tirer en même temps que lui. Ce fut sa pointe de fer qui transperça le crane de la bête, mais je ne fus pas peu fier de constater que ma modeste flèche s'était fichée dans une des pattes avant de l'animal.

Fort de ce succès, je fus sommé de suivre la chasse la fois suivante et là, je dus assister à la mise à mort d'une biche, qui fit front avec courage, au milieu des hourras des participants. Ensuite, il nous fallut suivre le dépeçage de la pauvre bête et la curée qui récompensait la meute des chiens, surexcités par l'odeur du sang. Cette scène me révulsa car je ne voyais nul courage à pister une bête innocente et à se mettre à dix pour l'occire. Je revis longtemps le doux regard noisette de la biche acculée au moment de sa mort et la chasse m'apparut cruelle et vaine. Je parvins ensuite à éviter d'y participer en prétextant des tâches urgentes et le marquis n'insista pas car l'enthousiasme de son fils pour cette activité le ravissait et lui suffisait.

Je revois encore la grande salle où nous prenions nos repas, car nous avions, ma mère et moi, en tant que proches serviteurs, le grand privilège de manger en même temps et au même endroit que les seigneurs du château. Le marquis et sa famille trônaient sur une petite estrade tandis que nous nous installions à l'autre bout de la salle, sur des tréteaux installés à chaque repas. Nous partagions notre écuelle et le même gobelet ma mère et moi, mais j'avais le grand privilège de recevoir un morceau de la viande des maîtres, morceaux de choix et de qualité, tandis que ceux qui nous entouraient se partageaient des bas morceaux, y compris ma mère qui veillait avec un soin jaloux à ce que personne ne me ravisse ma part. Ce privilège me valut une certaine animosité au début mais celle-ci s'estompa quand ils comprirent que, m'entraînant aussi dur que Felipe, je devais me nourrir aussi bien que lui si je voulais être à même de le suivre et le servir. J'exultai quand certains me nommèrent 'le petit écuyer du maître' au lieu de 'le bâtard'.

Si l'on prenait bien soin de nos corps et nos têtes, nos âmes n'étaient pas oubliées et le chapelain veillait avec un soin jaloux à notre éducation religieuse. Dans ce domaine, je dois avouer que mes prestations enthousiasmèrent le marquis et son épouse car j'eus, dès le début, la réputation d'être un enfant pieux doté d'une grande foi, ce qui ne pouvait qu'aider leur rejeton à faire son salut grâce à ma bonne influence. Cette réputation était bien-sûr usurpée : les messes et prières me ramenaient à Santa-Colomba et le moindre Pater me transportait immédiatement dans la petite chapelle que j'avais tant aimée. Il me suffisait de fermer les yeux pour être là-bas et je souriais comme un ange, ce qui fut compris comme un signe de grande piété et de ferveur précoce, au point que notre brave chapelain, proposa de me faire entrer au monastère d'où il était issu. A mon immense surprise, je vis de la colère dans les yeux de ma mère, quand je lui rapportai la proposition du chapelain, et elle m'asséna d'un ton sec qu'il n'était pas question que je m'égare dans un tel lieu. Elle s'adoucit brusquement en voyant mon désarroi et m'expliqua que, si nous avions été si heureux à Santa Colomba, c'est parce que ce lieu abritait des saintes femmes mais que tous les monastères n'étaient pas ainsi et que l'inquisition faisait régner la terreur. Un inquisiteur dominicain était passé au château quelque mois auparavant et j'avais instinctivement détesté cet homme qui faisait peur à tous avec ses vêtements noirs, son air sombre et sinistre, et qui semblait soupçonner chacun d'être un suppôt du diable. Il nous avait mis en garde contre les juifs et les musulmans qui faisaient semblant d'être de bons catholiques, mais se livraient en secret à des rites infâmes. Après son départ, ma mère m'avait pris à part et m'avait expliqué qu'il n'en était rien, que les juifs et les mahométans étaient aussi des créatures de Dieu qu'il nous fallait respecter. Elle ajouta qu'il y avait dans l'église de bons chrétiens, tels les disciples de Saint-François et les sœurs de Santa Colomba, mais aussi de cruels fanatiques qui se servaient de la religion pour asservir les autres et assouvir leurs plus bas instincts.

Le chapelain du château était heureusement du bon côté, bien qu'il se délecta à nous décrire les martyrs de nos saints, de Sebastian criblé de flèches à d'autres plus obscurs qui finissaient noyés, brûlés, écartelés mais toujours vainqueurs... S'il espérait éveiller en nous des vocations de futurs martyrs appelés à évangéliser les sauvages du Nouveau-Monde, il en fut pour ses frais : le Nouveau-Monde nous faisait rêver aventures, exploits et richesses inouïes, mais les promesses d'un glorieux martyr nous laissèrent de marbre. Les récits d'outre-Atlantique qui nous parvenaient étaient le prétexte de nouveaux jeux où nous étions des conquistadors partant à l'assaut de mystérieuses contrées où l'or ruisselait dans les rivières et où les diamants poussaient sur les arbres.

Deux ou trois fois l'an, nous recevions une missive de Santa Colomba et nous leur écrivions en retour. Je fus très fier le jour où je fus apte à prendre la plume pour leur communiquer nos nouvelles et encore plus lorsque, dans leur réponse, elles me félicitèrent de ma belle écriture et m'exhortèrent à exceller toujours davantage. Il faut dire que ma mère entretenait soigneusement en moi le souvenir de ces temps bénis afin que jamais je n'oublie ce que j'y avais vécu.

Mes neuf ans arrivèrent et passèrent et l'âge venant, je commençai à m'interroger sérieusement sur mon père d'abord, mais aussi sur ma mère et sa famille, en vain hélas. Les renseignements que j'avais réussi à lui extorquer étaient maigres comme un jour de carême : elle était seule au monde car les siens étaient morts lors d'un affreux drame. En outre, je ne devais pas aborder ce sujet avec elle car ensuite elle en était toute défaite à cause des souvenirs de sa jeunesse qui revenaient la hanter et la rendaient triste. Comme je voulais la voir heureuse, je m'abstins dès lors de lui poser aucune question. J'épanchai mon cœur auprès d'Elionor qui me tenait lieu de sœur aînée et elle me proposa de jouer à un de mes jeux favoris afin de me détourner de mon chagrin : nul ne sait rien sur ta mère ici, m'expliqua-t-elle, il est donc vain de chercher à savoir quoi que ce soit, si le Seigneur notre Dieu veut que tu saches les choses, il prendra soin de te les faire connaître, en attendant, à quoi voudrais-tu jouer ?

Je penchai pour jouer à la défaite des turcs devant Vienne dont la nouvelle venait de tomber, mais elle ne voulut pas être Soliman et je tenais à être Ferdinand, le frère de notre empereur bien-aimé. Felipe qui venait d'arriver voulut jouer à la guerre contre les Français et leur affreux roi François le Premier mais nous nous récriâmes que nous n'y avions que trop joué. Finalement, nous décidâmes que nous faisions partie de l'équipage de Francisco Pizarro qui partait conquérir un fabuleux empire : celui des Incas dont nous ignorions tout. La petite Abril voulut se joindre à nous et lorsque la marquise, la gouvernante dona Elvira et la dame d'atours entrèrent, elles trouvèrent une horde furieuse en train de sauter sur le lit clos de la marquise en poussant des cris stridents. Nous eûmes beau expliquer qu'il ne s'agissait pas d'un lit mais d'un navire espagnol attaqué par de sauvages Incas alliés aux Turcs et aux Français, il fallut cesser notre jeu et retourner à l'étude tandis que les deux filles étaient priées de se remettre à leur ouvrage de broderie. Qu'importe ! Nous nous étions bien amusés même si notre professeur fut prié de nous montrer sur des cartes que les Incas ne vivaient pas à proximité des Turcs et des Français. Je découvris que la plupart des adultes n'avaient qu'une idée approximative des contours du monde mais que nos conquistadors allaient bientôt résoudre la question et dresser de nouvelles cartes.

Elionor avait gagné : j'oubliai complètement mes interrogations existentielles et rêvai d'extraordinaires voyages où je devenais le héros de toute une nation grâce à mes découvertes.

Je me souviens de ce jour-là de manière très précise car il appartint à mes derniers moments d'insouciance.

Le lendemain fut aussi une belle journée : au lieu d'étudier, nous partîmes à cheval en forêt avec nos maîtres pour montrer notre connaissance des diverses empreintes d'animaux avant de faire halte au lac vert où nous fîmes un concours de plongeons et de natation, Felipe et moi, et je pris garde de le laisser gagner d'une courte longueur car je détestais le voir bouder chaque fois qu'il perdait à l'une de nos joutes. L'eau était très froide en cette saison et pour nous réchauffer, nos maîtres nous firent repartir en courant jusqu'à ce que nous criâmes grâce.

Avant de rentrer, nous fîmes le tour des pièges que nous avions posés et nous découvrîmes un beau lièvre que Felipe se fit une joie de dépecer tandis que je m'efforçais de cacher mon dégoût. Nous rentrâmes en fin de journée, épuisés, rayonnants et affamés et l'on nous servit une solide collation de pain, viande et fromage. On nous envoya ensuite passer un moment tranquille dans la chambre des dames avant d'aller nous coucher. Je faillis m'endormir en entendant Elionor et sa mère jouer du luth et de la viole en chantant d'antiques chansons d'amour des troubadours catalans. Felipe s'endormit tout à fait d'ailleurs, et il dégringola du banc de fenêtre garni de coussins où il s'était pelotonné avec le chien que lui avait offert son père afin qu'il en prenne soin et l'éduque. Nous avons tous éclaté de rire en voyant que sa chute ne l'avait point réveillé mais qu'il continuait de dormir sur les dalles froides. Ceci sonna la fin de notre soirée et je partis aider la gouvernante au coucher de Felipe comme je le faisais depuis quelque temps. Il fallait dénouer son pourpoint, sa chemise et ses chausses, lui retirer ses bottes avant de les brosser ainsi que d'autres menues tâches qui faisaient partie de mes attributions, tout comme le fait de le servir à table de plus en plus souvent.

Une fois tout cela terminé, je partis me rafraîchir aux étuves avant de rejoindre ma mère, qui me voulait propre auprès d'elle chaque soir. Je tombais de sommeil et ma mère m'enjoignit de vite dormir car je devais me lever tôt pour m'occuper du lever de Felipe.

Elle me serra contre elle et pour m'endormir, elle me chanta cette vieille berceuse en cette ancienne et belle langue que je ne comprenais pas mais que je connaissais par cœur. Je fermais les yeux quand je sentis ma mère tressaillir ; je fixai mon regard sur elle et vis qu'elle se tenait la tête en grimaçant de douleur.

– Qu'y a-t-il maman ? Tu as mal ?

– Un méchant mal de tête qui va sans doute partir avec le sommeil. Je dois être trop fatiguée sans doute.

– Tu veux que j'aille préparer une tisane de saule et de mélisse ?

Nous avions rapporté du couvent de précieuses connaissances dont ma mère faisait profiter tout le château.

– Non mon chéri, je suis juste très lasse, nous allons dormir maintenant, serre-toi bien contre moi.

Je me blottis contre elle en songeant que j'avais bien de la chance d'avoir une mère qui m'aimait tant et qui prenait si bien soin de moi. Je voulus dire une dernière prière mais m'endormis avant d'avoir articulé quoi que ce soit.

Ce fut Dona Elvira, la gouvernante, qui me réveilla.

– Vous êtes en retard ! gronda-t-elle, réveille ta mère et prenez vite votre service, que vous arrive-t-il donc ?

Je me frottai les yeux, me tournai vers ma mère et la secouai doucement, puis plus fermement, en voyant qu'elle ne réagissait pas. Mes efforts demeurèrent vains et je rappelai Dona Elvira.

– Dona Elvira, ma mère ne veut pas se réveiller, en plus elle est toute froide.

Sur ces mots, notre duègne se raidit et se retourna lentement avant de revenir vers notre paillasse d'un air inquiet. Elle se pencha vers ma mère et l'appela doucement en passant sa main sur son visage. Après quelques secondes, je l'entendis murmurer 'ô mon Dieu ! Mon Dieu ! Ce n'est pas possible !' avant de fixer le mur en se signant. Elle se tourna enfin vers moi :

– Gabriel ! Va vite aider Felipe à se vêtir et dites ensemble vos grâces du matin. Je m'occupe de ta mère, ne t'inquiète pas… Allons, hâte-toi ! insista-t-elle en voyant mon hésitation.

J'obtempérai, inquiet et alarmé. J'aidai Felipe à se vêtir, puis, entendant du bruit dans le couloir, nous sortîmes en oubliant nos grâces et aperçûmes un petit rassemblement autour de notre alcôve. Le chapelain, nous remarqua et se pencha vers le marquis en me désignant. Je n'eus pas le temps de réagir que je fus propulsé vers la chambre de la marquise par le marquis qui me tira si fort que je crus que mon bras allait se déboîter.

Arrivé dans la chambre, il s'assit sur un escabeau et me tint face à lui. Il me contempla un instant avant de parler :

– Gabriel, finit-il par murmurer, tu vas être courageux, il s'est passé quelque chose de terrible cette nuit. Pendant son sommeil, l'âme de ta mère s'est envolée, elle n'est plus là.

Je ne saisis pas le sens de ses paroles.

– Quand va-t-elle revenir messire Jaume?

Il soupira et me força à le fixer.

– Elle ne reviendra pas Gabriel. Elle est morte.

Je le fixai un certain temps tandis que ses paroles pénétraient lentement en moi. Je les repoussai de toutes mes forces.

– Nenni, messire Jaume, elle va se réveiller. Je vais aller la chercher.

Je me précipitai hors de la pièce en courant et rejoignis notre alcôve pour n'y trouver que le père Esteve qui devait m'attendre. Ma mère n'était plus là. Je me tournai vers le marquis qui m'avait suivi.

– Vous voyez messire Jaume, elle est allée travailler. Elle doit être à la cuisine.

Je captai le regard désemparé que le marquis échangea avec notre chapelain. Celui-ci, qui me connaissait bien, prit les choses en main au grand soulagement du marquis.

– Je vous le confie mon père, soupira le marquis, je vais voir Felipe pour lui expliquer.

Le père Esteve me conduisit dans sa petite et humble chambre avant que je puisse dire un mot et là, posément, les yeux dans les miens, il me répéta ce que le marquis venait de m'annoncer. Je protestai.

– Ma mère n'est pas malade, il n'y pas de peste ou de choléra, ni de guerre. Elle n'a pas pu mourir. Elle est jeune, on ne meurt pas comme ça tout d'un coup, en plus, elle ne m'aurait jamais laissé, elle m'aime trop.

– Bien-sûr qu'elle t'aime, rétorqua le père, elle prie pour toi en ce moment, avec tous les anges et peut-être même Sant-Jordi[4] que tu aimes tant.

---

[4] Sant-Jordi : Saint Georges, patron des chevaliers catalans et de la noblesse.

J'entrevis un court instant Sant Jordi pourfendant le monstre, aidé de ma mère armée d'une épée.
– Je peux aller les rejoindre ?
– Tu les rejoindras lorsque Dieu te rappellera à lui.

Combien de temps me fallut-il pour comprendre ? Je ne sais. Mais je finis par réaliser que le destin venait de me frapper d'une horrible manière et je fus envahi d'un terrible désespoir qui me fit crier de douleur et m'écrouler dans les bras du père Esteve en sanglotant à m'étouffer.

Il me fallut longtemps pour me calmer et pour faire face à cette nouvelle réalité : de petit garçon aimé et protégé par sa mère, j'étais maintenant un orphelin seul au monde.

Le père Esteve me conduisit ensuite à la chapelle pour prier pour le salut de l'âme de ma mère. Je fermai mes yeux et marmonnai les prières de manière presque inconsciente mais cette litanie eut le mérite de m'apaiser et de me plonger dans une sorte d'état second.

Après un long moment, le père me conduisit aux cuisines où l'on me servit quelque chose à manger, que je refusai, incapable d'avaler quoi que ce soit. Je parvins néanmoins à boire un peu de lait de chèvre sucré au miel, qui me réconforta.

Ceux que je croisai furent bons avec moi et je reçus moult paroles de consolation accompagnées d'accolades pour les hommes ou d'embrassades pour les femmes. On m'exhorta aussi à être fort et courageux, à me comporter dignement et on me rappela que ma mère voudrait certainement que je me comporte ainsi : je devais donc lui faire honneur en continuant mon chemin de la bonne manière et en me comportant vaillamment.

Je me forçai donc à ravaler les larmes qui m'étranglaient et fis bonne figure ainsi qu'on l'attendait.

Plus tard, un valet vint annoncer que je pouvais venir voir ma mère et la veiller un moment car elle était prête pour les obsèques.

Elle avait été placée dans une petite pièce qui jouxtait la chapelle, sur une table recouverte d'un drap blanc. Elle portait sa plus jolie tenue et ses cheveux avaient été dénoués et brossés. Ses mains étaient croisées sur la poitrine et tenaient un chapelet.

Je restai interdit, hésitant à la reconnaître. C'était elle, et une autre à la fois. Son visage avait la pâleur d'un masque de cire et ses traits tirés, immobiles, étaient ceux d'une étrangère.

Je sentis une main sur mon épaule.

– Va l'embrasser une dernière fois Gabriel, me souffla la marquise Adelaida, les femmes doivent coudre le linceul ensuite. Vois comme elle est jolie.

J'obéis, plus mort que vif et le contact de sa peau froide me donna envie de fuir. Nous restâmes ensuite un moment à la veiller et à prier, Felipe et ses sœurs autour de moi, la marquise me tenant devant elle, ses mains sur mes épaules se faisaient parfois plus pesantes, comme si elle voulait me signifier que je pouvais compter sur elle.

Je n'avais qu'une envie : me serrer contre elle et pleurer tout mon saoul dans ses bras. Mais je savais qu'un tel geste m'était impossible, mes années au château m'avaient appris à garder ma place et mon rang.

La marquise me garda ensuite auprès d'elle et de ses suivantes jusqu'à l'heure des obsèques. Je m'étais blotti sur les coussièges vers la fenêtre et Elionor m'avait rejoint avec son luth pour me jouer des mélodies douces et tristes qui mirent un peu de baume sur mon cœur. Felipe me proposa une partie d'échecs mais je fus incapable de me concentrer. De temps à autre, la marquise venait me caresser la tête et m'encourager d'un sourire.

Enfin, le moment tant redouté arriva et je me plaçai à côté du père Esteve, derrière la carriole où avait été déposé le corps de ma mère, anonyme dans son blanc linceul. J'essayai de l'imaginer tandis que nous suivions la charrette jusqu'au cimetière, mais cette forme blanche ne pouvait être ma chère mère, si vivante et si bonne !

Je flanchai tout de même quand elle fut déposée dans la fosse et j'étouffai un sanglot en me concentrant sur les prières. Le marquis et sa famille m'entouraient ainsi que de nombreux serviteurs et je fus conscient qu'ils me faisaient là un grand honneur car il faut qu'un seigneur aime beaucoup un serviteur pour se rendre ainsi à ses obsèques. Pour tenir, je m'imaginai ma mère en train de me faire ses recommandations et m'expliquer le comportement à adopter en de telles circonstances.

Au même moment, la marquise se pencha vers moi et me souffla :

– Songe qu'elle va rester près de toi et continuer à veiller sur toi depuis le ciel.

Ses paroles m'encouragèrent et dans les jours qui suivirent, j'eus le sentiment qu'elle était là, auprès de moi, me consolant, me soufflant qu'elle m'aimait et que je n'étais pas seul au monde mais qu'elle resterait toujours vers moi.

Mais Dieu, que ce fut douloureux de voir les pelletées de terre recouvrir son corps et le faire disparaître ! J'eus le sentiment d'être enseveli avec elle.

Jusqu'au bout, j'espérai qu'elle allait se réveiller et se dresser dans sa tombe pour nous dire qu'elle n'était pas morte mais qu'elle dormait, mais mon attente fut vaine.

Les prières terminées, chacun repartit et j'insistai pour rester un moment seul sur sa tombe. On me l'accorda. Je pus enfin être seul avec elle et me laisser aller à mon chagrin. Je pleurai, l'appelai, lui reprochai de m'avoir abandonné, la suppliai de revenir, lui expliquai que j'étais trop jeune pour rester seul et que j'avais besoin d'elle. Je pleurai longtemps ainsi, puis allai cueillir une branche de l'églantier qui ornait le muret du petit cimetière pour la déposer sur sa tombe car je savais qu'elle aimait cette fleur. Je la quittai enfin en lui promettant de revenir lui donner des nouvelles.

Je partis rasséréné car j'avais le sentiment qu'elle m'accompagnait et tenait ma main.

Quand je regagnai la chambre des dames, la marquise m'annonça qu'elle et son époux avait décidé de faire déposer et graver une stèle de pierre sur sa tombe, contrairement à l'usage concernant les pauvres. C'était là un grand honneur et je remerciai chaleureusement la marquise qui me caressa la tête et m'embrassa sur le front en me disant que j'étais un bon garçon. Ensuite, sans me laisser le temps de m'émouvoir, Elionor me tendit ma flûte en bois afin que nous répétions un morceau d'un nouveau compositeur italien qu'elle interprétait sur son luth et que j'accompagnais d'une douce mélodie à la flûte, qu'elle me faisait travailler depuis quelques jours. Elle s'efforça de me changer les idées et chasser ma tristesse et je lui en fus reconnaissant. Quant à la petite Abril, elle approcha sa poupée de bois et de chiffon de mon visage et je sentis les bras de son jouet me caresser doucement les joues. Ces manifestations d'affection furent un précieux baume à mon cœur dans les jours qui suivirent.

Le soir même, je découvris ma nouvelle vie : ma paillasse se trouvait au pied du lit de Felipe et notre malle en bois contre le mur. Dona Elvira avait tout prévu. Elle ouvrit le coffre de bois et je découvris que seules restaient mes quelques affaires. Je levai les yeux vers la gouvernante d'un air interrogateur.

– J'ai donné le peu de vêtements que possédait ta mère aux plus pauvres de nos servantes. Mais regarde, j'ai gardé son peigne en bois, j'ai pensé que tu serais heureux d'avoir un souvenir d'elle, m'annonça-t-elle d'un air satisfait.

Un simple peigne en bois. Voilà tout ce qui me restait de ma pauvre mère. Je le serrais néanmoins contre moi avec un soupir tandis que Dona Elvira me détaillait mes nouvelles attributions, qui allaient me tenir bien occupé et m'empêcheraient de me morfondre.

Quand la gouvernante fut sortie, que j'eus aidé Felipe à se désacoutrer, que j'eus vite brossé ses bottes et plié ses vêtements, je m'étendis à mon tour sur ma paillasse, le cœur et le corps bien las. Je fus pris d'une nouvelle crise de larmes que je tentai de réprimer, en vain semble-t-il car je sentis la main de Felipe sur mon épaule.

– Viens dormir dans mon lit, m'intima-t-il doucement, tu n'as jamais dormi seul, je ne vais pas te laisser pleurer.

Je voulus protester entre deux sanglots.

– Si Dona Elvira me trouve, elle sera furieuse après moi, de plus je n'ai jamais dormi dans un lit.

– Je dirai que c'est moi qui t'en ai donné l'ordre car j'ai eu peur d'une souris, répliqua-t-il.

Je ne pus réprimer un sourire. La gouvernante ne serait pas dupe, Felipe craignait peu de choses.

J'obéis donc et poussai un cri en m'étendant sur le matelas : il était mou, me récriai-je, impossible de dormir là-dessus, de plus, il était très haut, je risquais de tomber en dormant et de me rompre un os, comment pouvait-t-on dormir dans de telles conditions ? Mes récriminations amusèrent Felipe et nous nous sommes endormis en imaginant que nous étions dans un lit ambulant et que nous allions nous envoler au cours de la nuit. Felipe avait gagné : il m'avait détourné de mon chagrin et je m'endormis en sentant sa main sur mon épaule.

Il me fallut quelques instants pour réaliser où j'étais quand je m'éveillai le lendemain et les événements de la veille me revinrent vite en mémoire. Je voulus me lever avant que dona Elvira ne surgisse et ne réussis qu'à tomber du lit à grand fracas car j'avais oublié que j'étais perché en hauteur et je m'écroulai piteusement sur ma paillasse. La gouvernante surgit au même moment et elle crut que j'avais passé la nuit sur ma couche. Felipe, qui avait suivi la scène d'un air amusé, me fit un clin d'œil et ne manqua point de me susurrer :

– Pour un champion de l'escalade tu n'es même pas capable de descendre d'un lit sans t'écrouler !

Les quelques jours qui suivirent furent à l'avenant ; mes nouvelles attributions m'occupèrent fort, les enfants du marquis et le chapelain se firent un devoir de me tenir affairé. Le chapelain me traînait à la chapelle pour des messes et prières particulières afin que l'âme de ma mère ne séjourne que brièvement dans le purgatoire. Je renonçai à convaincre le prêtre que ma mère n'avait nul besoin de toutes ces prières car, étant la meilleure et la plus jolie des mères, elle était forcément au paradis d'où elle veillait sur moi, d'ailleurs, je sentais sa présence autour de moi. Je me tus donc et suivis le père dans ses ferventes oraisons qui faisaient dire à Felipe, et même au marquis, que le bon père devait être secrètement amoureux de ma mère, comme plusieurs hommes du château qui se plaignaient de ne plus pouvoir admirer son joli minois. Le capitaine des gardes, un beau et solide gaillard qui n'avait pas la trentaine, offrit de me prendre sous son aile et le marquis fut trop heureux d'accepter. Il veilla à ce que je sois vers lui aux repas et que je reçoive ma part de viande sans être lésé. Il me fit manier mon épée, prendre soin de mon matériel et me donna de précieux conseils sur la conduite à tenir. Je compris en tendant l'oreille autour de moi, que ce capitaine était amoureux de ma mère, qu'il avait commencé de la courtiser en secret et qu'il ne lui était pas indifférent. Il finit par m'avouer qu'il se préparait à la demander en mariage et qu'il aurait donc été une sorte de père pour moi. La chose était courante car les remariages étaient nombreux, eu égard au grand nombre de veufs et veuves qui se dépêchaient de reprendre conjoint.

Je m'ouvris de ces choses à la marquise qui confirma les dires du capitaine. Ma mère songeait à accepter cette demande en mariage, j'aurais ainsi eu un père officiel car le mien ne semblait pas pressé de se manifester et un beau-père brave et bienveillant valait mieux qu'un père lointain et indifférent. Je songeai qu'à quelques semaines près, ma vie aurait pu changer du tout au tout.

C'est alors que mon père, cet être inconnu et distant, se manifesta en la personne de don Miquel qui débarqua un matin, sur son noir destrier, averti du malheur qui m'avait frappé par un message du marquis.

J'oubliai ma peur de son cheval et me ruai dans ses bras.

CHAPITRE QUATRE

'La mère alla dormir sous les dalles du cloître et le petit enfant se remit à chanter' (Victor Hugo)

Quand don Miquel se fut restauré et rafraîchi, qu'il eut changé de vêtements et se fut entretenu avec le marquis et son épouse, ce qui prit une éternité, nous nous sommes enfin retrouvés seuls lui et moi, et il me pria de le conduire sur la tombe de ma mère. Une fois sur place, il se recueillit un long moment, qu'il conclut avec un lent signe de croix. Il me fit ensuite signe de le suivre sur le petit sentier bordé du muret de vieilles pierres qui longeait le cimetière. Nous sommes allés jusqu'au bord du ruisseau où nous attrapions des truites, Felipe, moi et une bordée de galopins du château, et nous nous sommes assis sur le vieux tronc d'arbre qui nous servait de siège lors de nos parties de pêche. Don Miquel m'a alors considéré avec un soupir attristé avant d'entourer mes épaules de ses bras dans un geste affectueux. Je me suis laissé aller contre lui, confiant, heureux d'avoir quelqu'un qui pouvait me comprendre.

– Messire Jaume m'a dit que tu étais très courageux, que tu ne te plaignais pas et que tu accomplissais toutes tes tâches comme avant.

– Je n'ai pas le choix don Miquel, répliquai-je, je ne suis qu'un serviteur et je sais bien qu'une mine défaite et triste finirait par irriter. Il faut être haut placé pour avoir le droit de pleurer et de montrer son chagrin. On m'a fait comprendre qu'un bâtard comme moi était suffisamment privilégié de seconder messire Felipe et que je devais garder mes états d'âme pour moi. Mais je vais bien, je suis si occupé que je ne pleure que le soir. Les enfants du marquis sont bons avec moi vous savez, si bons que je ne veux point les décourager en faisant face de carême…

Il me serra un peu plus fort contre lui en soupirant avant de sortir une lettre de la poche de son pourpoint de fine laine.

– J'ai pour toi une lettre des sœurs du couvent, j'y ai fait un détour car je devais leur remettre quelques offrandes, elles ont pleuré en apprenant la nouvelle et elles prient pour le repos de l'âme de ta mère, mais aussi pour toi.

– C'est une bonne idée de prier pour moi... Moi, je suis sûr que ma mère est au ciel avec les anges et Sant Jordi, aussi je ne sais pas s'il est utile de tant prier pour elle puisqu'elle va bien et que le père Esteve me répète tous les jours que c'est elle qui intercède pour moi ! Par contre je veux bien que l'on prie pour moi parce que Felipe va partir servir comme page chez le comte de Barcelone, que je vais me retrouver seul et que j'ignore ce que vais devenir. Pourriez-vous m'aider à me placer quelque part ? J'aimerais trouver un autre fils de noble, la marquise dit qu'elle me fera des lettres de recommandation disant que je suis tout à fait qualifié.

Don Miquel ne put s'empêcher de rire avant de redevenir sérieux.

– Ah Gabriel, un jour tu seras diplomate.... mais écoute, j'ai à te parler. Tu vas sans doute bientôt servir un autre garçon, un fils de comte, bien-sûr pas avant d'avoir terminé ton temps auprès de Felipe, d'ici cinq ou six mois, cela te siérait-il ? termina-t-il d'un air malicieux.

Je fis des yeux ronds.

– Oh ! Mais... de qui s'agit-il ? Vous avez déjà pensé à mon avenir ?

– De ton demi-frère, Esteban, qui a l'âge de Felipe.

J'en restai sidéré et fixai don Miquel comme si j'avais devant moi l'archange en personne. Don Miquel sourit avant de reprendre :

– Essaie de ne pas m'interrompre toutes les trente secondes comme tu en as l'habitude, mon histoire est longue et tortueuse.

Je hochai vigoureusement la tête.

– Promis ! Je suis muet comme une carpe !

– Bon.... comment commencer... D'abord, si je te parle maintenant, c'est avec l'accord de ton père qui a été fort affecté d'apprendre la mort de ta mère et qui pense que tu es assez âgé pour connaître tes origines, à condition de ne pas aller les proclamer à tout venant, compris ?

– Ouuuui...
– Tu es le fils de Guillem de Toylona et tu descends d'une famille catalane d'ancienne noblesse, une lignée de guerriers plutôt farouches et austères. En tant que cadet de famille sans droit à l'héritage, j'ai été placé pour servir ton père vers mes onze ou douze ans... Nous avons fait nos armes ensemble et je suis devenu son écuyer, ce que je suis toujours car je suis de rang inférieur, mais je suis aussi son secrétaire et son ami.
– Son criado[5] donc ?
– Si tu veux. Nous avons donc grandi ensemble sous la férule de feu le comte de Toylona, ton grand-père, un homme de la vieille école, dur et exigeant. Ton père n'a pas toujours été à la fête, ni moi non plus. Il en a gardé un caractère assez sombre et refermé. Bref... ta mère est arrivée au village de Toylona... oui, le village porte le nom du château et de la famille, la situation s'est améliorée, mais les paysans ont connu des siècles de dur servage. Donc, je disais qu'un jour, alors que ton père et moi revenions de la chasse et entrions dans le village... nous avions dans les quinze ans et le sang chaud... nous avons vu ta mère arriver avec son père, tous les deux épuisés, portant un maigre baluchon, les vêtements en loques, misérables... L'homme nous a demandé si c'était bien là que le vieux forgeron était mort et si nous avions déjà un remplaçant. Vu l'état du bonhomme, il n'avait guère de chance d'être embauché... mais nous avons vu ta mère, Ana... ou plutôt j'ai capté le regard de Guillem sur elle, un regard ébloui et fasciné. Elle avait à peine quatorze ans, mais elle était belle ta mère déjà. Elle avait ce je ne sais quoi de plus que n'ont pas les autres femmes. Elle était pourtant maigre, visiblement affamée, et ses vêtements... J'ai alors vu Guillem sauter en bas de son cheval, se ruer vers le puits et y puiser de l'eau qu'il leur a offerte à tous les deux. Ils ont échangé un long regard et j'ai vu que ta mère était troublée... Il faut dire que ton père était et est toujours un beau gaillard, bien bâti et doté de ces yeux verts dont tu as hérité et qui ont fait son succès.
– Pourquoi ? C'est mieux des yeux verts ? On voit mieux ?

---

[5] Criado : à la fois serviteur, suivant d'armes et client.

– Tu comprendras en ton temps... ne m'interromps plus gamin... Bon, il s'est avéré que la place était libre et ton grand-père maternel, après un essai, s'est vu proposer de reprendre la forge... Il fallait vraiment que le village soit en manque pour accueillir ainsi deux desamparados[6], mais il faut dire qu'ils avaient fait du chemin... nul n'a jamais connu précisément leur histoire, tu sais que ta mère n'a jamais voulu parler de son passé. Ils venaient du nord-ouest, de Navarre ou du pays Basque, des montagnes en tout cas. Ana et son père se sont retrouvés seuls et ont tout perdu, leur hameau a été attaqué par une bande de routiers un jour où elle et son père étaient allés au marché du bourg voisin. Quand ils sont revenus, ils n'avaient plus rien. La mère d'Ana et ses deux frères étaient morts, la forge et leurs biens pillés. Je n'ai jamais compris pourquoi ils ont quitté leur cité et sont partis ainsi sur les routes au hasard, j'ai eu le sentiment qu'ils n'avaient pas dit toute la vérité mais à Toylona, leur histoire n'intéressait personne alors ils se sont tus. D'autant plus que si ton grand-père était un forgeron irréprochable et honnête, il n'a jamais fréquenté ceux du village, trop marqué par son malheur. C'était un homme renfrogné, taciturne, qui passait son temps à travailler sans se prendre de bon temps. Quant à ta mère... son père la laissait peu sortir et elle tenait le ménage, mais il faut dire que sa beauté et ses origines l'ont fait mal voir des autres filles du village. Elle était celle qui venait d'ailleurs, qui avait voyagé, qui s'exprimait bien, enfin bref une étrangère... C'est ainsi que tout le monde les a appelés d'ailleurs...'les deux étrangers', ils ont été tolérés, jamais aimés. Le ressentiment envers eux a été d'autant plus grand que chacun a remarqué que Guillem venait tourner autour de la forge à cheval, qu'il passait vers le puits à l'heure où les jeunes filles venaient puiser l'eau. Ta mère ne faisait rien pour l'encourager, elle le fuyait même, mais elle a vite été accusée d'être une fille de rien, une étrangère cherchant à séduire le fils du seigneur. Quelques semaines après leur arrivée le comte a eu vent de ces rumeurs et il a été pris d'une de ses colères dont il avait le secret ! Notre départ, prévu depuis quelque temps, a été

---

[6] Desamparados : sans abris

avancé, et nous sommes partis servir comme écuyers chez l'un de nos Grands d'Espagne, avant de rejoindre l'armée pour quelques mois comme le veut l'usage. Nous approchions de nos dix-neuf ans lors de notre retour, Guillem devait alors apprendre à tenir sa place de futur comte et moi à le seconder. A peine arrivés, ton père a eu l'interdiction de se rendre vers la forge… ton grand-père était très strict sur ces questions, il refusait de voir des bâtards naître parmi ses paysans. Nous avons été sommés de nous rendre au bordel du bourg voisin pour assouvir nos besoins, ce que nous avons fait. Peu de temps après, en revenant de Valbona, ce qui devait arriver est arrivé : ton père a croisé ta mère. Elle avait ramassé des herbes dans les champs et elle s'est trouvée nez à nez avec Guillem. Il n'a fallu que quelques secondes pour que sa passion renaisse… ta mère n'avait pas encore dix-sept ans et je peux te dire qu'elle était belle comme le jour, la plus belle fille du village. J'ai tenté de raisonner ton père, mais il prétendait que c'était plus fort que lui, qu'elle le hantait.

Alors, les choses se sont précipitées. Déjà, ton grand-père a avancé le mariage qu'il avait prévu pour son fils. Tu dois savoir que feu le comte était lié à une grande famille castillane, les De Monteiro. En son jeune temps, il a pris part à l'ultime phase de la reconquista…

– La reconquête de Grenade ! me récriai-je.

– Je vois que tu écoutes bien ton professeur. Oui, il a pénétré dans l'Alhambra de Grenade derrière Isabelle et Ferdinand, nos premiers rois très catholiques. C'est là qu'il a combattu aux côtés du duc de Monteiro, le père de l'épouse de ton père. Ces deux-là se sont si bien entendus qu'ils se sont promis d'unir leurs futures familles par le mariage. Une telle union permettait à la Castille de prendre pied en Catalogne tout en assurant la richesse future des Toylona ainsi que des appuis à la cour. Ton grand-père a d'ailleurs été critiqué par les nobles familles catalanes qui répugnent encore à se mélanger aux castillans. Mais bref… à peine ton père et moi étions-nous rentrés, que ton grand-père annonçait à son fils qu'il allait se marier le plus vite possible. Ton père n'avait pas vingt ans ce qui était beaucoup trop jeune pour se marier, mais ton grand-père a été intraitable et c'est ainsi que Guillem s'est trouvé uni à quelqu'un qu'il n'avait jamais vu, Regina, la fille cadette du duc de Monteiro. Il était furieux mais il ne lui serait pas venu à l'idée de désobéir à son père. Il a été élevé dans le sens du devoir et ton grand-père a su lui faire miroiter l'intérêt de cette union. Tu sais que notre beau pays catalan se relève d'années de calamités et les Toylona n'étaient pas riches, le château avait besoin d'être réparé, modernisé et agrandi et tout cela allait devenir possible. Quand la promise est arrivée, nous avons compris l'importance de la dot… Sans être laide, elle n'était pas jolie et surtout, elle avait un air renfrogné et peu aimable qui a failli faire capoter ce mariage. Mais elle aussi avait été éduquée dans le sens du devoir et elle acceptait de se sacrifier a-t-elle annoncé très vite… Elle avait vécu de longues années dans un couvent et avait toujours désiré vouer sa vie à Dieu. Mais c'était compter sans la volonté de son père. Ses deux sœurs aînées, plus belles et aimables, ont été données à de riches et prestigieuses familles castillanes. Pour tenir la promesse faite au comte de Toylona, il ne restait plus qu'elle… Le mariage a eu lieu quelques jours après son arrivée et les fiancés s'y sont résignés la mort dans l'âme, à la grande joie des deux pères… A peine la cérémonie terminée, ton grand-père s'est dirigé vers ton père et lui a dit : 'Ton avenir est assuré ainsi que celui de notre domaine, tu es maintenant lié à l'une des plus grandes et riches familles castillanes à qui nous devons beaucoup et tu pourras compter sur eux'. Voilà ! Ton père et sa jeune épouse avaient à peine vingt ans et dès le début, rien n'est allé entre eux. Regina a vécu repliée dans sa chambre avec les suivantes que son père lui avait données : une vieille et sinistre duègne, une cousine pauvre et une servante. Sans parler de son confesseur, un jeune père dominicain proche de l'inquisition. Elle passait ses journées à broder, coudre et prier avec son confesseur. Ton père et elle ne se voyaient qu'aux repas et… le soir quand il allait la rejoindre pour accomplir son devoir…

– C'est quoi son devoir ?

– Tu comprendras plus tard. Bon… je reprends. Nous avons découvert pourquoi le comte avait hâté ce mariage. Quelques jours après les noces, nous avons vu sa santé se dégrader très vite. Nous avons su ensuite qu'il se savait très malade et condamné à brève échéance... Il avait voulu assurer l'avenir de son fils tant qu'il était vivant, craignant peut-être une annulation du contrat passé s'il mourait avant que l'union fut prononcée. Le croiras-tu Gabriel ? Un mois après ce mariage, le comte mourait, ton père héritait du titre et se retrouvait avec une lourde responsabilité. Si le comte était mort un peu plus tôt, sans doute ce mariage n'aurait-il pas eu lieu...

– Et mon père aurait épousé ma mère ? demandai-je ingénument.

– Ne sois pas stupide Gabriel, as-tu déjà vu une servante épouser un seigneur ?

Je secouai la tête, déçu malgré tout.

– Oui, mais alors, s'il ne l'a pas épousée, pourquoi je suis né moi ?

Il eut un soupir las.

– C'est alors que ça s'est gâté. J'ai secondé ton père du mieux que je pouvais, mais la responsabilité était lourde, son épouse, recluse en dévotions, ne lui était d'aucun secours. Deux mois après la mort du comte, ton père m'a envoyé à Barcelone pour régler quelques affaires... Il devait enregistrer certains titres, faire le point avec des banquiers et autres démarches fort ennuyeuses. J'ai été surpris qu'il me demande d'y aller mais il a soutenu qu'il ne pouvait pas laisser le domaine sans surveillance en outre, son épouse venait de lui annoncer qu'elle attendait un heureux événement et...

– C'est quoi un heureux événement ?

– C'est quand on attend un enfant.

Je me demandai fugitivement si ma venue avait été un heureux événement et mon cœur se serra. Je pensai aussi à mes petits amis paysans pour qui un petit frère ou une sœur à venir était synonyme d'une bouche de plus à nourrir. L'heureux événement devait concerner exclusivement les nobles et les riches bourgeois.

– Et alors ?

– Alors... mon Dieu ! tu es bien jeune pour comprendre toutes ces choses ! J'ai compris ensuite que ton père m'avait envoyé à Barcelone afin que je ne me mette pas en travers de son chemin... Moi absent, il était seul maître à bord et pouvait faire ce qu'il voulait. Je n'avais pas vu à quel point il était déçu de son mariage et obsédé par ta mère... En fait il me l'avait caché et affirmé qu'elle lui était sortie de la tête. De plus, à peine son épouse s'est-elle découverte enceinte qu'elle a fermé la porte de sa chambre à ton père...

Je ne vis pas le rapport entre fermer une porte de chambre et le fait d'être grosse d'un enfançon... Décidément ces nobles étaient étranges et ne faisaient rien comme les autres, qui n'avaient le plus souvent aucune porte à fermer car tout le monde dormait dans la salle commune. Peut-être la comtesse avait-elle fermé la porte car elle craignait de prendre froid... J'allais m'enquérir de la chose quand don Miquel reprit :

– C'est au cours de ma longue absence que Guillem a accompli sa folie : il avait dû repérer à quel moment ta mère allait puiser l'eau à la fontaine et, au moment où elle se penchait au-dessus du puits, il s'est précipité vers elle avec son cheval, l'a enlevée et s'est enfui avec elle au vu et au su de tout le village. Il avait tout prévu... même le lieu où il allait la retenir : la tour sarrasine... C'est une vieille tour du temps des maures que les Toylona ont toujours conservée en bon état. Elle sert de relais de chasse, de gentilhommière et de refuge pour celui qui veut être tranquille. Nous y avions dormi à maintes reprises, elle était bien meublée, avait de bonnes cheminées, jouxtait une rivière et surtout elle est assez éloignée au cœur de la forêt pour qu'aucun paysan l'ait jamais approchée... le repaire parfait pour celui qui ne veut pas être dérangé... L'enlèvement d'Ana n'était pas passé inaperçu mais ton père avait chargé deux de nos hommes d'armes de faire comprendre aux villageois de tenir leur langue afin que la nouvelle n'arrive pas au château. Pourtant, recluse avec son petit groupe de castillans, ignorant le catalan, la comtesse ne risquait guère d'être mise au courant d'autant plus qu'elle était peu appréciée et évitait tout contact avec nos gens et les paysans... Bon que puis-je te dire maintenant ? Quand je suis revenu, ton père détenait ta mère dans la tour depuis un mois... Oh il passait une partie de ses journées avec elle, elle était protégée par les deux hommes d'armes qui veillaient sur elle quand Guillem était absent, ils lui donnaient à manger, lui apportaient de l'eau pour sa toilette, l'accompagnaient en promenade même ! Ton père avait tout aménagé et elle

disposait d'un confort qu'elle n'avait pas à la forge. J'ai découvert qu'après s'être affrontés et déchirés dans les premiers jours, ces deux-là semblaient partager la même passion même si ta mère souffrait profondément de son déshonneur et était déchirée intérieurement.
– Elle ne pouvait pas retourner chez son père ?
– Elle aurait été reçue à coups de pierres au village… les langues étaient allées bon train et maintenant c'était ta mère qui avait séduit et attiré le seigneur Guillem dans ses filets ! Tu sais elle était belle ta mère et faisait beaucoup de jaloux… Cette histoire a ravivé la méfiance et la haine des étrangers et ton pauvre grand-père a dû se terrer chez lui pour se protéger de la violence des villageois et cacher sa honte et son désespoir… La seule fille qui lui restait était perdue pour lui et il n'avait plus de raison de vivre. Il s'est laissé aller et il est mort quelque temps après ta naissance. Savoir que sa fille était en sûreté et qu'un petit fils lui était né lui avait pourtant redonné quelque espoir. Mais il était trop tard et il avait épuisé toute son énergie, il est mort de chagrin et d'épuisement.

Je songeai que ma naissance n'avait pas été un heureux événement et que bien des malheurs m'avaient précédé.

– J'ai été furieux contre ton père quand j'ai appris ce qu'il avait fait. Il avait trahi son épouse et détruit la vie de la jeune fille dont il se prétendait passionnément amoureux. Il semblait penser que les choses allaient s'arranger toutes seules et il attendait je ne sais quoi. Il a fini par me supplier de l'aider à trouver une solution quand Regina a découvert la vérité et a menacé de détruire la vie des deux amants. Une scène terrible s'est déroulée au château et nous avons craint pour la vie d'Ana. J'ai alors pensé au couvent et je suis allé voir ta mère. Je l'ai trouvée forte et décidée. Il y avait en elle quelque chose qui semblait indestructible. Elle m'a demandé du papier pour écrire à son père pour le rassurer et j'ai découvert que le forgeron et sa fille savaient lire et écrire, ce qui m'a surpris. J'ai compris que les livres qui ornaient les étagères de la tour lui étaient peut-être destinés. Elle a tout de suite accepté l'idée du couvent, afin de laver sa honte et retrouver la paix. Lorsque nous avons organisé sa fuite, j'ai beaucoup parlé avec elle et vu combien elle était solide. J'ai compris qu'elle aimait ton père bien qu'il l'ait cruellement meurtrie. Elle l'a cru pris de folie et a tenté de le raisonner, en vain. Il la voulait et il l'a eue. Et il a détruit sa vie. Malgré tout le mal qu'il lui a fait, elle ne l'a jamais haï. C'est peut-être pour cela qu'elle t'a tant aimé… Tu lui as sans cesse rappelé cet amour interdit, meurtri par la violence et la folie de ton géniteur. Vois-tu Gabriel, si ces deux-là avaient été de même classe, je ne doute pas qu'ils auraient formé un couple exemplaire et auraient été très heureux. Et tu aurais été élevé et aimé par tes deux parents… et au lieu de cela…

Il avait pris un caillou qu'il lança de toutes ses forces dans les buissons, provoquant l'envol d'une nuée de moineaux.

Je n'osais rien dire, peinant à tout saisir et à me situer dans ce drame. J'avais le sentiment d'écouter une de ces histoires d'amour tristes à pleurer dont nos poètes nous régalaient le soir à la veillée.

Les yeux fixés sur le vieux donjon, oublieux de ma présence, et sans doute de mon jeune âge, don Miquel reprit :

– J'ai donc escorté ta mère au couvent. Ana et Guillem ne se sont jamais revus. Ta naissance a été une surprise totale pour nous. Tu es né trois mois après Esteban, l'héritier officiel et Guillem m'a chargé de veiller sur toi, ce que j'ai fait jusqu'à aujourd'hui. Ton père a fait la paix avec son épouse… Oh, ils ne s'aiment pas mais ils se conforment à ce que l'on attend d'eux. Deux autres enfants sont nés après Esteban, une fille, puis un deuxième garçon. Ces naissances ont rassuré la comtesse : le comte est bien pourvu en enfants et tu ne représentes plus une menace pour elle, elle est prête à accepter que tu viennes servir Esteban… Son confesseur l'a persuadée que ce serait faire là œuvre de charité chrétienne et de pardon des offenses et que cette action lui sera imputée pour son entrée au paradis. Tu pourras donc venir dès que tu auras terminé ton temps ici et tu continueras avec Esteban ce que tu as commencé avec Felipe. Regina montrera ainsi sa grande mansuétude vis à vis des frasques de son époux, en outre, avoir sous les yeux le fruit de son péché obligera Guillem à bien se comporter et à se montrer le meilleur des époux.

– C'est quoi le fruit de son péché ?

– Euh Gabriel… c'est toi. T'avoir sous les yeux rappellera sans cesse au comte le tort qu'il a fait à son épouse et le contraindra à se montrer exemplaire. En outre, Regina n'est pas fâchée d'avoir pour son fils un serviteur déjà formé et éduqué.

J'avais senti de l'amertume dans sa voix et je devinai qu'il n'appréciait pas cette Regina. Je me gardai bien de le lui dire car les grands aiment penser que nous les petits comprenons peu de choses du monde des adultes.

– Je ne sais pas si j'ai envie d'aller là-bas, avançai-je, je pourrais demander au marquis Jaume de me laisser travailler ici, il ne me refusera pas cela.

– Gabriel, je suis venu avec une lettre de ton père pour Jaume, il tient à ce que tu vives vers eux.

– C'est pour expier ses péchés et faire une bonne action ?

Don Miquel soupira et je compris qu'il ne savait que me répondre.

– Quand il te connaîtra, je suis sûr qu'il va t'aimer.

Je n'osai lui dire que je n'en étais pas certain. De même, j'aurais aimé le questionner sur ce demi-frère tombé du ciel mais son silence sur le sujet n'augurait rien de bon.

Le même soir, il y avait veillée pour les dames et les enfants dans les appartements de la marquise. Après avoir joué aux échecs avec Felipe qui m'avait battu à plates coutures, j'étais allé me rencogner seul sur les coussièges de la fenêtre tandis que Felipe, Elionor et la plus jeune suivante de la marquise saisissaient leurs instruments pour répéter un chant. La marquise vint s'asseoir vers moi quelques instants.

– Je te trouve bien marri Gabriel, n'as-tu point reçu de bonnes nouvelles de messire Miquel ? Tu vas enfin connaître ton père et vivre vers lui.

J'aimais beaucoup Adelaida et me confiais souvent à elle depuis le trépas de ma mère.

– Lui et son épouse veulent un serviteur pour leur vrai fils…

Je levai mon visage vers elle :

– J'aurais bien aimé un père comme votre époux madame Adelaida, j'aurais voulu être son petit garçon et pas seulement un serviteur.

Adelaïda m'ébouriffa les cheveux dans un geste affectueux :
– Allons Gabriel, je suis sûre que ton père finira par t'aimer lorsqu'il te connaîtra et verra tes qualités. Tu devras bien-sûr te montrer exemplaire, bon, courageux, pieux et travailleur. Alors tu auras ta place vers eux et tu pourras les servir. Songe que les seigneurs qui procréent des bâtards avec des filles du peuple ne veulent généralement rien savoir de leur existence et que ces pauvres enfants sont livrés à la misère. Ton père s'est toujours soucié de toi en te confiant à don Miquel et à nous et c'est là le signe d'une âme noble. Tu sais Gabriel, tu as le don de te faire aimer des gens, ils aiment ton innocence et ton cœur pur, surtout ne change pas et reste tel que tu es, les gens de Toylona t'aimeront, comme nos gens d'ici t'apprécient.

Je fixai un instant la marquise. J'avais compris que j'allais être obligé de me montrer toujours exemplaire et souriant, ce qui me pesait souvent mais il semblait que seuls les jeunes nobles et ceux dotés de parents tolérants avaient le droit de faire quelque bêtise et que vivre à Toylona n'allait pas être une partie de plaisir.

– Si je ne suis pas exemplaire et qu'ils me renvoient, pourrai-je venir chercher de l'ouvrage ici ? m'enquis-je le cœur plein d'espoir, imaginant déjà quelques frasques qui me feraient revenir illico chez le marquis.

La marquise rit en secouant la tête :
– Mon enfant, demande-toi ce que voudrais ta mère ! Que tu passes ta vie comme palefrenier ou homme d'armes ou bien chez ton père ? Ne t'a-t-elle pas fait promettre de bien te comporter une fois chez lui et de lui faire honneur afin qu'il voie qu'il a là un fils de grande valeur malgré son état de bâtard ? Ta mère avait pour toi des ambitions tu sais… Imagine sa déception si, depuis le ciel, elle te voit prendre une mauvaise voie ?

J'entrevis ma mère, accompagnée de Sant Jordi en train de m'envoyer la foudre du ciel tandis que les cieux se fermaient pour moi… Je frissonnai à cette idée et songeai que Dieu avait dû me créer dans un seul but : être un modèle de perfection. Je soupirai avec un enthousiasme mitigé.

– Vous avez raison madame la marquise... Puis-je maintenant aller écrire une lettre pour les sœurs du couvent ? Don Miquel m'a proposé de la leur faire parvenir.

J'écrivis aux sœurs une missive lénifiante en leur assurant que je m'efforçais d'être irréprochable en tout point et de me montrer un digne représentant de l'excellence du couvent. Je fus félicité pour cette missive et Felipe, sommé de prendre exemple sur moi. Il me fixa en ricanant et lorsque nous fûmes seuls dans la chambre le soir, nous réglâmes nos comptes au cours d'une vraie bataille où aucun de nous ne pût vaincre l'autre et nous finîmes par nous écrouler l'un sur l'autre en riant à perdre haleine.

Les jours suivant le départ de don Miquel me virent hésiter entre la crainte et l'espoir mais aussi entre un autre sentiment que j'ignorais jusqu'alors. Le récit de don Miquel revint me hanter et je pris peu à peu conscience de ce qu'avait vécu et enduré ma mère. Je pensai aussi à ce grand-père inconnu que jamais je ne connaîtrais : le père et la fille avaient été détruits par la violence de mon père et avaient connu le déshonneur et la fin d'une vie plutôt paisible depuis qu'ils vivaient à Toylona. Je n'avais que dix ans mais j'avais déjà entendu maints récits au cours des veillées ou en écoutant les soldats. Des récits de pillages, de morts et de filles enlevées et forcées. La vie était rude, surtout pour les petites gens et nous les enfants étions, très jeunes, familiers de ces choses. J'avais aussi ouï, loin des oreilles des maîtres du château, de sombres histoires d'arrogants seigneurs qui s'arrogeaient tous les droits et traitaient leurs gens en esclaves. Je découvris en moi la force de la haine et détestai à l'avance ce père qui avait détruit la vie de ma chère mère qui me manquait tant.

J'allai beaucoup pleurer sur sa tombe et lui crier ma colère et mon désespoir. Comme les menaces de damnation me faisaient tout aussi peur, je finis par aller confier mes sentiments au père Esteve au cours d'une séance de confession que je lui réclamai. Il m'écouta paisiblement, m'informa que, certainement, Dieu comprenait ma colère mais que face à la repentance de mon père je ne pouvais demeurer dans la haine et me devais de suivre l'exemple de ma mère qui avait su pardonner et qui m'avait aimé de tout son cœur. Le père Esteve se pencha ensuite vers moi :

– Es-tu mécontent d'être en vie Gabriel ou préfèrerais-tu n'être jamais né ? Tu as été heureux jusqu'à ce que la mort frappe ta mère non ?

– Oui mon père mais...

– Et je crois que la suite de ta vie va être tout aussi heureuse... Tu vas être pris en charge par ton père et vivre dans un autre château. Tu ne connaîtras ni la misère ni la faim et tu auras le privilège de servir un futur seigneur qui est aussi ton demi-frère. Ne réalises-tu pas ton privilège ? Ta vie s'ouvre sous les meilleurs auspices. Et mon petit, ne crains point l'avenir car Dieu a eu soin de toi jusqu'à présent et il aura soin de toi dans l'avenir même si tout ne sera pas aisé pour toi. Notre chemin sur terre est souvent douloureux et parsemé d'embûches mais il nous faut persévérer jusqu'à la fin.

L'optimisme du bon père me rasséréna quelque peu et je fis taire mes doutes en les enfouissant en mon tréfonds. Je voulais laisser une bonne image de moi pour mes derniers moments à Ensegur et je me montrai tel que l'on voulait me voir.

La nouvelle arriva un mois avant mon départ et celui de Felipe. Une missive de Don Miquel.

Le comte Guillem et son épouse venaient d'être durement frappés : leur dernier fils, un petit de quatre ans venait de trouver la mort après quelques jours de maladie. Une sorte de flux de ventre ou une fluxion de poitrine, la lettre n'était pas très claire. La comtesse Regina était au désespoir et gardait la chambre, se nourrissant à peine et négligeant ses deux autres enfants. Dans ces conditions, m'expliqua le marquis après avoir parcouru la longue missive, je ne pourrais pas venir les rejoindre tout de suite, la comtesse le prendrait comme un affront, d'autant plus que ce petit-là ressemblait à son père tandis que l'aîné tenait de la mère.

Bref, nous offrions une certaine ressemblance et ma vue ne pourrait que raviver le chagrin de la comtesse.

– Tu comprends, m'expliqua le marquis Jaume, cet enfant-là était leur dernier, la comtesse a eu une grossesse difficile, elle a failli mourir en le mettant au monde et n'a plus jamais été grosse depuis, elle est d'ailleurs de santé fragile tout comme Esteban.

– Oh oui je comprends m'écriai-je, au cas où le plus grand mourrait, ils avaient celui-ci en rechange, c'est bien cela ? Et maintenant, ils n'ont plus d'héritier de remplacement...

Je me tus brusquement, réalisant que le marquis n'avait plus que Felipe comme héritier. Mais il prit le parti d'en rire.

– Mon dieu quel cynisme de la part de notre angelot ! s'exclama t-il. Allons Gabriel, on ne fait pas d'enfants pour s'assurer un remplaçant quoi que pour certains... Les enfants ça naît quand ça veut et puis, tu sais comme nous que tous, pauvres ou riches, en perdons souvent un ou deux. C'est la vie et nous n'y pouvons rien. Pour ma part, je suis reconnaissant d'avoir au moins un fils et deux ravissantes filles. Tu me vois avec deux ou trois galopins comme Felipe ? Un seul suffit et je remercie le ciel. Mais tu sais mon garçon, tu seras seul avec Esteban maintenant... juste vous deux en lice...

Je ne saisis pas son allusion, les adultes qui me pensaient plus mûr et intelligent que mon âge me racontaient souvent des choses qui me dépassaient et je n'osais les détromper, renforçant ainsi ma réputation d'enfant précoce. J'avais donc un sujet à débattre avec Felipe et peut-être Elionor qui, plus âgée que nous, prenait souvent sur elle de nous expliquer ce qui nous dépassait... quand elle en était capable.

Je n'eus pas le loisir de pousser mes interrogations plus loin car le marquis reprit :

– Miquel sait que nous partons tous à Barcelone accompagner Felipe et passer quelque temps à la cour comtale, ton père et lui ont convenu que tu ne pouvais pas rester seul à Ensegur avec les gardes et les domestiques. Ton père a chargé Miquel de te trouver un lieu où résider plus proche de Toylona afin qu'il soit plus aisé de venir te rechercher lorsque la comtesse sera prête à te recevoir. Il pense à un forgeron qu'ils ont connu dans le temps de leur service aux armées et qui était réputé pour son traitement des lames. Il a repris la forge d'un petit village qui se trouve tout près de la route menant à Toylona. Le comte lui avait prêté des fonds pour qu'il s'installe, il ne refusera certainement pas de te prendre comme apprenti quelques mois. Tu es trop jeune bien-sûr mais il te trouvera toujours quelque chose à faire. Et puis, comme tu es en avance sur ton âge, solide et en bonne santé, il sera sans doute content de t'avoir. Cela te plairait mon garçon ? C'est un excellent arrangement.

Comment dire le contraire ? Je hochai la tête et Jaume m'assena une bonne claque dans le dos.

– Ah la bonne heure ! J'écris à Don Miquel que tu es prêt pour l'aventure et qu'il peut venir quand il veut.

J'avais compris que mon temps à Ensegur était terminé et que maintenant que Felipe n'avait plus besoin de moi, il ne servait à rien que je m'attarde. Felipe, qui s'était mis en tête que je viendrais avec lui à Barcelone, fut fort déçu et nous ruminâmes de sombres pensées, assis côte à côte.

– C'est injuste, gémit Felipe, les grands ne tiennent pas compte de notre amitié et ils nous séparent sans demander notre avis.

– Nous pourrons nous revoir quand nous serons grands, hasardai-je, vous aurez à nouveau besoin d'un homme de confiance.

Notre vie commune se termina de manière magistrale : nous fûmes tous les deux fouettés publiquement, ensemble et sans distinction de rang. Il faut dire que Felipe avait décidé, en guise d'adieu à son ancienne vie, que nous montrerions nos qualités sportives et notre témérité par un exploit inédit Il me convainquit que nous serions chaudement félicités si nous parvenions à descendre le grand donjon avec une simple corde, au vu et au su de tout le monde, sans nous assurer l'un l'autre pour montrer notre mépris de la mort. L'idée souleva en moi quelques inquiétudes que Felipe balaya d'un geste méprisant. Il avait d'ailleurs déjà mis une longue corde de côté et choisi le bon moment pour éblouir notre public : son père et le capitaine étaient allés inspecter le domaine avec la troupe et l'intendant et Felipe décida que nous passerions à l'action lorsqu'ils franchiraient la poterne qui offrait une large vue sur le donjon.

Je n'étais pas sujet au vertige et grimpais partout depuis mon plus jeune âge. J'étais sûr de réussir la descente mais nourrissais quelques doutes au sujet de Felipe qui n'avait jamais montré de grandes capacités en ce domaine. Devant son entêtement, j'acceptai le défi à la condition que je passe le premier et qu'il attende que je remonte l'escalier avant de descendre à son tour : j'avais la ferme intention de remonter afin d'assurer sa descente avec une seconde corde, comme nous l'avions appris. Je ne le lui dis pas bien-sûr, car il se serait senti insulté à l'idée de dépendre de moi, je cachai néanmoins une autre corde dans un recoin en haut du donjon où je me réfugiais parfois pour être seul et pleurer ma mère à mon aise.

Ainsi fîmes-nous. Au moment où la troupe entra, je me lançai dans le vide, le cœur battant, sans être aucunement assuré, ne dépendant que de moi et de la solidité de la corde que j'avais tout de même vérifiée, Felipe n'étant guère habitué à ce genre de tâche.

Je ne regardai pas en bas, bien que j'aie entendu le trot des chevaux, suivi de cris affolés. A trois ou quatre mètres avant le sol, je réalisai que la corde n'allait pas plus bas et je me suspendis à son extrémité pour me recevoir le mieux possible.

Tout alla ensuite très vite : je fus happé par deux bras puissants, secoué comme un prunier par un capitaine furieux et affolé, puis traîné dans la grande salle où j'arrivai en même temps que Felipe que son père tenait sous le bras comme un vulgaire sac de fèves.

Il ne se démonta pas pour autant mon camarade, et expliqua notre projet avec beaucoup d'aplomb : d'ailleurs termina-t-il en me désignant, nous avions raison sur tous les plans car je n'étais pas tombé et avais réussi une magistrale descente.

La remarque de Felipe détourna vers moi les foudres du marquis. Je me pressai d'expliquer que je projetais de remonter pour assurer Felipe, que j'avais caché une corde et n'étais pas assez inconscient pour le laisser tenter l'aventure sans protection. Le marquis envoya un des hommes à la recherche de ma corde tandis que Felipe se tournait vers moi, furieux :

– Crois-tu que je ne sois pas capable de descendre aussi bien que toi ? Pourquoi voulais-tu me protéger ?

– C'était une précaution Felipe. Je ne voulais pas que tu risques ta vie.

– Et toi, tu l'as pourtant risquée ! tonna le marquis en se penchant vers moi, es-tu donc inconscient et stupide ?

– Non, monsieur le marquis, mais si j'étais tombé, ce n'était pas grave tandis que la chose aurait été d'importance si Felipe s'était occis.

– Et pourquoi cela ? renchérit le marquis.

Je m'engaillardis : – Si vous perdez Felipe, vous n'avez plus de fils de rechange pour le remplacer et vous serez tous fort malheureux tandis que moi, je ne suis l'héritier de personne, nul ne me pleurera et si je mourais, je retrouverais ma chère maman qui me manque tant ! Ce n'était donc pas grave si j'étais tombé car le père Esteve nous a répété hier qu'il y a plus de joie à être au ciel que sur terre.

Il y eut un long silence quand j'eus terminé ma tirade, que je jugeai excellente et qui me tira les larmes des yeux car je ne l'avais pas préméditée, silence vite rompu par le marquis qui m'empoigna aux épaules et me secoua un bon coup.

– Le père Estève t'a-t-il dit que tu devais rechercher la mort ? se récria-t-il.

Je le fixai un court instant.

– Je ne sais plus, murmurai-je, mais je vais lui demander, ajoutai-je en faisant mine de m'en aller.

Je ne fis pas deux pas et dus reporter ma recherche théologique : nous fûmes tous deux empoignés, nos haut-de chausses baissés et nous fûmes fouettés jusqu'à avoir les fesses rouge vif. On nous enjoignit de montrer notre courage en ne pleurant pas, ce que nous nous efforçâmes de faire, du moins, jusqu'à ce nous ayons rejoint notre chambre où nous passâmes la nuit au pain sec et à l'eau.

Le lendemain, ce fut le père Esteve qui vint nous délivrer et en voyant sa mine défaite, je me demandai si le marquis l'avait aussi fouetté.

Il me prit à part, et m'ordonna de le fixer dans les yeux, ce que je fis.

– Gabriel, penses-tu vraiment que personne ne te pleurerait si tu venais à trépasser ?

Je rougis un peu et haussai les épaules.

– Vous seriez un peu triste dans l'instant, hasardai-je d'un ton incertain.

– Et Felipe ? Et le marquis, son épouse et ses filles ? Et les sœurs de Santa Colomba ? Et don Miquel ?

– Oui, sans doute, marmonnai-je.

– Et ton père ?

– Certainement pas, assurai-je, il ne m'a jamais vu, il a un autre fils, un vrai et il n'est jamais venu me voir... Je crois qu'il aurait été soulagé si j'étais mort car il n'aurait plus eu à se soucier de moi, je vois bien que je l'encombre et que je suis en trop.

Je vis le trouble sur le visage du père Estève.

– Ne parle pas ainsi car tu ignores ses sentiments. Il se soucie de toi puisque tu vas vivre vers eux. N'oublie pas qu'il pleure un fils, apprendre ton trépas n'aurait fait qu'ajouter à son chagrin. Songe que, légitime ou pas, c'est un fils qui va lui arriver avec toi et ta présence sera un baume sur son cœur de père meurtri. Maintenant, nous allons aller à la chapelle et tu vas réciter quelques Pater pour ta pénitence...

Tout le monde fut bon avec moi jusqu'à mon départ qui eut lieu deux ou trois jours avant celui des De Montradon. Quand don Miquel arriva, une petite fête fut organisée pour notre dernière soirée. Elionor, Felipe, Abril et moi-même offrîmes un aperçu de nos talents en musique, danse, saynètes et poésies et nous fûmes fort applaudis. Je ravalais mes larmes en réalisant à quel point ils allaient me manquer tous. Puis, juste avant notre départ, nous allâmes une dernière fois sur la tombe de ma chère maman et je m'écroulai en pleurs dans les bras de don Miquel qui, ne sachant comment réagir, finit par me prendre dans ses bras et me porter jusqu'à mon cheval prêt au départ, où il m'installa.

Nous quittâmes Ensegur et je me retournai en faisant de grands signes d'adieu jusqu'à ce que le château ne soit plus visible. J'avais vu les larmes dans les yeux de Felipe au moment de mon départ et il m'avait crié que nous nous reverrions bientôt.

CHAPITRE CINQ

'Même en enfer, il est bon d'avoir un ami' (proverbe russe)

Après notre départ, don Miquel attira mon attention sur mon cheval, une petite jument bai espagnole, fougueuse mais obéissante, qui se laissait mener par qui savait la tenir avec fermeté. Il était arrivé avec elle et j'avais fait sa connaissance. Nous nous étions vite apprivoisés et elle parut me reconnaître au moment de notre départ.

– Elle a juste quatre ans, me confia don Miquel, elle s'appelle Cinca, elle a été la cinquième à naître cette année-là. Vous avez l'air de bien vous entendre tous les deux… Je suis agréablement surpris de voir le bon cavalier que tu es devenu.

Je rougis de plaisir et me penchai pour caresser ma jument à l'encolure.

– Je l'aime bien, un jour, j'en aurai peut-être une aussi jolie.

– Ton père te la destine. Si elle te plaît, elle est à toi, sinon, tu en choisiras un autre lorsque tu viendras vivre avec nous.

Je restai muet, trop ému pour parler. Puis je me tournai vers don Miquel.

– Je ne sais pas quoi dire, avouai-je, c'est un cadeau de prince, je… je ne possède que ce que j'ai sur le dos et dans mon sac ainsi que les armes que le marquis Jaume a voulu que j'emporte et c'est déjà beaucoup, alors un cheval…

J'essuyai une larme et don Miquel me serra l'épaule de ce geste qui m'était devenu familier.

– Tu es le fils de Guillem de Toylona, il est juste que tu possèdes un cheval. Allons, que dirais-tu d'un petit galop jusqu'à ce rocher en forme de tête là-bas ? Tiens-toi prêt gamin et fonce !

Nous filâmes et l'action me fit oublier les sentiments qui me dominaient : chagrin du départ, crainte de l'inconnu et de ce père qui m'effrayait, manque de ma mère et de sa tendresse et puis ce cheval qui me tombait du ciel.

Le soir, nous fîmes une halte dans une tranquille et modeste posada et nous repartîmes de bon matin. Au bout d'un long moment, don Miquel se tourna vers moi.

– Nous ne sommes pas à deux jours près. Que dirais-tu d'aller saluer les sœurs de Santa Colomba ?

Comme à son habitude, don Miquel éclata de rire devant ma mine ébahie et deux heures plus tard, nous arrivions en vue de la vallée de Sant Sebastia qui menait au monastère.

Je commençai à reconnaître certaines particularités du paysage, l'épaisse forêt, la ligne bleue des montagnes dominée par quelques pics couverts de neige, puis la vieille tour à demi écroulée qui gardait l'entrée de la minuscule vallée où se nichait Santa Colomba.

Enfin, nous arrivâmes par le chemin du haut et je vis d'abord les pauvres chaumières et la fumée qui s'échappait des trous des toits, les champs inégaux, si durs à cultiver, le petit bois de sorbier et puis enfin mon cher monastère, petit et humble, usé par les années et le manque d'entretien.

La première personne que nous rencontrâmes fut sœur Carmelita, notre soigneuse qui m'avait tant appris. Elle se dirigeait vers la vieille porte, un panier rempli de simples à son bras. Elle s'arrêta en voyant deux cavaliers, fronça les sourcils, nous dévisagea tour à tour. Son regard s'arrêta sur moi, je la vis hésiter un instant avant de que ses yeux s'illuminent d'une joie immense.

– Oh mon Dieu ! Gabriel ! C'est toi mon petit ? C'est bien toi !

Je n'étais pas descendu de Cinca qu'elle manquait de défoncer la porte pour se précipiter à l'intérieur en criant :

– Le petit est de retour ! Le petit est là ! Don Miquel nous l'a amené ! Venez vite ! Ma mère, mes sœurs !

Dire que je fus fêté est un euphémisme. Je fus entouré, embrassé et passé de bras en bras au milieu d'exclamations diverses : 'Comme tu es grand !' 'Le beau garçon que voilà !' et autres paroles affectueuses dont sont gratifiés les enfants qui grandissent.

Don Miquel s'amusa un instant de ces retrouvailles, salua les sœurs puis sa tante, la mère supérieure, avant de se tourner vers moi et de me souffler :

— Je vais dormir à la posada qui se trouve à l'entrée de la vallée... L'ambiance est trop maternelle pour moi ici, je préfère les accortes servantes à ces chers sœurs, je viens te rechercher demain matin, j'emmène Cinca, il n'y a aucun endroit pour elle ici... à demain, et fais-toi bien cajoler, songe que tu es un peu leur enfant à toutes !

Il partit avec un grand rire, me laissant dans la redoutable compagnie d'une douzaine de femmes privées de progéniture et remplies de tendresse inemployée.

Mère Teodora se pencha vers moi et me murmura :

— Va faire le tour du propriétaire, vois les sœurs, ensuite nous nous verrons tous les deux en tête à tête, je vois à ton regard que tu as besoin d'épancher ton cœur.

Je suivis ses conseils et après avoir bu au puits, j'entrepris de parcourir les lieux de mon bonheur d'enfançon escorté de deux ou trois sœurs, dont Clarissa qui avait été la première à m'enseigner la lecture et l'écriture.

Je n'allai pas loin et me tournai vers les sœurs d'un air intrigué :

— Mais, que s'est-il passé ici ? Tout semble avoir rétréci, même l'église est plus basse, elle me semblait énorme quand je voulais l'escalader !

— Gros benêt ! Tu ne vois pas que c'est toi qui as grandi !

J'observai la sœur et songeai qu'elle aussi avait sérieusement diminuée de volume, tant en hauteur qu'en largeur mais retins tout commentaire.

Tout passa comme dans un rêve. Je m'attardai partout, revit les lieux où j'avais dormi, mangé, ri avec ma mère, étudié et fait des bêtises et une puissante émotion m'envahit. Les religieuses avaient deviné mon trouble et firent tout pour apaiser ma peine. Elles m'interrogèrent sur ma vie à Ensegur, Felipe, mes études, elles me donnèrent des nouvelles : la vieille sœur Dolores était décédée l'hiver précédent, une jeune novice était arrivée, l'un de mes camarades du hameau s'était cassé une jambe et boitait depuis ce temps, mère Teodora allait tenter de le faire admettre comme frère lai dans un monastère, le vieux prêtre perdait un peu la tête et oubliait son latin, plusieurs nouveaux livres imprimés avaient été offerts par un riche donateur dont le *Libero Artitrio* d'Erasme où ce dernier s'opposait à Luther, que je n'avais pas lu et n'avais nullement l'intention de lire. J'avouai un intérêt mitigé pour les querelles religieuses, l'avancée du luthéranisme et son succès dans le nord de l'Europe. Pour rassurer les sœurs, je leur citai les exercices spirituels d'un certain Ignace de Loyola, nouvellement rédigés, dont le père Estève nous avait entretenus. Je n'ajoutai pas que ces 'exercices' n'avaient rencontré qu'un succès mitigé à Ensegur, le marquis Jaume étant plus porté sur la chasse que sur les longues séances de prière et que de guerre lasse, le cher père Estève s'était rabattu sur Felipe et moi, puis sur moi seul, Felipe ayant sur le sujet les mêmes dispositions que son paternel.

Après le frugal repas de pain, légumes et œufs au cours duquel fut lu l'affreux martyr d'une sainte du deuxième siècle qui faillit me couper l'appétit, mère Teodora me fit signe de la suivre dans le petit bureau d'où le couvent était administré et qui sentait le vieux parchemin et la poussière.

– As-tu déjà songé à devenir religieux Gabriel ? s'enquit la supérieure d'un ton léger.

Je repensai à ce que je venais d'entendre et décidai que je n'avais pas vocation de martyr.

– Je sais qu'à ton âge, on aime l'aventure, reprit Teodora, tu pourrais partir comme missionnaire chez les indiens des Amériques.

Deux semaines auparavant, un visiteur s'était délecté à nous retracer le martyr d'un dominicain qui avait voulu évangéliser les sauvages. L'histoire avait fait grand bruit car, quatre jours plus tard un troubadour de passage au château nous avait chanté le dit-martyre dont le refrain disait 'il fut rôti à petit feu et les sauvages le mangèrent tout entier'. Le chanteur avait dû abuser du vin clairet ou de l'hypocras car, très échauffé, il nous avait enjoint de reprendre le refrain en chœur avec lui comme s'il s'agissait d'une chanson de taverne, ce que nous n'avions pas manqué de faire avec Felipe avant qu'un père Estève affolé ne nous évacue sur un signe de la marquise. Nous avions dû faire contrition et avions obéi en nous retenant de rire. Le lendemain, tout le monde fredonnait le refrain car le chanteur, pour se venger d'avoir été prié d'aller chanter ailleurs, n'avait pas manqué d'aller pousser la chansonnette dans les cuisines où il avait rencontré un franc succès car nul n'appréciait les dominicains.

Une petite tape sur la tête me ramena à Santa Colomba.

– Toujours aussi rêveur Gabriel. Je t'ai posé une question. Toi qui voulais être archange, n'aimerais-tu pas servir Dieu sur terre d'abord ?

– Bien-sûr que non ma mère ! m'exclamai-je spontanément.

Je vis ses sourcils se froncer et compris que j'avais gaffé. Aussi, je lui expliquai que je n'avais aucune inclination à finir rôti chez les sauvages et que je préférais servir le dénommé Esteban qui, même s'il ne m'attirait guère, n'aurait sans doute pas l'idée saugrenue de me transformer en martyr en me rôtissant à petit feu.

– Vous savez ma mère, si la sainte église veut recruter, il faut qu'elle cesse de terroriser les gens en leur promettant torture et martyr en lieu et place d'une vie normale. D'ailleurs le marquis Jaume dit toujours que les dominicains sont des pisse-froid à face de carême et qu'on devrait tous les expédier se faire étriper en évangélisant les sauvages afin qu'on en soit débarrassé une bonne fois pour toutes… Ma mère ne les aimait pas non plus… elle disait qu'ils se plaisaient à faire souffrir les hommes sous couvert de la sainte inquisition.

Elle avait émis un bruit étrange et je ne sus pas si ce fut pour se retenir de rire ou parce qu'elle était choquée.

– Garde toujours ce genre de pensées pour toi Gabriel ! Mais parlons de toi et de ta mère, je serais heureuse que tu me confies ta peine avant de repartir.

Elle m'avait fait signe de m'asseoir près d'elle et je me sentis redevenir le petit garçon qu'elle appelait pour quelque leçon ou simplement pour passer un moment agréable. J'eus du mal à parler au début, ayant soigneusement dissimulé ma peine en mon tréfonds, puis mis en confiance je m'enhardis et pus confier ma détresse et le sentiment de solitude qui m'étreignait depuis son décès. Elle m'écouta avec attention, puis me serra contre elle comme elle le faisait en ma prime jeunesse et je fus heureux de me laisser aller. Ensuite elle fit son travail de mère supérieure, c'est à dire qu'elle m'exhorta à faire confiance en Dieu même si les dominicains ne reflétaient que bien mal son amour, elle me fit promettre de ne pas oublier mes prières, d'être bon et charitable et de ne jamais me laisser aller à désespérer car c'était là grand péché.

Engaillardi, je promis tout ce qu'elle voulut avant de poser une question qui me taraudait :

— Ma mère, savez-vous quelque chose sur la vie de ma mère avant qu'elle arrive à Toylona ? D'où elle venait, comment était sa famille et ce genre de choses ? Quelques jours avant de mourir, elle m'a dit que je grandissais et qu'elle allait bientôt pouvoir me faire des confidences sur son histoire et sa famille mais elle est morte et je ne sais toujours rien.

Mère Teodora soupira.

— Elle n'a jamais rien voulu dire et ici chacun est libre de ses secrets. J'ai vite vu qu'elle était plutôt instruite pour une fille du peuple, qu'elle s'exprimait bien mais elle disait que dans sa famille ils étaient tous ainsi et que même forgerons, ils ne dédaignaient pas l'instruction. Ce que je peux te dire c'est qu'elle espérait de tout cœur qu'un jour ton père prendrait soin de toi… Elle lui avait pardonné tu sais et ne le haïssait point, alors, pour l'amour de ta mère, tu vas me promettre de faire tout pour bien t'entendre avec lui et le respecter, tu vas t'engager à faire honneur à ta mère et à montrer que tu as autant de valeur que si tu étais légitime… Le promets-tu Gabriel ? Tu vas aussi t'engager à garder la foi et à rester fidèle à ton Dieu, quelles que soient les circonstances, tu saisis cela mon enfant ?

Je passais beaucoup de temps à promettre tout ce qu'on voulait et je promis encore une fois sans songer que toutes ces promesses inconsidérées que j'offrais généreusement se graveraient dans ma conscience en lettres de feu et que je me considérerais liées par elle aussi sûrement qu'avec des chaînes.

Nous repartîmes le lendemain après moult embrassades et recommandations. J'étais assuré des prières quotidiennes de tout un couvent et don Miquel allégua que désormais, à chaque fois que j'allais faire une bêtise, je verrais paraître devant mes yeux les visages menaçants de cette armée de saintes femmes m'enjoignant de demeurer dans le droit chemin. En entendant cela, je voulus retourner au monastère pour leur demander de prier un peu moins souvent et don Miquel dût attraper mes rênes et me certifier que cela ne se produirait qu'avec les offenses les plus graves et non pour les peccadilles. Il décréta que je pourrais encore dérober quelques douceurs dans les cuisines, braconner ou faire quelques farces sans être passible de l'enfer. Je consentis à continuer bien que son autorité en la matière me laissa quelques doutes.

Au cours de notre périple, nous nous arrêtâmes dans une cité marchande achalandée en boutiquiers et mon protecteur fit pour moi emplette des vêtements que portaient les apprentis. J'étais encore un peu jeune mais je me retrouvai muni d'une chemise de grosse toile épaisse, de chausses de cordelas, d'une ceinture d'étoffe, de chaussures de cuir à semelles épaisses et d'un manto assez long, ce manteau que portaient tous les paysans. Avec mon pourpoint de toile et ma chemise de fine laine, j'étais paré pour les mois à venir m'affirma don Miquel.

En sortant de la ville nous avons quitté la route principale, encombrée de mules chargées et de pèlerins qui se dirigeaient vers Montserrat pour emprunter de petit carreratges, ces chemins muletiers qui serpentaient dans la montagne. Don Miquel avait pris soin de se munir en provisions dans la cité et le soir venu nous fîmes halte dans une petite ermita, une chapelle isolée construite près d'une source juste au-dessus d'un défilé rocheux, auquel je ne résistai pas longtemps : je me lançai à l'assaut des roches pendant que Don Miquel se reposait en sirotant du vin tout en me surveillant du coin de l'œil.

Après mes exploits, je dévorai mon repas avant de dérouler ma paillasse, que j'avais emportée ainsi que ma couverture. Je voulus demander davantage de renseignements à don Miquel sur le lieu où je me rendais mais dus probablement tomber endormi car quand je voulus lui parler, il faisait grand jour. L'air était frisquet et je m'enroulai dans mon nouveau manto pour manger le pain et le fromage que me tendit mon protecteur, accompagnés d'une gourde d'horchata parfumée à l'orgeat dont je raffolais. Je pris ensuite soin de Cinca, la pansai, la nourris et l'abreuvai, rangeai soigneusement mes affaires et nous avons rejoint le sentier, cheminant tantôt à travers la forêt, tantôt sur les hauteurs, marchant devant nos montures en les tenant par les rênes ou bien chevauchant au pas quand le sentier était assez large. Don Miquel me faisait les honneurs des lieux, me nommant certains monts, certains bourgs, m'interrogeant sur les noms des arbres ou des oiseaux qui venaient planer au-dessus de nous.

Le soir venu, nous fîmes halte dans une posada fréquentée par des muletiers et je me gavai d'un ragoût au lard et aux légumes sous l'œil amusé de mon mentor :
– Je vois que tu apprécies les nourritures du bas peuple… C'est une bonne chose car tu n'auras guère de plats raffinés chez Enric, il faudra te faire passer pour un garçon du peuple… inutile de crier partout que tu es le fils d'un comte, ils ne te croiront pas ou alors te traiteront cruellement en raison de ta bâtardise.

Il se pencha en avant :
– Tu vas voir comment ta mère a vécu avant de connaître ton père. Mais tu te méfieras d'Enric, je ne l'avais pas vu depuis cinq ou six ans et je l'ai trouvé changé, il a la trogne de quelqu'un qui boit, il est toujours bon forgeron mais tu l'éviteras en dehors de tes temps de travail, tu te trouveras bien au calme seul à la forge le soir. Et j'ai une surprise pour toi : je t'ai trouvé un professeur, hé oui, le curé d'Arenas le père Diez est un authentique letrados[7] diplômé de Tolède qui est venu finir sa vie dans ce petit poble[8].

---

[7] Letrados : un lettré
[8] poble : village (catalan)

— Pourquoi ? On n'envoie pas les letrados dans un poble !

— Je crois qu'il est en désaccord avec un des grands inquisiteurs à qui il a tenu tête au sujet des indiens, il a osé prétendre qu'ils ont une âme et qu'on ne peut donc en faire des esclaves. Mais ce ne sont point-là nos affaires. Je me suis arrangé avec le brave homme qui sera heureux d'avoir au moins une personne à qui faire partager ses lumières en échange de la petite bourse que je lui ai remise. Tu iras le voir deux ou trois fois la semaine. Il ne s'agit pas que tu oublies tout ce tu as appris à Ensegur, tu vas déjà manquer ton entraînement aux armes, pas question que tu égares ton latin…

— Cinca va me manquer. Elle ne pourrait pas rester avec moi ?

— Et tu la mettrais où ? Tu imagines un pauvre petit orphelin posséder son cheval ? Voilà qui mettrait tout le village en émoi et provoquerait des ragots ! Tu devras être le plus discret possible et considérer cette expérience comme une chance de découvrir de nouvelles choses.

Je m'efforçai de méditer sur ma chance mais le seul avantage que je pus trouver fut que mon séjour chez le forgeron allait retarder le moment où je rencontrerais mon géniteur, échéance qui m'effrayait et me remplissait en même temps d'impatience : le portrait que l'on m'avait tracé du comte de Toylona ressemblait peu à l'image mentale du père idéal que je m'étais fabriquée, où ce dernier était un mélange du marquis Jaume et de Sant Jordi doublé d'un preux chevalier au grand cœur qui m'ouvrait grand ses bras en me répétant combien je lui avais manqué. Malgré mon jeune âge, j'avais suffisamment vécu pour comprendre que Guillem de Toylona faisait partie de ces nobles fiers et orgueilleux, plein de bravoure mais aussi de morgue, sûr de sa supériorité et intransigeant. Je songeai à un conte que j'avais récemment entendu où il était question d'un 'seigneur ténébreux' et mon géniteur me semblait être plus proche de ce sombre seigneur que du père aimant dont je me languissais.

Le lendemain nous avons atteint Arenas.

Un poble de trois ou quatre cent âmes, au carrefour d'une des routes de pèlerinage, doté d'une auberge relativement réputée, d'une jolie place où se tenait une fois la semaine un marché qui réunissait les paysans des alentours et les camelots de passage, et qui était dominé par les ruines d'un château qui se dressaient fièrement au-dessus des maisons, des ruines qui avaient jadis appartenu à un seigneur dont nul ne se souvenait du nom.

Je repérai la petite église, la rivière qui serpentait au sud du village, les maisons de pierre et de bois pour les plus cossues, plutôt rares, de torchis pour les autres ainsi que quelques échoppes d'artisans le long de la rue principale.

La forge se trouvait à la sortie du bourg, à côté d'un puits surmonté d'un vieux tilleul. Elle était semblable à toutes les forges de village croisées en chemin, un vaste atelier encombré et enfumé, doté d'une large porte sur l'avant et d'une plus petite sur l'arrière qui menait à une petite maison en pierres sèches où vivaient le forgeron et sa famille. J'aperçus un potager sur le côté, du linge qui séchait sur un buisson, de la fumée qui s'échappait par le toit. Je perçus aussi le bruit d'un marteau sur une enclume.

Don Miquel me confia les chevaux, m'ordonna de leur donner à boire dans l'auge qui jouxtait le mur du bâtiment avant de les attacher, puis il entra dans la forge.

J'étais en train d'abreuver les chevaux quand les deux hommes ressortirent et je constatai que don Miquel m'en avait tracé un portrait assez juste. Le forgeron Enric Sorribes ressemblait aux anciens soldats, mais aussi au forgeron d'Ensegur : large et trapu, puissamment musclé, le visage rougeaud, son torse nu laissait voir quelques anciennes cicatrices. Il était déjà fort âgé : entre trente-cinq et quarante ans au moins... Un ancêtre pour le gamin que j'étais.

Je vis qu'il me dévisageait et m'empressai de le saluer tandis qu'il me scrutait du haut en bas :

– Il est de bonne taille pour un gamin de dix ans, mais trop jeune pour faire un apprenti.

– Il sait manier les chevaux, est bon cavalier, apprend l'escrime, il est solide, bien nourri, sain de corps et d'esprit, je ne doute pas que vous saurez l'employer... en tenant compte de son âge Enric, précisa don Miquel d'une voix lourde d'un sous-entendu dont je compris qu'elle voulait dire : 'Traitez-le bien, sinon il vous en cuira'. De plus, reprit-il en lui tendant une bourse, sa pension compensera largement les tâches qu'il est trop jeune pour accomplir. Et n'oubliez pas de le laisser aller étudier deux ou trois fois la semaine avec le père Diez, nous y tenons, ajouta-t-il d'une voix presque menaçante.

– Prends tes affaires, m'intima-t-il ensuite, je dois partir si je veux être à mon auberge ce soir et je veux passer voir le prêtre pour lui signaler ton arrivée, il te fera quérir très vite je pense, prends soin de toi et souviens-toi de qui tu es le fils, ajouta-t-il encore en fixant Enric comme pour lui signifier que je n'étais pas le premier bâtard venu, ne t'inquiète pas, je viendrai te chercher dès que possible, ce sera l'affaire de quelques mois tout au plus.

Il partit, me laissant seul et se retournant pour me contempler une dernière fois d'un air un peu inquiet avant de fixer les yeux sur le forgeron. Je connaissais assez don Miquel pour savoir qu'il était anxieux et que sa confiance en Enric était limitée. Je crus même un instant qu'il allait faire demi-tour pour me prendre avec lui mais cet instant de grâce ne dura pas : qu'aurait-il fait de moi ? Je me retrouvai seul, mon balluchon dans les mains, à la merci d'un homme dont j'ignorais tout mais qui ne me semblait pas dénué d'une certains brutalité qui devait se manifester dès lors qu'il buvait.

Je me sentis brusquement très seul et totalement vulnérable. Le sentiment d'abandon qui m'assaillait régulièrement depuis la mort de ma mère me frappa plus violemment, de manière presque physique. La seule personne qui m'avait aimé était morte et j'étais un fardeau pour ceux qui avaient désormais ma charge.

Le forgeron Enric Sorribes me tira vite de mes tristes méditations.

Il m'ordonna de balayer la forge puis de choisir un endroit propre et discret où installer ma paillasse et mes affaires. Ensuite, il me faudrait aller au puits remplir le seau, puis recharger le feu en prenant du charbon de bois dans une réserve attenante à la forge.

Je n'avais pas l'habitude de telles tâches, ni même qu'on me parla sur ce ton mais je jugeai préférable de m'exécuter, tandis que Enric se remettait à l'ouvrage, n'imaginant pas une seconde que je n'obéirais pas sur le champ. Je balayai donc et il me tendit une vieille toile sur laquelle j'étendis ma paillasse en le remerciant pour le bout de tissu car j'avais deviné qu'il s'agissait là d'un privilège dû à ma condition.

Je fis de mes affaires un tas qui me servirait d'oreiller puis me ruai vers le puits, un seau à la main. Qu'il fut lourd ce seau à rapporter ! Je faillis tomber plusieurs fois mais tins bon, ravalant ma honte d'être rabaissé au rang de simple valet dans un village perdu, loin de tout ce que j'aimais.

Il en fut ainsi jusqu'à l'heure du repas. Je fis des allers et retours au puits, alimentai le feu tandis qu'il m'apprenait le nom de ses outils et me demandait de les lui apporter. Alors que j'hésitais devant l'amas des outils je le vis lever la main en direction de mon visage pour s'arrêter juste à temps, se souvenant sans doute que j'étais le bâtard d'un Toylona. Il voulait un garçon vif, réactif et efficace et je m'efforçai de répondre à ses attentes.

Il dût me savoir gré de mes efforts car il m'appela pour me montrer une épée dont il était en train d'affûter la lame. J'avais tout de suite remarqué quelques rapières délicatement accrochées au mur et attendant d'être remises en état. Enric avait la réputation de savoir traiter les armes et de rajeunir les plus vieilles et émoussées de manière magistrale. Il tendit la lame vers moi :

– Tu connais celle-ci ? me fit-il de sa voix bourrue.

Je souris.

– Elle vient de Tolède, elle porte la marque de la tour de l'Alcazar. Elle est vieille, ajoutai-je en promenant mon doigt sur la lame usée et rouillée.

– Un jeune señorito vient d'en hériter et me l'a apportée. Il compte sans doute aller se pavaner avec dans les beaux quartiers de Barcelone. Nous allons la lui remettre en état, il va repasser demain…Vois-tu, je suis réputé pour ma façon de travailler les lames et certains n'hésitent pas à se déplacer jusqu'ici pour que je soigne leurs armes.

Je l'aidai du mieux que je pus, c'est à dire que je me contentai de l'examiner attentivement puis, tout à la fin, de polir la lame avec un chiffon doux jusqu'à ce qu'elle brille.

– On dirait qu'elle sort des ateliers de Tolède et qu'elle vient d'être fabriquée ! m'écriai-je admiratif, me demandant ce que ce magicien des lames faisait dans ce village perdu.

Je découvris assez vite que des marchands de passage déposaient des épées à réparer pour les reprendre quelques jours plus tard et jouaient le rôle d'intermédiaires. Des armes de toute la Catalogne et même au-delà circulaient sur les chemins pour arriver dans ce modeste bourg.

Au moment du repas, je fis la connaissance de la famille du forgeron : sa femme Blanca, timide et effacée me présenta leur aîné, le petit Carles qui devait avoir dans les six ou sept ans puis une fille un peu plus jeune, Alicia. Blanca portait sur ses hanches leur dernier-né, un petit Nuno qui était encore à la mamelle.

Le logis était simple mais propre, relativement cossu par rapport à d'autres maisons du village. Il y avait même un dressoir sur lequel étaient exposées quelques pièces de vaisselle en étain, et le lit était entouré d'un épais damas que l'on ne voyait que chez les bourgeois et non chez un simple forgeron. Voyant mes regards étonnés, Enric, décidément de bonne humeur, m'expliqua :

– Tu vois gamin, réparer des épées enrichit son homme ! Rien à voir avec les fers pour les chevaux et les travaux usuels.

Blanca nous servit en silence. Effacée, affairée, elle parlait peu et se tenait vers son mari, prête à satisfaire ses moindres besoins. Les enfants mangeaient aussi en silence, osant à peine lever la tête, craignant visiblement leur père. J'appris très vite qu'il avait la main leste et s'était fait la réputation d'un homme qui 'tenait' sa femme et ses enfants et n'hésitait pas à manier le fouet pour les corriger. Le petit Carles ne venait à la forge que si son père l'appelait pour lui confier une tâche et je pouvais lire la crainte sur son visage. Sinon, il passait son temps avec les galopins du bourg quand il n'aidait pas sa mère au potager.

Sitôt le repas terminé, je reçus l'ordre d'aller chercher un seau d'eau au puits pour la maisonnée.

Combien de seaux ai-je ainsi trimballés entre la forge et la cuisine au cours de mon séjour ? Des centaines certainement. Parfois Carles courait vers moi et tentait maladroitement de m'aider mais il ne faisait que me retarder. Blanca me remerciait d'un sourire, parfois d'une caresse sur la joue. Les jours fastes, quand elle avait cuit le pain, elle confectionnait parfois une sorte de brioche aux fruits secs et elle m'en glissait vite un petit morceau pour me remercier tout en tournant la tête du côté de la forge pour être sûre de ne pas être vue.

Dès le premier soir, le rythme fut pris : sitôt mon repas terminé, je devais filer au puits chercher de l'eau, puis disparaître dans la forge et me débrouiller seul. Je fus heureux d'avoir reçu, en quittant Ensegur, une bonne provision de chandelles de suif qui me permirent de passer mes soirées autrement qu'à la lueur des derniers restes du foyer.

Ma solitude fut terrible ce premier soir et je ne pus m'empêcher de verser des larmes amères, me sentant oublié de tous. Heureusement l'épuisement et le trop-plein d'émotions me plongèrent vite dans un profond sommeil dont j'émergeai brutalement le lendemain, secoué comme un prunier par un Enric furibard :

– Et le feu ! Tu devais préparer le feu pour qu'il soit prêt lorsque j'arrive !

Je le contemplai d'un air stupide tandis que de vagues souvenirs me revenaient sur la longue liste de tâches qu'il m'avait détaillée la veille.

– Pardon, m'écriai-je en le voyant se diriger vers le clou où un fouet était accroché, j'étais trop fatigué et tout est nouveau pour moi, demain je n'oublierai pas.

Il me fixa, se souvint sans doute qu'il risquait des ennuis s'il me malmenait trop, renonça à me battre et repartit dans la maison où je l'entendis passer sa colère sur les siens. Je fus désolé pour eux.

Je découvris qu'il passait nombre de ses soirées à boire à la taverne et qu'il avait le vin mauvais les lendemains de beuverie.

J'appris à surveiller ses humeurs et à réagir en conséquence.

Le second jour fut aussi exténuant que le premier. Je charriai des seaux d'eau, balayai, frottai, courus à gauche et à droite, mangeai vite un ragoût de fèves et de lard, tout cela sans presque aucune interruption et chacun de mes membres me faisait souffrir. J'avais pourtant l'habitude des coups et des bleus mais ces tâches répétitives et usantes me fatiguaient plus que les durs entraînements que j'avais connus.

Je m'écroulai sur ma paillasse ce soir-là avec un soupir douloureux tant mes muscles étaient endoloris quand j'entendis une petit voix :

– Courage, ton corps va s'habituer !

Je sursautai et distinguai une frêle silhouette qui se dirigea vers moi pour s'accroupir à mes côtés.

Je le dévisageai à la lueur de la bougie et des dernières braises du foyer. Un garçon d'à peu près mon âge vêtu de fruques mille fois rapiécées, sale, hirsute, au visage déjà marqué par la misère et prématurément vieilli, un gueux donc, qui m'adressa un lumineux sourire où quelques dents noirâtres branlaient déjà :

– Je m'appelle Angel, c'est toi le bâtard orphelin ? J'ai trimé à l'auberge et ton maître a parlé de toi. Paraît qu'ton père veut pas d'toi, qu'ta mère est morte et qu'les gens savent pas quoi faire de toi et qu'c'est pour ça qu't'es là. C'est-y vrai ? Parce que si c'est vrai, on va être amis parce que moi aussi ch'suis tout seul.

Je faillis me fâcher mais quelque chose dans ses yeux m'en empêcha, une attente, une lueur d'espoir, une naïveté aussi, que peut-être je portais également en moi.

Je lui souris.

– C'est vrai, avouai-je, je suis ici pour quelques mois en attendant que mon père veuille bien de moi, il ne me connaît pas. Je m'appelle Gabriel et j'aurai bientôt onze ans.

Il ouvrit de grands yeux.

– Ouah ! C'que tu causes bien ! Moi j'sais pas trop mon âge, entre douze et treize ans j'crois. Mes parents et ma p'tite sœur sont morts y'a environ deux ans et depuis, j'suis à la charge du village. Ils me donnent à manger, je loge à gauche et à droite et en échange je donne des coups de main partout où y'a besoin. Je faisais déjà ça avec mes parents, ils étaient ouvriers agricoles, on était les plus pauvres du bourg surtout que mon père il aimait bien boire un coup et des fois, on avait rien à manger, maintenant, je mange mieux. Quand personne me donne, le père Diez a toujours un morceau de pain pour moi et un coin pour dormir, surtout en hiver. C'que t'es bien ici ! termina-t-il en jetant des regards envieux autour de lui, t'as un bon lit aussi, si seulement j'trouvais une place comme la tienne !

Je le dévisageais, sidéré que l'on puisse m'envier et réalisai que jusqu'alors, je n'avais salué la misère que de loin.

– T'étais placé où avant ?

– Au château d'Ensegur. Tu connais ?

– Ben non ! C'est un vrai château avec un seigneur et tout ça ? Tu faisais quoi là-bas, tu étais aux champs ?

– Non, ma mère était la femme de chambre de la marquise Adelaida. Moi je servais Felipe le futur marquis, on a le même âge. Et comme il est parti à Barcelone pour devenir page puis écuyer chez le Grand-Duc, il a fallu me trouver un endroit où me mettre en attendant que mon père me fasse venir vers lui.

Je me tus, un peu gêné devant son air émerveillé, comme s'il venait d'ouïr quelque fable merveilleuse.

– C'est la première fois que j'rencontre quelqu'un comme toi ! Tu me raconteras ta vie, dis ? Les gens me parlent pas ici, ils me donnent un peu à manger et m'font trimer et c'est tout… Et puis comme j'ai plus personne pour m'défendre, je reprends souvent des coups. Tu seras à la messe dimanche ? Tu sais, à la sortie, y'a le gros Paco et le petit Pons qui m'guettent avec les autres, ils m'insultent et me tapent dessus… Tu pourrais rester vers moi, on serait les deux…

Je lus une supplication muette dans ses yeux, presque une prière. Je vis sa solitude et sa souffrance, son attente désespérée d'un ami. Il voyait en moi une sorte de semblable, de compagnon d'infortune et de misère et je songeai avec amertume que, aux yeux des villageois, je ne valais guère mieux.

Je lui souris. Ne lui dis rien de plus sur moi ni sur mes origines. Je me penchai vers lui.

– Enric m'a déjà dit que dimanche il me donnerait un repas froid et qu'il ne voulait pas de moi chez lui… Alors oui, on pourrait se retrouver à l'église et puis passer la journée ensemble, je voulais aller me laver à la rivière et peut-être

pêcher un poisson et le faire griller, je serais content que tu viennes avec moi, je ne serai pas tout seul comme ça. Je voulais aussi tirer un peu à l'arc, si tu veux je te montrerai...
Mon cœur se gonfla de joie en voyant le sourire qui transforma son visage et le rendit beau l'espace d'un instant.
– Personne ne tire à l'arc ici ! Tu me montrerais dis ? Les autres vont être jaloux. Oh vivement dimanche... Bon, faut qu'je file, ils m'attendent à l'auberge, ils ont rôti une oie et ils m'ont gardé les os à ronger, je veux pas qu'ils les donnent aux chiens, après je dois me battre avec eux pour les récupérer et ça faire rire le monde là-bas... J'suis pas un chien quand même hein !

Il partit avec un grand sourire. Sa dernière phrase m'était allée droit au cœur. Il était encore plus misérable que je pensais.
Je me sentis investi d'une mission sacrée : venir en aide à ce malheureux que Dieu avait placé sur mon chemin et lui ouvrir de nouveaux horizons.
Je savais aussi en mon tréfonds que cette tâche allait me détourner de moi-même et m'aider à supporter mon séjour à Arenas.

Le lendemain était un samedi et je fus expédié pour une première leçon chez le père Diez. Il habitait avec sa sœur, veuve et âgée qui le servait, une maison de pierre, humble et simple, mais néanmoins saine et solide. Leur intérieur était plutôt dépouillé, mais il disposait d'une table, de deux bancs de bois, d'un vieux fauteuil en cuir mais surtout, de livres et du nécessaire à écrire qu'il avait disposé sur la table à mon intention. Il avait une couronne de cheveux blancs, une légère bedaine et un bon sourire chaleureux. Il me plut tout de suite et je le saluai de la meilleure manière, ce qui l'amusa.
– Eh bien voilà qui change ! s'exclama t-il, ton protecteur est venu me voir, il veut que je t'aide à ne pas oublier ton latin, ton algèbre et ton histoire. Figure-toi qu'un ami très cher m'a fait parvenir un ouvrage imprimé à l'imprimerie de Barcelone, tiens, regarde !

Je tins le livre, trésor inestimable dans cette humble demeure. Il s'agissait de Platon, traduit en latin et je frémis un peu en découvrant les caractères gothiques mais je fis bon visage, ne voulant pas avouer mes lacunes.

Le père Diez était un enseignant né. Il réussit à me passionner pour les déclinaisons latines mais surtout pour les pensées de Platon et bien-sûr de Socrate. En l'observant je vis le plaisir qu'il prenait à partager ses connaissances et à retourner à ses chères études. Il devait faire partie des rares personnes sachant lire et écrire au village. Quand la leçon fut terminée, il se frotta les mains de contentement et je vis ses yeux briller.

– Tu sais, me confia-t-il, ton tuteur m'a remis une bourse pour t'instruire, mais je l'aurais fait pour rien, c'est un tel plaisir de replonger dans ces textes, tu ne trouves pas ?

Je hochai la tête et me souvint qu'il était ici en relégation, en quelque sorte puni pour ses opinions divergentes.

– Demain j'ai rendez-vous avec Angel, vous le connaissez ?

Il soupira lourdement.

– Hélas oui, un pauvre gamin, fils de misérables. Quand il n'a nulle part où aller il vient ici, j'ai toujours un fond de soupe ou un bout de pain, un coin où il peut dormir. Il n'a jamais reçu la moindre éducation… Il prétend qu'il a une tante quelque part mais personne ne l'écoute, d'ailleurs qui voudrait de lui ?

– Moi, m'écriai-je, je vais lui apprendre des choses et je vais même l'obliger à se laver avec moi à la rivière !

Il me dévisagea un instant.

– Tu es plus instruit que tous les gamins de ce bourg réunis. Et c'est Angel que tu as choisi pour compagnie ?

Je le fixai.

– Enric a raconté à l'auberge que j'étais un bâtard orphelin. Vous croyez que les autres voudront être amis avec moi ? Non, Angel et moi on est pareils : on est tout seuls et nous allons nous soutenir.

J'attendais en fait avec impatience la messe du lendemain. J'avais fort envie de confronter ceux qui faisaient souffrir Angel.

Je ne racontai pas au père Diez qu'en plus du latin et des belles lettres, j'avais appris le combat au corps à corps avec Felipe et que les soldats du marquis nous avaient enseigné de très belles passes.

CHAPITRE SIX

'Un ami, c'est celui qui devine toujours quand on a besoin de lui' (Jules Renard)

L'église était dépouillée des ors et des statues richement vêtues qui paraient les grands sanctuaires et autres lieux de pouvoir. Un simple crucifix de bois ornait celle-ci mais j'aimai ses murs peints en ocre et en jaune ainsi que la petit frise de feuilles d'acanthe qui courait en haut de ceux-ci.

La maison de Dieu était déjà pleine et j'eus le loisir de détailler l'assemblée qui me rappela les manants qui vivaient autour de Santa Colomba : mêmes vêtements de grosse toile rapiécés, pieds nus ou grossièrement chaussés. Quelques personnes sur le devant étaient mieux mises : les notables locaux qui avaient leurs places attitrées et semblaient faire masse face au groupe des manants. Je vis quelques jolis pourpoints et coiffes de dentelle qui ressemblaient à ce que portaient les serviteurs les plus hauts placés d'Ensegur. Je me sentis soudain gêné dans ma tenue d'apprenti neuve et mes chaussures en cuir que j'avais ressorties le matin même. Quelques personnes se retournèrent et me jaugèrent avant d'échanger des regards intrigués : j'étais, semblait-t-il à leurs yeux, un misérable bâtard trop bien accoutré et propre pour ma condition. Je n'hésitai pas à les toiser à mon tour, ce qui me valut quelques murmures. Je ne possédais pas encore les règles en cours à Arenas et me comportais comme le compagnon de Felipe et non comme un humble apprenti.

Je restai au fond de l'église et fus rejoint par Angel qui vint se serrer contre moi comme pour quémander ma protection. Il me désigna discrètement quelques gamins de nos âges qui se retournaient en nous toisant et en échangeant des regards. Je soupirai et me demandai si ma jolie vêture allait résister à la bagarre qui m'attendait à la sortie de la messe. En prévision de cette rixe j'avais déjà demandé pardon à Dieu pour les quelques horions que je comptais distribuer et j'avais rappelé au père céleste l'existence des anges combattants et autres archanges pour justifier mon futur comportement belliqueux. J'avais également promis de ne pas taper trop fort, mais, en examinant à la dérobée nos éventuels assaillants je sentis une certaine inquiétude m'envahir : ils étaient plusieurs et semblaient costauds. Plutôt que de me retenir, j'allais sans doute devoir faire appel à toute ma science guerrière, assez faible vu mon âge.

La messe se déroula comme partout : le père Diez, le dos tourné alternait psalmodies et prières en latin tandis que le bon peuple attendait en tuant le temps : on se retournait, surveillait les enfants qui jaillissaient de tous côtés, l'un d'eux tombait parfois et se mettait à hurler apportant ainsi une joyeuse animation à la monotonie de la cérémonie. Je songeai qu'il était fort dommage que la compréhension des choses divines fut réservée à ceux qui maîtrisaient le latin et qu'il eut mieux valu dire tout cela en bon catalan. Je me ravisai en repensant à une conversation ouïe à Ensegur avant mon départ : les réformateurs avaient introduit la langue vulgaire dans les cérémonies et prétendaient même que les fidèles devaient savoir lire afin de pouvoir découvrir par eux-mêmes la parole de Dieu. Des bibles en langues vulgaires avaient même été imprimées, comble de l'horreur ! Je revis le visage révulsé du dominicain qui nous entretint de ces choses. Heureusement avait-il ajouté, cette diabolique réforme ne passerait jamais les Pyrénées, l'Espagne resterait une et catholique. Je n'avais pas osé demander pourquoi le peuple n'avait pas le droit de comprendre les mystères de la religion. Depuis que je comprenais mieux le latin j'étais à même d'apprécier le sens de la messe et priais d'autant mieux. Je songeai que si le peuple avait accès au savoir, il pourrait remettre en cause certaines vérités qu'on lui assénait et refuser de se soumettre et de croire aveuglément tout ce que l'église racontait. J'avais déjà ouï le marquis Jaume s'exprimer ainsi et son épouse l'avait prié de se taire d'un air affolé comme si un inquisiteur allait tout à coup jaillir d'un des coffres de la chambre.

Il était difficile de prier parmi le tumulte ambiant. Je me languis un instant des chants des sœurs du couvent, de leurs voix pures et de la beauté de leurs hymnes. Encore une chose que ces manants ne connaîtraient jamais songeai-je quelque peu marri en voyant Angel bouger d'un pied sur l'autre et se tourner de tous côtés à la recherche d'un amusement qui l'aiderait à passer le temps.

' Ite missa est'

L'office se termina et ce fut une belle débandade parmi les enfants, tandis que les quelques notables s'attardaient pour saluer le prêtre et que les commères commençaient à échanger des nouvelles. Angel et moi nous éclipsâmes discrètement pour rejoindre la forge où j'avais entreposé mon repas. Nous n'eûmes pas le temps d'arriver jusque-là. Tout alla promptement.

Plusieurs garçons nous entourèrent d'un air menaçant. Ils n'étaient guère plus rutilants qu'Angel et leurs sourires victorieux traduisaient la certitude qu'ils avaient d'être les vainqueurs du tournoi.

– Vous allez où comme ça ? coassa le plus grand dont la voix muait.

– Nous nous rendons à la rivière où nous comptons pêcher notre repas, répondis-je poliment en avançant.

– Pas si vite, il faut payer votre péage ! reprit le chef au milieu des ricanements du reste de la bande.

– Je suis fort marri mais nous sommes pauvres comme Job et ne pouvons payer, rétorquai-je en le fixant.

– Tu as de jolies chaussures qui m'iront certainement, reprit-il, tu es trop bien vêtu pour un bâtard, alors tu me les donnes où tu paies espèces sonnantes et trébuchantes, termina-t-il d'un ton menaçant en se plantant devant moi.

Je devais faire montre de ma vaillance très vite si je voulais être respecté et ne pas devenir le souffre-douleur de ces jeunes rustauds. Avant de quitter Ensegur, un des hommes d'armes qui m'avait en bonne amitié m'avait pris à part et enseigné quelques bonnes passes et expliqué la conduite à tenir dans ce genre de situation. La veille au soir, seul dans la forge, j'avais répété une étrange danse pour me remémorer son enseignement.

Je fermai les yeux. Je n'étais pas seulement le doux Gabriel, aspirant archange, j'étais aussi le fils d'un seigneur, d'un chevalier qui avait montré sa bravoure aux armes. Je devais être capable de me présenter devant lui avec quelques faits d'armes, la tête haute.

Quelques secondes plus tard, Paco gisait à terre et hurlait de douleur en se tenant la jambe. J'avais déjà sauté sur son compère Pons et lui tordit violemment le bras. Les paroles de mon maître d'armes étaient gravées en moi : agir promptement, prendre par surprise, désarçonner l'adversaire. J'avais appris à frapper là où ça faisait mal, très vite et sans merci. Je me lançai sur un troisième larron mais ce dernier jugea plus avisé de s'enfuir, suivi par le reste de l'équipe, tous assez jeunes. Je saisis Angel et l'entraînai vite à la forge : il fallait disparaître avant que l'ennemi ne regroupe ses forces.

Un long moment plus tard, nous prenions nos aises au bord de la rivière en mangeant le pain et le fromage remis par Blanca, tandis que deux truites finissaient de rôtir sur un feu que nous avions allumé. Les truites abondaient et nous les avions attrapées à la main. J'avais eu la satisfaction de voir qu'Angel savait au moins pêcher et faire du feu. La faim rendait habile songeai-je en le contemplant tandis qu'il épiait le poisson, parfaitement immobile.

L'automne était clément et avant de nous mettre à pêcher, je m'étais désaccoutré pour me baigner et me laver, au grand dam d'Angel qui, ne voulant pas se montrer couard, finit par me rejoindre et se frotter comme moi avec un tampon d'herbes. Nous nous étions séchés au soleil avant de nous attaquer à la préparation de notre repas. Je me redressais souvent, ne doutant pas que la joyeuse équipe de jouvenceaux ne revienne tôt ou tard à l'assaut. J'avais emporté mon arc et ma petite épée d'entraînement qui, je l'escomptais, était suffisamment impressionnante pour faire reculer un profane.

Ils revinrent au milieu de l'après-midi. Nous avions fini notre repas, Angel avait répondu à mes questions sur le bourg et les garçons. Je lui avais ensuite montré comment j'avais réussi à désarçonner Paco et Pons et nous nous étions entraînés.

Ils avaient pris quelques bâtons et se dirigeaient vers nous. Je sautai sur mon arc, que j'avais préparé à cette intention et me dépêchai de tirer une flèche qui atterrit juste aux pieds de Paco qui stoppa net.

– Vois donc ! Elle a une pointe en fer, d'habitude elle sert pour le gros gibier. J'ai fait exprès de ne pas te toucher, la prochaine ne te loupera pas.

Avant qu'il ne réagisse, je repris :

– Tu es la tête de cette bande je présume ? Je te propose un combat loyal, tous les deux. Si je gagne, tu t'engageras sur ton honneur à nous laisser tranquilles. Es-tu homme d'honneur ou un pleutre Paco ? Pendant que nous combattrons Angel surveillera tes suivants avec mon épée, j'ai eu le temps de lui montrer comment s'en servir, il risque juste de vous occire car il ne maîtrise pas ce genre d'arme et celle-ci pourfend un crâne sans coup férir.

Je vis l'indécision gagner le visage de Paco tandis qu'Angel se tenait à mes côtés en brandissant mon épée, un sourire extatique sur le visage : il vivait visiblement un moment de gloire.

Je ne voulus point perdre mon avantage.

– Avant de se battre, deux adversaires doivent se présenter selon les règles, repris-je, donne-moi tes noms, prénoms et qualités.

Il hésita, peu habitué à ce genre de mondanités.

– Heu... Je suis Paco, le fils du fermier Peyre et notre ferme est par-là, marmonna-t-il avec un geste vague.

– Je suis Gabriel, j'arrive du château d'Ensegur qui appartient au marquis Jaume de Montradon. J'ai été leur protégé et ai servi leur fils et héritier Felipe avec lequel j'ai étudié et appris les armes.

Il y eut un instant de flottement et je vis que j'avais botté en touche.

– Qu'est-ce que tu fais ici si tu viens d'un château ? Ils t'ont mis dehors à cause de ta bâtardise ? éructa une voix féminine. T'as pas de père c'est ça et tu n'oses pas le dire !

La seule fille du groupe avait parlé. Elle avait à peu près mon âge et je la trouvai jolie avec ses nattes relevées et son sourire plein de gouaille. Néanmoins, elle avait visé juste.

– J'ai un père, affirmai-je avec une fermeté que j'étais loin d'éprouver, je vais bientôt aller vivre chez lui mais je ne peux dire qui il est car il ne m'a encore point reconnu. La mort de ma mère l'a décidé à me prendre avec lui. Songez qu'aucun bâtard issu du peuple n'aurait été accepté comme compagnon de l'héritier des Montradon. Si j'ai vécu ainsi c'est parce que mon père est un haut seigneur. J'ai fait la promesse de celer son nom pour l'instant et ne peux y déroger.

Je constatai que j'avais fait mouche et qu'ils étaient ébranlés. Je poussai mon avantage plus loin.

— Nous pouvons nous battre et être ennemis. Nous pouvons aussi sceller une alliance et devenir amis. Je ne demande qu'à vous apprendre ce que je sais, fis-je en désignant mon arc et mon épée, et vous, vous m'apprendrez la vie de ce village.

Il y eut un instant de flottement et je pus suivre le cours de leurs pensées. J'avais employé à dessein un langage soigné et leur avait laissé entendre que je venais d'un autre monde que le leur. J'étais resté suffisamment mystérieux pour les intriguer. Je représentais un camarade d'un genre nouveau et ma fréquentation ne pourrait que relever leur propre aura et leur donner un certain lustre.

Ils se mirent en rond pour délibérer tandis qu'Angel tournait vers moi des yeux immenses :

— C'est vrai ? T'es le fils d'un seigneur ? C'est pas des menteries ?

Il me considéra un instant.

— Non, t'es pas comme nous, conclut-il, t'es pas le fils d'un gueux. T'es beau, t'es bien nourri, bien sapé, tu causes comme un seigneur... mais qu'est-ce que tu fais ici ?

Nous fûmes interrompus par la fin des délibérations de l'équipe adverse.

Nous scellâmes notre alliance et je devins l'associé de 'la bande à Paco'.

Je me positionnai tout de suite comme un voyageur de passage, ne voulant pas faire ombre à l'autorité de Paco. Je pris soin au contraire de lui montrer certains rudiments et de m'en faire un allié.

Ma vie à Arenas se déroula alors de manière presque immuable. Durant mes longues journées de labeur, je trimais comme n'importe quel gamin, à l'instar de mes nouveaux camarades. J'appris vite à décrypter l'humeur d'Enric, à éviter sa main leste et à devancer ses ordres. Les quelques heures hebdomadaires que je passais avec le père Diez étaient pour moi des moments privilégiés et je me mis à chérir les études et les versions latines comme je ne l'avais jamais fait car je voyais bien qu'elles étaient une porte permettant de fuir la misère et l'ignorance. Le bon père me parlait peu de moi ou de mes conditions de vie, mais d'un mot il me transportait dans un autre univers et j'oubliais Arenas et Enric pour voyager vers les chemins de la sagesse grecque, des poètes latins, de l'algèbre et de la géométrie. Le père Diez me partageait aussi les nouvelles qu'il avait ouïes : Pizzaro était parti conquérir l'empire inca, Titien avait peint un magnifique portrait de notre empereur, les *'exercices spirituels'* d'Ignace de Loyola se répandaient et permettraient de contrer les luthériens, dont les princes semblaient vouloir se liguer contre notre empereur là-bas dans le nord. Il me parlait de palais construits en Italie, de livres audacieux exposant de nouvelles théories, bref, il m'ouvrait le monde et permettait à mon âme de respirer. Et sans doute aussi à la sienne, lui qui était en pénitence dans ce poble si loin des lieux de savoir.

J'avais tenté de partager certaines de ces nouvelles chez Enric ou même à Angel mais je n'avais eu qu'un succès mitigé. Le monde pour eux se résumait à Arenas, au prix du blé, au temps qu'il faisait, à l'hiver qui était plutôt clément, ce qui était bon signe. Pourtant, Angel m'écoutait bouche-bée et me suppliait de continuer mais je n'ai jamais su ce qu'il retenait et appréhendait de mes récits. Je finis par lui apprendre à lire quelques lettres et à écrire son nom, ce qui le remplit de fierté car peu au village savaient tracer ne serait-ce que leur nom.

Je réservai ces connaissances à Angel. Devant les autres garçons, je me contentais d'être celui qui enseignait à manier l'arc et l'épée, ce qui me conférait déjà un statut considérable. Etaler mes quelques lumières pouvait me valoir le rejet de leur part. Je ne devais point trop me distinguer mais me fondre dans la masse, je savais que le peuple rejetait ceux qui étaient différents. Mon statut de bâtard suffisait.

Petit à petit, je trouvai ma place à la forge et sus me rendre utile si bien qu'Enric me confia des tâches 'de vrai apprenti et non de morveux de mon âge' comme il se plaisait à répéter. Il m'initia au marquage des pièces qu'il façonnait : en tant que maître forgeron il avait sa propre marque et signait le travail fourni. J'appris au fil des mois à limer les étampes, à marquer, tremper, dresser et polir sur la meule en grès qui trônait dans un coin. Le seul domaine où il m'interdisait d'intervenir fut celui du soin qu'il apportait aux lames : j'avais juste le droit de les faire briller avec un chiffon doux. Ce qui ne m'empêcha pas de me couper une ou deux fois, sans parler des quelques brûlures que je gagnai près du foyer : j'eus de la chance car elles étaient superficielles et ne laissèrent pas de cicatrices.

Il fut un domaine où Enric apprécia ma modeste contribution : celui du ferrage des chevaux. Ceux-ci étaient souvent nerveux et j'avais appris depuis des années à les approcher, les amadouer et les mettre en confiance. Enric n'était pas un cavalier et chaque fois qu'un cheval devait être ferré il prit l'habitude de m'appeler. Je jubilai le jour où il me demanda de monter à cru un roncin que nous venions de ferrer et dont le propriétaire pensait qu'il boitait un peu. Je fis donc aller au pas et au trot ma monture devant la forge sous le regard d'Enric qui scrutait l'animal. Quelques personnes me virent et le soir même Angel m'informa que j'avais fourni un sujet de conversation à l'auberge aux paysans du coin : comment un misérable tel que moi savait-il monter ? Les nouvelles étaient rares et je fournissais un dérivatif à la monotonie des jours, même si la question était vite épuisée, un garçon de mon âge n'étant pas un sujet passionnant. Le seul intérêt que j'offrais se résumait au fait que j'étais étranger au village et bâtard de surcroît. Nul parmi les adultes ne me posa d'ailleurs la moindre question sur mes origines et ma vie passée : les ragots leur suffisaient et ils craignaient sans doute une vérité trop simple qui les aurait empêchés d'échafauder de douteuses hypothèses sur mon histoire.

L'ardeur que je mis à travailler et progresser à la forge avait une autre cause : la crainte du fouet d'Enric qui provoquait une brûlure cuisante et durait longtemps. Un soir, Angel arriva alors que je venais d'être battu : ce fut lui qui me passa de l'eau fraîche sur le dos tandis que je ravalais mes larmes. J'avais honte devant lui mais cela ne le choquait point : un marmot recevait des coups, cela faisait partie de la vie. Néanmoins il vit ma souffrance et cet épisode nous rapprocha encore ; les autres enfants trouvaient souvent consolation vers leur mère, pas nous qui étions seuls pour affronter ces avanies.

Nous devions nous débrouiller pour prendre soin de nos affaires et je fus reconnaissant à ma mère qui m'avait enseigné dès mon jeune âge à laver, sécher, ravauder et repriser mes vêtements. J'avais découvert à Ensegur qu'un page ou un écuyer se devait de savoir ces choses car lorsqu'il suit son seigneur en campagne, il lui incombe d'entretenir ses affaires. Les vêtements coûtaient moult argent et ils étaient sans cesse ravaudés afin de durer le plus longtemps possible. Durant mes derniers mois à Ensegur, Felipe et moi avions appris à faire des points plus fins et plus délicats que ceux que m'avait enseignés ma mère. Felipe en avait été mortifié et j'avais dû lui rappeler que tous les apprentis chevaliers passaient par là. La danse et la poésie n'étaient pas non plus des activités très viriles avais-je ajouté, il s'y pliait pourtant de bonne grâce.

    Un soir donc Angel arriva pendant que j'étais occupé à repriser mes chausses et il s'étonna de mon beau travail. Je louchai sur ses loques et lui promis de l'aider à les ravauder… dès que nous les aurions lavés, leur aspect et leur odeur décourageant toute tentative. Le lendemain dimanche, nous étions à la rivière, je lui prêtai mon savon et lui montrai à laver ses frusques. Il prit ensuite l'habitude de venir faire sa petite lessive vers moi car il savait fort bien à quel moment je me livrais à mes ablutions. Je me consolai en songeant que je n'aurais plus à supporter ses mauvaises odeurs et sa crasse. Au fil des semaines son apparence s'améliorera. Quand l'hiver fut installé, nous nous lavâmes à la forge : je faisais chauffer de l'eau sur les restes du foyer (que j'alimentais discrètement sans qu'Enric le devina), nous nous décapions, puis utilisions l'eau sale pour y faire tremper nos vêtements. Je mettais mon autre tenue de rechange et prêtais à Angel mon ancienne tenue d'entraînement que je finis par lui offrir, ce qui lui causa une grande joie : j'avais découvert que cette vêture me serrait et que j'avais grandi. Plus âgé que moi Angel était plus petit et plus maigre. J'étais heureux pour lui : cette tenue était plus chaude que ses loques et je fus soulagé de voir qu'il pourrait passer l'hiver sans grelotter de froid comme il en avait coutume.

    Nous fûmes chanceux : l'hiver fut clément. En outre, Arenas était adossé sur le flanc sud de la colline, qui le protégeait du vent du nord.

    Noël nous ravit Angel et moi. Après la messe, le père Diez nous pria de partager sa table. Outre sa sœur, il recevait un ami de passage, prêtre comme lui qui partait rejoindre sa paroisse en Aragon. Il était visiblement de bonne famille car il n'était pas venu les mains vides : quand nous arrivâmes au presbytère, une oie rôtie aux épices finissait de cuire dans l'âtre et j'aperçus des fruits confits qui attendaient d'être dégustés. Angel n'avait jamais goûté ni l'un ni l'autre et son émerveillement me détourna de la tristesse que j'aurais pu ressentir en me remémorant les heureux noëls d'Ensegur où avec ma mère je servais, goûtant à tous les plats et confiseries proposés. Nous prenions ensuite nos instruments pour jouer et chanter quelques chants que tous reprenaient en chœur.

Pour terminer la soirée, j'avais à tout hasard pris ma petite flûte et je proposai timidement de jouer quelques morceaux. Je n'avais pas joué depuis longtemps et les notes que je tirai de mon instrument firent remonter en moi toutes les émotions que je réprimais depuis mon arrivée à Arenas. Je sentis les larmes poindre à mes yeux. Sans doute le visiteur remarqua-t-il mon trouble car il se hâta d'entonner le chant, vite suivi par le père Diez et sa sœur. Angel lui, semblait au comble du bonheur : jamais il n'avait mangé ainsi ni passé une telle nuit de la Nativité.

Le bon père avait deviné ma tristesse ; il avait proposé que j'apporte ma paillasse afin de dormir au chaud devant l'âtre avec Angel. Nous nous installâmes tout excités et je me redressai soudain :

– Mon père, m'écriai-je, dans trois ou quatre jours j'aurai mes onze ans, je l'avais oublié !

– Oh, renchérit Angel, tu sais quand tu es né ! Si seulement je savais mon âge...

– Angel, intervint le père Diez, la plupart des gens ici ignorent quand ils sont nés, ce n'est que depuis que j'ai entrepris de tenir un registre que les baptêmes sont enregistrés.

Nous nous couchâmes et je fermai les yeux en savourant la douce chaleur du foyer et la présence de ceux qui m'entouraient. Je n'avais jamais dormi seul et je souffrais de la solitude dans ma forge. Là, j'avais un peu le sentiment d'être dans la grande salle d'Ensegur.

Les deux prêtres crurent que nous dormions tous les deux et je surpris leur discussion à mi-voix.

– Ce pauvre Angel prétend qu'il a une tante mariée à un cordonnier et personne ne s'en soucie, Chacun trouve bien pratique de l'avoir au village, le pauvret trime comme un esclave pour une bouchée de pain. Personne ne voudra jamais le conduire dans sa famill. Nul ne sait d'ailleurs si elle existe ! Ils sont arrivés voici quelques années et se sont installés comme journaliers. Angel soutient qu'il a vu cette tante quand il avait six ou sept ans, ils revenaient de Montserrat et ont fait un petit détour par ici, il dit qu'il les reconnaîtrait s'il les voyait, un couple sans enfants en plus. J'en ai parlé aux édiles mais ils font les sourds... qui se soucie d'un miséreux comme lui ?

– Elle habite loin cette famille ?

– D'après ce que j'ai compris, dans la direction de Saint-Jacques, il ne sait plus le nom du bourg. Je ne suis jamais allé par là et je suis trop vieux pour me lancer sur les routes, en plus, je ne peux abandonner mes paroissiens.

– C'est à l'opposé de ma direction, soupira le visiteur, espérons que ce gamin trouvera un jour un pèlerin de passage qui le prendra avec lui.

Mon cœur n'avait fait qu'un bond. Le chemin de Saint-Jacques. C'est la direction qu'avait emprunté don Miguel pour rentrer à Toylona.

Je pris ma décision ce soir-là : Angel partirait avec nous et je le rendrais à sa famille. Il n'était pas question que je quitte le village en l'abandonnant.

Mais la conversation des deux hommes prit un tour qui me concernait.

– Et ce petit Gabriel ? s'enquit l'ami, ne me dis pas qu'il est le fils de miséreux comme l'autre ! Regarde-le... il ressemble plutôt à euh...

– Un jeune aristocrate non ?

– Tout à fait. Il est beau, bien soigné, intelligent . Qui est-il ?

– Je l'ignore. Mais c'est un caballero qui l'a conduit ici et qui m'a payé pour que je lui donne des leçons toutes les semaines.

– Son père ?

– Non, une sorte de protecteur, il m'a demandé de garder un œil sur lui. Ce petit est le bâtard d'un noble.

– Qui n'a rien trouvé de mieux que de s'en débarrasser en le plaçant chez un forgeron, soupira le visiteur.

– Provisoirement, il devrait venir le reprendre bientôt. Ce petit n'a jamais vu son père... mais bon, c'est une sombre histoire. Je crois qu'il est né du viol de sa mère, une fille d'artisan. Je me demande quel avenir il va avoir. Le père doit avoir un certain sens de l'honneur pour ne pas l'avoir entièrement abandonné, puisqu'il l'a confié à ce caballero qui veille sur lui.

– J'aurais un fils comme lui je le chérirais, regarde-le comme il est beau, un vrai petit ange. J'espère que son avenir va s'éclairer.

– C'est un bon enfant, il est intelligent et curieux de tout mais surtout il y a beaucoup de bonté en lui. Il n'est ni fier ni arrogant et il supporte son sort courageusement.

– J'ai vu comme il a soin de ce pauvre Angel.

– Deux enfants d'infortune qui se sont trouvés... mais Gabriel est aussi apprécié des gamins du village, il est devenu leur mentor en quelque sorte. Ils se retrouvent tous le dimanche et celui-ci leur apprend à manier une lame, ils se sont faits des épées en bois, ils pêchent, braconnent un peu, font rôtir tout ça au feu, et ils jouent aussi, à la reconquista, à la découverte du Nouveau-Monde, à Sant-Jordi sauvant les damoiselles en détresse et que sais-je encore ? Tout ça à l'instigation de ce petit gars qui a réussi à éveiller leur curiosité et à les passionner pour des sujets dont aucun n'avait entendu parler... Tiens, dimanche dernier, ils ont rejoué le siège de Vienne et ils ont mis la raclée aux turcs. Le petit Paco a annoncé cela triomphalement en rentrant le soir et son père l'a battu pour lui apprendre à ne pas dire de menteries : tu imagines qu'il n'a jamais entendu parler de Vienne ni même de Soliman ! Le peuple n'entend rien à ces finesses. Le père n'a pas supporté que son marmot sache des choses que lui ignore. Mine de rien notre petit Gabriel s'est attaqué à la couche d'ignorance qui recouvre ce bourg et il fait son petit bonhomme de chemin.

Les paroles du père Diez m'étaient allées droit au cœur, surtout la mention de mon père qui avait fait rejaillir cette ambivalence des sentiments que j'éprouvais à son égard : haine pour ce qu'il avait fait à ma mère, mais aussi admiration et désir d'être aimé.

Je m'endormis sans m'en rendre compte et rêvai qu'avec tous les gamins du bourg nous ramenions Angel chez sa tante qui s'avérait être une richissime bourgeoise qui n'attendait que lui.

L'année nouvelle commença. Je tâchais de faire bonne figure mais trouvais ma vie de plus en plus difficile et n'aspirais qu'à quitter Arenas. La nourriture était plus chiche. Le froid me réveillait la nuit et Angel venait le soir chercher consolation vers moi, surtout quand il avait été battu. Il apportait parfois des œufs qu'il était allé chaparder et nous les gobions avec délectation. Je me régalais tout en demandant pardon à Dieu pour cette nourriture injustement acquise. J'expliquais au Seigneur que nous avions faim et que nécessité faisait loi.

Angel était de plus en plus malmené et moi guère mieux traité. Nous ressentions l'urgence de quitter le bourg.

Un soir, Angel arriva en courant, le nez en sang suite à un violent coup de poing reçu en pleine figure. Un client de passage l'avait réclamé au patron de l'auberge contre quelques pièces et il s'était violemment débattu. Nous savions tous deux que des jeunes garçons remplaçaient parfois les filles même si les détails nous restaient obscurs. Angel était terrifié et hoquetait de peur et de chagrin. Ne sachant que faire je le traînai chez le père Diez qui intervint et alla tancer l'aubergiste qui, malgré son manque de religion ne voulut pas faire d'esclandre. 'Mais ce n'est que partie remise' ajouta-t-il, 'Angel devait rapporter de l'argent et nul au bourg ne se souciait de lui. Il fallait bien sacrifier quelques agneaux isolés pour protéger le troupeau'.

Je n'étais pas rassuré non plus car ma situation ne valait guère mieux. J'étais un étranger et nul ne se soucierait de me défendre. Finalement le père Diez admit l'idée d'envoyer Angel chez cette tante inconnue qui peut-être l'accueillerait. Je convainquis le bon père qu'avec moi, Angel ne risquerait rien et que si nous ne trouvions pas sa famille je le prendrais avec moi, où que j'aille, Ensegur ou Toylona. Le bon père avait oublié que don Miquel était censé venir me chercher et il sembla tout acquis à la perspective de nous laisser partir seuls.

Il eut un soir l'idée de sortir une carte de notre Catalogne qu'il conservait dans un vieux coffre. Je commençai à lire les noms des villes et bourgs à un Angel qui me contemplait d'un air émerveillé, car il tenait pour sûr que la lecture était une sorte de magie réservée à quelques initiés dont je faisais partie. J'avais renoncé de guerre lasse à lui démontrer le contraire, n'étant pas mécontent d'avoir un admirateur me tenant en si haute estime.

Je déchiffrais péniblement les noms inscrits sur le parchemin jauni et racorni quand Angel me coupa : ' Besalu !' J'ai entendu ma mère dire ce nom ! C'est là qu'elle est née ! Mais ce n'est pas là qu'habite ma tante. C'est plus loin. Continue !

Je m'exécutai, déchiffrant au hasard : Olot, Vic, Torello, Berga...

Nul signe sur le visage d'Angel. Je persévérai.

– Valbona, Santa Pau...

Il hurla presque.

– Valbona, c'est ça, j'en suis sûr !

J'examinai la carte, suivant le chemin avec mon doigt, dépassant Valbona vers le nord-ouest. Et je le vis : Toylona. Ecrit en tout petit, presque illisible. Emu, je montrai ma découverte au père qui hocha la tête.

– Ce n'est pas si loin. Les pèlerins qui vont à Montesserat puis à Compostelle prennent cette route, vous voyez les enfants ? Ils rejoignent la plaine pour aller vers Lleida[9] même si cela rallonge leur route. Valbona est juste un peu plus au nord. Et Toylona est dans cette vallée isolée, un peu comme ton Santa Colomba Gabriel.

Il nous fixa d'un air grave.

– Les pèlerinages vont reprendre au printemps. Les pèlerins du nord-est font halte ici avant de descendre sur Montserrat. Vous pourriez voyager un ou deux jours avec eux avant de bifurquer vers le nord pour rejoindre Valbona. Patientez mes petits et toi Angel, tu viendras me chercher dès qu'un groupe de pèlerins arrivera à l'auberge.

Nous repartîmes, moi un peu anxieux à l'idée de cette aventure qui s'avérait aléatoire, Angel était surexcité. Il bondissait autour de moi avec mille questions. Sa tante et son époux allaient-ils l'accueillir ? Aurait-il à manger ? Une bonne paillasse avec une place près du feu ? Je tentais de le rassurer tout en me demandant si cette famille existait encore et s'ils seraient prêts à recevoir une bouche de plus à nourrir.

Les semaines passèrent. Nous avions souvent faim et froid et travaillions durement. J'avais espéré en vain un signe de don Miquel et commençais à songer que j'avais été oublié moi aussi.

---

[9] Lleida : Lerida

Au fil des jours, je me persuadai que partir était la seule solution : Enric ne me garderait pas si ma pension n'était pas versée et Angel souffrait de plus en plus. Au pire nous trouverions quelque ouvrage à Valbona qui était une vraie ville et non un simple poble comme Arenas.

En avril, une petite colonne de pèlerins se présenta à la posada et Angel alla promptement quérir le père Diez. L'entretien fut bref : le bon père nous interdit de partir avec ce groupe car, allégua-t-il 'il y a parmi eux trop de malandrins qui pourraient vous faire un mauvais sort'. J'en fus soulagé car leurs mines ne me plaisaient pas et ils ressemblaient davantage à des bandits de grands chemins qu'à des repentants. Angel, simple et ignorant, était inconscient des dangers qui nous menaçaient tandis que je mesurais le risque encouru. Le père Diez était confiant : nous n'aurions à marcher seuls que peu de temps une fois les pèlerins quittés et la route de Valbona était peu fréquentée sinon par des marchands et des muletiers. Une fois à Valbona, je n'aurais plus qu'à écrire à don Miquel pour qu'il vienne me chercher m'affirmait le saint homme. Je renchérissais à contre cœur, inquiet de la réaction de don Miquel lorsqu'il apprendrait ma fuite. D'un autre côté les mois passaient sans nouvelles, je me sentais de plus en plus abandonné. Il me fallait prendre mon destin en main et tenir la promesse faite à Angel : lui redonner une famille.

Nous sommes partis à la mi-mai.

Un groupe d'une vingtaine de pèlerins en route pour Compostelle était arrivé la veille. Formé de bourgeois et d'artisans, il était encadré par deux hommes d'armes assez âgés, des vétérans sans doute, vêtus de corselets de fer par-dessus leurs pourpoints et dotés chacun d'une épée de combat, assez pour effrayer les larrons et coupe-jarrets des grands chemins.

Le père Diez avait longuement parlementé avec le chef du groupe, un bourgeois de Figueres qui avait été capitaine dans sa jeunesse et dirigeait encore le guet de la cité. Notre bon abbé dût lui promettre moult rémissions de ses péchés s'il nous prenait avec eux un jour ou deux car il accepta de bon cœur en nous voyant, deux gueux sans allure aux poches percées.

Rendez-vous fut pris à l'aube et je me ruai à la forge pour empaqueter mes affaires et me préparer. Je ne dormis guère cette nuit-là mais j'eus de la chance : Enric rentra saoul vers minuit, ce qui signifiait qu'il ne viendrait pas à la forge avant huit heures du matin au moins, j'avais pris l'habitude de ses beuveries et savait qu'il se lèverait tard. Je pris le temps de lui écrire une lettre où j'expliquais mon départ et l'assurais de ma reconnaissance pour tout ce qu'il m'avait apporté. J'espérais juste qu'il aurait l'idée de la porter au père Diez pour la faire lire plutôt que de la jeter au feu dans un geste de colère

Comme convenu, Angel et moi rejoignîmes le groupe à la sortie du village. J'avais dissimulé mon épée d'entraînement dans mon paquetage et mis mon arc dans mon dos. Angel se chargea de ma paillasse et de ma couverture car ne possédant rien, il était arrivé les mains vides. Nous avions néanmoins pu prendre quelques fruits secs et un morceau de pain noir. J'avais réussi la veille au soir, à faire mes adieux à Paco et Pons.

Le père Diez avait dit la stricte vérité aux pèlerins : que nous allions chez la tante d'Angel à Valbona et que j'accompagnais ce dernier. Nous nous fondîmes dans le groupe, nous faisant aussi petits que possible afin de passer inaperçus.

Arrivés sur la crête qui dominait le bourg, juste sous les ruines du castel, nous nous retournâmes pour regarder une dernière fois Arenas et ses humbles toits fumants.

– J'ai pas été très heureux ici, marmonna juste Angel, même si ma tante n'est plus, ce ne sera pas pire à Valbona. Je trouverai de l'ouvrage là-bas.

J'approuvai d'un hochement de tête et nous repartîmes, moi priant pour que don Miquel n'ait pas l'idée saugrenue de venir me quérir maintenant. Je ne doutais pas un instant de son ire en découvrant que j'avais pris la poudre d'escampette et j'imaginais déjà la raclée méritée qui m'attendait. Je soupirai, conscient de faire une grosse bêtise mais il était trop tard et Angel semblait si heureux et si confiant !

Un moment plus tard, une fois le rythme de la marche acquis, quelques pèlerins entonnèrent l'un des refrains de leur périple :

' Rosa flagran de vera bebenanca
Fons de merce iamays no defallen

Palays donor on se fech la lianca[10]
De deu e e dom per nostra salvamen...
(Rose parfumée de bonté véritable
Fontaine de pitié jamais tarie
Palais d'honneur où se conclut l'alliance en Dieu
Et l'humanité pour notre salut, en toi Dieu se fit homme)'

Le meneur de la troupe, maistre Cosme, un bourgeois, chantait et les autres répétaient après lui. Le soir lors de notre halte, il nous expliqua qu'il avait déjà effectué trois pèlerinages et séjours à Montserrat et qu'il en connaissait tous les chants. Il nous conta l'histoire de la découverte de l'image de la vierge noire dans la grotte en l'an 880 et de la statue de bois sculptée longtemps après qui trônait aujourd'hui dans le sanctuaire. Angel l'écoutait émerveillé tandis que je m'interrogeais sur le nombre de péchés commis par cet homme pour nécessiter tant de pèlerinages. Je m'abstins de l'interroger toutefois, ayant gagné en sagesse avec l'âge.

Le chemin fut plaisant, bercé par les chants et quelques pauses bienvenues. Nous mangeâmes notre pain avec quelques fruits secs à la mi-journée tout en admirant le paysage que je décryptais pour Angel, qui n'avait jamais quitté Arenas et y était arrivé trop jeune pour garder un quelconque souvenir de sa vie d'avant.

L'après-midi s'avançant les chants se turent, chacun se concentrait sur le rythme de ses pas et de sa respiration. Le chemin, montait abruptement avant de redescendre et nous avions parfois peine à suivre les adultes. Enfin, le soir tombant, nous atteignîmes notre gîte d'étape : une sorte de posada isolée qui réservait une partie de ses locaux aux pèlerins.

La bâtisse de pierre était entourée d'un mur et nous pénétrâmes à l'intérieur de l'enceinte, sorte de mini-bastion réservé aux voyageurs. Je découvris la partie qui nous était réservée : une sorte de longue cave creusée à même la falaise sur laquelle la maison était adossée. Une bonne vingtaine de personnes pouvaient y loger et il s'y trouvait même une large

---

[10] chant tiré du 'Llibre Vermell de l'abbaye de Montserrat', recueil de chants anonymes de l'époque médiévale, fusion du sacré et du profane.

cheminée en pierre garnie de quelques grosses marmites. Le sol était grossièrement dallé, l'ensemble était confortable et rassurant. Une grosse fontaine glougloutait à côté de la voûte ouvrant sur l'abri et plusieurs cuveaux en bois permettaient de laver son linge et faire sa toilette. L'endroit nous plut immédiatement.

Au moment de pénétrer dans les lieux, j'aperçus une inscription gravée dans la pierre jouxtant l'entrée et je stoppai pour déchiffrer les lettres : il s'agissait d'une formule de bienvenue en latin invitant les pèlerins à prendre leur repos en paix et en sécurité. Je me tournai vers maistre Cosme qui me suivait de près :

– Dommage que cette inscription soit en latin, peu le lisent, il aurait mieux valu qu'elle fût en langue vulgaire !

L'homme me contempla d'un air sidéré :

– Parce que toi, tu lis le latin ! Un misérable orphelin ! Comment se fait-il... Je viendrai vous voir plus tard tous les deux et nous éclaircirons ce mystère.

Je soupirai, fâché contre moi-même. Je voulus prendre le temps de réfléchir à l'explication à fournir mais n'en eus pas le temps : il fallait trouver un endroit où dérouler notre paillasse, puis aller nous rafraîchir à la fontaine et nous en profitâmes pour tremper nos pieds un moment dans un cuveau d'eau fraîche en riant et nous éclaboussant mutuellement, ce qui égaya nos compagnons qui n'avaient pas l'habitude de voir des jouvenceaux marcher avec eux.

Une énorme marmite fumante et odorante fut apportée par l'aubergiste : le ragoût du pèlerin, la spécialité de la maison, réputé tenir au ventre et redonner des forces aux corps défaillants. J'y discernai des fèves, des lentilles, des navets, des oignons, de la saucisse et du lard ainsi que quelques ingrédients indéfinis. Nous rejoignîmes la file mais lorsque notre tour arriva nous réalisâmes qu'il fallait payer et nous restâmes là, l'eau à la bouche, contemplant le plat d'une mine stupide et désolée.

– Pas d'argent, pas de ragoût, nous asséna l'aubergiste d'un ton sans appel.

Une femme, puis maistre Cosme eurent pitié et offrirent de payer pour nous. Heureux et soulagés nous nous confondîmes en remerciements avant de nous ruer sur nos écuelles que nous vidâmes scrupuleusement.

– Si c'est pas malheureux de voir des gamins livrés à eux-mêmes comme ces deux-là ! s'attendrit la commère qui avait réglé l'une des écuelles. Où sont vos parents mes pauvres petits ?

Angel, enchanté de cette gentillesse nouvelle pour lui, se fit un devoir de répondre.

– Mes parents et mes frères et sœurs sont tous morts, expliqua-t-il, nous allons à Valbona voir si ma tante est encore en vie et j'espère qu'elle me recevra. Elle n'a pas d'enfants et ils voudront peut-être de moi.

Chacun était installé, repu, assis sur le sol, la pièce dégageait une douce chaleur et l'heure était aux confidences. Je laissai Angel dans le cercle de lumière et me reculai dans la pénombre, préférant passer inaperçu.

– Et si ta tante ne veut point de toi que vas-tu faire ? insista la brave femme, toute émue.

– Gabriel m'a dit qu'il s'occuperait de moi, répliqua Angel en me désignant, je ne crains rien avec lui, il est instruit et il sait se battre et…

– Justement, intervint maistre Cosme, coupant Angel et se tournant vers moi, d'où vient-il que tu sais lire et que tu possèdes un arc ?

– Oh il a une épée aussi ! clama fièrement Angel, ignorant mon regard furibard.

J'avais voulu passer inaperçu : en vain. Plusieurs pèlerins me dévisagèrent d'une mine curieuse.

– Et puis, renchérit le chef, où iras-tu une fois que ton compagnon sera chez sa tante ? Mais réponds d'abord à la première question.

J'hésitai un court instant avant de m'engaillardir :

– Je suis un peu instruit car ma mère était servante au château d'Ensegur chez le marquis Jaume de Montradon, expliquai-je.

Il y eut quelques murmures.

– Ensegur, je connais ce nom, souffla une voix, c'est du beau monde là-bas.

– Et les garçons de cuisine apprennent le latin et l'épée ? insista le chef.

– Il était point garçon de cuisine, s'exclama Angel avec un enthousiasme débordant, il servait le jeune seigneur et il apprenait tout comme lui !

Il y eut un autre silence et tous les regards se tournèrent vers moi. Impérieux.

– Et que fais-tu ici à courir les chemins comme un vagabond ?

– Ma mère est morte et Felipe, le fils du marquis, est parti à Barcelone pour commencer son apprentissage de chevalier. Il n'y avait plus besoin de moi.

– Et ils t'ont jeté sur les routes sans aucune pitié ? s'offusqua une voix.

– Nenni, point du tout, j'ai été placé chez le forgeron d'Arenas quelques mois et maintenant, je vais rejoindre mon père qui est lui, au château de Toylona, répliquai-je d'un ton léger, pensant que la discussion était close.

Je me trompais.

– Et pourquoi ta mère était à Ensegur et ton père à euh... Toylona ? s'enquit une autre commère, curieuse comme un pou inquisiteur.

Je commençais à transpirer. Je me remémorai les leçons des sœurs : la vérité est souvent la voie la plus simple. Je décidai de faire face à la troupe.

– Mon père est à Toylona parce que lui et ma mère n'ont jamais été mariés. Je suis son bâtard et il ne m'a jamais vu. Comme ma mère est morte et que je suis seul au monde, (j'insistai sur cette phrase afin de toucher le cœur des commères), je vais aller là-bas car il sait mon malheur et a fait savoir qu'il y aurait une place pour moi.

– Et il te laisse courir les chemins comme un vagos[11] ! protesta une autre voix.

– J'ai pris de l'avance ! le défendis-je, je devais attendre à Arenas qu'il vienne me chercher mais je tenais à amener Angel chez sa tante, c'était là affaire urgente car le pauvre était traité comme un esclave et il ne pouvait continuer ainsi.

Un silence s'installa, bientôt rompu par le chef :

---

[11] Vagos : vagabonds

– Et que fait-il ton père à Toylona ? Une grande et ancienne lignée habite là-bas dont l'origine remonte très loin. Et pourquoi le fils d'une servante était-il le compagnon du jeune de Montradon ? Le maître de Toylona va-t-il accepter ta venue ? Ces seigneurs-là ont sévère réputation et voir les bâtards de leurs gens s'inviter ne leur plaît sans doute guère.

Je dévisageai un instant le cercle de visages curieux qui exigeait sa réponse.

–Heu... je crois que le seigneur Guillem accepte ma venue, lâchai-je d'un ton incertain.

– Et pourquoi se soucierait-il d'un misérable bâtard ? Ton père serait-il haut placé chez lui ?

– Ben, c'est à dire que... c'est lui mon père, Guillem de Toylona, je suis son fils.

Un coup de tonnerre n'aurait pas fait plus d'effet. J'étais devenu en un instant l'attraction de la soirée. Un long silence perdura qu'une voix incrédule rompit.

– Hé bé... sacrebleu... t'es le petit d'un seigneur et tu cours les chemins comme un manant.

– Je vous l'ai dit, c'est pour le bien d'Angel, sinon j'aurais attendu mon père, enfin, son criado, don Miquel qui s'est toujours occupé de moi.

– Si tu étais mon marmot et que tu me fasses un coup pareil, tu prendrais une de ces raclées ! s'exclama un compère. Es-tu conscient des risques que vous prenez ?

– C'est pour cela que nous sommes avec vous ! répliquai-je, le père Diez a prié pour notre protection et tout un couvent de femmes intercède pour moi chaque jour. Que risquons-nous donc ?

– Oh... juste des brigands, des loups et que sais-je encore, grommela maître Cosme décontenancé.

– Dieu est avec les innocents, renchérit une commère, et ceux-là me semblent être deux fameux ingénus ! Ils ne sont pas couards en tout cas.

– Gabriel sait tirer à l'arc et manier l'épée, à Arenas il a tenu tête aux garçons du village et il a même réussi à les mettre dans sa poche ! glapit Angel, il m'a appris moult choses sur le nouveau monde et notre empereur et les sauvages, je sais même écrire mon nom grâce à lui ! Ma vie a changé quand il est arrivé et il me protège !

Les regards revinrent vers moi.

– Je me disais bien que tu avais belle allure pour un manant, soupira maistre Cosme, j'espère que ton père sera fier de toi car tu es bien vaillant pour ton âge. Allons la compagnie, il se fait tard et il faut dormir, ces deux jouvenceaux tombent de sommeil et nous aussi. Il faut se lever à l'aube demain.

Apaisés, nous nous serrâmes sous ma couverture et dormîmes d'une traite comme seuls savent le faire les innocents.

CHAPITRE SEPT

'Je suis jeune il est vrai, mais aux âmes bien nées, la valeur n'attend pas le nombre des années' (Corneille, le Cid)

Nous repartîmes tôt et mes révélations de la veille nous auréolaient d'une aura bénéfique qui attirait sur nous les attentions des pèlerins, lesquels rivalisaient de gentillesses à notre égard. Vers le milieu de la matinée, nous atteignîmes l'endroit où nos routes se séparaient. Notre chemin remontait vers les montagnes tandis que le leur descendait sur la plaine, vers Lleida.

Nous étions abreuvés de mille conseils sur la conduite à tenir en cas d'imprévus et je voyais bien que plusieurs répugnaient à nous laisser aller seuls. Mais que pesaient deux gamins errants face à leur salut éternel ? Ils devaient aller se racheter à Montserrat et les plus atteints pousseraient jusqu'à Compostelle, histoire de faire oublier leurs turpitudes et vilenies. Ils ne pouvaient nous accompagner, ils avaient urgence à se racheter.

Ils nous laissèrent partir et nous nous éloignâmes en faisant de grands signes jusqu'à ce qu'ils fussent hors du vue.

Ensuite, nous fûmes seuls. Nous avons marché côte à côte, presque la main dans la main, attendant à chaque instant que se réalisent les funestes prédictions d'une des pèlerines qui nous voyait déjà dévorés par des bêtes sauvages, enlevés et mutilés par des bandits qui nous obligeraient ensuite à mendier devant les églises, perdus dans une nature hostile et autres misères. Pour faire bonne mesure, j'ajoutai quelques dragons menaçants ainsi que des sauvages du nouveau-monde, alliés à quelques sarrasins dissimulés dans le pays depuis la reconquista.

J'avais sorti mon arc et Angel brandissait un petit couteau.

Au bout d'un moment, étant toujours vivants et sans ennemis en vue, nous commençâmes à croire que nous arriverions peut-être sains et saufs à Valbona.

Le temps était frais et beau, le paysage magnifique, les montagnes se détachaient nettement sur le ciel bleu et, saisis par la beauté des lieux, nous oubliâmes les périls qui nous entouraient. J'entrepris d'expliquer où nous étions à Angel et, comme je n'en savais pas plus que lui j'inventais au fur et à mesure que le paysage se dévoilait à nos yeux.

– Regarde cette grande montagne, assurai-je en tendant le bras, c'est là qu'était Mont-Blanc qui était menacé par le monstre. C'est alors que Sant Jordi est arrivé et a sauvé la princesse des griffes du dragon et libéré Mont-Blanc. Non Angel, il n'en reste aucune trace, car cela s'est passé voici très longtemps. Mais tu sais, Sant Jordi doit toujours être dans le coin, on dit qu'il veille sur les voyageurs, surtout les enfants, nous ne risquons rien tu vois !

Angel, rassuré par ma science, reprit confiance et profita pleinement du voyage.

L'être le plus terrifiant que nous croisâmes fut un vieux conducteur de mule qui transportait du vin dans de grandes outres arrimées au bât de la mule. Il nous rassura : nous étions sur la bonne voie et serions à Valbona vers le milieu de l'après-midi si nous ne traînions pas, ce que nous n'avions nullement l'intention de faire.

Nous ne prîmes qu'un court repos pour manger le pain et le fromage que nous avaient remis les pèlerins.

Enfin, nous vîmes Valbona : petite cité fortifiée qui défendait un étroit défilé, nichée entre deux versants de montagne qui semblaient la protéger.

Elle était bâtie en longueur, ceinte d'une respectable muraille et n'avait que deux entrées à chacune de ses extrémités. De petites tourelles entouraient la porte vers laquelle nous nous dirigeâmes, moi remorquant Angel qui béait d'admiration, se croyant devant un palais des mille et une nuits.

Un homme du guet gardait la porte et il nous dévisagea avec méfiance : on n'aimait guère les desemparados[12] dans cette paisible cité, aussi pris-je les devants avant que nous ne fussions chassés à coups de pieds. J'avais vu comme certains

---

[12] Desemparados : vagabonds

miséreux étaient refoulés à Ensegur non sans avoir reçu un peu de nourriture et avoir pu se désaltérer.

– Nous venons voir maistre Llull le cordonnier, assurai-je en fixant l'homme. Pouvez-vous nous indiquer où il habite s'il-vous plaît ?

Quelque peu décontenancée, la sentinelle ne songea plus à nous chasser et nous donna les explications nécessaires. Nous pénétrâmes dans Valbona et suivîmes la rue principale. Le plan de la cité était simple : une longue rue principale de laquelle partaient des venelles secondaires perpendiculaires. Plusieurs places, occupées en leur centre par des fontaines venaient rompre la monotonie de cette longue rue.

L'animation avait repris après la sieste de l'après-midi et des badauds circulaient de boutiques en échoppes, examinant la marchandise, marchandant les prix, comptant les pièces une à une, tout cela au milieu des cris des enfants, des braiments des ânes, de quelques hennissements de chevaux, des cris des commères cherchant à attirer le chaland. Dans une venelle, j'aperçus un porc et quelques poules qui picoraient les saletés lancées par les fenêtres des étages. Je tirai Angel vers moi.

– Soyons prudents si nous ne voulons pas recevoir un pot sur la tête, lui soufflai-je en lui montrant une grosse femme qui vidait le contenu de son pot de chambre d'un premier étage sans même jeter un coup d'œil en-dessous.

Nous examinions tout, abasourdis par l'animation qui régnait, par les odeurs, bonnes et mauvaises et les bruits incessants.

Nous passâmes devant l'échoppe d'un traiteur et la vue de tourtes à la viande nous arrêta net. Nous salivions en les contemplant et je finis par tirer Angel vers moi pour l'obliger à repartir.

– Allons viens ! Ne traînons pas et trouvons ta tante.

Je me dirigeai selon les indications, Angel en remorque derrière moi terrifié à la pensée qu'il pourrait être mal reçu.

– Ils sont peut-être morts, objecta-t-il d'une voix chevrotante.

– L'homme du guet ne nous aurait pas indiqué la maison d'un mort.

J'aperçus enfin la fontaine en marbre au centre d'une petite place ombragée par un tilleul. Puis, au fond de la place à l'angle d'une carrer[13], une jolie maison à encorbellement, avec de vraies fenêtres, la porte était ouverte et quelques paires de chaussures reposaient sur la planche qui servait la nuit à clore la fenêtre de la boutique. Le tout respirait la propreté et une aisance toute bourgeoise.

Angel fut pris de tremblements.

– Oh mon Dieu, ils ne me voudront pas, je suis un gueux ! Ce sont des bourgeois, regarde !

J'avisai la fontaine :

– Viens ! Nous allons nous rafraîchir !

Ce que nous fîmes. Nous frottâmes énergiquement nos mains, nos bras, nos visages et même nos pieds jusqu'à ce que toute la saleté accumulée sur la route disparaisse. Nous brossâmes nos vêtements et j'aidai Angel à se réajuster en l'assurant qu'il avait belle allure dans le pourpoint que je lui avais donné. Pour finir, je sortis le peigne en bois de ma mère, que je conservais précieusement, et j'arrangeai nos cheveux humides du mieux que je pus. Nous n'avions ni poux ni vermine et étions à peu près présentables.

Je pris le temps de dire une prière que je terminai d'un signe de croix bien marqué pour que mon compagnon comprenne que nous étions sous protection divine.

Je pris la main d'Angel et entrai dans la boutique au moment où une commère en sortait, un panier à la main. Elle nous dévisagea, sourcils froncés. Nous ne devions guère ressembler aux clients habituels. Je m'enhardis avant qu'elle ne nous chasse.

– Mille pardons, fis-je en m'inclinant comme je le faisais devant la marquise à Ensegur, seriez-vous dame Sofia, l'épouse de maître Joaquim Llull ?

Interloquée par le contraste entre notre apparence et mon langage soigné, elle avait stoppé net.

– Oui da, commença t-elle d'un air incertain. Mais que voulez...

---

[13] carrer (catalan) : rue

– Voici Angel, votre neveu d'Arenas, annonçai-je, je l'ai accompagné car il est seul au monde. Le reconnaissez-vous ?

J'avais poussé Angel devant moi et il contemplait sa tante d'un air à la fois terrifié et suppliant, bouche ouverte, incapable d'émettre ne serait-ce qu'un son.
Quant à sa tante, elle ne valait guère mieux. Elle resta un instant à contempler Angel, immobile, telle une statue de sel, avant de pousser un cri déchirant.
– Joaquim ! Viens vite ! Oh Mon Dieu ! Joaquim ! Regarde ! Le petit là ! Tu le reconnais ? C'est tout le portrait de ma pauvre sœur ! Ô par la vierge du rocher, tu es vivant ! Mes prières ont été entendues, il en reste un !

Elle avait pris Angel contre son giron généreux et elle le serra contre elle d'un geste convulsif avant de l'embrasser comme on embrasse un enfançon, comme ma mère le faisait lorsque j'avais encore une mère pour m'aimer.

J'allais me mettre à pleurer et l'arrivée de maistre Llull m'obligea à me reprendre. Il était bloqué sur le pas de la porte et observait la scène d'un air éberlué. Je l'examinai à la dérobée et je notai ses vêtements simples, solides et bien entretenus, son embonpoint qui signait le bourgeois bien nourri et enfin, son bon sourire tandis qu'il essuyait une larme avant de se diriger vers son épouse et Angel, qui à son tour avait fondu en larmes.

Au bout d'un instant, il se tourna vers moi en voyant qu'Angel était incapable de parler.
– L'an dernier, nous avions demandé à un marchand que nous connaissons qui passait par Arenas, d'aller porter de nos nouvelles à la famille et prendre des leurs. Il est revenu en me disant qu'ils étaient tous morts depuis une année, emportés par une épidémie en quelques jours. Mon épouse en a pleuré pendant des semaines car nous n'avons aucune autre famille et point d'enfants. Pourquoi personne ne nous a-t-il prévenus qu'un des enfants était vivant ? Pourquoi vient-il si tard ? Qui vous a accompagnés ?

J'expliquai du mieux que je pus : nul n'avait écouté Angel qui ne savait plus le nom de la cité, il était devenu une sorte de serf soumis à la remensa [14], avait été maltraité et chacun avait intérêt à ce qu'il reste au service de la commune. Personne ne nous avait accompagnés sinon des pèlerins et notre périple s'était bien passé.

— Je suis arrivé à Arenas voici quelques mois et nous sommes devenus amis car nous sommes tous les deux orphelins. Je lui ai promis que je l'amènerais vers vous car je ne voulais pas qu'il reste seul là-bas après mon départ. Vous serez content de lui je crois, il a l'habitude de travailler dur et il est de bonne nature. Mais il a été mal nourri, mal soigné et n'a reçu aucune éducation. J'espère qu'il sera heureux chez vous. Il n'est pas difficile vous savez : il rêve juste de manger à sa faim et d'avoir un coin chaud où dormir.

Le cordonnier m'avait écouté d'un air tour à tour ébahi et ému, en secouant la tête de gauche à droite.

— Hé bé, fit-il, quelle histoire, mais je crois qu'il faudra m'en conter davantage plus tard mon gaillard ! Je suis sûr que vous êtes tous deux las et affamés, ajouta-t-il en haussant le ton avec un coup d'œil à son épouse. Sofia, toute la rue sait que quelque chose se passe, enchaîna-t-il en montrant un petit attroupement qui se formait, tu annonceras la bonne nouvelle plus tard, en attendant, prenons soin de ces deux brebis égarées qui viennent de rentrer au bercail.

Ainsi fut-il fait.

Un compagnon œuvrait dans l'échoppe et il fut prié d'aller quérir les fameuses tourtes à la viande qui nous avaient fait saliver à notre arrivée. La boutique était belle et bien achalandée, je remarquai des bandes de cuir de diverses couleurs et qualité pendues au plafond, des chaussures et sandales de toutes tailles, des escarcelles et des sacs pour les cavaliers. J'aimai l'odeur du cuir qui dominait et fus heureux de ne pas être chez un tanneur où il faut endurer une insupportable puanteur.

Nous passâmes dans l'arrière-boutique et je vis un cellier où pendaient des jambons entre des jarres et des paniers d'oignons, navets et autres denrées. Je fus surpris de voir un

---

[14] remensa (castillan) : servage

petit jardin derrière la bâtisse car on ne le devinait pas depuis la rue. Un pommier trônait en son milieu et un banc avait été installé sous son ombrage. J'entrevis un coin d'herbes aromatiques et mon impression se confirma : Angel était arrivé dans une bonne maison.

Un escalier de bois menait à la grande pièce d'habitation et je n'eus plus aucun doute en voyant le confort et la propreté qui régnaient ici. Un dressoir exhibait la vaisselle en étain, une table en bois trônait au centre de la pièce et le lit était clos par un joli tissu qui aurait presque pu trouver sa place dans un château. Près de la fenêtre (avec de vrais vitres et non du papier huilé), deux fauteuils en cuir de Cordoue se faisaient face. L'arrière de la pièce servait à la préparation des repas et les jarres à eau alternaient avec divers pots et jarres en grès. Des herbes pendaient au plafond.

Je jetai un coup d'œil à mon compère qui semblait au comble de l'émerveillement car nul ne connaissait une telle aisance à Arenas. Valbona était une cité de marchands prospères où il faisait bon vivre.

– Quel beau logis ! clamai-je d'un air admiratif tandis qu'Angel revenait lentement sur terre.

– On dirait un château, murmura-t-il, je ne savais pas que de si jolis endroits existaient.

– Il n'a jamais quitté Arenas, expliquai-je à maistre Joaquim tandis que Sofia menait Angel vers le banc placé devant la table. Il n'a connu que la misère, même avec sa famille, ajoutai-je avec circonspection.

Le cordonnier comprit mon allusion : comment Angel pouvait-il être le neveu d'un artisan prospère alors qu'il était issu d'une famille de misérables manants ?

Il se pencha vers moi pendant que son épouse allait chercher des gobelets sur le dressoir tout en parlant à Angel.

– La mère d'Angel, la sœur de ma femme, a fait le pire mariage qui soit : elle a choisi de partir avec un journalier qui passait à Besalu pour les moissons et a tout quitté pour le suivre. Nous venions de nous marier Sofia et moi et l'avons vue avec grand effroi laisser ses parents pour suivre ce bon à rien qui est vite devenu un ivrogne. Nous l'avons revue quand ils se sont installés à Arenas et la jolie jeune fille était devenue une pauvre miséreuse épuisée par les maternités, la faim et la misère. Nous les avons aidés un peu mais son mari buvait l'argent que nous envoyions. Nous nous sommes limités à quelques vivres que des marchands de confiance leur faisaient parvenir de temps à autre.

– Angel m'a narré cela, sa mère pleurait de joie quand elle recevait les denrées que vous leur envoyiez, une année il m'a dit que c'était grâce à cet envoi qu'ils ne sont pas morts de faim. Je suis vraiment heureux pour lui, il n'a jamais eu de chance dans la vie vous savez.

– Il sera bien avec nous, je vais le former au métier et ma femme a enfin le fils que nous n'avons jamais eu, décréta-t-il en lorgnant du côté d'Angel d'un air quelque peu dépité.

– Ne soyez pas marri, l'encourageai-je, avec une bonne vêture et de bons aliments, il aura bientôt meilleure allure, je lui ai appris à se laver et à prendre soin de son linge, c'est déjà ça que vous n'aurez pas à lui enseigner, il sait même écrire son nom maintenant !

Il rit et m'ébouriffa les cheveux.

– Tu en sais beaucoup pour un compagnon de misère, remarqua-t-il, tu n'échapperas pas à une bonne explication, mais regarde, la tourte est arrivée, nous allons manger, vous vous sentirez mieux après.

Nous fîmes honneur à la tourte à la volaille accompagnée de sauce cameline aux amandes, et continuâmes avec du pain et du fromage de brebis avant de terminer avec des beignets au miel achetés eux aussi dans une échoppe voisine. Je surveillais Angel du coin de l'œil et lui donnais un coup de coude de temps à autre s'il mangeait trop salement. Nous bûmes de l'horchata, ma boisson favorite à l'orgeat et Angel se récria :

– J'en ai bu à la fête du village cette année, Gabriel a gagné un concours de tir à l'arc et nous avons eu de l'argent pour nous acheter à boire et à manger !

– Gabriel semble être plein de ressources, souligna maistre Joaquim d'un air entendu, dis-moi mon garçon, comptes-tu retourner à Arenas seul ?

– Oh non, m'exclamai-je, je vais continuer sur Toylona, Arenas c'est fini pour moi, je ne tiens pas à revoir le forgeron chez qui je travaillais.

– Ah tu es de Toylona, tu es donc déjà passé par ici ?

– Oh non, c'est la première fois. J'ai grandi à Ensegur.

– Ensegur... hum, c'est loin d'ici je crois, pourquoi ne vis-tu plus là-bas ?

– Sa mère est morte, et il s'est retrouvé tout seul, interrompit Angel, alors il va voir si son père veut bien de lui à Toylona, mais il le connaît pas et il sait pas comment il va être reçu, Gabriel est un bâtard et son père ne l'a jamais vu !

Je foudroyai Angel du regard car je n'avais pas eu l'intention d'en dire tant. Cette fois les yeux scrutateurs du couple étaient fixés sur moi, des yeux curieux, mais aussi alarmés.

– Tu veux dire que tu es parti à l'aventure... juste parce que tu penses avoir un père là-bas... et d'abord ce père que fait-il ? Sais-tu son nom au moins ? Est-il artisan, paysan ? Libre ou en remensa ? Et comment es-tu arrivé à Arenas après la mort de ta mère ? Par hasard ?

J'hésitai et discernai dans leurs yeux une réelle inquiétude.

– Si tu erres à l'aventure, je ne te laisserai pas repartir, je suis sûr que je peux te trouver un travail ici, je suis connu et tu m'as l'air dégourdi.

Je secouai la tête.

– Non, non, je crois que tout va bien aller. Il était entendu que j'aille chez mon père, seulement, il a une épouse et des enfants et je vais arriver plus tôt que prévu. Don Miquel Arbaca devait venir me chercher à Arenas, j'ai juste pris un peu d'avance car je voulais aider Angel et il y avait urgence à ce qu'il parte, il souffrait trop.

Il passa à nouveau sa main dans mes cheveux en sifflant d'un air admiratif.

– Don Miquel en personne ? Ton père a donc des relations haut placées ! Que fait-il donc à Toylona ? Travaille-t-il au château ? Dans ce cas tu aurais de la chance, ton futur sera assuré si tu peux servir chez le comte de Toylona, même aux cuisines ou aux écuries, tu auras un avenir.

Ses yeux me scrutaient attentivement, exigeant une réponse.

– Mon père euh... se nomme Guillem de Toylona, comte du même nom. Je suis son bâtard et il a chargé son criado, don Miquel, de veiller sur moi de loin en loin.

Il y eut un instant de stupéfaction puis maistre Joaquim donna un grand coup sur la table.

– J'ai bien noté ta belle allure, tes bonnes manières et ton éducation, mais alors là mon garçon, tu m'en bouches un coin ! Messire Guillem a un autre fils, un fils caché ! Quelle histoire !

Il me contempla d'un air songeur avant d'ajouter :

– Et que dirait-il s'il savait que son fils, tout bâtard soit-il, joue les vagos sur les routes de Catalunya ? Et don Miquel ?

Je me sentis rétrécir ;

– Ils comprendront sans doute quand ils sauront que c'est pour sauver Angel.

Maistre Joaquim jeta un coup d'œil sur leur nouveau protégé et hocha la tête d'un air sarcastique.

– Il est sûr que nos nobles ont le souci des gamins miséreux tels que celui-ci, ironisa-t-il. Mais d'abord, raconte-m'en davantage sur toi, que nous puissions juger ce qu'il conviendra de faire.

Je résumai ma courte vie du mieux que je pus et terminai mon récit en disant :

– Demain, je devrai partir à la première heure car j'ai l'intuition que don Miquel pourrait bien se mettre en route pour venir me chercher.

– Tu pourrais rester ici et nous essaierons de faire parvenir un message à Toylona pour prévenir don Miquel que tu es ici.

– S'il est en route il n'aura pas le message, s'il ne me trouve pas à Arenas je crains que le forgeron ne passe un mauvais moment, signalai-je, nous ne l'avons pas croisé en venant et il n'existe qu'une route n'est-ce pas ? Il n'est donc pas parti et j'ai toutes les chances de le rencontrer. Non, il faut que je parte, je ne veux pas poser problème.

Je vis le dilemme dans les yeux du cordonnier. Il partait pour une importante foire le surlendemain. Il ne pouvait surseoir à ce déplacement car il devait livrer commande à de riches bourgeois. Je ne voulais pas attendre son retour pour qu'il m'accompagne de peur de manquer don Miquel. Je compris aussi que l'idée de me conduire à Toylona devait l'effrayer. Amener un bâtard inconnu à un riche et arrogant seigneur pourrait peut-être lui valoir quelques soucis si cette arrivée contrariait le comte.

Il se leva tout d'un coup, nous pria de l'attendre et sortit tandis que nous aidions Sofia à desservir et que nous nous installions pour la nuit près de la cheminée. Sofia nous aida tout en faisant des projets pour les jours à venir :

– Demain Angel, nous te trouverons des chaussures, puis des vêtements, mais auparavant je te conduirai aux étuves d'où tu ressortiras tout propre, nous taillerons aussi ces cheveux qui en ont bien besoin, ajouta-t-elle en lui ébouriffant sa tignasse d'un geste affectueux.

Angel semblait être arrivé au paradis. Jamais il n'avait été l'objet de tant d'attentions, jamais il n'avait dormi dans un si bel endroit ni mangé meilleure chère. J'étais heureux pour lui, ce que je lui avais souhaité se réalisait pleinement. Néanmoins je m'angoissais quant à la suite de mon voyage mais ne voulais pas le montrer : ils ne m'auraient pas laissé partir et je ne voulais surtout pas que don Miquel ne me trouve pas à Arenas, je ne tenais pas à être responsable de la mort du forgeron frappé d'un coup d'estoc par un caballeros furieux…

Heureusement pour moi, Joaquim revint avec de bonnes nouvelles : je partais le lendemain avec un marchand de laine qui allait livrer commande dans une bourgade appelée Bonshomes. D'après ce que je compris, Bonshomes se trouvait au nord-ouest, Toylona à l'ouest, et le chemin était commun sur une bonne partie avant de se séparer. Je n'aurais que quelques heures de marche à accomplir seul pour arriver à Toylona.

Je m'endormis presque tranquillisé. Mon ami était sauvé, j'étais sur la bonne route. Nous étions confortablement installés et repus. Je confiai mon âme à Dieu et décidai de m'en remettre à lui pour le lendemain.

Route de Bonshomes et Toylona.
— Sais-tu pourquoi on appelle cette bourgade Bonshomes ? me demanda le marchand de laine, et ben je vais te le dire, c'est parce que c'est ici que sont venus se réfugier les bons hommes quand ils ont dû traverser les Pyrénées pour sauver leurs vies. Et sais-tu qui étaient les bons hommes ? Et ben je vais te le dire, on les appelait aussi cathares ou albigeois, c'était il y a longtemps du temps des Francs là-haut dans le nord. Le roi des Francs est venu envahir les occitans, le pape les a déclarés hérétiques et ils les ont tous brûlés, après ça, les Francs ont occupé les châteaux des seigneurs d'Oc et ça a été la fin d'une belle civilisation.

Le gaillard était intarissable. Il hochait la tête d'un air accablé comme si ces événements lointains étaient survenus la veille et qu'il était l'un des rescapés. Je me cramponnais à ses paroles car cela me permettait de maintenir à distance l'angoisse qui me tenaillait.

Mon départ avait été paisible. J'avais bien dormi et avais trouvé mes vêtements et chaussures brossés par Sofia, qui m'avait aussi préparé une petite miche de pain, une saucisse sèche, du fromage et des fruits secs. Emu par sa gentillesse, je ne l'avais pas repoussée quand elle m'avait pris dans les bras et serré contre elle.

Maistre Joaquim me fit promettre de revenir chez eux si je ne trouvais pas bon accueil. Il se faisait fort de me placer dans une bonne maison, un garçon sachant lire, écrire, compter et monter à cheval n'aurait que l'embarras du choix. Cette proposition me rasséréna : si j'étais éconduit je ne serais pas seul à errer sur les chemins, j'aurais un endroit où aller et des gens chaleureux pour me recevoir.

Angel lui, espérait ouvertement que je serais renvoyé à peine arrivé tant il me voulait près de lui. Je promis de lui écrire quoi qu'il arrive et Joaquim annonça que dans les jours à venir il irait rejoindre quelques heures par semaine l'école qu'avait récemment ouvert un clerc afin d'initier les fils de bourgeois et d'artisans aux joies de la lecture et de l'écriture. Depuis l'apparition des livres le savoir se répandait et devenait une nécessité.

Je rassurai Angel quant à ses capacités à apprendre. Ne savait-il pas déjà écrire son nom ? Effectuer quelques calculs ? Il avait tout ce qu'il fallait pour étudier.

Notre séparation fut déchirante. Au moment de reprendre chacun notre route, nous réalisâmes tout ce que nous avions traversé ensemble, tout ce qui nous avait unis, tout ce qui allait nous manquer.

Je l'assurai que cette séparation était pour le meilleur et que je trouverais le moyen de venir le voir, nous n'étions pas si éloignés.

Nous tombâmes dans les bras l'un de l'autre, réalisant que nous étions devenus des frères. Frères de misère, frères orphelins, mais frères.

J'essuyai mes yeux lorsque la carriole de laine s'ébranla pour prendre le chemin de Bonshomes et je me retournai pour faire signe à Angel jusqu'à ce qu'il fut hors de ma vue.

Je fus chanceux : si le marchand adorait parler, ses interlocuteurs n'étaient vers lui que pour l'entendre. Il ne me posa pratiquement aucune question mais m'abreuva de renseignements sur la région et quand nous nous séparâmes j'avais une idée claire du chemin à suivre : je ne pouvais me tromper, il n'existait qu'une seule voie pour gagner Toylona. Il estimait qu'un adulte marchant à bonne allure pouvait arriver à Toylona à la nuit tombée. L'après-midi était déjà entamée mais il m'assura que je trouverais sans peine un endroit sûr où dormir si jamais je n'atteignais pas le château avant le soir.

Je le regardai s'éloigner vers le nord tandis que je me dirigeai vers l'ouest. Mon chemin suivait la trajectoire du soleil et je n'avais qu'à marcher les yeux fixés sur lui. Le paysage était sublime, les montagnes plus élevées, sauvages et majestueuses qu'à Ensegur. J'aperçus un ou deux oiseaux de proie planant dans le ciel. Ma route s'élevait pour longer une sorte de ligne de crête et j'arrivai au bout d'une heure environ sur un haut-plateau quasi désertique, parsemé de genêts, de petits conifères et de plantes des montagnes.

Impossible de se cacher ici, songeai-je, l'herbe était rase en ce début de printemps, nul arbre pour m'offrir un abri, juste quelques rochers. J'aimai pourtant cet endroit sauvage, l'air me parut plus pur qu'ailleurs, les couleurs plus vives. Je me hâtai pourtant, car je voulais redescendre vers la vallée avant la nuit. J'entrevis une cabane de pierres sèches, preuve que des bergers venaient ici avec leurs troupeaux.

Je fus soulagé quand le causse prit brusquement fin. Le chemin ne suivait pas une pente douce mais il dessinait des lacets et à certains endroits, il avait même été taillé dans le rocher. La route était bien dégagée et entretenue, on voyait qu'elle était souvent empruntée, cela me rassura et les lieux me semblèrent moins oppressants, ma solitude moins absolue. Je me morigénai : je ne marchais pas tout seul depuis deux heures et je voulais déjà rencontrer du monde ! Je me figurai que j'étais un futur chevalier et que ce trajet en solitaire était une épreuve destinée à éprouver mon courage. La suivante serait de trouver un abri où passer la nuit. L'ultime épreuve consisterait à affronter mon père sans fléchir. Oui, j'étais un chevalier de l'ordre de sant Jordi et la nuit que j'allais vivre correspondrait à la nuit que les aspirants chevaliers passaient en prière avant leur adoubement.

Le chemin ne me conduisit pas au fond du vallon mais continua à mi-chemin de la montagne et je pénétrai bientôt dans une belle et épaisse forêt, ultime étape avant d'arriver dans le secteur plus dégagé de Toylona. Le marchand de laine m'avait bien renseigné et si ses indications étaient exactes, je n'étais plus qu'à quatre ou cinq heures de marche de Toylona.

Quatre ou cinq heures. Le soleil se cachait déjà derrière le mont qui me faisait face et je songeai qu'il était temps de trouver un endroit sûr où passer la nuit. Je pensai aux ours mais surtout aux loups et je réprimai un frisson d'appréhension.

J'arrivai au bord d'une cascade qui jaillissait d'un rocher surplombant le chemin et je pris le temps de rincer et remplir mon outre avant de boire longuement et de me rafraîchir le visage et les mains. Rasséréné, je repartis en scrutant les alentours à la recherche d'un endroit accueillant et j'ordonnai à mon cœur de taire l'angoisse qui cherchait à me dominer, ainsi que m'avait enseigné à le faire le père Estève.

Soudain je stoppai net. Il était là devant moi, l'un des plus beaux chênes qu'il m'avait été donné d'admirer : haut, majestueux, il offrait des ramifications idéales pour m'accueillir en sécurité. Proche du chemin, je pourrais surveiller l'éventuel passage d'un cavalier sans être vu.

Je me mis à la tâche pour m'installer confortablement car l'obscurité grandissait. Quand la nuit tomba, j'étais assis dans l'arbre à bonne hauteur, mes affaires attachées près de moi, ma couverture formant une sorte de hamac, les pieds bien calés. Il m'avait fallu un petit moment pour trouver ces trois branches formant une sorte de berceau naturel. Mon sac était posé pour me servir d'oreiller et ainsi arrimé, je ne pouvais choir même si je dormais profondément. Je fus reconnaissant aux expéditions effectuées en forêt avec Felipe et nos maîtres au cours desquelles nous avions appris ces choses : comment s'abriter, se protéger des bêtes et se garder du froid. J'avais pris la précaution d'enfiler mon long gaban[15] et son capuchon me maintiendrait au chaud. Mon arc et mon carquois étaient accrochés à une branche à proche distance de mes mains.

Je mangeai le pain et le fromage qui me restaient et terminai avec une figue sèche. Je bus ensuite un peu d'eau et me calai du mieux que je pus en me couchant sur deux branches et m'arrimant avec ma corde, mon couteau placé dans ma ceinture, proche de ma main.

La nuit était noire maintenant. Je restai immobile après avoir récité une ou deux prières et demandé sur moi une protection particulière avec, éventuellement, l'assistance d'un archange en cas d'urgence. Ma prière m'apaisa et je sentis un calme étrange m'envahir.

Lentement les bruits de la nuit remplacèrent ceux du jour. D'étranges bruissements, craquements et d'autres sons indéfinissables s'unirent pour danser une sarabande

---

[15] gaban : manteau avec capuchon

lancinante autour de mon arbre. Une antique panique chercha à me submerger, celle de l'homme des temps anciens face aux mystères de la nature et je sentis des frissons parcourir mon corps. Me revinrent les souvenirs des nuits passées en forêt avec Felipe et nos éducateurs. Je me calmai et, comme je l'avais appris, m'attachai à identifier ce que j'entendais afin que le mystère s'éclaircisse et que la peur s'écarte. Je ne devais pas être effrayé mais sur mes gardes me remémorai-je car la crainte ne permet pas de déceler le danger.

J'appliquai les leçons apprises. Je respirai profondément et discernai des bruits presque familiers : le chant d'un oiseau partant en chasse, le passage d'un renard, des insectes tardifs. Je sursautai quand, tout près de moi retentit un bruit d'ailes dont je sentis le souffle sur ma joue. Je faillis hurler mais parvins à étouffer mon cri quand je reconnus une chauve-souris. Les bruits qui en plein jour ne me faisaient point frémir pouvaient, dans l'obscurité, déclencher une vraie panique.

Je me morigénai, pensai que si je survivais à cette épreuve, j'aurais quelque vaillant récit à conter à don Miquel et que peut-être cela m'éviterait une sévère punition pour m'être enfui.

Je rabattis mon capuchon sur mon visage et me recroquevillai du mieux que je pus. Les fatigues de ma marche et les émotions eurent raison de moi car je sombrai dans un lourd sommeil sans m'en rendre compte. C'est là un des privilèges de l'enfance et de son innocence.

Ce furent leurs grognements qui me réveillèrent vers le milieu de la nuit. J'ouvris les yeux, vis la lune ronde, magnifique et lumineuse juste au-dessus de mon arbre puis je les entendis à nouveau. Je tournai lentement la tête vers le pied du chêne et les aperçus : cinq ou six loups qui tournaient et grognaient autour du tronc, la tête levée dans ma direction.

Une angoisse sans nom m'étreignit mais à nouveau, les réflexes acquis durant les années passées prirent le dessus. Une voix, celle de mon ange gardien sans doute, me murmura que j'étais hors d'atteinte, perché bien trop haut pour risquer quoi que ce soit. Ils ne pouvaient grimper dans l'arbre protecteur.

Je me penchai doucement et les examinai sous le clair de lune qui rendait la nuit lumineuse. Ils étaient quatre. Un mâle et trois femelles dont deux semblaient grosses. Une petite meute, j'avais de la chance.

Ils bondissaient le long du tronc, ne faisaient que l'effleurer et recommençaient, inlassablement. Ils ne parvenaient pas au niveau de la première branche mais ne se décourageaient point.

Au bout d'un moment, je m'interrogeai sur leur but. Les loups n'étaient point des bestioles stupides mais de redoutables prédateurs dont l'homme était le principal ennemi. Mon odeur devait les exciter et sans doute attendaient-ils que je choie de l'arbre ou que je descende stupidement pour chercher à m'enfuir. Je me demandai combien de temps ils pouvaient attendre ainsi.

Une longue veille commença. Les loups avaient compris qu'ils ne pouvaient m'atteindre et s'étaient couchés au pied de l'arbre, attendant leur heure.

La panique m'avait quitté mais une sourde angoisse l'avait remplacée : combien de temps pouvaient-ils patienter ainsi ?

Je misai sur une courte attente. La saison n'était pas à la disette et de nombreuses autres proies existaient aux alentours : la forêt bruissait de vie.

Je me penchai et tentai d'expliquer aux loups qu'ils perdaient leur temps à patienter ainsi. Le souvenir de Saint François d'Assise m'était revenu. Ne disait-on pas qu'il parlait aux animaux et qu'il s'était adressé à ses 'frères loups' ? Je tentai la même approche. En vain. Ni mes prières ni mes admonestations n'eurent le moindre effet sur eux. Je n'étais pas le Poverello qui savait parler à toute la création.

Il me restait de l'eau dans ma gourde et un maigre croûton de pain. Je pouvais tenir un long moment mais je me souvins que don Miquel pouvait passer sur le chemin d'un instant à l'autre et je voulais absolument le croiser sur ma route avant qu'il ne parte à Arenas.

Ce fut ce qui me décida. Je savais ce que j'avais à faire.

Une lueur commença de teinter le ciel là-bas vers l'est. L'aube ne tarderait point à poindre. Les loups se levèrent, regardèrent l'horizon et semblèrent se concerter avant de se recoucher non sans avoir pointé leurs gueules vers moi pour s'assurer que j'étais toujours là.

Je patientai encore un long moment les yeux fermés, espérant un miracle qui ne vint pas.

L'aube était là maintenant. Je me résolus à faire ce que je devais faire.

Lentement je saisis mon arc et une flèche, puis une seconde que je mis de côté. Je me mis en position de tir, sans bruit, accroupi sur deux branches, bien stable. Je visai entre deux grosses branches en prenant mon temps. Le mâle se trouvait juste à portée de tir et il était celui que je voulais atteindre. Je retins ma respiration et ajustai mon tir. J'aurais voulu l'occire mais n'étais pas sûr d'y parvenir et répugnais à le voir souffrir. Il avait beau être un prédateur qui n'aurait fait qu'une bouchée de moi, j'éprouvais toujours la même répugnance à tuer les animaux. Je fus reconnaissant au marquis Jaume de m'avoir obligé à m'entraîner pour de tels moments malgré mon peu d'enthousiasme.

J'étais prêt, arc bandé, au maximum de ma concentration. Je fis taire mes scrupules et décochai la flèche qui fila vers le bas. Immédiatement, un cri inhumain déchira le calme du matin naissant. Le mâle se leva et tourna en rond en hurlant de douleur. Je me penchai et vis que je l'avais touché à la jointure de l'articulation avant. Il saignait. Les louves avaient bondi et tournaient autour de lui. Elles levaient leurs yeux vers moi et revenaient vers lui, indécises, semblant peser le pour et le contre.

J'avais assez d'expérience pour savoir que je l'avais touché à mort mais qu'il mettrait un certain temps pour mourir. Je m'en voulus de le faire pâtir ainsi, ce n'était pas ce que j'avais souhaité, j'aurais voulu le tuer d'un coup afin qu'il ne souffre pas. Je lui demandai pardon du haut de mon arbre et un instant, il s'arrêta, leva sa gueule vers moi et me contempla. Puis, maladroitement, il s'éloigna, non pas vers le chemin, vers la route des hommes, ma route, mais vers les épais fourrés, au plus profond de la forêt.

Les femelles hésitèrent puis le suivirent, loin derrière, l'une après l'autre. J'avais déjà préparé ma deuxième flèche pour les effrayer mais n'eus pas besoin de tirer, elles avaient disparu dans les taillis.

Je soupirai, soulagé, reposai mon arc et me calai à nouveau sur ma branche. Je bus quelques gorgées d'eau et mon cœur se calma graduellement.

J'attendis encore de longs instants, craignant leur retour, l'oreille dressée. Quand le jour fut franchement levé, je descendis enfin, toujours armé de mon arc, prêt à tirer s'il le fallait et je rejoignis le chemin en contrebas.

Lorsque je l'atteignis, j'éprouvai un curieux sentiment de sécurité. J'étais à nouveau sur le territoire des humains, les plus redoutables des prédateurs, dont je faisais partie.

J'avançai vite, mon arc à la main, une flèche entre deux doigts prête à être encochée, me retournant sans cesse, l'œil et l'oreille aux aguets dans la crainte du retour des loups.

Au bout d'un long moment, ne voyant aucun signe de leur présence, ma tension se relâcha et je pus à nouveau jouir du spectacle de la nature environnante, écouter le chant des oiseaux et le bruissement des insectes.

J'émergeai de la forêt environ deux heures plus tard et je le vis, au loin, qui se détachait de la brume matinale : un château haut perché, aux contours flous, qui semblait toucher à la fois le ciel et la terre, un castel qui ressemblait à celui des contes de nos soirées où se croisaient preux chevaliers, dragons et damoiselles en détresse.

Il me sembla familier.

Il me fallut encore presque une heure pour atteindre Toylona. Selon que j'étais sur la crête ou dans un creux de vallon, sa vue m'était cachée et je craignais qu'il ne disparaisse, que cette vision n'ait été que le produit de mon imagination.

Enfin, j'arrivai sur la dernière crête et débouchai au-dessus du village, presque à hauteur du château.

J'eus le souffle coupé tant cette vue m'impressionna. Non pas que la bâtisse fut luxueuse ou somptueuse mais il se dégageait d'elle une impression de force et de puissance qui me frappa. Elle semblait avoir toujours été là et être destinée à demeurer à jamais. L'enceinte était immense et, perché en hauteur comme je l'étais, je distinguai de nombreux bâtiments et annexes, un immense et terrifiant donjon auquel avait été adjoint une nouvelle bâtisse dont les pierres étaient encore blanches, cette partie-là était percée de nombreuses et larges fenêtres comme le voulait la mode d'aujourd'hui. Cela me rassura : cette sombre forteresse des temps anciens avait été humanisée et devait ressembler à Ensegur pour le confort et la lumière.

L'enceinte était large et je découvris, à côté de la nouvelle bâtisse, un verger ou peut-être un jardin d'agrément, puis un large terrain qui devait servir pour les joutes, le travail des chevaux et l'entraînement aux armes. De l'autre côté je distinguai deux ou trois silhouettes penchées dans ce qui devait être un grand potager. Toylona avait été conçu pour subvenir à ses besoins en cas de siège, songeai-je en admirant les oriflammes qui flottaient au vent, la première aux couleurs du royaume d'Aragon, l'autre était celle de l'Espagne et de notre empereur. Une autre enfin dominait les deux premières, elle était vermeil et jaune d'or et j'y vis un aigle aux ailes déployées, les armes des Toylona. Elle flottait au vent et je me sentis rempli d'une profonde émotion en songeant que le sang de ces fiers seigneurs coulait aussi en moi.

Je descendis lentement le chemin et atteignis le poble niché au fond du vallon sous l'ombre tutélaire du château. Je découvris en son centre une jolie église qui ne devait pas être très vieille, les maisons principales étaient construites en cercle autour de la place tandis que d'autres s'étageaient le long d'étroites venelles.

L'homme était ici en son royaume : autour de moi se succédaient des champs, des prairies et des vergers. Des vaches paissaient dans le vallon et des moutons bêlaient sur les hauteurs.

Au fur et à mesure que je descendais, les bruits familiers m'assaillirent, cris d'enfants, aboiements, appels, protestations d'une mule récalcitrante. Je crus être revenu à Arenas.

Non. J'arrivais là où je devais aller, j'arrivais chez moi.

C'est ce que je me répétai pour me donner du courage tandis que je pénétrais dans le village le cœur battant d'émotion mais aussi de crainte car j'ignorais comment un vagos sans feu ni lieu comme moi serait reçu dans ce village isolé, éloigné des grands routes. Je n'avais pas envie de devoir fuir en courant, une meute de chiens lâchée à mes trousses.

Je suivis le cours de la rivière qui coupait le village en deux, traversai un beau et antique pont de pierre et me retrouvai sur la place principale, bordée des plus belles maisons, en l'occurrence des bâtisses en pierre et en bois, rustiques et solides.

J'entendis alors un son familier : celui d'un marteau sur une enclume.

Mon cœur bondit dans ma poitrine et je me dirigeai automatiquement vers le bruit. Au bout de la place, la porte de la forge était grande ouverte. Elle ressemblait à celle d'Arenas, si ce n'était que l'habitation était adossée à l'atelier, une maisonnette en pierre et bois, coquette et riante.

Je m'approchai lentement, conscient que je contemplais l'endroit où ma mère avait vécu... vécu et souffert. Un endroit dont elle ne m'avait jamais parlé, un endroit et une vie qu'elle m'avait tus.

Je n'osai pas entrer tout de suite. À quelques mètres se trouvait une sorte de lavoir-fontaine aménagé le long de la rive de la rivière. Je m'y rendis, m'assis sur les marches et entrepris de faire une rapide toilette. Je bus longuement pour tromper ma faim, me frottai le visage et les mains avant de me peigner soigneusement. Je brossai ensuite mes vêtements pour me rendre présentable. Je n'avais pas croisé grand monde, chacun était à son ouvrage, j'entendais les cris d'enfants qui se poursuivaient en riant.

Enfin, j'osai franchir le seuil de la forge.

Conscient d'une présence, le forgeron se retourna, solide bonhomme au tablier de cuir, à la barbe noire et aux yeux sombres.

– Que veux-tu ? s'enquit-il en s'approchant.

CHAPITRE HUIT

' Ce que je suis n'est qu'une préparation à ce que je serai '
(S. Vinkenoog)

Saisi, je le fixai sans un mot alors qu'il me dévisageait d'un air intrigué. Il se dirigea soudain vers une porte qui communiquait avec le logement et il l'ouvrit en appelant :
– Llora ! Viens donc voir une minute !
Une femme dans la trentaine arriva en essuyant ses mains sur son devantier et le forgeron me désigna du menton :
– Donne un bout de pain à ce gamin, il a faim.
Je n'eus pas le temps de protester que la femme était déjà repartie.
– Non, non, ce n'est pas la peine, je ne suis pas venu mendier.
L'homme fronça ses sourcils.
– Alors pourquoi es-tu céans ? Si c'est de l'ouvrage que tu cherches tu tombes mal, mon fils travaille avec moi. Tu me sembles d'ailleurs un peu jeune pour courir les routes. Que viens-tu donc faire ici ?
– Je voulais juste voir la forge.
Au même moment, son épouse réapparut en me tendant un morceau de pain et malgré mes bonnes résolutions je me jetai dessus et le dévorai tandis que lui et Llora échangeaient un regard significatif et plein de pitié à mon égard.
– Merci mille fois, répétai-je, soyez bénis pour ce morceau de pain, il me redonne des forces, j'ai passé la nuit dans la forêt et j'ai eu mon content d'émotions.
– Quoi ! Tout seul dans la forêt ! Sais-tu qu'un loup blessé a été signalé tôt ce matin ? Les hommes sont partis faire une battue pour le débusquer. Tu aurais pu tomber sur lui !
– Je sais, c'est moi qui l'ai blessé cette nuit.
Son regard se teinta d'une franche incrédulité tandis que sa femme réprimait un petit cri.
– Tu as blessé un loup ? Toi ?

– Oui, avec mon arc. Depuis l'arbre où je m'étais réfugié. Toute la meute s'était installée en bas.

Le forgeron se rapprocha de moi et examina mon paquetage. Il vit mon arc mais aussi mon épée dont le manche dépassait dans mon dos. Il remarqua également le poignard accroché à ma ceinture et son visage refléta une intense perplexité.

– Mais... où as-tu trouvé ces armes ? Tu les as volées peut-être ?

– Non, ce sont les miennes, vous voyez bien qu'elles sont à ma taille !

– Depuis quand un misérable vagos se promène-t-il avec des armes ?

– Je ne suis pas un vagos. Je suis venu ici exprès et je voulais voir la forge.

– Pourquoi donc ?

– Parce que avant vous, c'était mon grand-père le forgeron et ma mère a vécu ici. Je voulais juste voir c'est tout.

Le forgeron et son épouse s'étaient pétrifiés avant d'échanger un regard alarmé.

– Quelles sont ces menteries ? finit-il par gronder. J'ai repris cette forge parce que le forgeron était mort. Je n'ai jamais entendu dire qu'il avait un petit-fils.

Sa femme Llora posa une main sur son bras pour l'apaiser et se tourna vers moi. J'aimais bien son visage constellé de taches de rousseur et son sourire chaleureux. Elle se pencha vers moi.

– Ce qu'on nous a raconté quand nous sommes arrivés au village, c'est la triste histoire d'une très jolie fille qui avait plu à... au seigneur du château et que euh...

Elle n'osa poursuivre. Je le fis pour elle.

– Le seigneur du château l'a enlevée et l'a... déshonorée et elle a dû quitter le village.

– C'est cela, mais nul n'a plus entendu parler d'elle. Plus de douze ans se sont écoulés depuis.

– Et moi j'ai onze ans passés.

Les deux époux se regardèrent.

– Mon dieu ! s'exclama Llora, tu es... tu serais...

– Je suis le fils d'Ana, la fille du forgeron.

Je n'eus pas le temps d'en dire davantage. Le forgeron m'avait tiré vers la porte, vers la lumière du jour et il me scrutait intensément.

– Par la vierge de Montserrat... tes yeux... quand tu es arrivé, quelque chose en toi m'a semblé familier, comme si je t'avais déjà vu. Je sais maintenant. Je sais à qui tu ressembles.

Llora l'avait rejoint et elle me contemplait avec une émotion non dissimulée.

– Personne ici... personne ne sait... pour quelle raison es-tu venu ?

– Ma mère est morte et je suis seul au monde.

– Mais ton père, enfin le comte Guillem... connaît-il ton existence ?

Je lus de l'affolement dans les yeux du forgeron.

– Il doit passer d'un instant à l'autre voir des armes que j'ai remises en état. Mon Dieu, s'il te trouve ici... je ne sais pas ce qu'il...

Il n'eut pas le temps de finir. Un garçon un peu plus âgé que moi, aussi roux que sa mère, arriva en courant.

– Papa ! Messire Guillem et don Miquel arrivent ! Vite préparez-vous !

Je sentis leur panique en même temps qu'arrivait un premier cheval. Je reconnus le destrier que don Miquel aimait tant.

L'hidalgo me dépassa sans faire attention à moi et je lui adressai un signe de la main. Son regard se posa rapidement sur moi sans réagir mais il se retourna d'un coup, me fixa d'un air effaré et stoppa son cheval brusquement pendant que le forgeron et sa famille s'inclinaient pour le saluer. Je m'approchai et caressai l'encolure de son cheval. Il me contempla avec des yeux grands comme des soucoupes et il parut se demander pendant quelques secondes si j'étais réel ou pas.

– Bonjour don Miquel ! Vous allez bien ?

– Gabriel !!! Mais que... que fais-tu céans ? Ce n'est pas possible ! J'allais partir te quérir la semaine prochaine.

– Eh bien je vous évite le voyage. Vous voyez, je visite la forge de mon grand-père, j'étais curieux de voir les lieux.

– Cela ne me dit pas comment... Où est celui qui t'a amené ici ? J'ai deux mots à lui dire !

Un deuxième coursier arriva, stoppa net derrière moi tandis que la famille du forgeron s'inclinait encore plus profondément. Mon cœur se mit à battre à toute vitesse mais je m'abstins de me retourner et continuai de fixer don Miquel comme si nous étions seuls tous les deux.

– Je n'ai pas d'accompagnateur don Miquel, je suis venu seul.

Son visage refléta son incrédulité, il sauta de son cheval et m'attrapa aux épaules, prêt à me secouer.

– Tu veux bien répéter Gabriel !

Il prit soudain conscience de la présence du second cavalier, échangea un regard avec lui et le deuxième homme, le comte mon géniteur, dût lui faire signe de continuer sans se préoccuper de lui car il reprit :

– Explique-moi comment et pourquoi je te retrouve ici alors que tu devrais être à Arenas à attendre gentiment ma venue en toute sécurité !

Je vis là une porte de sortie.

– Je ne suis pas sûr que *j'étais* en toute sécurité à Arenas. Le forgeron est devenu un vrai sac à vin et il a le vin mauvais. J'ai repris quelques bonnes trempes et je commençais à craindre pour ma sauvegarde.

– Et tu es parti comme ça, tout seul !

– Avec la complicité du curé. Mais je suis surtout parti pour sauver mon ami Angel.

Son regard se leva à nouveau vers le cavalier dont la présence invisible me pesait de plus en plus.

– Et qui est cet Angel providentiel ?

– Mon ami. Un orphelin comme moi. Mais lui, c'était pire que moi.

– Et pourquoi donc ?

– Ben... il venait pleurer vers moi le soir quand il s'était fait tabasser. Il servait d'esclave au village. Il avait froid, il avait faim, il avait peur, il était malheureux.

– Et tu as voulu jouer les sant Jordi providentiel je suppose ? Et cet Angel, je ne le vois pas, tu l'as perdu en route ?

– Je l'ai mis en sécurité, expliquai-je, il s'est souvenu qu'il avait peut-être une tante à Valbona et je lui ai fait la promesse de le conduire là-bas. Je voulais vous attendre mais... euh...

J'hésitai un court instant mais le regard menaçant de l'hidalgo me persuada du mérite des explications sincères.

– Et bien l'aubergiste voulait le vendre à des clients invertis qui voulaient un garçon pour... pour... vous savez, pour l'utiliser comme une fille. Il a réussi à s'enfuir mais nous savions qu'un jour ou l'autre il allait passer à la casserole. C'est pour ça que nous sommes partis. Je me sentais responsable don Miquel. Et puis la vie était rude aussi pour moi là-bas...

Je ne terminai pas et baissai la tête. Le comte Guillem ne s'était toujours pas manifesté.

– Et vous êtes allés à Valbona ?

– Oui, il est sain et sauf maintenant. Tout va bien pour lui.

– Et toi, tu as décidé de continuer. Seul. Et on t'a laissé partir seul, sans se soucier de toi.

– On voulait me garder et me trouver un emploi, protestai-je, mais je voulais vous intercepter avant que vous n'arriviez à Arenas où le forgeron aurait passé un sale quart d'heure entre vos mains.

– Et cette nuit, tu l'as passée où ?

J'hésitai, sûr de passer un mauvais moment. C'est alors que le forgeron osa intervenir. Il s'adressa à don Miquel d'un ton respectueux.

– Don Miquel... le loup que les hommes sont partis traquer, c'est lui qui l'a blessé cette nuit... avec son arc. Il a passé la nuit seul dans la forêt, cerné par une meute de loups.

Je vis don Miquel blêmir et respirer un grand coup.

– Tu as passé la nuit seul dans la forêt ? Es-tu totalement inconscient ? Tu aurais pu...

Il poussa un grognement de colère et donna un grand coup sur sa selle.

Je voulus le réconforter.

– Je me suis perché sur le meilleur arbre de la forêt. Un chêne immense. Vous savez que je suis bon pour grimper. Et j'ai appris à faire face à ces situations avec Felipe et nos maîtres d'armes.

– Et tu as eu peur ?

Je frémis. La voix était celle de l'homme qui se tenait derrière moi et qui, je le sentis, venait de descendre de son cheval. Une voix incisive et impérieuse.

Je décidai de lui montrer que j'étais de bon sang moi aussi. Je me retournai d'un coup et plantai mon regard dans le sien.

Je ne remarquai ni son pourpoint de velours, ni sa haute taille, ni sa prestance. Je découvris ses yeux, verts comme les miens qui me fixèrent sans frémir. Je vis ses yeux et me reconnus en eux. Et je sus qu'il se reconnaissait aussi en moi.

Nous nous sommes dévisagés ainsi, durant un court instant qui m'a paru une éternité.

Ce fut moi qui rompis l'assaut en répondant à sa question.

– Le marquis Jaume nous a souvent répété que le vrai courage ne consiste point à n'avoir jamais peur mais à affronter sa peur. Alors oui, quand la meute est venue gronder au pied de mon chêne j'ai tremblé. J'ai dû faire face à cette peur tout seul. Et j'ai su qu'il fallait que je tue ou blesse le mâle dominant. C'est ce que j'ai fait. Et je suis ici.

Nous nous sommes encore confrontés du regard, nous jaugeant, nous observant. Sans dire un mot.

Don Miquel entreprit de réchauffer cette joyeuse atmosphère.

– Guillem, je vous présente Gabriel. Arrivé parmi nous plus tôt que prévu. Gabriel je te présente le comte Guillem de Toylona euh…

Je m'inclinai légèrement et il fit de même, ce qui me surprit. Je perçus un éclair d'amusement dans ses yeux.

– Gabriel, répéta-t-il. Elle t'a choisi un très joli nom. Et tu as hérité de sa beauté.

Je vis une ombre voiler son regard qui se perdit un instant dans un autre temps, un autre lieu. Mais il se reprit et revint à la réalité.

– Qu'allons-nous faire de toi maintenant ?

– Si ma présence pose problème je peux repartir, je trouverai à me placer à Valbona ou Ensegur. Mais permettez-moi de me reposer et de manger avant que je reparte. Et ordonnez que l'on m'escorte un moment, je ne veux pas affronter de nouveau les loups.

Il me contempla encore un moment, puis, à la surprise de tous il passa sa main dans mes cheveux d'un air affectueux et sourit.

– Miquel m'a souvent raconté que tu étais un jeune gaillard courageux qui avait le cœur sur la main, je constate qu'il m'a dit la vérité.

Ensuite il redevint le comte et prit ses décisions.

– Miquel, emmène-le aux cuisines, qu'il se restaure, se baigne et se repose. Montre-lui les lieux. Je prends les devants et vais expliquer à Regina, Esteban et Emilia que… enfin... tu comprends…

Il sauta sur son cheval noir et il s'éloigna, aussi sombre que son cheval dans son pourpoint et ses chausses noires, ses bottes noires, ses longs cheveux châtains noués en catogan. Je pensai à cette expression que j'aimais bien 'le seigneur ténébreux du château'. C'était exactement ce que mon père était : beau, lointain, fier et ténébreux.

J'étais fier d'être issu de ses reins mais il me faisait peur.

Je me préparai à rejoindre don Miquel mais auparavant je remerciai encore le forgeron, qui se nommait Lluis, ainsi que son épouse. Ces derniers avaient suivi la scène, bouche-bée et avant que je monte en croupe derrière don Miquel, Llora prit mon visage entre ses mains, se pencha vers moi et m'embrassa sur le front en me souhaitant 'bonne chance, j'espère que tu viendras nous voir bientôt'. Je résistai à l'envie irrésistible de me serrer contre elle comme je le faisais avec ma chère maman et je rejoignis mon tuteur, lequel se mit en route non sans recommander au couple la plus grande discrétion quant à ma venue, au moins jusqu'à ce que les choses soient plus claires.

Nous étions à peine partis qu'il se tourna vers moi :

– Je te parie que tout le poble sera au courant avant ce soir.

Je hochai la tête. À Ensegur, une nouvelle se répandait à la vitesse de l'éclair et il en serait de même ici.

Je me serrai bien fort contre don Miquel et m'appuyai contre son dos, trouvant un certain réconfort dans ce contact. Les émotions que je venais de vivre se manifestaient et je me sentis trembler. Don Miquel dût s'en apercevoir car il arrêta notre monture juste avant de passer le pont-levis et il m'invita à marcher à ses côtés.

— Tu te sens bien gamin ?

J'essuyai une larme d'un geste rageur.

— Je vais bien, c'est juste que... j'ai vécu beaucoup de choses ces derniers jours et là... je viens de voir mon père pour la première fois de ma vie, je me sens...

— Bouleversé ?

J'opinai.

— Lui aussi est bouleversé tu sais, je le connais bien. Il n'est pas homme à dévoiler ses sentiments. Ne t'inquiète pas, il doit être en train d'affronter son dragon d'épou... euh la comtesse, se reprit-il.

J'avisai le garde qui saluait, observai son arme et me tournai vers don Miquel :

— La comtesse... elle semble redoutable, dites-moi, elle tire à l'arquebuse ?

Je me figurai un instant la comtesse sous la forme d'une harpie ou d'une sorcière échevelée qui m'accueillait à coups d'arquebuse en poussant des hurlements terrifiants.

Il remarqua mon regard rivé sur l'arme et se mit à rire.

— Allons, ne crains rien, elle est redoutable en paroles mais sinon, elle a peu de pouvoir ici. Son cœur est en Castille.

Il se pencha vers moi et me dit d'un ton confidentiel.

— Respecte-la mais tiens lui tête quand il le faut. Autant que tu le saches, elle va te mépriser et te traiter de bâtard. Esteban fera de même. Reste-toi même, applique ce que tu as appris avec Felipe et n'aie pas honte de toi, compris ?

Nous avions pénétré dans la cour et je pus apprécier les lieux. L'esplanade était large et aérée et j'aperçus les arbres du verger et le jardin derrière un mur recouvert de vigne vierge. Les écuries, vers lesquelles nous nous dirigeâmes, étaient vastes, claires et propres, les stalles spacieuses. On aimait les chevaux ici et cela me rassura sans que je puisse définir pourquoi.

À peine étions-nous entrés dans l'écurie qu'un garçon un peu plus âgé que moi se précipita pour prendre le cheval de don Miquel, qui lui tendit les rênes. Il était mat de peau, ses cheveux bouclés étaient d'un noir de jais, tout comme ses yeux.

– Gabriel, je te présente Izem un soigneur et dresseur hors-pair. Tu peux lui faire confiance pour prendre soin de tes chevaux. Il vit ici depuis voyons… un an n'est-ce pas Izem ?

– C'est cela maître Miquel.

Il s'était exprimé avec un drôle d'accent et son catalan ne semblait pas naturel. Je lui souris et il esquissa un sourire timide à mon intention. Don Miquel nous laissa quelques minutes et héla un autre homme, le maître des écuries nommé Joan Valles.

– Bonjour, Izem. Je m'appelle Gabriel. D'où viens-tu ? Ton parler est étrange

Il hésita un instant.

– Je suis berbère. Je viens d'une tribu d'éleveurs de chevaux. J'ai été capturé pendant un raid des espagnols sur notre côte. J'ai été vendu à Barcelone.

J'ouvris de grands yeux.

– Tu es… un mahométan ?

Il opina d'un air gêné, presque douloureux.

– Mais ici, tu es un… esclave ? Qui t'a acheté ? Le comte ?

Il secoua la tête et sembla chercher ses mots.

– Non, un autre maître… lui devait argent à seigneur comte et il a offert moi pour payer dette. Depuis je suis ici. C'est mieux ici, mieux traité, bien nourri, je travaille avec chevaux, bien pour moi.

Je lus dans son regard un mélange de résignation et une grande solitude et il me fit penser à Angel. Je lui souris.

– Je viens d'arriver et ne connais personne. Je suis heureux de te rencontrer euh… Izem c'est bien cela ?

– Oui, Izem, ça veut dire 'le lion' en berbère. Et toi, tu venir travailler ici ? Dans écuries ? Tu es nouveau apprenti ?

Ses yeux s'étaient éclairés à la pensée que j'étais peut-être un compagnon de travail.

J'hésitai car j'ignorais ce qu'il m'était permis de dire. Le retour de don Miquel mit fin à mon hésitation et je l'interpellai :

– Don Miquel, Izem me demande qui je suis. Que dois-je dire ?

Il se gratta la tête et nous contempla un instant avant de se décider.

– Izem, hésita-t-il, Gabriel est... venu pour servir le senor Esteban et euh...

Je posai ma main sur le bras de don Miquel pour l'interrompre. Izem me fixait d'un air étrange.

– Maître Miquel, avança-t-il d'une voix un peu tremblante, ses yeux... on dirait... et puis il ressemble à... enfin.

Il n'osa pas. Don Miquel osa pour lui.

– Tu as bien deviné. Gabriel est le fils de messire Guillem. Son fils bâtard tu comprends ? Ils viennent juste de se rencontrer et de faire connaissance. La mère de Gabriel est morte et il s'est retrouvé seul alors le comte a décidé qu'il viendrait vivre avec nous. Personne ici ne connaît son existence.

– La comtesse... balbutia Izem en me fixant toujours.

Je ne résistai pas.

– Elle doit être en train de charger une arquebuse pour me recevoir à sa façon, répliquai-je.

Il sourit à ma boutade et nous échangeâmes un long regard, le même regard que j'échangeais avec Angel. Je décidai à l'instant qu'il serait mon ami et mon allié.

Je lui tendis la main.

– Serrons-nous la main Izem, tu es un esclave, le premier que je rencontre d'ailleurs, et moi jusqu'ici j'étais un orphelin. Ma mère était la fille du forgeron précédent et depuis sa mort la vie a été dure pour moi. Veux-tu m'aider à trouver ma place ici ?

Il me fixait toujours et brusquement il prit ma main, une lueur d'espoir dans ses yeux.

– Toi accepter être ami avec esclave et musulman ? Toi pas peur ?

– Moi accepter, rétorquai-je en serrant sa main. Nous sommes tous créatures de Dieu disait ma mère.

De toute façon, j'étais prêt à devenir ami avec le premier malfrat venu tant ma solitude me pesait.

– Vous ferez connaissance plus tard, intervint don Miquel, viens donc voir ton cheval et puis je t'emmène manger aux cuisines.

– Oh Cinca! m'exclamai-je, elle ne va pas me reconnaître !

Trente secondes plus tard nous étions tous face à son box où je pénétrai lentement en l'appelant d'une voix douce et en tendant la main vers son museau pour qu'elle puisse me sentir. Je m'enhardis, m'approchai d'elle et la caressai.

– Elle t'a reconnu, me chuchota don Miquel.

– Tu es bon avec chevaux, assura Izem, tu sais parler à eux.

– Izem aura des choses à t'enseigner, ajouta don Miquel, il a les chevaux dans le sang.

– Alors moi je l'aiderai aussi, répliquai-je, à améliorer son catalan déjà !

Nous nous sourîmes et quelques instants plus tard après avoir pris congé de lui, alors que nous allions vers les cuisines, l'hidalgo se mit à rire.

– J'imagine la tête de Regina et d'Esteban quand ils sauront que tu es ami avec un esclave mahométan !

– Pourquoi ? Esteban n'est pas ami avec lui ?

Il me regarda comme si je lui avais demandé si le pape était musulman.

– Esteban n'est ami avec personne de condition inférieure à lui. Il n'adressera jamais la parole à un esclave.

– Mais avec qui joue-t-il ? Avec Felipe, nous avons beaucoup joué avec les enfants du château.

– Il n'a jamais beaucoup joué. Un peu avec sa sœur. Il joue aux échecs avec son père ou moi. Il n'a jamais eu de compagnon avec qui se mesurer. Etre avec toi va lui faire le plus grand bien.

– Et à moi aussi ça va me faire du bien ?

– Et bien, tu vas apprendre à jongler avec un genre de garçon que tu ne connais pas. Tu vas apprendre la patience, la diplomatie, tu vas aiguiser ton intelligence. Et bien sûr, tu vas reprendre l'équitation, les armes et les exercices physiques. Tu vas suppléer Esteban dans ce domaine. Par contre il va te battre en latin, grec, algèbre et rhétorique. Il adore l'étude et les livres.

– Il va aller étudier à l'université de Barcelone alors ?

– Un héritier ne va pas à l'université Gabriel. Mais je crois que cela lui plairait, et plus encore de rentrer dans les ordres. Ce n'est, hélas, pas son destin. Mais tu vas vite le rencontrer et te faire une idée par toi-même.

Les cuisines ressemblaient à celles d'Ensegur et je m'y sentis à l'aise. Don Miquel me plaça devant lui et cria à la cantonade.

— À manger pour un jeune affamé qui a passé la nuit seul dans la forêt et qui meurt de faim. Gabriel, je te présente Carles, notre cuisinier en chef, voici son épouse Marta, ses enfants Vicent et Alix et aussi Diego l'aide cuisine, quant aux autres tu découvriras leurs noms et fonctions dans les jours qui viennent.

Les gens du comte semblaient à l'aise face à don Miquel, on voyait qu'il passait du temps parmi eux. Carles s'avança avec une assiette de ragoût que lui tendit sa fille qui devait avoir à peu près mon âge.

— Tu as passé la nuit dans la forêt des grands chênes, gamin ? s'enquit-il en me faisant signe de m'asseoir et de commencer à manger tandis que tous m'observaient avec curiosité. Tu n'as pas entendu les loups ? Les hommes sont partis traquer une bête blessée. Avec qui étais-tu ?

— Il était seul, répliqua don Miquel en s'installant face à moi, un gobelet en étain rempli de vin aux épices à la main, les loups s'en sont pris à lui et c'est lui qui a blessé le mâle. Avec son arc, ajouta-t-il d'un air désinvolte.

J'ouïs des murmures et Carles se pencha vers nous.

— Cessez de plaisanter don Miquel ! Pourquoi ramenez-vous en personne ce petit vagos qui semble n'avoir pas mangé depuis longtemps ? Il est avec qui, une troupe itinérante ? C'est un nouvel apprenti ?

Don Miquel semblait beaucoup s'amuser.

— Il va servir de compagnon à Esteban. Il est temps qu'il ait quelqu'un auprès de lui.

L'incrédulité gagna chacun à la vitesse d'un aigle fondant sur sa proie. Il y eut quelques rires.

— Et on prend des vagabonds affamés pour servir les jeunes seigneurs maintenant ! Par Sant-Jordi don Miquel, où avez-vous déniché cet oiseau-là ? C'est une plaisanterie !

Je relevai la tête, un peu irrité.

— Votre ragoût est délicieux maistre Carles. Vous savez, c'est bien moi qui ai navré le loup cette nuit, mais je n'ai pas eu le choix, c'était lui ou moi. Et je ne suis pas avec une troupe itinérante, je suis venu seul.

Carles fit des yeux ronds et fixa don Miquel :

– Mais enfin, qui est ce vagos ? Il parle comme un jeune *senor*. Vous n'êtes pas sérieux don Miquel ? Il ne va pas… avec le *senor* Esteban ? Le comte n'acceptera jamais…

– Le comte est en train d'informer son épouse et son fils de la présence de Gabriel. Sa venue était prévue mais il a surgi plus tôt que prévu. Ce jeune godelureau s'est enfui de là où il vivait et nous est tombé dessus ce matin après moult aventures.

– Mais d'où vient-il ???

– Regarde-le bien Carles.

Ce dernier maugréa mais se pencha néanmoins vers moi pour me scruter et je le fixai à mon tour dans les yeux. Au bout d'un long moment il se redressa et je le trouvai quelque peu blême.

– Don Miquel, commença-t-il d'une voix blanche, ses yeux, son allure… il me rappelle…

– Messire Guillem, continua Marta d'une voix blanche.

Don Miquel s'amusait grandement, il se leva, alla vers mon paquetage et tira mon épée qu'il brandit devant lui.

– Vous connaissez beaucoup de desemparados qui se promènent avec une épée et attaquent des loups avec un arc ? Qui ne soient pas pleutres pour oser partir seuls sur les chemins ? Qui ont cette belle allure ? Bon, il a besoin d'un bon bain je vous le concède, mais tonnerre regardez-le ! Je vous présente Gabriel, fils bâtard de messire Guillem, qui va servir l'héritier officiel !

Il eut la mauvaise idée de me faire lever pour faire face à l'assemblée qui me dévisageait d'une mine effarée. Marta se signa convulsivement tandis que don Miquel la fixait.

– Marta, vous étiez je crois une des rares au poble à être amie avec Ana, la fille du forgeron, et bien, je vous présente le fils d'Ana.

Elle mit une main devant sa bouche mais ne put retenir un cri. Elle me scruta intensément et se précipita soudain sur moi pour me prendre dans ses bras et m'embrasser fougueusement.

– Oh mon Dieu, Ana a eu un fils ! Un fils ! Don Miquel, pourquoi ne pas l'avoir dit ? Je me suis si souvent demandée ce qu'elle était devenue ! Et où est-elle dis-moi mon petit, où est-elle, va-t-elle bien ?

Je levai les yeux vers elle et murmurai :

– Elle est morte subitement voici un an et demi. Je me suis réveillé un matin et l'ai trouvée toute froide et rigide.

Elle se raidit et dévisagea don Miquel qui opina gravement.

– La mort d'Ana a décidé messire Guillem à faire venir Gabriel ici. La comtesse est d'accord car le père Sandoval lui a affirmé que c'était là une bonne action qui lui ouvrirait le paradis.

Marta me serra contre elle tendrement et me dit :

– Gabriel, si tu as besoin de quoi que ce soit, tu viendras vers moi d'accord ? J'aimais beaucoup ta maman tu sais ? Nous parlerons d'elle plus tard, tu veux bien ?

– Je ne sais rien sur elle ni sur sa vie avant ma naissance, elle voulait me dire des choses mais elle est morte avant. Alors oui, je voudrais savoir…

– Vous aurez tout le temps plus tard, intervint don Miquel, Gabriel, tu ne peux rencontrer ton demi-frère sans avoir pris un bon bain et mis des vêtements propres, nous allons aux étuves. Prends tes plus beaux vêtements.

– Euh… mes plus beaux vêtements c'est ce que je porte sur moi. J'ai donné quelques-unes de mes frusques à Angel qui était en haillons.

Nous nous sommes tous regardés et don Miquel a souri.

– Bon et bien tu affronteras Esteban tel que tu es.

– Pendant qu'il se lavera, je vais brosser sa vêture et la rendre présentable, décida Marta.

– Et je vais convoquer le tailleur sur l'heure ! répliqua don Miquel, qu'il lui coupe quelques tenues au plus vite !

C'est ainsi que je fus lavé, étrillé, coiffé et même aspergé de l'eau de lavande de don Miquel. Je remis mes frusques qui semblaient presque propres après avoir été brossées et repassées.

Et l'heure de la confrontation arriva. Nous étions attendus dans la chambre du comte.

– C'est bon signe, me souffla don Miquel, nous serons sur le terrain de Guillem et non dans le camp retranché de Regina, c'est à dire sa chambre qui est gardée par Cerbère le chien des enfers, enfin je veux dire sa dame de compagnie dona Ambrosia, la pire duègne qui soit, les castillans s'en sont débarrassés en l'expédiant ici quand Regina s'est mariée. Et ce n'est rien à côté du confesseur, le frère Javier Aguirre, un dominicain qui rêve de jouer les inquisiteurs sur tout ce qui bouge... Rassure-toi ton père l'a mis au pas.
– C'est lui qui confesse et dit la messe ?
– Dieu merci nenni ! Il enverrait tout le monde sur le bûcher ! Non, tu verras, le père Tomas Sandoval est bien brave et bon, il te rappellera le prêtre d'Ensegur. Le frère Aguirre est le confesseur exclusif de la comtesse et de sa bande. Le prêtre officiel est le père Sandoval. Mais méfie-toi bien d'Aguirre, c'est un serpent. Souviens-toi que ta mère n'aimait pas les dominicains. Apprends à biaiser face à lui.

Je voulus lui demander ce que signifiait biaiser qui ressemblait à baiser, mais nous arrivâmes devant la porte et après avoir frappé nous entrâmes, moi les jambes tremblantes, m'attendant au pire et invoquant tous les archanges à mon secours.

Je crus d'abord être dans la chambre du marquis Jaume en voyant le fauteuil en bois sculpté à haut dossier, la grande table encombrée de paperasses et les belles tentures des murs figurant des scènes de chasse, puis j'aperçus le comte qui tendit la main vers moi pour que j'approche, ce que je fis en tremblant, aidé par don Miquel qui me poussait dans le dos.

Quand je les vis, la mère et le fils, je crus avoir une hallucination tant ils étaient semblables : mêmes silhouettes maigres, mêmes visages allongés et pâles, mêmes yeux noirs, profondément enfoncés dans les orbites et rapprochés, mêmes mentons quelques peu proéminents coupés d'une bouche si mince qu'on la voyait à peine, même teint pâle et maladif, presque livide.

Leurs visages étaient si longs qu'ils donnaient l'impression d'avoir été coincés entre deux planches jusqu'à ce que le crâne se déforme, peut-être était-ce une coutume de Castille, il faudrait que je demande à don Miquel, leur ressemblance était si forte qu'Esteban semblait être un raccourci de sa mère.

Don Miquel dut lire dans mes pensées et deviner ce que j'allais demander au comte quand je me tournai vers lui, à savoir s'il était sûr que ce garçon était bien son fils étant donné qu'il n'avait aucun trait commun avec lui, car avant que j'ouvre la bouche il me fit m'incliner devant eux pour les saluer ce que j'avais tardé à faire, tout occupé à les dévisager.

Regina, comtesse de Toylona, pendant ce temps m'avait toisé avant de s'approcher de moi pour me saisir le menton afin de m'examiner de plus près. Ses petits yeux noirs semblèrent vouloir pénétrer mon âme et elle me fit penser à une fouine.

Son examen terminé, elle se tourna vers son époux :

– Il est bien de vous c'est indéniable, lâcha-t-elle d'un ton cassant, et sa mère devait être très belle, je comprends que vous ayez été pris dans les rets de cette créature.

Le temps que je comprenne qu'elle insultait ma chère maman, don Miquel m'avait serré l'épaule si fort que je renonçai à protester.

– Les bâtards ont la beauté du diable, la chose est connue, reprit-elle, et celui-ci ne déroge pas à la règle, j'espère que ton comportement sera exemplaire, ajouta-t-elle à mon intention car c'est une grande miséricorde que nous t'accordons en t'accueillant ici, j'attends de toi humilité, reconnaissance et obéissance. Tu n'aurais nul endroit où aller si je ne faisais pas preuve de charité envers toi, tu as d'ailleurs l'apparence d'un desemparados, n'as-tu point honte de te présenter ainsi devant nous ?

– Non madame la comtesse, répliquai-je du tac au tac, je porte là mes meilleurs vêtements et je suis propre, j'ai donné mes autres hardes à un ami plus démuni que moi car la sainte église enseigne la miséricorde envers les malheureux et je ne pouvais le laisser sans vêture.

Ma répartie la laissa muette car je l'avais attaquée sur son terrain de prédilection : celui de la religion. Je n'osai pousser plus loin mon avantage mais je vis une lueur d'amusement dans les yeux du comte et je sus que j'avais mis dans le mille.

Esteban s'était avancé entre temps et il me dévisagea avec une avidité empreinte de mépris.

– C'est fort charitable de faire don de ta vêture, m'asséna-t-il, mais tu aurais pu te racheter d'autres vêtements afin de te présenter devant nous dignement.

– Je n'ai pas d'argent, lui rétorquai-je, et ne pouvais rien m'offrir.

Il m'adressa un sourire matois.

– Il est vrai que tu n'es qu'un pauvre bâtard sans le sou. J'espère que tu mesures le privilège de pouvoir me servir, toi qui n'es rien et n'as même pas de nom.

Je voulus répliquer mais don Miquel faillit broyer mon épaule. Je me tus donc et me contentai de le dévisager sans baisser les yeux, humilié et furieux à la fois.

– Il suffit Esteban, intervint le comte d'un ton sec.

– Père, je ne veux pas qu'il me serve tant qu'il ne porte pas de frusques convenables, de quoi aurais-je l'air en traînant un gueux derrière moi ?

– Très bonne idée, répliqua son père, cela lui donnera le temps de découvrir Toylona, de monter son cheval et de se remettre de ses émotions, ce n'est pas tous les jours qu'un garçon de son âge ose affronter une meute de loups et dormir seul dans une forêt inconnue ! Ses hardes ne sont guère reluisantes mais son comportement montre qu'il porte en lui du sang noble. D'ailleurs les Montradon m'ont écrit tout le bien qu'ils pensent de lui, il a été jugé digne de servir leur unique héritier, il doit donc être digne de te servir toi. Miquel, je te le confie pour l'instant, qu'il se repose et découvre les lieux.

Je fus évacué promptement par don Miquel, non sans que Esteban et moi eussions échangé un regard dépourvu de toute aménité. Une fois éloigné de la chambre, j'interpellai mon guide :

– Il aurait besoin d'une bonne branlée non ? Pour qui se prend-il ?

– Pour un héritier qui porte aussi le sang des Monteiro, une famille de grands de Castille. On ne met pas de branlée à quelqu'un d'aussi noble, ne t'avise pas de toucher un seul de ses cheveux.

– Avec Felipe on se battait des fois et le marquis disait que cela lui rabattait son caquet.

– Tu es la première personne avec laquelle Esteban va se confronter. Trouve le moyen de lui tenir tête sans toucher à sa précieuse personne. De toute façon, il est trop fragile pour une quelconque confrontation physique.

– Il est malade ? C'est pour ça qu'il a une tête de cadavre ? Et pourquoi ils ont une tête aplatie tous les deux ?

L'hidalgo réprima un rire avant de se reprendre.

– Ni lui ni sa mère ne jouissent d'une bonne santé, c'est comme ça, ton père en est bien marri d'ailleurs. Le frère d'Esteban, celui qui est mort, te ressemblait un peu, il était en tout cas en meilleure santé et avait meilleure allure que... bon... parlons d'autre chose veux-tu ?

– Je vais revoir mon père ? Comment dois-je m'adresser à lui ?

– Pour le moment tu l'appelleras Messire, comme tout un chacun. Je ne sais si tu le verras de sitôt, ta venue l'a pris de court et il ne sait comment réagir.

– Il va me renvoyer ? Je ne lui plais pas ? Je ne suis pas assez bien ?

– Gabriel... si tu étais renvoyé ce serait parce que tu es trop bi... bon, passons. Demain, ton père et le maître d'armes vont t'examiner pour voir ton niveau. Maintenant, je te conduis aux cuisines, Alix et Vicent vont te faire les honneurs du château, apprends à te repérer, tu peux aussi aller voir Izem aux écuries, tu nous reverras au souper dans la grande salle.

Il se pencha vers moi et me souffla d'un ton confidentiel :

– Fais ce que tu sais le mieux faire : te faire aimer. Trouve des alliés et fais-toi des amis. Même Izem, tout esclave qu'il est. Sache que les castillans seront contre toi car tu représentes une menace pour Esteban tout bâtard que tu es. Alors bats-toi avec tes armes. Je te donne la liberté d'aller et venir, d'explorer les alentours. Bientôt, c'est avec Cinca que tu pourras aller galoper, si ton père te juge digne de la monter.

Ainsi fut-il fait : j'oubliai vite mes tracas car Alix et Vicent, les enfants du cuisinier et de Marta, me firent découvrir les lieux et nous passâmes le reste du temps à courir partout en riant et en nous poursuivant. Nous courûmes le long du chemin de ronde, dégringolâmes les escaliers du donjon et des tours, descendîmes dans les caves en imaginant qu'un fantôme nous poursuivait. Bref je fus heureux et crus être de retour à Ensegur car les deux châteaux se ressemblaient. Je n'éveillai pas trop l'attention car une bande de gamins qui court en piaillant était chose commune. Je surpris néanmoins quelques regards perplexes mais le temps que l'on me questionne, j'avais déjà détalé.

Finalement, je rejoignis Izem et offris de l'aider, ce qu'il accepta avec gratitude. Nous pansâmes les chevaux de concert et j'en profitai pour lui donner une première leçon de catalan correct. En échange, il me présenta les chevaux, et je vis qu'il connaissait les races et particularités de chacun. J'admirai longtemps le destrier de mon père, un fougueux cheval noir que je n'osai pas approcher. Seul un cavalier émérite pouvait monter un tel animal.

Enfin une cloche retentit et Izem me poussa dehors. L'heure du repas avait sonné et je rejoignis la grande salle, escorté d'Alix et Vicent. Je pensais ne trouver que quelques personnes. J'entrai dans la salle, essoufflé, échevelé et débraillé, pour me trouver face à une multitude de gens : tout le château avait été réuni et je compris que j'étais concerné quand je vis le comte, debout sur l'estrade où il prenait ses repas, me faire signe de les rejoindre, lui, son épouse, Esteban et une ravissante petite fille que je devinai être Emilia, ma demi-sœur.

D'un même accord, tous les regards convergèrent vers moi et Don Miquel, m'escorta, ou plutôt me tira en direction de l'estrade.

Marta avait eu le temps de passer un peigne dans mes cheveux et de remettre mes vêtements en ordre.

Plus mort que vif, je m'avançai.

CHAPITRE NEUF

'Souvent, sache-le, un sol pauvre porte la semence mieux qu'une terre épaisse et bien des bâtards vont plus loin que des fils légitimes' (Jean Racine)

Le comte Guillem me tint devant lui et la salle fit silence.
– Certains parmi vous ont peut-être remarqué ce nouveau venu arrivé ce jour, commença-t-il.
– Messire, c'est lui qui a blessé le loup de ce matin ? s'enquit un grand gaillard à l'allure de soldat. C'est sûr qu'il mérite récompense pour son courage ! se méprit-il.
J'ouïs quelques murmures appréciateurs tandis que l'on me dévisageait avec intérêt.
– S'il cherche de l'ouvrage et un toit, je le prends tout de suite, s'écria le même soldat, un petit qui sait manier l'arc comme ça et ne craint pas de voyager seul mérite une place parmi nous, n'est-ce pas messire Guillem ?
Le comte scruta un instant celui qui venait de parler et dont j'appris ensuite qu'il se nommait Henriquez et était le très craint et respecté maître d'armes et capitaine du château. Il dut voir dans sa proposition une excellente entrée en matière car il rebondit immédiatement sur son offre.
– Maître Henriquez, vous ne croyez pas si bien dire car ce jeune damoiseau va vous être confié dès demain et s'entraîner avec nous à tous les arts du combat.
Il se tut quelques secondes et promena son regard sur l'assemblée qui me toisait avec une sympathie non dissimulée.
– Je vous présente Gabriel, reprit-il d'une voix tendue, il n'est pas ici à cause de son exploit de cette nuit mais parce qu'il était prévu qu'il vienne vivre avec nous depuis la mort de sa mère.
Je le sentis hésiter avant de se lancer. J'avais l'étrange sentiment que cette scène ne me concernait pas et que j'étais plongé dans quelque songe dont j'allais me réveiller.

– Voilà, Gabriel est arrivé plus tôt que prévu, par ses propres moyens, ce qui démontre son courage et sa débrouillardise. Enfin... bref, Gabriel est mon fils... mon fils bâtard qui va vivre avec nous, étant orphelin, et qui va servir mon héritier légitime Esteban qui aura ainsi quelqu'un de valeur pour le seconder. Mon épouse a estimé que c'était faire œuvre de miséricorde que de l'accueillir parmi nous malgré sa naissance illégitime et les origines modestes de sa mère. Je vous demande donc de lui faire une place parmi nous et de bien le traiter. Voilà, c'est tout, vous pouvez retourner à vos tâches et que le souper commence !

Je fus à nouveau poussé vers don Miquel et je garde un souvenir confus de la suite. Les regards curieux et les murmures sur mon passage, l'émotion qui m'étreignait, le besoin de pleurer que je réfrénais. Je me souviens m'être trouvé placé à table entre don Miquel et le capitaine, à la table de droite, tandis que le comte, la comtesse et leurs deux enfants avaient pris place sur l'estrade. La table qui nous faisait face était occupée par les castillans m'expliqua-t-on ensuite. En fait je l'aurais deviné, rien qu'à leurs mines sévères et leurs vêtements sombres et stricts. Je me sentis dévisagé sans bienveillance et pris refuge vers don Miquel, le seul en qui j'avais confiance dans cet océan de visages inconnus.

On me servit un morceau d'oie rôtie, j'hésitai à manger.

– Premier privilège, commenta le capitaine d'une voix bourrue, tu as droit à la même viande que la famille et nous-mêmes. Sache la mériter ! Tu manges aussi parmi nous au lieu de servir Esteban et de manger à la cuisine avec les valets.

Il se tourna vers don Miquel et lui fit un clin d'œil.

– C'est signe qu'il est vraiment le rejeton de messire Guillem, d'ailleurs il lui ressemble...

Je vis ses yeux se perdre un instant vers Esteban avant de revenir vers moi.

– Qui est ta mère ? s'enquit-il abruptement.

– N'as-tu pas deviné que c'est Ana ? lui souffla don Miquel d'un ton sec. Regarde-le mieux.

Il étouffa un juron et m'examina attentivement.

– Sacredieu ! Ana, la belle Ana… eh bien… elle a fait un bien beau petit gars, conclut-il en détournant les yeux d'un air gêné.

Je devinai des choses non dites, un passé que j'ignorais et je me tournai vers lui.

– Vous avez connu ma mère ?

– Connu ? Oui, si l'on veut. Elle était belle ta mère, et fière pourtant. On ne savait pas d'où elle venait mais elle parlait bien et en savait plus que la plupart des gens d'ici. Alors oui, il y a eu des jalousies, mais dites-moi don Miquel, pourquoi n'avons-nous pas su qu'il y avait eu un petit ? Nous nous sommes tous demandés ce qu'elle était devenue la belle Ana, vous étiez dans le secret ?

Don Miquel hocha la tête et il regarda le comte un court instant.

– J'avais ordre de garder un secret absolu, dit-il simplement.

– Et messire Guillem allait-il le voir souvent ?

– Il l'a vu aujourd'hui pour la première fois. Et il n'a pas encore osé lui parler directement.

Ils échangèrent un regard entendu avant de revenir à moi.

– Et que sais-tu faire d'autre en dehors de tirer à l'arc ? s'enquit Henriquez, si je dois tout t'apprendre depuis le début, il va falloir du temps avant que tu sois en mesure de servir… et d'être digne de ton père. As-tu fait le paysan jusqu'à maintenant ? As-tu déjà approché un vrai cheval ?

J'allais répondre mais l'hidalgo me devança.

– Il a été éduqué chez mes cousins de Montradon, à Ensegur. Il a appris l'escrime, l'équitation, la chasse, il aime les livres et l'étude, son paternel a reçu une lettre élogieuse du marquis à son sujet. De plus il risque d'être en concurrence avec Esteban pour la piété, ce jeune damoiseau fréquente les archanges et sant Jordi et il s'est engagé à être exemplaire devant tout un couvent de bonnes sœurs !

Henriquez me dévisageait, la prunelle allumée, et il émit un long sifflement admiratif.

– Hé ben je comprends que tu sois le bienvenu… voilà un écuyer tout prêt, formé sans peine ! Gamin, je vais te tester demain, j'espère que tu seras à la hauteur car je n'ai pas l'habitude de ménager mes ouailles, je vais faire avec toi ce que je n'ai jamais pu faire avec Esteban. Ton père va être content d'avoir un bâtard à former à la dure, il a une réputation à tenir avec sa progéniture et ta tâche va être lourde mon gaillard... ah ah !

Je voulus lui rétorquer je ne sais quoi, mais la fatigue choisit ce moment précis pour me terrasser. Il me revint ma nuit blanche dans la forêt face aux loups, ma longue marche, mon arrivée à Toylona, ma première rencontre avec ce père dont j'avais tant rêvé... Je décidai que tout cela était suffisant pour un jouvenceau de mon âge et...

Je me réveillai le lendemain dans une chambre inconnue, sur une paillasse propre, et il me fallut quelques instants pour me remémorer mes aventures de la veille.

Je sursautai en entendant un bruit sur ma droite et bondit comme un diable lorsque j'entrevis un gaillard qui me souriait en me regardant.

– N'aie pas peur gamin, Je ne suis qu'Eugeni, le valet de don Miquel, tu as dormi dans sa chambre cette nuit. Il a fallu te porter hier soir car tu es tombé endormi sur la table et rien n'a pu te réveiller, tu nous as bien fait rire d'ailleurs ! Allons lève-toi, je suis chargé de te conduire, habille-toi et nous irons manger aux cuisines, ensuite, direction le terrain d'entraînement, allons hâte-toi...

Je n'osai maugréer et réclamer un surcroît de sommeil et me hâtai de me vêtir. J'avais appris à Ensegur à obéir et marcher droit. Ici, je n'étais que toléré en raison de mes capacités à servir et à manier les armes. Je songeai un court instant à échouer dans les épreuves qui m'attendaient afin que l'on me renvoya et que je puisse aller rejoindre Angel. Avec lui, j'étais sûr de retrouver un ami tandis qu'ici...

L'accueil chaleureux de Marta me sortit de mes tristes pensées, elle m'obligea à boire du lait de chèvre et à dévorer tout ce qu'elle mit devant moi. Sans doute avait-elle ressenti ma tristesse et le sentiment de solitude qui m'étreignait car elle me prit dans ses bras et m'embrassa sur le front comme ma mère avait l'habitude de le faire. Ce simple geste suffit à me rasséréner quelque peu et je lui offris mon plus beau sourire en me serrant contre son giron. Elle me garda un instant contre elle en caressant mes cheveux.

— Toi, ta mère te manque n'est-ce pas mon petit ?

J'opinai de la tête en restant blotti dans ses bras.

— Eh bien tu sais, chaque fois que tu as le cœur gros, viens me voir, je serai là pour toi. Et puis Vicent et Alix te considèrent déjà comme un ami sais-tu ? Il est normal que tu te sentes perdu ici, mais tu vas vite te faire des amis et connaître les lieux comme ta poche...

Je me redressai d'un coup.

— Hier, on a été voir la cave au fantôme !

— Déjà ! Vous avez osé descendre là en bas ! Sais-tu que je n'y vais point ?

— Nous n'avons pas vu la dame blanche. Alix dit qu'on ne peut la voir que la nuit.

— Le vieux palefrenier prétend qu'il l'a vue, tu lui demanderas de te raconter son histoire, mais en attendant, il faut que quelqu'un prenne soin de toi. Depuis quand tes cheveux n'ont-ils pas été raccourcis ?

— Oh, il y a au moins un an !

— Eh bien, dès que tu auras un moment, viens me voir, nous allons te faire beau.

De fait, j'étais obligé de les attacher pour qu'ils ne me gênent pas.

— Oui, mais je veux pouvoir les attacher, comme don Miquel et mon p... messire Guillem.

— Je vois, Monsieur veut être à la mode de Barcelone. Ne t'inquiète pas, tu seras tout beau, je vais juste les raccourcir un petit peu. Allons, je crois qu'Eugeni s'impatiente, tu es attendu, file maintenant.

La journée passa comme un rêve. Rêve ou cauchemar ? Je ne sais. Je fus confié à Henriquez qui m'annonça que nous allions nous échauffer et que le comte viendrait me voir plus tard ce qui leva mes craintes car je craignais plus que tout son regard impitoyable. Qu'il fût mon père ne laissait pas de m'étonner et m'inquiéter.

Henriquez me conduisit d'abord aux écuries, je trouvai le moyen de saluer Izem brièvement avant de montrer mes capacités de fils putatif du seigneur du château.

Mes années à Ensegur m'avait bien préparé et je sus prendre soin de Cinca, la seller et montrer mon habileté à la monter après qu'elle se fut habituée à moi.

Ensuite suivirent les exercices habituels, tels que je les avais pratiqués avec Felipe et je les exécutai en imaginant que nous étions à nouveau réunis et joutions ensemble.

Je maniai l'épée et l'arc, exécutai des passes de lutte, lançai le javelot, courus et fis je ne sais quoi encore, jusqu'à ce que je demande grâce. Je m'écroulai sur le terrain sur le dos, les yeux vers le ciel mais me relevai d'un bond en entendant les voix de don Miquel et du comte qui parlaient avec Henriquez. Don Miquel m'adressa un sourire complice.

– Cela fait un moment que nous te regardons mon garçon, c'est bien, tu as encore à apprendre mais pour ton âge tu te débrouilles bien. Dès demain, tu commenceras un entraînement sérieux.

Je n'osai croiser le regard de mon père qui se contentait de m'examiner, comme on examine un jeune poulain en soupesant ses qualités futures. J'espérai un instant qu'il allait me renvoyer et m'expédier à Valbona rejoindre Angel et sa famille mais il m'accorda un signe approbateur en me disant :

– Tu sembles être de bonne race, Miquel ne m'avait pas menti. Continue et travaille de tout ton cœur !

Il s'en alla vite après m'avoir brièvement caressé les cheveux. Je le regardai s'éloigner, le cœur un peu gros mais Henriquez se pencha vers moi :

– Il est fier d'avoir un gaillard tel que toi. Il était comme toi lorsqu'il avait ton âge. Il se retrouve en toi tu sais… Alors tiens bon et fais lui honneur.

Je soupirai intérieurement en songeant que j'aurais sans doute été davantage à mon aise à travailler vers Angel car nul n'aurait exigé que je montre les multiples qualités que l'on attendait de moi céans.

– En fin de compte, soufflai-je à don Miquel, être le fils d'un comte, même bâtard, est plus ardu qu'être un simple manant. Chacun semble attendre que je témoigne de hautes qualités que je n'aurai sans doute jamais. Vous êtes sûr que je ne serais pas mieux à Valbona avec Angel ? La vie est plus simple là-bas.

— Tu as raison, rétorqua don Miquel d'un air à la fois amusé et songeur, les choses seraient plus aisées pour toi. Mais tu es le fils d'un seigneur et même bâtard, ta vie ne t'appartient pas, tu auras sans cesse des devoirs et des responsabilités et n'auras d'autre choix que de t'y conformer. Maintenant, pour te réconforter, je te propose une balade avec Cinca. Ton père veut que tu te familiarises avec elle le plus vite possible.

J'étais courbaturé et épuisé après mes exercices mais je compris que cette offre était un ordre et je hochai la tête d'un air approbateur. Je me reposerais plus tard.

Finalement, la promenade me plut car don Miquel me fit faire un tour d'horizon du domaine ce qui me donna une idée précise de la terre où j'allais vivre désormais.

Nous terminâmes sur un piton rocheux qui dominait le village et le château. Le paysage était majestueux.

— C'est beau, murmurai-je, ému malgré moi par la beauté des lieux. C'est encore mieux qu'Ensegur. Les montagnes sont plus hautes, la forêt plus sauvage...

— Les gens aussi sont plus sauvages et plus rudes.

— Je sais don Miquel. Et le comte est le plus sauvage. Mais c'est beau quand même.

Il me dévisagea un long instant avant de murmurer à son tour.

— Je crois que tu appartiens à cette terre, que cela te plaise ou non. Elle te convient et tu lui conviens. Ce que tu as vécu avec les loups était comme une épreuve, pour voir si tu étais digne d'appartenir à ce monde. Et tu as passé l'épreuve avec succès.

Je le fixai d'un air dubitatif. Il ajouta :

— C'est ton père qui m'a dit ça tout à l'heure. Moi je ne vois pas si loin, mais lui, si !

Emu, je fixai à nouveau le paysage et mon regard s'arrêta sur quelque chose que j'avais tout de suite remarqué.

– Au bout du petit vallon tout là-bas, cette vieille tour...

Je n'osai terminer ma phrase. L'hidalgo le fit pour moi.

–... est la tour où tu as été conçu. Nous irons un jour. Pas maintenant, c'est trop loin, et trop tôt.

Au souper ce soir-là, je fus placé au même endroit mais tout à la fin, la petite Emilia vint vers moi et m'adressa un beau sourire.

– Tu ressembles un peu à mon frère qui est mort, me confia-t-elle à voix basse, je suis contente que tu sois là parce qu'on se ressemble tous les deux, j'ai entendu ma mère le dire et ça me fait plaisir parce que ma mère dit que je tiens tout de mon père et rien d'elle. Elle aime mieux Esteban car il lui ressemble et pas moi.

Je la jugeai mignonne avec ses grands yeux verts, sa chevelure souple et son joli visage qui, bien qu'un peu allongé comme celui de son frère et de sa mère, présentait de belles rondeurs avec ses lèvres pleines et colorées. Je vis qu'elle serait très belle et je lui souris.

– Emilia, je serais ravi d'être ton nouveau frère et je suis heureux que nous nous ressemblions, je me sentirai moins seul comme ça, je te propose que nous devenions amis.

Elle m'adressa un sourire lumineux, se souleva sur ses talons et avant que j'aie pu réagir, m'embrassa sur la joue pour s'esquiver ensuite avec un petit rire.

Nul n'avait rien vu mais son geste me réchauffa le cœur.

Les deux jours qui suivirent furent à l'avenant : mon entraînement commença comme prévu. Je trouvai néanmoins le temps d'écrire une lettre à Angel où je lui contai mes aventures en lui promettant de venir le voir dès que je le pourrais. Je terminai en lui rappelant notre amitié et le suppliai presque de ne pas m'oublier. Cette missive était davantage un moyen de soulager mon cœur que d'informer mon camarade, dont le vocabulaire limité ne lui permettrait sans doute pas de saisir ma prose, mais je me sentis mieux, cette lettre me reliait à mon passé, à tout ce qui m'était proche et familier.

Je m'efforçais de me monter affable et souriant mais le sentiment d'avoir été catapulté parmi des étrangers ne s'effacerait sans doute que peu à peu malgré la bonne amitié que me témoignaient la plupart des habitants de Toylona. Je trouvai refuge vers Izem à plusieurs reprises, nous unissions nos solitudes respectives et j'étais fier de voir qu'il prenait à cœur mes leçons de catalan.

Je vis peu mon père qui vaquait aux affaires du domaine et passait aussi du temps dans son bureau car la famille Toylona avait des parts dans diverses affaires, m'expliqua don Miquel. La Catalogne était écartée du commerce avec le Nouveau-Monde au profit de la Castille, aussi des catalans tels que mon père en profitaient pour prendre des parts dans le commerce en méditerranée avec les pays du levant. Des émissaires apportaient régulièrement du courrier de Barcelone et ce fut l'un d'eux qui emmena mon courrier car je n'avais pas manqué d'écrire aussi à mes chères sœurs de Santa Colomba pour leur conter mes mésaventures et me recommander à leurs prières.

Puis vint le jour où, mes tenues étant terminées, je fus prié d'évacuer la chambre de don Miquel pour aller porter ma paillasse dans celle d'Esteban et commencer enfin mon service auprès de lui. Il me regarda m'installer au pied de son lit, examina ma tenue, déclara qu'elle était correcte car je ne ressemblais plus à un gueux mais à un honnête serviteur et que je pouvais maintenant l'approcher sans lui faire honte.

Nous nous observâmes et je me demandai quelles relations j'allais pouvoir nouer avec ce garçon austère et rigide qui, je l'avais appris aux cuisines, ne m'appelait autrement que 'le bâtard'.

Bâtard. En dehors de Carles, Marta, leurs enfants et Izem, c'est ainsi que tout le monde me nommait, comme à Ensegur.

En attendant, je ne savais trop comment me comporter avec cet étrange garçon à l'allure maladive qui me dévisageait sans aménité. Mes rapports avec Felipe étaient simples et directs sans gêne aucune. Esteban semblait avoir érigé un mur entre nous et la familiarité que j'avais connue avec Felipe ne se reproduirait sans doute pas.

Une petite voix me souffla que je ne faisais courir aucun risque à Felipe, je n'étais rien que le fils d'une servante tandis que celui-ci voyait en moi autre chose.

Je voulus le rassurer :

– Vous ne risquez rien avec moi Esteban, vous savez bien que, bâtard, je ne suis pas une menace pour vous. Que pourrais-je vous faire ?

Il hésita un court instant.

– Je t'ai observé ces jours passés. Tu montes mieux que moi à cheval, tu es fort et tu brandis l'épée comme je ne pourrai jamais le faire. Je sais bien que mes pauvres aptitudes physiques déçoivent mon père. En plus tu es beau et tu ressembles assez à mon frère parti au paradis. Comprends-tu ? Tu es un rival pour moi et je ne me laisserai pas faire. Tu ne me voleras pas mon père.

Je m'attendais à ce genre de mise en garde mais son regard déterminé me fit comprendre que derrière le garçon maladif existait un Esteban à l'âme forte, trempée dans l'acier. Je savais qu'il excellait dans les études, démontrant que malgré sa faiblesse physique, il était bien l'héritier qui convenait à Toylona.

– Je ne suis pas un rival, lui rétorquai-je, je suis ici pour vous servir et vous seconder et j'ai tout à apprendre, j'ai à peine vu le comte votre père depuis mon arrivée, il a juste vérifié si j'avais bien les capacités pour lesquelles il m'a fait venir et depuis, il ne s'est plus soucié de moi. Je ne suis que votre serviteur pour lui et rien d'autre. Il a voulu faire une bonne œuvre en accueillant un orphelin, mais si ma mère n'était pas trépassée je ne serais jamais venu ici. Il cherche à réparer son erreur du passé mais c'est tout, je ne suis rien pour lui, il ne s'est jamais soucié de moi. Je sais où est ma place, vous ne risquez rien. Vous savez, j'ai été élevé dans le plus humble des couvents, dans un dénuement presque total et les mois passés chez le forgeron ont été rudes pour moi. J'ai vraiment été un orphelin là-bas et j'ai renoncé à tous mes rêves. Y compris celui d'avoir un père aimant. J'ai bien vu que je ne comptais pas et que j'étais seul au monde.

Je sentis une larme poindre au coin de mes yeux et je l'essuyai vite. Il me fixa encore un instant, quelque peu désarçonné par mes confidences.

– Bon, finit-il pas dire, je vais bien voir si tu fais l'affaire. Aide-moi à défaire mon pourpoint et mes chausses, puis tu iras me chercher de l'eau fraîche.

Ce fut ainsi que commença mon service auprès d'Esteban. Il fut somme toute léger car je ne le voyais qu'à certains moments de la journée. Une jeune chambrière, tenait la chambre en ordre et s'occupait de brosser nos vêtements de sorte que mes tâches étaient simples.

Mes leçons commencèrent avec le maître d'études que je devais désormais partager avec lui.

Il était bien-sûr plus instruit et plus doué que moi car il consacrait la plupart de son temps à l'étude, la lecture et les exercices religieux. Il sortait peu sinon pour quelques promenades à cheval avec son père qui l'obligeait à prendre un minimum d'exercice.

Il apparut rapidement qu'étudier ensemble n'était pas la bonne solution : il excellait en latin, adorait les versions, se passionnait pour le grec et l'histoire.

Mon infériorité scolaire le rassura sur mon statut de subalterne. Il fut décidé que j'étudierais deux heures chaque jour et que le reste de mon temps serait consacré à des tâches matérielles et à m'entraîner à toutes les formes de combat.

Je voyais peu la comtesse Regina. Elle faisait mine de m'ignorer, estimant avoir fait son devoir en tolérant ma présence. Seule Emilia ne manquait pas de m'adresser un joli sourire quand nous nous croisions, ce qui était rare car elle était confinée dans la chambre de sa mère où elle étudiait, brodait, cousait et apprenait ce que les jeunes filles de haut-rang devaient savoir.

À Ensegur, j'avais partagé la vie des Montradon, il n'en serait pas de même ici, ma place était avec les serviteurs et non avec les maîtres.

Cette situation me fit souffrir et ressentir ma solitude mais en même temps, je fus libre de fréquenter les gens du comte et de passer du temps avec Izem.

Je m'entendis bien avec le maître d'étude, un parent lointain de la comtesse qui avait étudié à l'université et était sans le sou. Il était d'ailleurs considéré comme un simple serviteur. Il sembla apprécier ma curiosité, mes questions candides et ma simplicité. Il lui fut demandé de me faire progresser dans les chiffres et en arithmétique car plus tard je devrais être apte à vérifier les comptes du domaine.

Devant ma curiosité, il ne tarda pas à me tenir au courant des livres qui sortaient et de ce qui se passait dans le monde alentour. Les combats de notre empereur contre les princes luthériens, l'avancée de Pizarro dans le nouveau monde qu'il était parti conquérir, le roi d'Angleterre et sa lutte contre le pape afin de faire annuler son mariage. Je ne comprenais pas tout, mais je me faisais un devoir de communiquer tout cela à Carles, Marta et quelques autres curieux de s'instruire.

J'étais bien accepté par le personnel du château. Quand j'avais le cœur gros Marta était là pour moi, me serrait contre elle rapidement et me donnait quelque chose à grignoter pour me consoler. Quant à Alix et Vicent, ils étaient toujours prêts à partir en exploration avec moi quand nos nombreuses tâches nous laissaient du temps libre. Durant les veillées aux cuisines, nous jouions ensemble le soir. Je leur enseignai à jouer à l'alquerque, le jeu de stratégie arabe, banni de la chambre d'Esteban en raison de ses origines mahométanes et donc diaboliques. J'appris que le frère Aguirre avait procédé à une purification systématique de tout ce qui provenait des maures dans l'entourage de la comtesse. Les enfants s'étaient vus interdits de jouer du luth qui avait été remplacé par la vihuela, sa cousine espagnole à cinq doubles cordes. Je ris beaucoup quand Marta me conta que le fougueux frère avait cherché à convaincre le comte et don Miquel de se débarrasser de leurs chevaux arabes et de leurs épées, de superbes cazaletas de Tolède dont la technique de fabrication avait été importée de Perse par les musulmans. Le comte s'était fâché tout rouge et avait prié le frère de se cantonner à ses exercices religieux et à l'âme de la comtesse et de ses suivantes.

J'eus de la chance avec Aguirre : je n'étais que du menu fretin pour lui et mon âme ne présentait pas suffisamment d'intérêt pour qu'il s'y attarde. Il parvint tout de même à me coincer dans le grand couloir afin de vérifier si je ne représentais pas un danger pour Esteban. Je pris mon air le plus saint, celui de santa Colomba, l'assurai de ma dévotion, lui citai les sept péchés capitaux et les sept vertus, que je venais de réviser, et évoquai les exercices spirituels d'Ignace de Loyola. Je dus commettre une bourde car le frère Aguirre tenait plus de l'inquisition et devait sans doute se méfier de ce nouveau venu. Il parut tout de même satisfait de son examen (il était difficile de dire quand il était satisfait car il arborait toujours une face de carême et ne souriait jamais, tout occupé qu'il était à débusquer le malin chez autrui), et il me relâcha. Au moment où je m'élançais loin de lui, il me héla :

— On me dit que tu passes du temps avec l'esclave mahométan des écuries. Comment oses-tu te commettre avec ce fils du diable ?

Je ne réfléchis qu'un instant avant de lui adresser mon sourire le plus angélique :

— Frère Javier, comment cette âme plongée dans les ténèbres pourrait-elle voir la lumière si nul ne se soucie de lui ? Je fais œuvre missionnaire auprès de cette âme égarée et je tâche de lui communiquer la miséricorde du Seigneur en lui offrant un peu de réconfort. N'est-ce pas là ce que notre Dieu demande ? Je lui ai conté mes années au couvent et cela l'a beaucoup intéressé.

Le frère me scruta un instant pour voir si je me gaussais, mais j'étais maître en l'art de masquer mes sentiments. Il ne put qu'acquiescer et je me hâtai de filer rejoindre Izem qui m'enseignait comment on s'y prenait avec les chevaux chez lui, dans ce pays qu'il oubliait petit à petit. Il ne se souvenait que de quelques prières, s'abstenait de porc et ce qui lui restait de son enfance se résumait à des images qui surgissaient quand il fermait les yeux : son village de maisons de terre passées à la chaux, sa mère et sa tribu de frères et sœurs, la nourriture souvent chiche de galettes de blé que l'on trempait dans l'huile d'olive et de graines de couscous accompagnées de quelques légumes que sa mère cultivait derrière sa masure.

Et puis les chevaux qu'ils élevaient et dont il prenait soin depuis son plus jeune âge. Les chevaux qui étaient toute sa vie.

Il était encore trop tôt car je ne vivais à Toylona que depuis quelques semaines, mais je me promis d'adoucir sa vie et d'élargir son horizon. J'étais après tout le bâtard du comte et étais respecté en tant que tel. Pourquoi le bâtard n'aurait-il pas aussi une sorte de compagnon pour l'aider ?

Pour cela, il fallait que je prenne ma place et que je m'affermisse.

Quelques jours plus tard, le courrier revint et j'eus la joie de trouver deux lettres qui me ravirent. L'une de Santa Colomba où mes multiples mères m'assuraient de leur affection et de leurs prières ferventes tout en me priant de donner des nouvelles régulièrement. L'autre missive était d'Angel ou plutôt de son oncle mais elle était signée de sa main et je fus ému de voir qu'il commençait à savoir tracer les lettres. Il était heureux me disait-il, en meilleure santé qu'il n'avait jamais été grâce aux bons soins de ses bienfaiteurs, il était bien vêtu et son visage n'était plus creusé comme avant. Trois fois la semaine il allait étudier chez un maître et il s'efforçait d'apprendre le mieux possible. Il avait fait connaissance de deux ou trois autres fils d'artisans qui lui avaient fait plutôt bonne figure, surtout quand il avait exécuté les quelques passes de combat que je lui avais enseignées et qu'ils avaient appris qu'il était l'ami du fils du seigneur de Toylona, une recommandation qui semblait l'entourer d'un aura prometteur. Il avait d'ailleurs annoncé qu'un jour je viendrais le visiter. Il terminait en me suppliant de lui écrire et de venir le voir un jour prochain afin de prouver ses dires....

Je montrai la lettre à don Miquel, tracée de l'écriture un peu maladroite des artisans qui ne la pratiquent que pour tenir leurs comptes et n'ont pas poussé trop loin les exercices. Comme à son habitude, il s'amusa beaucoup et me promit que nous irions le voir un jour, peut-être durant l'automne avant que la neige ne bloque la route, il y aurait sans doute quelques achats à y effectuer et je pourrais l'accompagner.

Vers le milieu de l'été une sortie fut organisée vers un lieu appelé la grande cascade : il faisait chaud et la fraîcheur des lieux procurerait à chacun un délassement bénéfique.

J'étais passé maintes fois à cheval devant cette cascade qui tombait dans un lac mais n'étant pas seul ni maître de mes mouvements, je n'avais pu m'y arrêter : le lac était entouré d'une haute et superbe falaise de laquelle s'élançait la cascade et j'avais décidé d'aller l'escalader. De plus je ne risquais rien car une chute me précipiterait dans l'eau, profonde à cet endroit, et j'étais bon nageur... Ce lieu était donc le terrain d'entraînement rêvé.

L'organisation de cette journée et le remue-ménage qu'elle provoquait me ramena à Ensegur et à l'excitation qui nous saisissait, nous les enfants, lors de telles réjouissances. Les choses étaient plus modestes à Toylona, mais plusieurs serviteurs partirent de bon matin pour préparer le feu et commencer de griller le cochon de lait prévu, mais aussi pour installer des sièges pour ces dames qui ne pouvaient en aucun cas s'asseoir sur le sol.

J'étais heureux : j'avais obtenu qu'Izem nous accompagne afin d'aider à prendre soin des montures et à les surveiller. Je découvris qu'il n'avait encore jamais quitté le château, sinon pour une ou deux sorties dans le village afin d'essayer des chevaux, avec Joan Valles, le maître des écuries.

Don Miquel eut pitié de moi, j'échappai au trajet avec Esteban et fus autorisé à caracoler librement avec Izem, ce dont je ne me privai pas, ceci sous les regards courroucés de la comtesse Regina et celui impavide d'Esteban : je ne sus s'il m'enviait où me méprisait. Le frère Aguirre était absent, le comte lui ayant fait remarquer qu'il serait sans doute heureux de consacrer une journée de solitude au jeûne et à la prière, loin des plaisirs mondains qu'il méprisait tant.

À peine arrivé, j'aidai Izem avec les chevaux puis demandai à don Miquel si je pouvais aller 'jouer vers les rochers' pendant que mon père aidait son épouse et ses suivantes à s'installer.

Don Miquel, occupé par quelques tâche urgente me répondit par un geste incertain et je me lançai à l'assaut de la falaise, discrètement, à l'écart de la compagnie, caché par quelques buissons. J'avais mis mes chaussures de cuir souple, celles qui me permettaient de bien caler mes pieds.

Je calculai qu'il me faudrait sans doute près d'une heure pour arriver au sommet, j'avais repéré quelques passages délicats et dangereux, je serais au sommet lorsque la viande serait à point songeai-je et n'aurais plus qu'à redescendre par le petit sentier qui longeait la falaise.

J'avais imaginé que personne ne me verrait et j'entamai mon ascension en toute quiétude, retrouvant ces sensations que j'aimais tant : se fondre contre la roche, sentir le moindre interstice, la plus petite crevasse, s'élever lentement à la force des bras, puis des jambes, sentir le soleil réchauffer mon dos, reprendre mon souffle les yeux fermés avant de lever le regard vers le ciel pour suivre le vol d'un oiseau de proie. J'oubliai tout et tous, ne songeant qu'à ce moment qui m'appartenait.

Mais hélas, je ne fus pas oublié par la compagnie restée en bas. Je devais être au milieu de mon ascension lorsqu'Esteban me repéra et donna l'alarme. Je ne remarquai rien car j'avais pris l'habitude de ne jamais regarder en bas mais de toujours fixer le sommet. Je ne vis donc pas l'attroupement de gens affolés qui me fixaient, s'attendant à me voir chuter d'une minute à l'autre. Je n'aperçus pas mon père et don Miquel partir à l'assaut du sentier pour m'attendre au sommet, essoufflés et paniqués, me voyant déjà choir dans le vide sous leurs yeux.

Ils arrivèrent au même moment que moi, le dernier mètre avait été éprouvant et j'étais resté quelques secondes suspendu dans le vide, ne tenant que par la force de mes mains avant de trouver une minuscule saillie où j'avais pu prendre appui. Je ne vis pas la compagnie en bas qui m'observait en retenant son souffle.

À peine avais-je atteint le sommet que je fus saisi par mes deux bras et tiré à toute vitesse sous le couvert des arbres, loin du bord de la falaise. Je me relevai pour découvrir mon père et don Miquel, échevelés et haletants et je crus qu'ils venaient me féliciter. Je leur offris mon plus beau sourire avant de réaliser que leurs mines n'étaient point réjouies.

Don Miquel finit par me saisir aux épaules pour me secouer comme un prunier :
– Es-tu devenu fou ? Comment as-tu pu prendre un tel risque ?

J'ouvris de grands yeux.
– Mais vous m'avez donné la permission !
– Tu m'as demandé si tu pouvais aller jouer, pas d'aller risquer ta vie sur cette falaise !
– Mais il n'y avait aucun risque ! Il y a l'eau pour amortir ma chute.
– Tu sais nager ? coupa le comte en se penchant vers moi.
– Bien-sûr, j'ai appris à nager et à grimper.

Le comte s'agenouilla pour se mettre à ma hauteur
– Pourquoi as-tu fait cela ? Pour te faire remarquer ? Pour montrer tes talents ?
– Non ! J'aime grimper depuis que je suis tout petit, je le faisais déjà à Santa Colomba et les sœurs avaient toujours peur pour moi. J'étais sûr que personne ne me verrait, je ne comprends pas pourquoi vous êtes en colère. Les exercices que me fait faire maistre Henriquez sont plus périlleux, il me fait manier des armes dangereuses et prendre des risques. J'ai remarqué cette falaise depuis un moment et je ne comprends pas votre colère.
– Je suis en colère car tu aurais pu choir et te tuer ! Es-tu donc inconscient ? Ou veux-tu montrer que tu vaux mieux qu'Esteban ?

Je le fixai un instant.
– Messire, Esteban est votre héritier et je ne suis que son serviteur. Je n'ai rien à prouver car je sais que je ne suis rien ici et que je suis accepté par charité. Mais je dois aussi montrer que je suis assez fort pour protéger Esteban, c'est

pour cela que je m'applique aux exercices avec maistre Henriquez et que je supporte les caprices de votre fils sans me plaindre messire. Je n'ai pas envie d'être chassé en plein hiver et d'affronter encore les loups.

Je vis la stupéfaction sur son visage et sur celui de don Miquel.

– Tu nous crois si mauvais pour jeter dehors un jouvenceau comme toi ?

J'hésitai un court instant.

– Nenni messire, mais la comtesse me déteste et me méprise et elle pourrait exiger de vous que vous me mettiez dehors...

– Oui mais elle perdrait une chance de salut, objecta don Miquel.

– Esteban me déteste aussi et je ne comprends pas pourquoi. Je lui obéis comme vous me l'avez conseillé don Miquel, il est plus intelligent que moi, il a tout tandis que je n'ai rien mais il m'en veut quand même... Que dois-je faire ?

– Montrer patience et bonté comme les sœurs te le conseillent, répliqua don Miquel, Guillem, quelle punition allons-nous lui infliger, vous n'allez quand même pas le fouetter pour son imprudence, il est vrai qu'il a été exemplaire jusqu'à aujourd'hui, soyons compatissants !

Je voulus me récrier mais me tins coi, le cœur défait.

– Il ne mangera pas vers nous en guise de pénitence, décida le comte, tu seras exilé vers cet esclave maure, cela devrait satisfaire mon épouse et Esteban. Allons, redescendons, on nous attend.

– Je pourrai me baigner après ? demandai-je d'un ton ingénu, ravi de pouvoir manger vers mon ami et d'échapper à la vindicte de la comtesse.

Don Miquel se hâta de prendre les devants :

– Bonne idée, j'avais justement prévu de te demander une démonstration de tes talents aquatiques lors de cette sortie. N'est-ce pas Guillem ?

Le comte me contempla avec un fin sourire :

– Tout à fait, voici une occasion de faire râler ma chère épouse. Je ne voudrais pas la laisser passer.

Son sourire me donna du courage et je leur montrai la falaise.

– En grimpant, j'ai remarqué une autre voie qui paraît moins dangereuse, je pourrai l'essayer bientôt ? Vous voyez, je vous mande la permission messire !

Les deux hommes échangèrent un regard exaspéré et éclatèrent de rire de concert.

– Décidément, les chiens ne font pas des chats ! se gaussa don Miquel, en voilà un qui ne doute de rien, ce jouvenceau me rappelle furieusement quelqu'un !

Je vis le comte me fixer un court instant avec une mine attendrie et cela me fit chaud au cœur car c'était la première fois qu'il me regardait ainsi et je me sentis tout ragaillardi en songeant qu'un cet instant, il me voyait comme son fils et non un simple serviteur. Tous les soirs, je demandais à Dieu de donner à ce père un peu d'amour pour moi et je me dis alors que ma prière avait peut-être atteint le ciel et trouvé un écho favorable.

Mais nous rejoignîmes les autres à cet instant précis et je fus prié de rejoindre Izem pour accomplir ma pénitence, ce que je m'empressai de faire en évitant la comtesse et les siens.

Ma punition fut légère car un serviteur m'apporta promptement ma part du repas, qui était assez généreuse pour que je la partage avec mon nouvel ami, qui n'avait pas mangé un tel festin depuis longtemps.

Alors que nous terminions nos agapes et riions de concert Izem et moi, comme seuls savent le faire les enfants, oublieux des tracas de la vie, Esteban nous rejoignit et s'arrêta à quelques pas, nous observant curieusement avant de s'approcher de nous.

– Pourquoi ris-tu avec cet esclave ? s'enquit-il.

– C'est mon ami et nous nous amusons, répliquai-je du tac au tac.

– Comment peux-tu être l'ami d'un esclave, un impie en plus ! explosa-t-il soudain.

– Esteban, vous me rappelez sans cesse que je n'ai pas de nom et que je ne suis rien ici, je ne vois pas pourquoi vous vous offusquez ainsi, protestai-je, je suis avec quelqu'un qui me ressemble, de plus, je me sens si seul ici que je suis prêt à être l'ami du premier venu.

Il me fixa quelques instants avant de revenir à la falaise.

– Tu as voulu prouver ta vaillance et ta hardiesse en grimpant là-haut au risque de te briser le cou ? reprit-il, tu veux montrer à mon père que tu vaux mieux que moi, c'est cela hein ! s'exclama t-il en me tournant le dos pour repartir avant que je ne puisse piper mot.

– Pourquoi agit-il ainsi ? m'exclamai-je d'un ton dépité, que lui ai-je fait ? Je ne suis qu'un gueux à côté de lui !

– Lui est jaloux de toi je crois, me souffla Izem qui le regardait s'en aller, ses yeux noirs fixés sur lui, lui peut pas grimper là-haut, lui pas solide assez.

– Izem, ce n'est pas grave s'il ne peut grimper. Il est l'héritier, il a tout.

– Messire comte aime bien fils fort et solide... comme toi. Tu ressembles à lui et Esteban aime pas ça. Toi faire ombre à lui. Tu dis toi gueux mais tu dis pas vérité. Toi fort et beau et beaucoup courage. Comte aime bien ça.

– Izem, le comte m'ignore, me parle à peine, il ne se soucie pas de moi.

Izem se pencha vers moi et ajouta d'un ton confidentiel.

– Messire comte vient souvent guetter toi quand tu montes cheval ou travailles avec armes, tu le vois pas parce que lui se met dans coin sombre, mais lui te voit et je vois fierté sur son visage quand il te regarde. Je vois pas ça quand il regarde Esteban, mais toi oui.

Je fixai Izem un court moment. Il était un peu plus âgé que moi même s'il ignorait son âge réel. Les épreuves endurées au cours de sa courte vie l'avaient mûri précocement et j'aimais ses encouragements et son amitié. J'avais remarqué ses capacités d'observation et son discernement qui m'étonnaient parfois chez quelqu'un de si jeune. Je voyais moi, une tristesse profonde en lui, qu'il dissimulait soigneusement aux autres, ne présentant qu'un visage lisse et impénétrable. J'essayais de toutes les manières d'adoucir sa captivité et il ne passait pas une journée sans que je lui apporte quelques douceurs des cuisines ou ne lui narre quelque histoire amusante ouïe dans la grande salle.

Un peu plus tard, don Miquel accepta, sur ma requête, qu'il se baigne avec moi. Je crois qu'il voulait surtout que nous nous protégions mutuellement et ma demande le rassura. Je savais qu'Izem était né au bord de la mer et que les bains lui manquaient, comme tant d'autres choses d'ailleurs, dont il me parlait parfois le soir mais qu'il oubliait de plus en plus chaque jour.

Je surpris un éclair de joie dans ses yeux lorsque nous plongeâmes dans le petit lac, dont l'eau froide nous surprit. Nous comparâmes nos manières de nager et nous plongeâmes à maintes reprises depuis un rocher qui surplombait l'eau. Nous avions oublié la compagnie et étions juste des jouvenceaux qui profitaient d'un moment de liberté et de bonheur volé à un quotidien souvent trop servile.

Je sus ensuite par Emilia, la sœur d'Esteban, que ce dernier était allé trouver le comte pour l'avertir que nous venions de plonger dans l'eau et méritions sans doute un juste châtiment pour cette désobéissance, surtout l'esclave qui prenait là une liberté inouïe et impensable. Emilia me conta que le comte avait toisé son frère sévèrement en lui rétorquant que nous étions dans l'eau sur son ordre car il voulait évaluer mes capacités et qu'il avait sommé le jeune esclave de m'accompagner pour me protéger au cas où…

Le comte expliqua ensuite à Esteban qu'il devait se réjouir de tout le dur entraînement que je subissais sans broncher, car il visait à lui fournir un second qui suppléerait à toutes ses faiblesses et qu'il aurait quelqu'un de solide sur qui compter.

La comtesse n'osa pas intervenir car le comte avait adopté le ton froid et coupant qui poussait chacun à lui obéir promptement et ses yeux verts avaient pris une teinte glaciale, celle d'un guerrier prêt à lancer l'assaut contre l'ennemi et à occire ce dernier.

Après cette journée, une sorte de trêve s'établit entre nous. L'été passa et l'automne s'annonça.

CHAPITRE DIX

'Ce qui est passé a fui, ce que tu espères est absent, mais le présent est à toi' (Proverbe arabe)

Septembre était venu et avec lui un automne précoce qui faisait déjà jaunir les feuilles et fraîchir l'air. Pendant quelques jours, j'avais été prié, avec Esteban, d'accompagner mon père et don Miquel pour surveiller avec eux les moissons et vérifier la part qui revenait au château. J'avais découvert les livres de compte, vu les manants se présenter devant la table de l'intendant pour régler leur dû, ouï leurs doléances et leurs remerciements quand une grâce ou un délai leur étaient octroyés. Je les avais vus s'incliner devant mon père et don Miquel, mais aussi devant Esteban, moins profondément, mais avec la même crainte. Il avait accueilli leurs saluts avec un léger signe de tête, comme son père, acceptant leurs hommages comme une chose naturelle.

Je m'étais tenu à l'écart, mal à l'aise devant ces manifestations, ne sachant quelle était ma place, moi qui quelques mois auparavant trimait chez un forgeron à la main lourde.

Les manants ne savaient trop comment me considérer. J'étais pour tous 'le petit bâtard' c'est à dire pas grand-chose, mais j'avais un cheval, savais monter et ressemblais au comte. Le plus souvent, les regards se détournaient quand je passais, pour venir se river sur moi quand je ne les regardais pas. On m'évitait, gêné, on ne savait que faire de moi.

Marta, la cuisinière m'expliqua mieux les choses. La plupart avaient connu ma mère et la retrouvaient en me voyant, car si je tenais de mon père j'avais aussi sa finesse de traits, sa grâce et une allure qui n'appartenaient qu'à elle paraît-il. Ils avaient rejeté ma mère et l'avaient accusée d'avoir séduit le comte, s'en étaient pris à mon grand-père, étranger de l'autre côté des montagnes, un homme si discret que nul n'avait su son histoire et son malheur. Marta me conta que ma mère et son père n'avaient pas l'allure des paysans d'ici, qu'ils parlaient trop bien, ne se mêlaient pas aux fêtes et beuveries habituelles, bref, on leur reprocha de se mettre à part et de se croire meilleurs que les autres. Quand le drame éclata, les vieilles rancœurs se libérèrent et de victimes, les deux étrangers devinrent coupables. C'est pour cela que don Miquel fit partir ta mère m'expliqua Marta, sinon, les villageois l'auraient sûrement lapidée, elle devait être mise en lieu sûr.

Tout cela me bouleversa et Marta fit de son mieux pour me consoler. J'aimais bien l'entendre parler de ma mère bien qu'il y eut peu à dire, tant étaient discrètes sa vie et ses manières. En retour, je lui contai mon enfance, ma vie avec elle et la merveilleuse mère qu'elle avait été pour moi. Elle fut heureuse de savoir qu'Ana avait trouvé une bonne place à Ensegur et vécu une vie plutôt heureuse, plus que si elle avait épousé un manant du village et connu une vie de misérable labeur, me précisa-t-elle. Ces confidences me faisaient remonter des larmes, mais j'aimais bien quand elle me prenait dans ses bras pour me consoler, j'avais un peu l'impression que ma chère maman était à nouveau avec moi.

Je comprenais maintenant pourquoi on m'évitait au village. Je parvins pourtant à partager une ou deux parties de pêche avec quelques galopins qui pêchaient la truite en amont du pont de pierre, ceux-là étaient de mon âge, ignorant mon histoire. Ils furent un peu gênés au début car j'appartenais au château, montais à cheval et étais bien vêtu. Je sus les amadouer en leur parlant le langage que j'utilisais à Arenas et leur contai mes mésaventures chez le forgeron et mon voyage avec Angel, mon ami de misère. Je leur expliquai que j'étais à Toylona pour servir et que j'étais l'ami d'un jeune esclave venant d'une tribu lointaine qui élevait des chevaux au bord de la mer. Mes récits leur apportèrent un air du grand large et d'un ailleurs qu'ils ne connaîtraient jamais car ils seraient tenus de servir le seigneur de Toylona leur vie durant et ne verraient rien d'autre que la vallée. Le servage était théoriquement aboli mais rien n'avait changé de fait. Ils étaient encore des serfs liés à vie à leur seigneur et j'étais face à eux un privilégié qui avait lui, déjà vu du pays. Je n'osai leur dire que je savais lire et écrire et étais éduqué car ils m'auraient rejeté.

Je m'efforçai ensuite, dès que je les voyais vaquer à leurs tâches, d'avoir toujours une parole aimable avec eux et de leur montrer une certaine amitié. Je voulais me les attacher, sans trop savoir pourquoi, mon avenir m'apparaissant aléatoire.

Ma situation n'était guère différente au château où j'étais juste le bâtard. Après quelques mois, quand j'eus fait les preuves de mes capacités à cheval et avec les armes, je reçus un peu plus de respect et des signes d'amitié de plusieurs, surtout des soldats du comte qui me prirent en amitié, amitié un peu rude car elle consistait souvent à m'enseigner quelques passes de combat, à tirer avec leur arquebuse, à me battre à mains nues ou à écouter une chanson paillarde apprise chez les ribaudes. Je me pliais de bonne grâce, je n'avais pas le choix. Ils me testaient, ma situation serait pire si je montrais quelque faiblesse. Don Miquel me le confirma : je devais endurer et montrer ma vaillance si je voulais être respecté. Mon père l'entendait ainsi, qui ne disait mot sur les traitements un peu rudes que je subissais. Je devais m'endurcir, la vie ne me ferait pas de cadeau. N'ayant pas de nom et n'étant pas reconnu, je ne devrais ma place qu'à ma bravoure et mon endurance. Je ravalai mes larmes et appris à subir en faisant bonne mine. Heureusement Marta était toujours prête à me réconforter et Izem à m'encourager.

Je trouvai aussi un havre de paix chez Lluis et Llora, le forgeron et son épouse, premiers témoins de mon arrivée à Toylona. Je pris l'habitude d'aller les saluer et passer un moment avec eux. J'aimais regarder Lluis travailler et il me faisait à chaque fois battre le fer, me montrant les gestes ancestraux du travail du métal. Je lui apportai mon épée émoussée et il me la fit remettre à neuf presque seul. Je retrouvai des gestes appris à Arenas et eus plaisir à polir mon arme et lui redonner une nouvelle vie. J'imaginais que j'étais avec mon grand-père, que c'était lui qui m'enseignait, que ma mère allait venir nous encourager et nous apporter quelque chose à boire comme le faisait Llora.

Vers la mi-septembre, une grande joie me fut accordée : Don Miquel m'annonça que nous partions pour Valbona, que nous y passerions la nuit pour ne rentrer que le lendemain. Je pourrais voir mon ami et passer du temps en sa compagnie. Je sautai de joie lorsque je reçus l'ordre de prendre Cinca que je me dépêchai de seller avant que l'hidalgo ne change d'avis. Nous partîmes tous les deux en traînant derrière nous une solide mule car don Miquel avait des achats à effectuer dans la petite cité avant l'hiver.

Nous traversâmes le village et je vis les regards envieux de mes camarades de pêche qui partaient s'échiner dans les champs. Mon sort était enviable comparé au leur malgré mes rudes journées.

Lorsque nous arrivâmes au niveau de la forêt, je cherchai mon arbre et le désignai à don Miquel. Il voulut descendre de cheval et aller voir au pied du tronc pour mieux se rendre compte. J'allai jusqu'à grimper là où j'avais passé la nuit et je vis son œil scrutateur me dévisager d'un air songeur. Quand je redescendis, il posa la main sur mon épaule et me confia :

– Sais-tu que ce chêne est connu ? Il est le plus grand de cette forêt, nous l'appelons le 'grand chêne' ou 'l'ancêtre'. Il est réputé pour être un arbre protecteur. Tu as bien fait de grimper là-haut, tu ne risquais rien.

– J'ai quand même passé une sale nuit ! protestai-je.

– Qui a eu l'idée de venir seul avant que je ne vienne te quérir ? s'amusa-t-il.

Je n'osai protester et haussai les épaules. Nous repartîmes et j'en profitai pour admirer le paysage et demander à don Miquel le nom des sommets qui nous entouraient. Je les répétai consciencieusement afin de les mémoriser et posai de nombreuses questions.

– C'est beau ici ! m'exclamai-je, en venant, j'avais trop peur pour profiter de tout cela mais c'est encore plus beau qu'à Ensegur ou santa Colomba.

Il nous fallut quelques heures pour arriver à Valbona en début d'après-midi. Nous déposâmes nos chevaux à l'écurie municipale et un garçon qui devait avoir mon âge se précipita pour s'occuper d'eux avec un large sourire.

– Bonjour don Miquel ! s'écria-t-il d'un air ravi, vous venez voir la señora ? Elle va être contente de vous revoir !

– Garde ta langue Pepe, lui rétorqua don Miquel en lui fourrant une pièce dans la main, occupe-toi plutôt de nos chevaux jusqu'à demain.

Nous prîmes nos affaires et j'aidai le dit Pepe à ôter les selles tandis qu'il me dévisageait d'un air curieux, se demandant qui je pouvais bien être. Je voulus parler avec lui mais don Miquel me tira d'un air impatient et je me retrouvai dehors avant d'avoir pu dire un mot.

– C'est qui la señora ? osai-je tout de même demander.

– Un marmot de ton âge ne pose pas de questions ! me rétorqua-t-il tandis que nous quittions la rue principale pour nous engager dans une rue transversale. Je voulus protester mais nous étions déjà arrivés devant une modeste auberge, simple mais propre et bien tenue : pas d'ordures jonchant l'entrée, ni d'animaux semant leurs déjections, pas de mauvaises odeurs de chou pourri ou de viande faisandée. Don Miquel s'engouffra à l'intérieur d'un bond joyeux et j'entendis une exclamation poussée par une voix féminine.

– Miquel ! Enfin ! Tu te souviens de moi, pauvre Luisa ! Je te croyais parti dans le Nouveau Monde depuis le temps que je ne t'ai vu !

J'entrai dans la salle, mis un moment pour m'habituer à la pénombre et finis par distinguer don Miquel face à une jolie señora d'âge respectable, (au moins vingt-cinq ans estimai-je) qui le toisait d'un air faussement fâché, les mains sur les hanches, un torchon à la main, sa natte relevée débordait du petit bonnet brodé qu'elle portait sur la tête, ses yeux sombres pétillaient de malice et de générosité.

– Ah ma chère Luisa, je voulais venir plus tôt mais j'ai été fort occupé ! répliqua don Miquel sur le même ton, figure-toi que ce marmot-là m'a donné bien du souci depuis qu'il a débarqué un beau jour sans prévenir à Toylona !

– Je ne suis pas un marmot ! protestai-je vigoureusement avant de saluer la dame Luisa du geste gracieux enseigné dans tous les châteaux en lui adjoignant mon plus beau sourire.

– Je m'appelle Gabriel, ajoutai-je enfin en la scrutant.

Elle se tourna vivement vers don Miquel.

– Gabriel ? Le petit dont tu me parles ? Tu es enfin allé le chercher ?

Elle se pencha vers moi et me dévisagea soigneusement.

– Par sant Jordi ! Quel bel enfant !

– Il n'est pas venu me chercher, je suis venu tout seul ! protestai-je, il m'avait oublié dans un endroit affreux alors je suis parti avec un ami qui vit ici maintenant !

Elle se redressa d'un coup.

– Un ami ! Tu ne parles pas du petit Angel ? Le protégé de maistre Llull et Sofia ? Celui qui raconte qu'il est l'ami du fils de... messire Guillem. Ainsi c'est vrai ce qu'il raconte...

– C'est bien cela ! assura don Miquel, c'est une longue histoire que je vais te conter par le menu, mais avant, je vais conduire celui-là vers ce fameux ami dont il me rebat les oreilles et que j'ai hâte d'admirer, je reviens de suite ma mie, dès que Gabriel sera en lieu sûr.

Il ne me laissa pas le temps de dire un mot que nous repartions et j'en déduisis qu'il était pressé de se débarrasser de moi pour rejoindre cette Luisa qui était d'ailleurs fort jolie. Je n'osai lui demander si elle était une ribaude mais ma question devait se lire sur mon visage car, à peine avions-nous rejoint la grand-rue qu'il se tourna vers moi :

– Apprends jeune jouvenceau ignorant que Luisa est une honnête femme, qu'elle est une douce amie et que...

– C'est quoi une douce amie ? Les soldats à Toylona, ils chantent des chants où ils disent qu'ils vont trousser les jupons de leur douce amie...

– Et que fais-tu à écouter leurs âneries ?

– Mais c'est vous et messire Guillem qui m'avez confié à eux ! Ils m'ont dit qu'à Valbona il y a un bordeau plein de ribaudes qui ont chaud aux fesses. C'est chez Luisa le bord...

– Non Gabriel !

Il se pencha vers moi et me fixa dans les yeux.

– Luisa est veuve depuis quatre ans. Elle a repris l'auberge qu'elle tenait de son défunt mari. Elle a un petit garçon qui a maintenant huit ans et elle ne veut pas se remarier car elle se trouve plus heureuse sans son idiot de mari et comme c'est une maîtresse femme, elle se débrouille très bien dans ses affaires et...

– Vous dîtes que c'est une maîtresse femme parce que c'est votre maîtresse ?

Il soupira d'un air furibard avant de concéder.

– En effet mais euh... je t'expliquerai. Nous nous aimons beaucoup et j'ai plaisir à la voir le plus souvent possible. Nous restons discrets mais les gens savent qu'elle est sous la protection du suivant de messire Guillem et cela suffit pour qu'ils la laissent tranquille. Tu comprends ?

Je hochai la tête avec une nouvelle question en tête.

– Ce n'est pas péché de coucher avec elle ? Qu'en dit le père Sandoval ?

– Il n'est pas au courant et cela ne regarde personne à Toylona. Nous sommes deux adultes, je suis célibataire et elle veuve, nous sommes libres de nous aimer mais je veux que cela reste discret. Si jamais je m'aperçois que tu en as parlé à Toylona, tu recevras la raclée de ta vie, compris marmot ?

Il ne plaisantait pas et j'opinai du chef avec conviction.

– Compris ! Je me tairai ! Messire Guillem est-il au courant ? Qu'en dit-il ?

– Bien-sûr qu'il le sait et il m'approuve de tout cœur.

– Alors c'est bien, opinai-je, mais pourquoi vous ne la mariez pas si vous l'aimez ?

Il me fixa d'un air exaspéré.à

– Parce que j'ai beau être un pauvre hidalgo sans fortune, je suis né noble et ni l'église ni ma famille n'accepterait une telle union. Les nobles se marient entre eux et les gens du peuple aussi. De plus, elle aime bien sa vie et n'en voudrait changer, elle est plus libre qu'elle ne le serait si elle servait à Toylona où tous sont liés au seigneur, comprends-tu ? Maintenant, hâte-toi de retrouver où habite ton cher ami et surtout, tiens-toi coi !

Je cherchai notre chemin en songeant que la vie était bien compliquée et qu'il serait plus simple de laisser les gens qui s'aimaient se marier entre eux quel que soit leur rang et leur fortune. Je poussai soudain un cri :

– Là, voyez, la boutique de maistre Llull !

Je devançai don Miquel et m'avançai en me dissimulant. Angel était là, penché sur une paire de chaussures qu'il frottait avec application en tirant la langue. Joaquim le cordonnier et son aide nous tournaient le dos, penchés sur l'établi qui occupait le fond de la boutique.

– Bon dia Angel ! fis-je en m'avançant doucement dans la boutique.

– Bon dia ! répéta-t-il machinalement avant de lever les yeux tout d'un coup.

Il me contempla quelques instants et son visage s'illumina en un clin d'œil comme s'il venait de voir sant Jordi en personne.

– Oh Gab...! Gabriel ! C'est toi ! Tu es venu ! Oh c'est pas possible !

Avant que je puisse faire un geste, il me serrait contre lui en riant de bonheur et je me sentis tout ragaillardi par cet accueil. Je le serrai contre moi à mon tour en m'exclamant pendant que Joachim se levait précipitamment pour s'incliner respectueusement devant don Miquel.

– Quel belle mine et quelle belle vêture tu as ! s'exclama-t-il en me toisant.

Je l'examinai. Ses joues étaient bien remplies, son teint n'avait plus cet aspect blême des crève-la-faim, ses cheveux étaient bien coupés et coiffés, il était propre. Il arborait la tenue des apprentis, une chemise de toile sous un pourpoint de futaine ainsi que des chausses de cordelas, la ceinture en toile habituelle et de bonnes chaussures en cuir.

– Angel ! décrétai-je, plus personne ne pourra dire que tu as l'air d'un rat crevé, tu sais que tu es devenu un joli jouvenceau ? Je t'ai à peine reconnu tant tu as changé. On voit que tu fais bonne chère et vis dans une bonne maison !

– Et toi ! me rétorqua-t-il, tu as grandi et forci, on voit que tu fais de l'exercice et que...

Don Miquel, après un rapide conciliabule avec Joachim, coupa court à nos effusions.

– Gabriel, maistre Llull propose que tu passes la nuit céans avec ton ami et que je te reprenne demain après avoir réglé toutes mes affaires, qu'en dis-tu ?

– Oh oui ! Oui ! cria Angel en applaudissant avec enthousiasme. J'ai tant à lui montrer et à lui conter ! Oh oui !

Don Miquel se pencha vers moi et glissa quelques pièces dans ma main.

– Tiens, vous pourrez vous offrir quelques douceurs pour fêter vos retrouvailles, et maintenant, je te laisse, le devoir m'appelle !

Je lus dans ses yeux un fort désir de ne plus avoir de jouvenceaux dans ses jambes afin d'aller rejoindre sa belle et je ne pus m'empêcher d'ajouter tandis qu'il partait :

– Votre devoir est tout à fait charmant don Miquel ! Saluez-le bien de ma part ! Et ne travaillez pas trop surtout ! Ménagez-vous !

Il me fit une sorte de grimace en me promettant des représailles et nous le regardâmes filer à toute vitesse.

– Eh bien ! commenta maistre Llull, voilà un seigneur pressé d'honorer sa belle ! Elle en a de la chance Luisa d'être sous la protection de ce bel hidalgo, nul n'ose lui chercher noise.

Leur liaison était apparemment un fait notoire.

– Le curé ne dit rien ? m'enquis-je, surpris.

– Don Miquel est un noble, messire Guillem n'apprécierait pas que l'on s'en prenne à son second et nul ici ne tient à affronter un Toylona. Ils règnent depuis longtemps sur ses vallées tu sais et ils ont toujours été craints. Ils ont des droits que nous n'avons pas nous, gens du peuple.

– Nous avons un dominicain au château, il essaie de terroriser tout le monde mais chaque fois qu'il aperçoit messire Guillem, il se sauve en courant.

– Pourquoi dis-tu 'messire Guillem' et non 'mon père' ? s'étonna Joachim.

– Il ne m'a jamais autorisé à l'appeler ainsi. Je suis juste 'le bâtard' là-bas. Pour tous.

– Et ton demi-frère Esteban ?

– Il me déteste et le montre bien. Comme la comtesse d'ailleurs.

Maistre Llull me considéra un instant avant de hocher la tête en ébouriffant mes cheveux d'un geste affectueux.

– Je crois que ta situation est plus compliquée que celle d'Angel, allons, Angel, que dirais-tu d'un petit congé jusqu'au repas du soir pour faire visiter la cité à ton ami et peut-être lui présenter quelques-uns de tes camarades ? Tu leur prouveras ainsi que tu ne mens pas quand tu te vantes de votre amitié ! Sais-tu Gabriel que ton aventure avec les loups a fait le tour de la ville et que beaucoup se demandent si tu existes vraiment ? Tu fais figure de héros ici !

Je fis grise mine en entendant cela, n'ayant nul désir d'être dévisagé comme bête curieuse.

– Allez saluer Sofia et partez à l'aventure mes gaillards, nous aurons le temps de causer au souper.

Ainsi fîmes-nous. Après de chaleureuses effusions avec Sofia qui nous promit un repas gras pour fêter ma venue, Angel, surexcité m'entraîna à la découverte de la cité par les chemins de traverse qu'il avait appris à connaître avec les galopins locaux.

– Tu comprends, au début, j'avais tellement l'air d'un gueux qu'ils ne voulaient pas être ami avec moi, alors je me suis un peu vanté en parlant de toi et de tes exploits. Ils ne sont pas instruits, ne tirent pas à l'arc, ne manient pas l'épée... Alors ta réputation a rejailli sur moi, c'est oncle Joaquim qui m'a dit cela !

– Ma réputation ? Mais Angel, à Toylona, je ne suis rien ! Je sers, j'apprends, je m'entraîne avec le maîtres d'armes... et je serre les dents.

– Tu me raconteras ta vie dis ?

– Et toi la tienne ? Vu ta mine, tu sembles heureux !

– Moi ? C'est comme si j'étais passé de l'enfer au paradis. Je mange à ma faim, dors au chaud sur une bonne paillasse, ai de bons vêtements et surtout... tante Sofia et oncle Joaquim sont si bons avec moi, meilleurs que mes parents tu sais. Je n'ai pas encore été battu, ni insulté, ni privé de repas. Alors, pour les remercier j'essaie d'être le meilleur des apprentis, enfin peut-être pas le meilleur parce que je suis un peu bête, mais le plus obéissant et le plus assidu et à l'école paroissiale c'est pareil. Je m'applique le mieux possible.

– J'ai vu comme ils te regardent, on voit qu'ils t'aiment beaucoup et je suis bien aise pour toi !

– Et c'est grâce à toi tout ça ! C'est toi qui as eu l'idée de les rechercher et de m'amener ici, sans toi je serais toujours à Arenas à crever de faim et à me faire tabasser, je n'oublierai jamais ce que tu as fait pour moi Gabriel, et entre nous c'est à la vie à la mort tu sais ! Ce que tu as fait a changé ma vie !

J'étais gêné de sa reconnaissance, je n'avais pas le sentiment d'avoir fait beaucoup. J'étais heureux de son amitié aussi, je savais que toujours un lien nous unirait.

– Tu sais, moi aussi, je peux être reconnaissant car j'apprends beaucoup de choses, je mange bien et dors aussi au chaud. Tu te souviens comme on avait faim des fois à Arenas ? Et froid ?

Ce fut un après-midi merveilleux. Il me fit découvrir son petit monde qui était beau et varié. Il me présenta ses amis, Paco, apprenti chez le bourrelier, un autre chez le rôtisseur, qui nous offrit des petits pâtés de volaille parfumés à la cannelle et au poivre. Il me montra son école paroissiale qui jouxtait la belle église en pierre. Le curé en sortait juste avec le maître d'école payé par la paroisse et Angel se précipita pour me présenter avec une fierté non dissimulée. A ma grande surprise le curé et le maître s'inclinèrent pour me saluer.

– Bienvenue au fils de messire Guillem ! dit-il d'un ton un peu onctueux.

– Euh... vous vous trompez mon père, je ne suis pas Esteban.

Il me fixa d'un air interloqué.

– Mais je le sais mon petit. Tout le monde sait ici que messire Guillem a accueilli son fils bâtard et que celui-ci est un brave et courageux garçon qui a osé affronter les loups, seul dans la forêt. Chacun sait ce que tu as fait pour Angel, il ne cesse de le répéter. D'ailleurs il serait difficile de cacher tes origines, tu as la prestance et la belle mine de ton père. Il a personnellement annoncé ton existence au regidor et au conseil le mois dernier car il voulait couper court aux ragots.

Je crois qu'il est soulagé de savoir que tu vas seconder son fils légitime qui est de constitution fragile, avoir deux fils pour assurer la relève ne fera que renforcer la place des Toylona et leur puissance.

J'étais dépassé par tout cela et je le fis savoir.

— Vous savez, il y a quelques mois j'étais un orphelin placé à Arenas chez un forgeron alors...

— Oui mais... tu as été éduqué chez un marquis de la famille de don Miquel non ? Tu connais les usages et les belles manières à ce que dit Angel. Il essaie sans cesse de parler comme toi et te cite en exemple.

Il en fut de même partout où nous allâmes. Je fus identifié, reconnu et considéré comme quelqu'un avec qui il faudrait compter. Je remarquai vite que cette notoriété profitais aussi à Angel et sa famille qui de fait, étaient maintenant regardés comme des protégés des Toylona. Je ne savais comment réagir tant était grand le fossé entre mes propres sentiments d'insignifiance et la manière dont j'étais estimé.

La vie d'Angel était plus simple que la mienne, il savait qui il était, quelle était sa place, il était heureux et bien entouré. J'aimais Valbona, son animation, ses petites ruelles, ses boutiques, ces gens qui nous saluaient gentiment, je songeai que je serais heureux dans un tel endroit, sans devoirs à accomplir et sans exigences trop élevées pour moi.

Le moment du souper nous retrouva tous dans la salle à vivre du premier étage où nous attendait un brouet fumant de viande et de légumes mélangés qui nous mit l'eau à la bouche. Quelques chandelles avaient été allumées et je goûtai l'intimité de cette petite pièce où nous nous serrions tous les quatre autour de la vieille table et des écuelles fumantes en bois grossier. La cheminée dégageait une bonne chaleur et je ressentis un bonheur intense à partager ce moment avec eux là, en toute simplicité.

Angel avait pris le temps de me montrer son travail et de me faire découvrir leur échoppe, il m'avait nommé ses outils et expliqué le processus de fabrication des chaussures et j'avais discerné en lui, bien qu'il débuta dans le métier, la fierté de l'ouvrage bien fait et le bonheur d'avoir enfin une place dans ce bas-monde. Place que je n'étais pas sûr d'avoir.

Oui, il faisait bon dans leur humble demeure, loin des regard méprisants de la comtesse et d'Esteban, des exigences et des rudesses d'Henriquez et de ses hommes qui me dressaient durement pour faire de moi un combattant, loin de la grande salle de Toylona, loin enfin du regard indéfinissable que mon père posait parfois sur moi quand il daignait me regarder.

Je fis parler Angel pendant le repas et il ne se priva pas de me partager le bonheur de sa nouvelle vie, je vis le regard que sa tante posait sur lui et ce regard, je le reconnus et il disait qu'il était pour elle le fils qu'elle n'avait jamais porté, ma mère avait eu pour moi les mêmes yeux lorsqu'elle était en vie.

J'en fus heureux pour lui car il n'avait pas encore connu le bonheur d'être aimé et il le découvrait et ce bonheur le rendait beau et le transformait en un nouvel Angel, plus fort, plus sûr de lui, qui ne se laissait plus gausser de lui.

Le repas se termina avec une compotée de prunes à laquelle je fis honneur et Angel, tout comme son oncle et sa tante, me prièrent de leur conter ma vie à Toylona. Je vis leurs yeux avides de savoir et d'approcher, ne fut-ce que par la voix d'un vulgaire bâtard, ce qu'était le monde des maîtres et des nobliaux.

J'avais vu tout au long du repas les hésitations de Joaquim à mon égard. Il ne savait s'il devait me traiter comme le gamin perdu qu'il avait accueilli chez lui quelques mois plus tôt, où comme un jeune seigneur, descendant d'une vieille lignée.

Je leur narrai donc la vie à Toylona, les écuries, les repas avec parfois des musiciens et des conteurs, la chasse à laquelle j'avais pris part malgré ma répugnance, le village et ses artisans, le petit monde des cuisines et son animation permanente, le chenil et les chiens que mon père affectionnait, mon maître d'étude que j'aimais et ce qu'il me contait des nouvelles découvertes, et puis bien-sûr, mon amitié avec Izem et ma chère jument Cinca.

Ils m'avaient écouté, les yeux ronds comme des soucoupes et, quand je me tus, Angel s'exclama :

– Oh Gabriel, quelle vie passionnante tu connais ! Tu en as de la chance !

Sa réaction ne cadrait pas avec le projet qui germait dans ma tête quant à mon avenir aussi, je la balayai d'un geste anodin avant de me tourner vers Joaquim.

– Voilà, maistre Llull, commençai-je, je voudrais savoir, au cas où je quitte Toylona et me retrouve seul si vous pourriez m'aider à trouver une place d'apprenti ici, à Valbona ?

Il me fixa d'un air ébaudi avant de se pencher vers moi :

– Tu crois que ton père pourrait vouloir te jeter à la rue ? Qu'il ne voudrait plus de toi ? Cela me surprend car il a avisé les notables de ton arrivée ici afin de couper court aux ragots.

Je me sentis rétrécir dans mes chausses.

– Non… je vous demande cela au cas où… je pourrais décider de partir, de ne pas rester là-bas, j'essaie d'assurer mon avenir…

– Bâtard de Toylona, c'est ton avenir, me rétorqua-t-il, ton père semble savoir à quoi t'employer, pourquoi voudrais-tu autre chose ? La vie de château ne te plaît pas ?

– Euh… je crois qu'une vie d'apprenti est plus facile que celle que je mène céans. Manier les armes, chasser, se battre, étudier et servir est très difficile et il serait plus aisé de faire la même tâche tout le jour, tiens par exemple forgeron ! Je connais un peu le travail et je me vois bien vivre ici, j'aurais Angel pour ami et je…

– Gabriel ! La voix de Joaquim résonna très fort. Crois-tu que beaucoup ici t'engageraient en sachant qui tu es ? Et que dirait ton père de ton projet ? Tu me fais penser à un jouvenceau qui complote dans son coin et qui compte tirer sa révérence sans avertir personne. N'ai-je point raison ? Tu imagines ton père débouler à ta recherche avec ses soldats ? Tu ne crois pas que quelqu'un ici va prendre le risque de mécontenter le comte de Toylona en récupérant son bâtard sans lui demander son avis ? Si tu dois un jour être apprenti, c'est lui qui te conduira en personne chez un maistre et signera le contrat te liant à lui, tu comprends ? Tout bâtard que tu es, tu n'es pas libre de disposer de toi. Je crois que tu ne réalises pas qui est ton père. Nul dans cette région n'oserait s'opposer à lui, alors mon garçon, je crois qu'il te faut renoncer à tes projets. Par contre, s'il venait à te jeter dehors et te renier et que tu te trouves sans feu ni lieu, alors oui, viens ici, la porte te seras ouverte et nous prendrons soin de toi.

Il venait de souffler le chaud et le froid mais je retins tout de même qu'en cas de détresse, je trouverais chez eux une main secourable.

– Tu as une chance énorme, reprit-il avant que je puisse piper mot, la plupart des seigneurs qui procréent des bâtards ne se soucient pas d'eux et leur enverront plutôt leurs chiens pour les chasser s'ils viennent à revendiquer une place quelconque. Le comte est un homme d'honneur qui assume ses errements et les répare. Je me doute bien que tout n'est pas rose pour toi là-bas et que tu as du mal à trouver ta place mais par pitié, sois patient et apprends tout ce que tu peux. Un jour, tu joueras ton rôle, j'en suis sûr. En attendant, les marmots, il faut vous coucher car demain l'ouvrage nous attend et ma couche m'appelle, alors, lavez-moi ces écuelles, installez la paillasse vers la cheminée et dormez du sommeil du juste.

Je partageai donc la paillasse d'Angel et nous fûmes heureux de nous blottir l'un contre l'autre songeant à nos nuits d'Arenas et à la misère partagée qui nous avait liée l'un à l'autre. Je m'endormis en me sentant moins seul, je savais que quoi qu'il arrive j'aurais là un lieu où me réfugier.

Le lendemain quand don Miquel vint me récupérer il me trouva en train d'aider Angel à l'atelier tout en me demandant si je parviendrais à rester assidu à la même tâche tout le long du jour, moi qui alternais tant activités dans la même journée.

Don Miquel inspecta les rangées de chaussures après avoir jeté un coup d'œil sur les miennes, passablement éculées et trop petites, et il demanda à Joaquim de m'en fournir une nouvelle paire tout en fouillant dans son escarcelle. Joaquim, tout heureux de l'aubaine d'une vente de si bon matin, se précipita pour me faire essayer une paire qu'il m'avait vue regarder avec envie. Elles m'allaient juste comme il fallait et je fixai don Miquel :

– Don Miquel, puis-je vous demander une faveur ? Il faudrait la même paire à Izem, les siennes sont si usées qu'il ne peut plus les mettre et rester pieds nus dans l'écurie est dangereux, voudriez-vous...
– Bon sang Gabriel, c'est un esclave ! Tu veux qu'il porte les mêmes chaussures que toi ? C'est là un bien grand luxe pour un captif !
– Il est mon ami et je voudrais lui faire ce cadeau ! Il travaille dur et il mérite de bons vêtements et de solides chaussures.
Don Miquel grommela.
– Bon... alors choisis celles qui lui iront et lui feront un long usage.
Ravi, je m'exécutai promptement avec l'aide d'Angel tandis que don Miquel s'entretenait avec Joaquim.
Je fis ensuite mes adieux à mon ami et à sa nouvelle famille et nous nous quittâmes sur la promesse de nous revoir bientôt. Je comptais dans un proche avenir venir seul avec Cinca lorsque l'on me jugerait apte à me débrouiller sans chaperon mais je devais encore progresser d'ici-là. En attendant j'escomptais bien rappeler à don Miquel que son amie Luisa se languissait de lui afin qu'il m'emmena avec lui lors de ses visites.

À la sortie du bourg don Miquel me désigna le vaste paysage qui s'ouvrait devant nous :
– Tu as vu cette belle étendue, d'abord au petit trot pour échauffer nos montures, ensuite trot soutenu puis galop, ça te va ?
J'acquiesçai et nous nous élançâmes d'un même élan, heureux de cette liberté de galoper sans freins et de pouvoir libérer ainsi notre énergie. Nous galopâmes presque jusqu'au col où nos montures essoufflées se mirent au pas avant d'entamer la longue traversée du haut plateau désertique qui menait vers la forêt de Toylona. Car, m'expliqua don Miquel, nos possessions allaient jusque-là. Ce qui expliquait l'influence du comte jusqu'à Valbona.
Don Miquel se tourna vers moi.

– Tu as beau clamer aimer les livres et l'étude, je vois bien que tu as le goût des chevaux, du galop et de l'action, c'est inné chez toi Gabriel, ton sang te trahit quand tu brandis une épée ou ton arc ou quand tu te bats à mains nues, le maistre d'armes ne se trompe pas, tu seras un fameux combattant. Maintenant mon gaillard, j'ai quelques comptes à régler avec toi et tu vas t'expliquer. Pourquoi as-tu questionné maistre Llull au sujet d'une place d'apprenti ? Tu ne te plais donc pas chez nous ?

Je rougis jusqu'aux oreilles avant de me reprendre.

– J'assure juste mon avenir et me renseigne si je viens à être las de la vie à Toylona. La comtesse pourrait aussi exiger mon départ et il faudra bien que je trouve un lieu où me diriger.

Mon compagnon se tut quelques instants avant d'éclater de son rire habituel si irritant, lui qui semblait se gausser de tout en permanence.

– Je parie que Llull t'a répliqué que personne n'oserait embaucher le fils du comte à Valbona non ?

– Si fait, soupirai-je, mais je vous rappelle que je ne suis pas officiellement le fils du comte, il ne m'a pas reconnu et je n'ai pas de nom, je peux donc me faire passer pour un vagos partout dans la contrée.

– Personne ne prend un garçon sans famille comme apprenti, me rétorqua l'hidalgo, et à Valbona tout le monde sait maintenant qui tu es, ton ami joue pour toi les porte-étendards tant il est fier d'être le compagnon du bâtard de Toylona et s'en vante partout !

Il saisit brusquement mes rênes et me fixa d'un air quelque peu menaçant :

– Quant à la comtesse, elle a déjà demandé ton renvoi, tu fais trop d'ombre à Esteban paraît-il, elle n'avait pas imaginé que tu serais si... brillant.

– Esteban est plus intelligent que moi, son latin est parfait et il excelle en algèbre et rhétorique. Il connaît les bonnes manières et sait jouer de la vihuela aussi bien qu'un troubadour des cours d'amour des rois d'Occitanie d'antan. Est-ce lui qui demande mon renvoi ?

– Que nenni ! Tu l'irrites au plus haut point mais il semble vouloir te garder près de lui, il comprend qu'il aura besoin de toi plus tard, il connaît ses faiblesses et il saura les compenser avec toi.

– Mais le comte va me renvoyer suite à la demande de la comtesse et je...

– Le comte s'est penché vers la comtesse, l'a fixée de son regard glacial de faucon et lui a à nouveau répété que tu étais son fils et que tant qu'il était lui vivant, tu vivrais au château, serais formé comme Esteban et serais aussi apte que lui à diriger Toylona.

Je m'arrêtai net et Cinca fit une petite embardée.

– Alors, pourquoi m'évite-t-il, me parle-t-il à peine et m'ignore-t-il ?

Don Miquel soupira.

– Il ne t'ignore pas, il suit tes progrès et se tient au courant. Quant au reste, il est très mal vu encore ici d'accueillir son bâtard comme il le fait, il est donc obligé de garder une certaine distance avec toi. Les De Monteiro, la famille castillane de la comtesse sont plutôt furieux de son geste et je ne serais pas surpris que l'un ou l'autre débarque ici pour te jauger. Selon eux, t'accueillir c'est étaler une relation adultère, tu comprends ? Crois-moi, ton père fait preuve de courage face à eux et je peux te dire qu'il tient bon et qu'il leur résistera, mais il lui est impossible pour l'instant de te montrer trop d'intérêt et d'affection, cela pourrait attiser les haines et se retourner contre toi, comprends-tu ? Il ne peut te favoriser vis à vis d'Esteban.

Je n'étais pas sûr de tout saisir.

– Si je décide de partir, que fera-t-il ?

– Il te rattrapera et te flanquera la dérouillée que tu mériteras. Il ne te laissera pas partir Gabriel, tu es son fils tu saisis ?

– Je n'ai pas le droit de l'appeler 'père' comme le fait Esteban.

– Là aussi, tu peux voir les exigences de Regina, elle te tolère à peine, alors elle ne supporterait pas de t'ouïr appeler son époux 'père', n'oublie pas que tu es le fruit d'un adultère. Alors laisse la situation évoluer, tu as beaucoup de choses à apprendre, sois patient et continue comme tu as commencé, d'accord ?

Je ne pouvais que hocher la tête en guise d'approbation forcée. Je décidai néanmoins de me venger un peu.

– Vous avez passé une bonne nuit avec dame Luisa ? Vous avez l'air fatigué... Etes-vous allé ouïr la messe ce matin avec elle comme vous le faites au château ? J'ai entendu les cloches sonner...

Il faillit s'étrangler et me foudroya du regard.

– Tu me vois arriver main dans la main à la messe avec Luisa ? Ce serait se moquer de la sainte église. Je vois déjà la tête du curé...

– Il suffit de vous confesser tous les deux avant la messe... et puis vous êtes un hidalgo, vous avez des droits que les autres n'ont pas, Luisa est protégée par votre nom et votre titre sinon... elle serait rejetée comme une pécheresse. Comme ma mère l'a été.

Il tourna vivement la tête.

– Ton père et moi avons protégé ta mère et l'avons soustraite à la haine des manants. C'est pour cela que j'ai fait comprendre à chacun à Valbona que Luisa est ma protégée et que quiconque la touche aura affaire à moi.

Je soupirai.

– Vous les grands, êtes décidément bien compliqués. Ce serait plus simple de l'épouser et de l'aimer comme une épouse. Tout ça à cause de titres de noblesse, c'est du gâchis don Miquel.

– Tu as raison Gabriel, c'est du gâchis. Notre société est rude et impitoyable et nous sommes soumis à des règles injustes, toi comme moi. Nous n'avons d'autre choix que de nous y plier et d'obéir. Sinon nous serons brisés. Allons, reprenons un petit galop avant d'entamer la grande descente, qu'en dis-tu ?

Les désirs de don Miquel étaient des ordres et il ne me serait pas venu à l'esprit de ne pas le suivre. J'apprenais bien mes leçons.

CHAPITRE ONZE

 ' *Que tous les hommes soient frères, c'est le rêve des gens qui n'ont pas de frères'. (C. Chincholle*)

Ma vie continua, l'hiver s'avança, nous isola, je découvris les réalités d'une saison froide en haute montagne. Il fallait faire durer les provisions plusieurs mois et les répartir équitablement. Faire travailler les chevaux et les maintenir au sec. Chasser afin de nous procurer de la viande fraîche. J'accompagnai mon père et don Miquel, sans Esteban car celui-ci ne supportait guère le froid, il passa l'hiver cloîtré dans la chambre près de la cheminée, avec ses versions latines et ses livres. Mes douze ans passèrent sans que j'y prisse garde. J'étais occupé entre l'écurie, mes études et la pratique des armes. Après mes corvées, je devais porter des tisanes chaudes à Esteban pour le réchauffer et garnir la cheminée de grosses bûches. Notre chambre était bien chauffée et grâce à lui je dormis au chaud. Je l'enviais de pouvoir se prélasser. Quant à moi, je n'avais aucun répit et je m'écroulais le soir, trop épuisé pour veiller après avoir aidé Esteban à se préparer pour la nuit. Noël m'apporta une trêve, je pus me reposer un peu et goûter aux mets du repas qui nous rassembla tous dans la grande salle, brillamment éclairée pour l'occasion, après la messe de la nativité. Je devais accompagner les chants et les saynètes habituelles de Noël avec ma flûte tandis qu'Esteban et Emilia jouaient de la vihuela tout en chantant, suivis par quelques-uns des enfants des serviteurs sélectionnés par la comtesse pour leur bon maintien et leur voix. Nous avons récité les textes appris par cœur, Esteban tenait le rôle principal, Emilia et moi lui répondions, entourés des enfants qui faisaient office de figurants. Esteban fut brillant comme il se devait et j'espérai que cette nuit de nativité lui donnerait de meilleurs sentiments à mon égard au lieu de son mépris habituel. Quand Regina distribua les friandises aux enfants, selon la coutume, elle fit mine de ne pas me voir mais je me plaçai en travers de son chemin en tendant la main avec un sourire innocent et après un regard oblique vers son époux qui nous fixait, elle me tendit ma part à contrecœur.

J'allai promptement partager avec Izem qui, sur ma demande, avait reçu l'autorisation de passer avec nous ce Noël. Je n'aurais pas supporté de le savoir seul dans l'écurie tandis que tous se réjouissaient et faisaient bonne chère. Il était assis à mes côtés et je m'étonnai de le voir manger la même viande que nous, lui qui jusque-là s'était abstenu. Il capta mon regard et me dit juste : 'Il est temps que je fasse comme tout le monde, je ne retournerai jamais chez moi et puis tu sais, j'oublie et deviens comme les gens d'ici. Même si je pouvais retourner chez moi, ils ne me voudraient pas car pour eux je serais un renégat, un chrétien déguisé, ils me rejetteraient et je serais sans doute mis à mort'. Ses yeux étaient tristes et je posai ma main sur la sienne en l'assurant de mon amitié et en le félicitant de ses progrès car il parlait maintenant comme l'un d'entre nous. Je n'avais pas ménagé ma peine pour lui apprendre à s'exprimer et je voyais le fruit de mon travail. Je le défendais souvent et lui obtins un meilleur couchage, de bons vêtements et davantage de liberté de mouvements. Il nous accompagnait souvent lors de nos sorties à cheval et les autres finirent par oublier qui il était, le traitèrent presque d'égal à égal et reconnurent ses talents avec les chevaux. Je constatai, bien que bâtard et tout jeunet, que je jouissais d'une certaine autorité et étais écouté.

Je côtoyai plus souvent mon père cet hiver-là car nous vivions les uns sur les autres. J'étudiai et m'entraînai beaucoup au combat, qu'il fut au corps à corps ou à l'épée. La salle d'armes résonnait de nos coups d'estoc, les hommes d'armes ferraillaient assidûment pour éviter l'ennui, quand ils n'allaient pas chasser ou s'occuper des chevaux. Je sortis à cheval dans la neige, étroitement surveillé par mon père et don Miquel qui m'apprirent comment mener ma monture dans ces conditions. Les traces d'animaux étaient bien visibles sur la neige et j'appris à les identifier sous le regard scrutateur de mon père qui exigeait de ma part des réponses parfaites : je ne pouvais me permettre de confondre loups et ours avec les cerfs ou des sangliers, ma vie pouvait en dépendre.

Le comte vint aussi se rendre compte de l'avancement de nos études. Esteban rosît de plaisir quand il inspecta son travail et qu'il lui présenta les passages de 'La guerre des Gaules' de Jules César qu'il avait traduit, ce dont j'étais incapable. J'observai attentivement mon demi-frère ; lui aussi était avide de reconnaissance et d'amour de la part de notre père, comme je l'étais moi-même. Le comte le comprit-il intuitivement ? Il félicita chaudement son fils, lui dit sa fierté et l'encouragea à persévérer. Puis il observa rapidement mon travail et m'exhorta à imiter Esteban qui était un exemple de bon élève. Esteban exulta en me toisant d'un air vainqueur, sûr d'être le favori. Je ne comprenais pas ses craintes car je savais bien qu'il était le préféré, ce qui me semblait normal, je n'étais qu'une pièce rapportée, arrivée sur le tard et de plus illégitime.

Mon père me déconcerta ce même jour : il passa ensuite un long moment avec moi dans la salle d'armes, à m'entraîner, m'enseigner et me donner de précieux conseils. Je reçus aussi mon lot de félicitations et conclus qu'il nous voulait chacun spécialisé dans un domaine précis : l'entendement pour Esteban, la vigueur physique pour moi. Je n'étais point trop d'accord car j'aimais l'étude et ouvrais volontiers les quelques ouvrages qui arrivaient. Je venais enfin de découvrir, poussé par Esteban, les *'Exercices Spirituels'* de Loyola. J'avais montré un enthousiasme quelque peu excessif à leur encontre, mais je préférais voir Esteban plonger dans ces 'Exercices' plutôt que dans les oraisons fanatiques et haineuses du dominicain Aguirre. Je l'encourageai à partager quelques passages à sa mère, espérant ainsi contrer la déplorable influence du dominicain, qui me considérait comme un damné infréquentable sans avoir pourtant réussi à trouver quelque accusation concrète contre moi.

Je biaisais sans cesse avec Esteban. Je l'encourageais, l'assurais qu'il était bien-sûr le meilleur de nous deux, ce dont il ne doutait pas. Je supportais ses sarcasmes et ses mesquineries, me souvenant des promesses faites à mes chères sœurs de Colomba. Le père Sandoval, que j'aimais bien et qui me prit en amitié, me recommandait la même prudence et humilité, il me consolait et félicitait, toujours prêt à me tendre une oreille attentive. Il m'écoutait, me donnait quelques conseils et nous terminions par une prière commune qui me réconfortait. Il m'encourageait aussi dans mes relations avec Izem car il était sûr que grâce à moi, cette âme perdue allait rejoindre la seule vraie religion : le catholicisme romain. Je savais que secrètement, le bon père avait lu *'Le petit et le Grand catéchisme'* de Luther et qu'il en avait été marqué mais il était impensable qu'il le révélât, ce qui ne l'empêchait pas de parler davantage de grâce et de vie sainte et consacrée, loin des ors et des reliques prônées par la sainte Eglise. Il devait d'autant plus dissimuler ses doutes que les princes luthériens venaient de former une ligue dite de *Smalkalde* contre notre empereur Charles et s'étaient pour cela entendu avec nos ennemis français, anglais et même les damnés ottomans.

Cet hiver, tout comme le printemps, passa vite. Les beaux jours revenus je parvins à convaincre don Miquel de m'emmener avec lui à Valbona et je revis mon cher Angel avec beaucoup de joie. Il grandissait et progressait dans ses apprentissages et je fus heureux de passer de précieux instants en sa compagnie.

L'été fut chargé pour moi avec ses joies et peines. Je participai aux feux de la Saint-Jean avec Izem qui prenait part à nos festivités pour la première fois, au grand dam de la comtesse et avec la bénédiction du père Sandoval. Ce soir-là, je dansai avec Alix qui devenait bien jolie et grandissait, comme moi d'ailleurs.

Au cours de cet été Izem et moi pûmes sortir à cheval seuls, pour de courtes promenades et nous appréciâmes fort ces moments de liberté. Nous retournâmes à la cascade et j'escaladai à nouveau ma falaise. Nous nous baignâmes et Izem se révéla être un excellent nageur. Il se souvenait juste qu'il plongeait dans la mer là-bas chez lui pour ramener des coquillages assez rares qui étaient revendus. Il se souvenait des vagues et des falaises près de son village. Il m'avoua ressentir peu de nostalgie car il avait presque oublié les siens. De plus, depuis ma venue sa vie avait changé, il avait plus de liberté, était mieux traité et accepté.

Un matin, alors que nous partions, mon père m'appela et m'emmena au chenil où il gardait ses chiens de chasse, de superbes lévriers pour la plupart, qu'il affectionnait et dont il prenait grand soin. Il siffla une de ses chiennes préférées, Diana, et lui ordonna de nous accompagner. Elle adorait galoper à côté des chevaux, m'expliqua-t-il, et saurait nous avertir en cas de danger car elle flairait ours et loups de très loin. Je connaissais Diana, je m'étais déjà promené avec elle et elle était restée vers moi lors des parties de chasse que j'avais accompagnées. Je la pris dans mes bras, la caressai et lui parlai avant de remonter à cheval. Je lus la satisfaction sur le visage de mon père quand il vit que Diana et moi étions déjà liés et que je ne la craignais pas. Ses chiens n'étaient point des animaux de salons, comme celui que la comtesse traînait partout avec elle, mais des animaux rudes et remuants, éduqués pour chasser.

– C'est bien, m'approuva-t-il, tu sais comment mener les chiens, contrairement à ton frère qui les craint. Prends-en soin, c'est un privilège que je t'accorde là.

J'inclinai la tête dans sa direction.

– Merci messire Guillem. Soyez rassuré, j'en prendrai grand soin !

Ce que je fis bien-sûr. A partir de ce jour-là, il m'interdit de sortir sans Diana, qui devint petit à petit autant ma chienne que la sienne et que très vite j'aimai autant que ma Cinca.

Il me fit aussi découvrir la chasse au faucon qu'il pratiquait assidûment. Je cachai mon effarement lors des premiers exercices avec le fauconnier qui m'enseigna les rudiments de cet art difficile. La première fois que le faucon se posa sur le gantelet de cuir épais que le fauconnier avait noué sur mon bras, je fus saisi de panique, mais face aux yeux scrutateurs de mon père, je tins bon. En effet, il avait tenté d'initier Esteban mais il avait déclaré forfait en prétextant de sa faible constitution et de l'inutilité d'une telle occupation, qui ne lui servirait à rien car jamais il ne chasserait. La comtesse proposa à son époux de se rabattre sur moi, car argua-t-elle, je servais à cela : suppléer à Esteban en accomplissant toutes les tâches qui ne lui agréaient pas. Je tus mon dégoût de la chasse, ma crainte du faucon et m'efforçai de faire bonne figure. Esteban fut d'ailleurs fort dépité de voir que je n'avais pas cédé à la panique et il me lança un regard noir quand il vit notre père me féliciter. Le soir même, pour se venger, il m'accabla de tâches inutiles et fatigantes. Je serrai les dents et baissai la tête en gardant le silence. Beaucoup avaient remarqué la façon dont lui et sa mère me traitaient, je recevais de nombreux témoignages d'amitié et d'encouragements qui me rassérénaient. On m'appelait le bâtard mais on m'aimait plutôt bien.

Il advint que mon père passa une partie de l'été à Barcelone afin de s'occuper de marchandises à recevoir, mais aussi expédier dans le lointain orient. J'entendis parler de soieries, d'épices, de bois rares, de tapis et de verreries. Don Miquel prit soin de Toylona pendant son absence et j'en fus heureux car j'avais craint de rester seul face au dragon (c'est ainsi que je nommais la comtesse en secret). Il fut bon avec moi et me laissa une liberté que je n'avais encore pas connue. Il voyait ce que j'endurais et les exigences élevées de mon père vis à vis de moi. Je retrouvai un peu de l'insouciance que j'avais connue à Ensegur avec Felipe. Nous étions aussi menés durement mais je n'avais pas sur moi le poids du regard de mon père. Le marquis Jaume était d'une bonne nature et pardonnait facilement. Mon père était inflexible, je l'avais vu manier le fouet et punir sévèrement ceux qui n'obéissaient pas à ses ordres. Il savait aussi récompenser mais il exigeait un service parfait et une fidélité totale. Y compris de ma part.

Je compris pourquoi don Miquel était si apprécié et servait d'intermédiaire entre le comte et ses gens. Il était un des rares à ne pas trembler devant lui, à savoir adoucir sa froideur et tempérer son intransigeance.

Il me prit aussi avec lui, seul, pour aller sur le terrain régler les problèmes qui se présentaient avec une régularité déconcertante : surveiller des travaux et distribuer des ordres, régler un litige entre paysans, gérer les stocks de nourriture, vérifier l'organisation de la fête de la vierge en août et des festivités, agréer des demandes en mariage et parfois les refuser quand la future n'était pas d'accord ou trop jeune pour être mariée, surveiller les hommes d'armes et veiller à leur solde. Je découvris l'infinité des tâches et appris beaucoup. Je dus admettre que mon père savait mener son monde et apporter la prospérité au domaine. Il était tranchant et impitoyable mais savait juger et prendre les bonnes décisions. Don Miquel me le présenta sous un autre jour et je ne pus me retenir de l'admirer. Je devinai que don Miquel voulait me le faire aimer et non plus seulement craindre. Mais il aurait fallu que lui aussi me montra quelques sentiments.

    Vers la fin août nous arriva la nouvelle de son retour mais il ne revenait pas seul. Il serait accompagné du marquis Jorge de Fejardes de Montalusa, son associé en affaires, homme de moyenne noblesse mais surtout de grosse fortune qu'il devait non à ses terres et ses titres mais à son habileté dans le commerce. Il avait aussi joué les argentiers auprès de notre empereur. De cinq ou six ans plus âgé que mon père, il était son associé depuis quelques années et il avait pris une grande part dans leur réussite car il possédait un flair indéniable pour les bonnes affaires. Il parlait trois ou quatre langues, aimait voyager et devinait quels produits se vendraient bien. Enfin me dit don Miquel, il était d'une nature aimable et savait se faire à tous. C'est pour cela d'ailleurs qu'il s'était consacré aux voyages tandis que mon père, à l'aide d'intendants, s'occupait du commerce en Aragon, des chiffres et de la banque. Il venait pour la première fois à Toylona car, originaire du sud de la Catalogne, il n'était jamais monté si haut, ce secteur étant celui de mon père tandis que lui, revendait les produits jusqu'en Andalousie. Il promettait depuis longtemps de venir jusqu'au château pour rencontrer la famille de Toylona mais aussi se reposer et chasser.

    La comtesse mit tout le monde en ébullition pour préparer sa venue et les tâches ne me furent pas épargnées. Don Miquel, excédé, finit par m'emmener chasser avec lui et nous revînmes avec deux ou trois pièces de gibier afin d'accueillir dignement cet illustre invité que la comtesse ne connaissait pas non plus car elle refusait de quitter le château pour accompagner mon père à Barcelone. Celui-ci n'insistait d'ailleurs guère pour l'emmener avec elle et j'avais ouï des racontars qui disaient qu'il profitait de ses séjours à Barcelone pour mener bonne vie, et surtout visiter de jolies ribaudes qui le changeaient de son dragon de femme. Je voulus questionner don Miquel à ce sujet mais il se contenta de me botter les fesses et m'envoyer étriller Cinca pour m'apprendre à me taire.

Enfin ils arrivèrent et nous les vîmes traverser le vieux pont du village. La comtesse, Esteban et Emilia avaient revêtu leurs beaux atours. Regina m'avait houspillé sans cesse et j'étais en nage, mais je parvins à me laver, me coiffer et enfiler un pourpoint propre qui ne sentait pas trop l'écurie.

Quand ils parvinrent vers la poterne, Regina m'ordonna d'aller à leur rencontre afin de prendre leurs chevaux. Je me hâtai, la comtesse et ses enfants suivaient de loin et j'arrivai quand les cavaliers démontaient. J'eus à peine le temps de tendre la main vers les rênes de notre invité, dont je notai la barbe frisée, la chevelure bouclée et touffue, que celui-ci me prit aux épaules en se tournant vers mon père, tandis que je tentais de les saluer en m'inclinant :

– Ah ça ! s'écria le baron de Fejardes, c'est ça que tu appelles un garçon à la santé fragile ? Ce superbe gaillard qui va bientôt faire pleurer les filles ? Guillem ! Tu ne m'avais pas dit que ton héritier était si beau et si solide ! Tu peux en être fier ! En voilà un qui va bien continuer la lignée ! Tout ton portrait ! Et la maman doit être très belle aussi, alors, où est-elle cette jolie dame !

La stupéfaction envahit le visage de mon père et je m'apprêtais à corriger cette bévue quand j'entendis une voix sèche derrière moi.

– Je vous salue, messire De Fejardes, nous sommes fort aises de vous rencontrer enfin, moi, ma mère et ma sœur qui viennent à ma suite, je suis Esteban de Toylona, unique héritier de mon père Guillem et je suis heureux de vous recevoir céans.

La stupeur envahit le visage du baron Jorge dont le regard se promena entre Esteban et moi, avant de s'attacher à mon père pour revenir à moi en fronçant les sourcils. Mon père ouvrait la bouche quand Esteban le prit de court.

– Celui-ci qui tient les rênes n'est qu'un bâtard de mon père que nous accueillons par pitié car sa mère, une misérable fille du peuple est morte de je ne sais quelle maladie honteuse, il était de notre devoir de chrétiens de lui fournir un toit malgré le péché qui entache sa naissance. Il me sert et m'obéit comme vous pouvez le voir, je lui ai donné ordre de venir prendre les rênes de votre monture.

Mon père cette fois réagit et tira vivement Esteban vers lui tandis que la comtesse et Emilia approchaient sans avoir entendu la tirade d'Esteban.

– Jorge, reprit mon père, permets-moi de te présenter mon fils aîné, Esteban ainsi que ma fille Emilia mais surtout mon épouse, Regina de Monteiro, cette noble famille de Grands de Castille dont la renommée n'est plus à faire.

Regina s'inclina avec une formule de bienvenue et le baron la contempla avec un certain désappointement avant de la comparer à Esteban. Il revint à moi et me tendit les rênes dont je m'emparai mais la comtesse avait capté son regard.

– Ne faites pas attention à ce bâtard, il ne compte pas ici, il sert c'est tout, il est le fils d'une traînée qui se vautrait dans tous les lits et qui a mal fini d'ailleurs…

En un éclair, je vis les yeux de mon père s'assombrir et je sentis la poigne de don Miquel sur mon épaule au moment même où j'ouvrais la bouche pour répliquer et dire son fait à la comtesse, furieux et humilié.

– Ma mère n'était pas une….

La main de don Miquel s'était plaquée sur ma bouche et il me tira à lui d'un geste brusque :

– Emmène les chevaux à l'écurie et prends soin d'eux, m'intima-t-il d'un ton sans appel.

J'obéis, tout défait, Izem vint me seconder. Je me retournai, croisai le regard victorieux d'Esteban qui m'adressa un sourire de mépris et celui déconcerté de mon père qui fusilla ensuite son épouse et son fils du regard. Puis je vis que les yeux du baron étaient fixés sur moi et loin d'y lire du mépris, j'y découvris de la compassion et une certaine complicité. Il m'adressa un clin d'œil discret avant de se tourner vers ses hôtes pour reprendre la conversation.

J'accomplis mes corvées et me rendis à la cuisine avec Izem, bien décidé à ne pas apparaître au banquet. Mal m'en pris car don Miquel en personne vint me récupérer malgré mes protestations vigoureuses.

– Va mettre ta tenue d'apparat et viens servir à table !

– Nenni ! Je refuse d'être encore insulté et de toute façon, s'il dit encore du mal de ma mère je lui rentre dedans.

– Tu ne rentreras dans personne et tu vas servir ! me rétorqua-t-il en me traînant à bout de bras. Tu vas montrer que tu as du caractère et que tu n'es pas un damoiseau de cour sourcilleux qui prend la mouche à tout va !

Don Miquel prenait tout à la légère, y compris mes souffrances et colères et je dus plier. Je terminai vite le morceau du cuissot de chevreuil que Carlos m'avait réservé, destiné aux invités de marque. Puis je montai me changer et coiffer, sous la garde de don Miquel qui craignait que je ne file en douce comme je l'avais déjà fait et je me retrouvai sur l'estrade, à tendre une aiguière aux invités pour qu'ils se lavent les mains, assisté par Alix qui suivait avec un linge. La viande fut apportée, bien dorée et appétissante et le baron se frotta les mains de plaisir. Esteban en profita :

– Tu n'auras pas trop faim à nous regarder nous régaler ou bien as-tu reçu quelque brouet pour tenir ? s'enquit-il avec un sourire insolent.

– Oh ! Je viens de manger une grosse part de cuissot, lui rétorquai-je, la viande est délicieuse et succulente…

Mon père intervint en voyant le baron fixer Esteban d'un air interloqué.

– Il a reçu sa part car il a tué cette bête hier matin. Tout bâtard qu'il est, celui-ci est un fameux chasseur et il mérite amplement sa portion ! Le cuisinier a ses ordres le concernant, j'exige qu'il soit bien nourri.

Je réprimai un sourire de triomphe, pris un air modeste et contrit et servis la viande le cœur battant en songeant que mon géniteur se souciait de ma nourriture. Esteban ouvrit la bouche mais n'osa piper mot car nous les damoiseaux devions rester cois face aux adultes. Nous fîmes donc chacun assaut de bonnes mines et d'air aimable, moi en servant, lui en mangeant, tout en échangeant des regards féroces qui démentaient notre mine affable.

Après le festin vinrent les jeux et festivités et comme toujours arriva l'heure de montrer nos talents de musiciens ou chanteurs. Esteban ne se fit pas prier pour jouer sur sa vihuela un chant de Ramon Llull qu'il reprenait fort joliment accompagné d'Emilia. Je cherchai à m'esquiver mais Esteban me repéra et annonça que j'allais maintenant les accompagner à la flûte, ce que je voulais à tout prix éviter. Un regard de don Miquel me persuada des bienfaits de l'obéissance et je me retrouvai devant l'assemblée, dans la lumière des candélabres avec mon humble flûte à la main, tel un petit pâtre qui joue pour son troupeau. Ce fut Emilia qui me sauva de la honte :

– Gabriel, fit-elle en levant sa vihuela, reprenons le chant d'amour de sant Jordi que nous avons travaillé ensemble, je commence et tu brodes sur ce que je joue, tu te souviens ?

L'épais brouillard dans lequel j'étais plongé se dissipa et la mélodie me revint. Je souris à Emilia et levai ma flûte. Elle joua quelques accords, entonna le chant et soudain je fus à nouveau saisi par la mélodie. Je fermai les yeux et me laissai aller comme je le faisais avec Emilia quand nous jouions seuls tous les deux, ou comme les trop rares fois où je parvenais à m'esquiver seul, pour aller me réfugier dans la forêt proche ou au bord de la rivière en amont du village. Là je sortais ma flûte et jouais, comme si je priais, comme si je pleurais, insufflant mon cœur et mon âme dans ces simples mélodies qui venaient de je ne savais où, mais qui étaient gravées en moi depuis toujours. Je fermai les yeux et me laissai aller.

Je jouai et oubliai où je me trouvais et, après le chant de sant Jordi, vint le chant de ma mère que je jouais si souvent qu'il venait naturellement sans que j'y pense. Il s'agissait d'une belle et lente mélodie qu'elle me chantait le soir. Après sa mort, comme il ne restait rien d'elle sauf son peigne, je m'étais isolé avec la flûte pour m'exercer jusqu'à ce que je me revienne la mélodie dans son ensemble. Puis avec le temps, étaient venues des variations et j'étais maintenant capable de la jouer longtemps et de la varier à l'infini.

J'oubliai tout et jouai pour elle, ma chère maman qui me manquait tant et j'espérai que là où elle était, elle pouvait m'entendre et savait que son petit garçon l'aimait toujours, qu'il la pleurait mais qu'aussi, il s'efforçait d'être courageux et de lui faire honneur.

Je revins ensuite brusquement sur terre, ouvris les yeux, vis des visages tout ébaudis qui me dévisageaient et jouai quelques notes finales avant de m'incliner puis m'éclipser à nouveau derrière l'estrade pour continuer mon service. Je ne pus aller loin car le baron de Fejardes m'arrêta d'un coup sec.

– Bon chasseur et excellent musicien ! s'exclama-t-il, sais-tu que tu joues avec ton âme ? Tu as tiré les larmes des yeux de plusieurs ici ! Cette mélodie est magnifique, d'où la connais-tu ?

– Ma mère me la chantait le soir. Elle disait que c'était notre chant secret à tous les deux. Quand elle est morte, j'ai appris à la jouer à la flûte pour ne jamais l'oublier.

En disant ces mots, je réussis à me tirer les larmes des yeux, comme chaque fois que je mentionnais Ana. Je m'en voulus car je devais donner l'image d'un damoiseau dur au mal, aimant batailler et ferrailler, digne de son père mais je venais d'échouer lamentablement en montrant une sensibilité incongrue. À ma grande surprise, le baron me prit la main et la serra.

– Je vois que tu souffres encore de la mort de ta mère, tu l'aimais beaucoup n'est-ce pas ?

– Oh oui, je n'avais qu'elle et quand elle est morte, j'ai tout perdu, je n'avais plus personne au monde et je…

Je stoppai net en voyant mon père se renfrogner et ses yeux s'assombrir.

– Mais don Miquel est venu me chercher et j'ai pu venir ici où j'ai un toit...

– Et un frère et une sœur ! insista-t-il

– Euh... vouiiii, marmonnai-je avec autant de conviction qu'un impie forcé de se confesser. Je sers Esteban et j'aime beaucoup Emilia.

Ce fut tout ce que je pus dire. Je parvins à m'éclipser et à rejoindre Izem vers lequel je dormis cette nuit-là, incapable d'affronter à nouveau Esteban.

Le lendemain matin, j'étais dans le couloir de l'écurie avec Izem et nous regardions mon père et le baron Jorge examiner un poulain ayant un problème à un antérieur. Ils se trouvaient dans une des stalles et étaient invisibles depuis le couloir.

– Hé le bâtard !

Je me retournai. Esteban arrivait, sans savoir que les deux hommes se tenaient vers moi. Ils se redressèrent en l'entendant me héler et échangèrent un regard.

– Où as-tu passé la nuit ? Je t'ai cherché hier soir pour m'aider à me préparer...

– Désolé Esteban, je suis venu dormir à l'écurie, j'ai travaillé dur ces derniers jours, je me suis octroyé un petit congé...

– Sans me demander la permission, bâtard ? Où te crois-tu ? Tu te figures que tu es libre d'aller et venir à ta guise ? Mon père t'a donné à moi pour que tu me serves et m'obéisses et...

– Ton père est aussi mon père même si je ne suis pas légitime et je jouis aussi d'une certaine liberté après avoir fait mon ouvrage...

J'avais pris l'audace de dire cela alors que messire Guillem écoutait.

Ma remarque ne plut pas à mon demi-frère.

– Pour qui te prends-tu ? Tu n'es que le rejeton d'une traînée tandis que je suis issu d'une illustre famille de Castille, comment oses-tu me répondre, espèce de fils de catin qui a réussi à se faire engrosser par un noble...

Il ne termina pas. Je lui étais tombé dessus et avais commencé à le rosser copieusement, en proie à une folle colère. Esteban hurla, incapable de se défendre car il n'avait jamais joué à ce genre de jeu.

Izem se jeta dans la mêlée avant que mon père et don Jorge n'interviennent. Ce dernier me tint solidement, tandis que je continuais à ruer en promettant une bonne branlée à Esteban.

– Retire ce que tu as dit sur ma mère espèce de nobliau mal embouché !

Une gifle violente, assénée par mon père, me calma net. Il me fixa un instant et je lus une violente colère dans ses yeux.

– J'ai défendu ma mère c'est tout ! protestai-je, il n'y a que moi pour la défendre quand on l'insulte !

Esteban souriait, dépenaillé et en piteux état, mais triomphant.

– Ah tu vois j'ai raison ! Dites-lui père que sa mère n'était qu'une ribaude de bas étage que vous avez renversé un soir par mégarde et que si cela se trouve vous n'êtes même pas son pèr...

Il ne put finir. Mon père lui avait aussi administré une claque magistrale, la première de sa vie sans doute vu le choc que cela lui procura.

J'assistai ensuite à une des célèbres colères de Guillem de Toylona, qui le faisaient redouter de tous. Il saisit Esteban aux épaules, le secoua rudement et lui parla d'une voix glaciale et coupante comme le fer le plus aiguisé :

– Ecoute-moi bien, si tu n'étais pas si fragile, ce serait le fouet que tu recevrais, mais comme le précieux sang des De Monteiro a fait de toi un être faible et chétif, je ne peux hélas pas te châtier comme tu le mérites. Je t'interdis d'insulter encore une fois Ana comme tu viens de le faire. Ce n'est pas la mère de Gabriel que tu viens d'insulter, mais la seule femme que j'ai aimée, tu m'entends bien ? La seule ! Toi, tu es mon héritier, l'enfant d'un mariage arrangé dont je ne voulais pas mais auquel j'ai dû me résoudre par devoir. Je n'ai jamais connu avec ta mère ni plaisir, ni bonheur. Gabriel lui, est un enfant de l'amour. Aveuglé par mon égoïsme j'ai enlevé Ana, l'ai déshonorée, ai détruit sa vie mais elle, elle a porté mon enfant, l'a aimé et reçu comme un don de Dieu...

– Ma mère m'a dit que c'était une ribaude du bordel de Valbona et qu'elle avait fait exprès d'être grosse pour sortir du bordeau...

– Elle t'a dit ça ?

– Oui père. Cette créature vous a séduit et attiré dans ses rets.

Je vis les yeux de mon père s'assombrir encore.

– Ta mère est une menteuse. Ana était la fille du forgeron, une pure jeune fille belle et chaste. Comprends-tu ? Si j'avais pu, c'est elle que j'aurais épousée et non ta mère, cette femme aigrie et acariâtre. Je connaissais Ana avant de rencontrer ta mère et je l'aimais déjà, mais mon père nous a séparés. Maintenant, tu vas t'excuser pour avoir insulté Ana et demander pardon à Gabriel pour l'avoir insulté, lui !

Esteban fixa son père un moment avant de murmurer d'une voix atone :

– Pardon.

Ce fut tout. Messire Guillem attendit en me désignant du regard et Esteban blêmit mais il dut plier.

– Pardon, pour t'avoir traité de sale bâtard...

Il recula et s'éloigna de quelques pas.

– Même si c'est vrai, sale bâtard ! ajouta-t-il en faisant demi-tour pour partir en courant avant que son père eut le temps de réagir.

Un lourd silence suivit. Je m'aperçus que don Miquel avait suivi la scène depuis le fond de l'écurie. Ce fut lui qui intervint.

– Izem, va faire travailler Zéphir, ordonna-t-il à mon ami qui fut trop heureux de s'éclipser, Gabriel, viens avec moi, on va faire quelques passes à l'épée, vous pouvez venir don Jorge, Guillem, prenez Tonnerre et un de vos chiens et allez faire un tour en forêt pour vous apaiser, cela vous fera du bien, nous nous reverrons dans la grande salle pour le repas.

Je fus trop heureux de suivre mon mentor, mon père était toujours immobile le regard sombre et glacial et je n'osai l'approcher tant il m'effrayait. Je craignais aussi que, ne pouvant s'en prendre à Esteban, il ne se venge sur moi car il m'avait sous la main. Je me hâtai de filer, soulagé de quitter les lieux.

Don Jorge et don Miquel conscients de mon trouble et de mon chagrin en avaient déduit que l'action était la meilleure façon de me consoler car dans l'heure qui suivit, ils m'épuisèrent tour à tour avec diverses armes jusqu'à ce que je tombe au sol et reste couché, épuisé et haletant après avoir donné le meilleur de moi-même. Don Jorge vint me tendre une gourde d'eau et m'aida à me relever.

– Tu as guerroyé comme un lion, à ton âge tu montres beaucoup de vaillance.

– Esteban dit que je me bats comme un bâtard de bas étage, murmurai-je.

Il se pencha vers moi :

– Et lui, comment se bat-il ?

– Il ne se bat pas. Sa santé l'interdit. Mais il critique tout ce que je fais.

Il se pencha vers moi d'un air complice.

– Esteban est un imbécile et il a grand tort de te mépriser car je vois en toi de grandes qualités. Tu ressembles à ton père et il ne le supporte pas. Il est jaloux de toi et il le montre.

Je fixai le baron.

– C'est stupide, c'est lui qui a la bonne part et un bon avenir, pourquoi est-il jaloux ? Je ne suis qu'un bâtard qui pourrait être mis à la rue d'un jour à l'autre. Je m'efforce d'être vaillant, de bien m'appliquer, de ne pas me faire remarquer mais malgré tout, il m'en veut toujours…

Il soupira et m'ébouriffa la tête :

– Tout ce que je peux te conseiller c'est de persévérer dans ta voie et de ne pas te décourager. Tu es un bon petit, Gabriel.

Je lui souris et lui rendis la gourde.

– Merci monsieur le baron ! Don Miquel, que dois-je faire maintenant ? Je suis fatigué vous savez.

– Toi fatigué ? À ton âge ? Impossible ! Va faire travailler ton cheval vers Izem, ça te détendra.

Alors que je m'éloignais, caché derrière la palissade, je perçus par mégarde leur conversation.

– Le monde est mal fait, s'insurgea don Jorge, c'est lui qui devrait être l'héritier et sa mère la comtesse, son père ne voit-il pas ses qualités ?

– Bien-sûr que si qu'il les voit et ça le fait enrager. C'est pour cela qu'il le laisse vers Esteban, il devra suppléer à toutes ses faiblesses. Regina voit bien que c'est Gabriel qui possède les qualités requises pour faire un digne héritier et elle supporte sa présence à cause de cela, en outre elle craint Guillem et n'ose s'opposer ouvertement à lui, mais elle se venge en faisant souffrir le petit et en le rabaissant constamment. Il est vaillant notre Gabriel, son père le voit et il souffre de plus en plus de le voir traité ainsi mais...

– Mais derrière Regina se profilent les puissants De Monteiro qui ont le pouvoir de le ruiner s'il venait à offenser son épouse, c'est cela ?

– Ce sont eux qui nous ont obligés à éloigner Gabriel, sinon, il l'aurait fait venir plus tôt. Ils n'osent plus s'opposer ouvertement à sa présence car Guillem leur rappelle la faiblesse physique d'Esteban et la nécessité d'avoir quelqu'un auprès de lui. En outre, Carlos de Monteiro, le Grand-Duc, un des leurs, élève son bâtard auprès de lui, Guillem leur a avancé cet argument quand ils ont protesté de la venue de Gabriel parmi nous. Il supporte de moins en moins la mainmise des De Monteiro sur nos affaires, c'est pour cela qu'il est si heureux de traiter avec vous, votre alliance est son espace de liberté. Vous voyez la situation est difficile, Guillem est coincé par les De Monteiro et l'argent qu'ils ont donné, qui a sauvé le domaine de la ruine. Mais il est déchiré car s'ils tolèrent maintenant la présence du bâtard comme ils disent, ils obligent Guillem à se montrer froid avec lui et à le traiter presque à l'égal des serfs, ce qu'il ne fait pas, mais il ne peut se comporter avec lui comme il le voudrait, Regina et Esteban sont de fidèles espions et n'hésiteront pas à se plaindre s'ils estiment que Gabriel est traité comme un fils et non comme un valet...

– Ces deux-là n'iraient quand même pas risquer la ruine du château ?

– Détrompez-vous. Eux repartiraient en Castille et Guillem se retrouverait seul, ruiné, son honneur bafoué. Son père lui a fait jurer de relever le domaine et de rester fidèle aux De Monteiro et il a juré. Il vit avec une épée de Damoclès au-dessus de la tête. D'ailleurs, ils vont venir l'an prochain, dès la belle saison, ils veulent voir ce que devient le domaine et donc l'argent qu'ils ont investi, mais aussi examiner le bâtard de plus près, voir s'il fait de l'ombre à Esteban...

– Faire de l'ombre à Esteban ? Mais il l'éclipse totalement vous voulez dire ! Et il n'a pas treize ans, vous avez vu comme il se bat déjà ? Comme il monte ? Et sa beauté ? Il faudra l'envoyer séjourner je ne sais où le jour où les De Monteiro viendront...

Leurs voix s'éloignèrent. Je me laissai tomber contre la paroi où je m'étais tenu, bouleversé. J'ignorais être l'enjeu de telles rivalités mais je voyais maintenant mon père avec d'autres yeux. Il ne me détestait pas mais on lui interdisait de m'aimer.

Esteban était allé raconter à sa mère que je l'avais sauvagement agressé. Celle-ci débarqua dans la grande salle, furieuse, exigeant que je sois fouetté en public sur le champ.

Mon père, entre temps, s'était heureusement calmé. Il refusa la flagellation mais convint que je n'aurais jamais dû agresser Esteban.

Mon châtiment consista à aider à vider, dépecer et dépiauter l'une des bêtes ramenées de la chasse et destinée au repas du lendemain. Je surmontai ma répugnance et accomplis ma tâche sous le regard de don Miquel qui, ma pénitence accomplie, me conduisit directement aux étuves pour que je me lave de toutes les saletés dont j'étais aspergé. Don Miquel alla ensuite rapporter à la comtesse que j'avais bel et bien effectué ma punition. Esteban eut un sourire ravi et refusa que je vienne dormir dans la chambre à cause de l'odeur de sang et de cadavre que je devais transporter. Je partis retrouver Izem avec une grande satisfaction et lui contai mes découvertes.

Le lendemain, je me levai tôt, sellai mon cheval, pris Diana et quittai le château, seul. J'avais décidé qu'il était temps de voir la mystérieuse tour où j'avais été conçu.

CHAPITRE DOUZE

'Hélas ! on voit que de tout temps,
Les petits ont pâti des sottises des grands' (La Fontaine)

Cette expédition à la tour mûrissait en moi depuis longtemps et j'avais pris, discrètement, tous les renseignements possibles. Je savais comment m'y rendre et comment y pénétrer (une clé était cachée sous une pierre). Par précaution j'avais emmené ma dague et mon arc, une outre d'eau, un pain et quelques fruits pris dans la réserve.

Avec Cinca et Diana, je me sentais en sécurité, et je goûtai la promenade, seul, sans personne à qui obéir, loin des tracas et des corvées mais surtout, loin de la haine d'Esteban et Regina. L'air était lourd d'effluves boisés et bruissait de mille rumeurs. Une brise tiède caressait mon visage et je me sentais bien, libre et en paix. Il me fallut une bonne heure pour arriver et quand j'atteignis le fond du vallon, la tour se dressa devant moi, fière et mystérieuse, belle et menaçante à la fois car elle pouvait être prison ou havre de paix. Je savais que mon père y passait parfois des journées entières et même qu'il y dormait. J'avais vu des hommes partir pour l'entretenir, nettoyer, aérer, la rendre accueillante en permanence.

Je m'occupai de Cinca, lui donnai à boire et l'attachai. La clé était dissimulée au bon endroit et la serrure, régulièrement huilée, s'ouvrit tout de suite. Je laissai la porte ouverte, jetai un rapide coup d'œil à la petite pièce qui faisait face à la porte. S'y trouvaient une table, deux bancs, une étagère avec de la vaisselle et des ustensiles de cuisine à côté d'une petite cheminée équipée pour cuisiner. La pièce était mieux garnie que la plupart des logis des paysans. Je ne m'attardai pas et montai à l'étage, vers la pièce principale, la seule avant la terrasse du sommet. Je poussai doucement la porte et ne distinguai que des formes sombres. Je dépliai les volets intérieurs et la lumière pénétra par l'unique fenêtre à meneaux, dotée de belles vitres en verre jaune pâle, qui conférait à la salle une chaude atmosphère. J'ouvris la fenêtre pour laisser entrer la chaleur de l'été et chasser le froid qui régnait. Je me penchai au-dehors, retardant le moment de vérité, n'osant encore me tourner vers le grand lit qui occupait l'espace et trônait, majestueux. J'étais face au lieu de ma conception et j'avais peur. Peur d'imaginer la scène qui avait donné vie à un petit être qui n'avait pas demandé à naître.

Je retardai cette douloureuse confrontation et me penchai au dehors. La vue était belle : des arbres et la petite rivière qui avait permis à cette tour isolée de perdurer. Certains l'appelaient encore la tour des Sarrasins, d'autres la tour cachée, beaucoup la tour des amants et Marta m'avait confirmé que les amants en question étaient bien Ana et Guillem.

Ana et Guillem. Mes parents. Qui n'avaient connu ensemble que quelques semaines avant d'être séparés à jamais.

Je m'approchai du lit à colonnes torsadées, recouvert d'une courtepointe damassée dans les tons vermeil, vert et or. Je parcourus la chambre du regard. Un fauteuil tapissé de brocard trônait vers la fenêtre, jouxtant une petite table sur laquelle se trouvaient une écritoire et quelques feuilles de papier. Une étagère surplombait la table et quelques livres y dormaient. Je lus les titres. Des poètes catalans. La '*Divine comédie*' de Dante. Thomas More et son '*Utopie*'. Je découvris aussi, non pas imprimés, mais copiés et donc anciens, une traduction d'un poète arabe qui racontait l'histoire de deux amants malheureux, Qays et Layla dans l'Arabie lointaine d'un passé révolu. Je reposai le livre, songeur, après avoir lu quelques lignes. Nul doute qu'il s'agissait là d'un ouvrage interdit par la sainte inquisition. Qui avait trouvé ce livre dans les ruines d'al Andalus ? Le père de mon père ?

Les quelques vers que j'avais lus m'avaient troublé, ils parlaient d'amour fou et d'un feu brûlant, d'amour éternel et d'extase infinie. Des délices des jardins d'Allah. Troublé, je me dépêchai de le reposer. Mon père venait-il ici lire ces livres interdits ?

Je revins vers le lit et me posai enfin la question qui me hantait sans que j'aie osé jusqu'alors la formuler : Qu'avaient-ils vécu ? Avait-il violé ma mère ? Qu'avait-elle traversé sur cette couche ? Quelles larmes amères avait-elle versées ? qu'avaient-ils connu ensemble durant les semaines passées ici ? Et surtout : s'étaient-ils aimés où n'étais-je issu que de la violence et de la domination d'un homme sur une femme ?

J'en étais là de ma méditation quand j'entendis un bruit dans l'escalier. La porte s'ouvrit d'un coup et mon père se profila dans l'ouverture de la porte, sombre silhouette menaçante dont je ne distinguais que les yeux d'émeraude qui me fixaient d'un regard farouche.

J'étais alors au pied du lit. Je lui fis face et le dévisageai sans frémir, désireux de l'affronter car je voulais la vérité.

– Comment as-tu osé venir ici ? Le ton était sec, le regard glacial.

– Ce lieu me concerne non ? Je voulais savoir. Je voulais voir. C'est ici que ma vie a commencé. Je subis les conséquences de vos actes messire et je désire savoir…

– Savoir quoi ?

J'hésitai, craignant de déclencher son courroux. Puis je m'engaillardis.

– Je voulais savoir ce qu'il s'est passé céans. Entre ma mère et vous. J'ai ouï des bruits qui m'ont fait mal.

Il me scruta attentivement avant de s'avancer et se placer derrière moi pour poser ses mains sur mes épaules.

– Tu as entendu dire que j'avais forcé Ana c'est cela ?

– Si fait messire. Et là, j'essaie d'imaginer…

– N'imagine point. Prête-moi l'oreille plutôt. J'ai aimé Ana. Miquel te l'a narré non ? Tu connais notre histoire. Je l'ai aimée et je la voulais si fort, si totalement que je l'ai détruite. J'avais juste vingt ans, j'étais plein d'ardeur, sauvage et rétif et elle est était là si belle, si tentante… J'ai écouté mes sens et mon instinct d'animal au lieu de suivre mon âme. Je l'ai enlevée et l'ai prise ici, sur ce lit, malgré ses cris et ses supplications. Elle m'a dit qu'elle aussi m'aimait mais que j'allais tout gâcher si… j'étais pris de furie, d'un désir de la posséder que rien n'a pu endiguer. Je l'ai prise oui, et tout de suite après tandis qu'elle pleurait j'ai réalisé ce que je venais de faire et alors sont venues des larmes amères. J'ai compris que j'avais voulu me venger, me venger de ce mariage absurde auquel, trop jeune j'avais été contraint. De cette femme aigrie qui portait mon enfant alors que nul amour ne nous unissait. En enlevant Ana je proclamais ma révolte face à chacun et ma liberté d'homme. Mais ce fut au prix de sa vie à elle.

– Alors vous vous êtes haïs ? fis-je d'une voix désolée.

– Non. Elle a pleuré pendant deux jours, s'est cadenassée dans cette chambre, refusant d'ouvrir, refusant de manger. Nous pleurions chacun d'un côté de cette porte. Moi de repentir et elle sur ses rêves brisés, sur sa douleur et sa honte. Puis elle a ouvert et alors nous... elle m'a pardonné, après beaucoup de larmes, mais elle m'a pardonné.
– Et puis ? insistai-je ingénument.
– Et puis... nous nous sommes guéris mutuellement et avons profité de ce court répit que la vie nous laissait pour nous aimer. La coupe était bue, alors nous avons continué de la boire encore et encore.

Voulait-il dire qu'ils avaient abusé du vin aux épices ou cela signifiait-il autre chose ?

– Malgré notre situation nous avons été heureux durant quelques semaines. Nous avons ri, nous nous sommes promenés dans la forêt, baignés dans la rivière, avons pêché nos repas et avons vécu ce que vivent les amants qui s'aiment désespérément. Ta mère savait que tout prendrait fin, elle en avait pris son parti. Elle savait aussi qu'elle ne pourrait revenir à Toylona. Elle avait l'expérience du malheur et savait la fragilité du bonheur. Sa vie avait déjà été détruite une fois, elle avait tout perdu et là, une fois de plus... Moi je ne voyais que l'instant présent...

Mon père se parlait à lui-même, revivant ce temps-là, oubliant qu'il avait devant lui le fruit de cet amour maudit et que j'étais encore un jouvenceau étranger à ces passions.

– Puis la réalité nous a rattrapés. Regina a fini par apprendre la vérité. Une scène terrible a éclaté entre nous et je lui ai craché au visage ce qu'elle était pour moi, une femme froide et insensible qui m'avait fermé sa chambre dès qu'elle s'était vue grosse. Elle a menacé de faire venir les siens sur le champ afin d'assister à ma ruine. Elle a menacé de me livrer à l'inquisition parce que je lisais des livres interdits et professait des hérésies, j'avais eu le malheur quelques jours plus tôt d'approuver ce qu'avait fait Luther à Wittenberg en s'opposant au pape. Or Ferdinand et Isabelle, après la reconquista avaient entrepris d'unifier notre immense empire sous la seule religion catholique, les conversos et les morisques [16]étaient sous étroite surveillance, Charles venait de succéder à

---

[16] Respectivement, juifs et musulmans convertis au catholicisme

Ferdinand et devait confirmer son pouvoir. Regina n'a pas manqué de me rappeler que son oncle avait été un proche du grand inquisiteur Torquemada et que nul ne mettrait sa parole en doute à elle, Regina, pieuse catholique, si elle venait à m'accuser d'hérésie... Je me suis vu dépouillé de tous mes biens au profit des De Monteiro qui visaient à s'installer en Catalogne. J'ai imaginé Ana, seule face à Regina et moi, enfermé dans l'attente d'un procès, ne pouvant la défendre.

Mon père m'avait oublié, il parlait les yeux rivés sur ce passé douloureux et je l'écoutais, tout défait et proche des larmes.

– Regina est allée plus loin dans ces menaces. Elle voulait qu'Ana revienne au village pour être jugée par les paysans. Elle savait bien que l'unique verdict aurait été la mort par lapidation. L'autre alternative qu'elle m'a laissée était de la conduire dans un bordeau afin qu'elle devienne une ribaude. C'est là que Miquel est intervenu. Il était sûr que sa tante accueillerait Ana à Santa Colomba. Nous avons organisé sa fuite très vite et tout s'est bien passé. Quand Regina est arrivée à la tour avec ses suivants et quelques paysans, elle était vide. Ils ont voulu s'en prendre au père d'Ana mais je l'avais fait protéger. Le calme est revenu progressivement. J'ai réussi à faire croire à Regina qu'Ana était dans une maison de plaisir de Girona. Nous avons ignoré qu'un enfant était en route. Quelques mois plus tard, Miquel est venu me dire qu'un garçon m'était né. Tu connais la suite... J'ai pris des nouvelles de loin en loin sans pouvoir te voir ne serait-ce qu'une fois. Ana m'avait fait dire que tout lien devait être coupé entre nous. Elle a su que son père était mort de chagrin et cette nouvelle l'a décidée à tirer un trait sur son triste passé. Elle craignait aussi que Regina ne découvre ton existence et ne cherche à t'éliminer. C'est pour cela que tu n'as jamais rien su, pour te protéger.

– Quand Regina a-t-elle appris mon existence ?

– Trois ou quatre ans après ta naissance. Elle a cru que tu étais élevé avec ta mère dans le lupanar où elle était censée travailler. Je lui ai juré ne jamais t'avoir rencontré, ce qui était vrai. Miquel profitait de voyages d'affaires ou de visites dans sa famille pour passer vous voir, elle ne s'est jamais douté de rien. En attendant, je me suis engagé dans de nouvelles affaires, loin des De Monteiro, afin de gagner en liberté vis à vis de mon épouse. J'ai ainsi pu rembourser une partie de l'argent avancé à mon père. Tu étais depuis plus d'un an à Ensegur quand je lui ai appris la vérité sur toi et Ana. J'avais de bons rapports à ton sujet, ton comportement et tes capacités. J'ai alors annoncé à Regina que tu nous rejoindrais quand tu serais plus grand et bien éduqué. Elle a dû se soumettre car j'avais gagné en indépendance vis à vis des siens, même si je dépends encore d'eux... De plus, les années passant, elle a fini par se plaire davantage ici, je ne pense pas qu'elle nuirait à Esteban en provoquant notre ruine aujourd'hui. Et puis, la femme que j'aime est morte alors, elle ne risque plus rien. Elle aime aussi t'avoir sous la main car elle peut se venger sur toi, je limite ses exigences et sa haine mais souviens-toi de ce que tu représentes pour elle, le souvenir d'un amour que je n'ai jamais oublié. Tu as pu constater qu'elle a fait croire à Esteban que tu étais né dans un bordel...

– Il fait semblant de le croire pour me rabaisser car nous avons déjà parlé du couvent ensemble...

Il me scruta encore un instant.

– Tu vas devoir continuer à être patient et obéissant Gabriel, je ne veux plus te voir molester Esteban comme tu l'as fait et...

– Mais il a insulté ma mère et...

– Je sais, et il va le faire encore, pour te pousser à bout et te faire punir, tu vas endurer et rester coi, il finira bien par se lasser. Souviens-toi que ta position est précaire et qu'à la moindre incartade elle exigera ton renvoi. Je sais que c'est difficile pour toi mais songe que tout n'est pas si sombre. Tu étudies, tu disposes d'un cheval, d'un chien, d'une certaine liberté, tu n'aurais rien de tout cela chez un maître, tu l'as bien vu à Arenas non ? Sans parler de la nourriture... et puis mes gens t'apprécient de plus en plus car tu es aimable et serviable, sans orgueil, ni aigreur, continue ainsi, cela ne sera jamais perdu. Vas-tu me promettre de veiller sur ton comportement et d'être exemplaire en tout ?

– Et Esteban, va-t-il promettre aussi ?

– Esteban n'a rien à promettre car il a tout de naissance, c'est lui l'héritier ici, n'oublie jamais quelle est ta place, que tu n'es qu'un bâtard sans aucun droit même si... tu présentes les qualités que j'aimerais trouver chez ton frère et que hélas je ne discerne pas.

Il était ainsi mon père, soufflant le chaud et le froid, encourageant et menaçant à la fois. Je savais mes choix inexistants, aussi promis-je à nouveau tout ce qu'il voulait.

Après un dernier regard sur la chambre, il me proposa de descendre manger quelque chose. Je m'arrêtai net sur les marches :

– Et don Fejardes ? Qu'est-il advenu de lui aujourd'hui ?

– Grâce à toi j'ai manqué la partie de chasse que nous devions faire tous deux. Miquel m'a remplacé. Si tu fais encore la moindre bêtise pendant son séjour, je sévirai durement.

– Mais je pouvais rentrer seul, vous n'aviez point à vous mettre en peine de moi. Et d'abord, comment avez-vous su où j'étais ? J'ai été très discret en partant…

– Discret ? La moitié du château a vu dans quelle direction tu es parti. Je t'ai suivi à la trace.

– Comment devrai-je procéder la prochaine fois pour ne pas être remarqué ?

– Parce que tu comptes recommencer ? Alors que tu viens de me promettre d'être exemplaire !

Il me foudroya du regard et je me sentis fondre dans mes chausses.

– Allons, mangeons avant de repartir !

– J'aimerais passer la nuit ici Messire !

Il stoppa net.

– Si je ne reviens pas, ils vont lancer une battue en pensant que je ne t'ai pas trouvé.

– Je peux rester seul. Je rentrerai demain matin. Je vais me pêcher un poisson dans la rivière et j'ai apporté du pain. Il y a des chandelles et de quoi allumer du feu, du bois sec, une couche bien garnie qui me changera de ma paillasse et des livres interdits qu'il me plairait de parcourir !

– Tu te rends compte de ton audace ?

Il hésitait entre le courroux et l'amusement.

– Messire, vous m'avez narré sur ma naissance des choses qui m'ont fait peine et remué au-dedans de moi. Je voudrais être seul pour méditer tout cela. Si je rentre je devrai servir et je crains d'avoir de mauvaises réactions car je suis tout défait de vos révélations. Je voudrais juste avoir le temps de penser et puis, je me sens proche de ma chère maman ici, j'ai l'impression qu'elle est tout près et je voudrais aussi pouvoir pleurer tout mon saoul, ma vie est rude vous savez, j'ai vécu et appris moult choses ces derniers temps et je voudrais juste souffler un peu. J'aime cet endroit.

Je me tenais devant lui, le regard suppliant, le corps tendu.

– Tu n'auras pas peur seul céans cette nuit ? La voix s'était radoucie.

– Peur de quoi messire ? Je fermerai à clé, que pourrais-je craindre ? Les loups resteront dehors, j'ai Diana avec moi et Cinca sera en sécurité dans la petite écurie, il y a du foin frais...

– Je connais peu de jouvenceaux qui voudraient rester seuls, tu aurais pu prendre Izem avec toi...

– Je ne voulais pas risquer de le faire punir. Et je voulais venir faire ce pèlerinage seul.

Il hocha la tête.

– Bon, je te fais confiance. Sois là demain. Accompagne-moi vers mon cheval.

Nous rejoignîmes les chevaux et il sortit de ses fontes du jambon sec, du pain de seigle, un petit pâté, du fromage de brebis et une gourde de vin. Nous sommes allés nous asseoir au bord du cours d'eau sur un rocher en surplomb qui semblait nous attendre. Il m'a coupé une large tranche de pain, de jambon et de fromage et m'a tendu mon repas. Nous avons mangé en silence, savourant la paix des lieux, goûtant le chant de la rivière qui glougloutait, le pépiement des oiseaux et le murmure du vent qui nous caressait doucement. Je me trouvais seul avec lui pour la première fois de ma vie, en dehors des exercices guerriers qu'il m'enseignait. Mon cœur battait la chamade et je me sentais tout chaviré. J'étais avec mon père. Seul avec lui. Un fils et son père.

– Tu es sûr de vouloir rester ? insista t-il, j'ai scrupule à te laisser dans ce lieu isolé.

– J'ai affronté les loups messire. Et avec Felipe, nous avons campé dans la forêt, seuls tous les deux. C'était pour nous endurcir.

– Vous n'avez pas été couards ?

– Si fait ! Mais le but était de nous faire affronter nos peurs. Nous avons découvert au matin qu'un homme d'armes était resté posté tout près de nous au cas où un ours se montrait. Mais nous avons été vaillants toute la nuit.

Il approuva en hochant la tête. Je m'enhardis.
– Puis-je vous confier quelque chose messire ?
Il m'encouragea d'un geste.
– Vous avez dit des choses rudes à Esteban hier. Vous savez, il souffre de ne pas être à la hauteur et il fait beaucoup d'efforts pour vous complaire, il vous aime et je vois qu'il est toujours très heureux quand vous lui faites compliment. Ne soyez pas trop dur avec lui messire, il croit que c'est à cause de moi et il se venge ensuite sur moi. Il me voit comme un rival, il me l'a dit. J'ai beau lui dire que je ne compte pas, il ne me croit pas et s'en prend à moi. Messire, faites-lui compliment, il croit que cela me rabaisse et se sent vainqueur comme s'il avait remporté une joute, moi cela ne me gêne point, pourvu que j'aie la paix…

Il me fixa longuement d'un air étrange avant de se lever pour s'en aller.
– Tu es sage Gabriel, me dit-il alors, et ton cœur est bon, je crois que tu es armé pour affronter bien des adversités. Tu as l'entendement d'un garçon plus âgé et non d'un jouvenceau de ton âge.

Nous étions arrivés vers son cheval. Avant de l'enfourcher, il se tourna vers moi :
– Sois prudent et ne t'éloigne pas de cette tour, pas de promenade seul en forêt, je te laisse seul à la condition que tu m'obéisses scrupuleusement, Cinca reste à l'écurie jusqu'à demain et toi tu demeures dans la tour, et n'essaie pas de l'escalader non plus…

Il n'avait pas dit ces mots que je me tournais vers la tour pour voir si elle présentait des prises intéressantes pour une éventuelle escalade. Il ne fut pas dupe de mon air innocent.
– Je ne me pardonnerais jamais si quelque chose t'arrivait alors que je t'ai laissé seul. Jure-moi de ne faire aucune imprudence et d'être sage !

En disant ces mots, il saisit mon visage et me fixa droit dans les yeux. Je vis qu'il était sérieux et toute idée d'escalade me quitta.
– Je vous jure sur sant Jordi messire, j'attendrai que vous soyez là pour escalader cette tour !

Il accentua sa pression.
– J'ai déjà perdu un fils, je ne supporterais pas de te perdre, alors garde-toi !

Brusquement, il me serra contre lui, très fort, avant de sauter sur son destrier noir et de lancer celui-ci au trot puis très vite, au galop. Emu par son geste, le premier geste de sollicitude qu'il avait pour moi, mais aussi par ses paroles, je ravalai mes larmes.

Mon père avait pour moi quelque affection.

Je me sentis soudain moins seul. J'avais un père.

Le reste de cette journée fut belle. Je réussis à pêcher une truite à mains nues dans le cours d'eau. Le soir venu, j'allumai un feu dans la cheminée du bas et la fis rôtir à la braise. En attendant, je pris du temps pour lire des extraits des ouvrages de la chambre. *'L'enfer'* de Dante me terrifia et je me promis d'être le plus exemplaire possible pour éviter à tout prix d'aller dans un tel lieu. J'eus un peu de mal à saisir pleinement le latin du *'Prince'* de Machiavel qui me sembla pourtant prometteur mais ce fut l'ouvrage de poésie arabe qui me troubla le plus. Il avait dû être traduit en espagnol du temps d'Al Andalus et les mots utilisés pour parler d'amour me laissèrent songeur. L'amour était là quelque chose de pur, intense et puissant. Il était aussi question de plaisir des sens raffinés, porteurs de joie et de force, et je songeai que nous étions là à mille lieues des paillardises des hommes d'armes que j'entendais sans cesse. L'ouvrage dépeignait des jardins remplis de roses embaumant le jasmin et l'oranger, de caresses et de baisers conduisant aux cieux ainsi que d'autres choses qui m'échappèrent car elles ne concernaient pas des jouvenceaux ignorants comme moi mais des hommes faits... comme mon père.

Je me demandai l'espace d'un instant si ma mère et lui avaient lu ce manuscrit et s'ils avaient connu... ces choses. Avant d'être une mère, Ana avait été une damoiselle amoureuse et j'en étais le fruit. Je contemplai la couche et tentai de les imaginer tous deux en train de... Non, cela me troubla trop et je revins à des activités plus archaïques : finir d'explorer la tour, manger et nettoyer ma vaisselle, jouer avec Diana et la nourrir, aller voir Cinca, qui montrait quelque nervosité à se retrouver seule dans la minuscule écurie. Je la sortis un moment, la caressai et la rassurai avant de l'abreuver et la nourrir. Je barricadai la porte afin qu'elle se sente en sécurité avant de m'enfermer moi-même et d'allumer quelques chandelles que je répartis un peu partout. La nuit tombait et avec l'obscurité s'éveillait la vie nocturne qui transformait la forêt en un monde bruissant et mystérieux dont les hommes étaient exclus. J'entendis un loup hurler au loin et près de la tour un engoulevent se manifesta. La tour elle-même semblait devenir un être vivant et vibrer de mille voix. Je savais que tout cela n'était que le fruit de mon imagination mais je regrettai de ne pas avoir Izem avec moi. Je finis par rejoindre la chambre, barricader la porte, replier les volets, allumer une chandelle de plus pour finir par me blottir sous la courtepointe après avoir tiré les courtines de brocart qui protégeaient la couche. Là, je me sentis enfin en sécurité. Je dis ma prière avec une recommandation spéciale à sant Jordi pour Cinca et moi-même. Diana s'était blottie au pied du lit sur un vieux coussin et s'était endormie sur le champ. Sa présence et sa quiétude me rassurèrent et je sombrai dans le sommeil sans y prendre garde. Le chant des oiseaux me réveilla au matin et les rayons du soleil qui filtraient par les interstices des volets me tirèrent du lit. Les terreurs de la nuit avaient fait place à un matin lumineux et je me levai pour sortir Diana qui jappait à mes côtés, allai saluer Cinca et prendre soin d'elle. J'avais appris que les soins aux animaux passaient avant ceux des hommes. L'air était encore frais mais déjà lourd des promesses d'une journée radieuse. Je sortis, après avoir ouvert portes et fenêtres pour réchauffer l'atmosphère et rejoignis le cours d'eau pour me laver. J'avais l'habitude de l'eau froide et aimais la propreté, ce qui amusait certains qui se souciaient peu de puer comme boucs en chaleur. Je finis par me déshabiller et me plonger dans le courant, tête comprise et j'en ressortis tout ragaillardi pour me sécher au soleil sur le rocher où nous avions mangé. J'allai ensuite me gaver de mûres sur un buisson que j'avais déjà visité la veille. Je cueillis de la menthe pour Marta qui nous préparait des infusions le soir. Je n'eus pas le courage de ranimer le feu pour m'en concocter une et terminai mon pain et mon fromage en buvant de l'eau. J'allai ensuite effacer mes traces dans la chambre, refaire le lit, refermer les volets, puis une fois que tout fut propre et en ordre, je sellai Cinca, refermai la lourde porte et remis la clé en place.

Je n'avais pas fait dix pas que j'entendis le galop d'un cheval et vis arriver don Miquel qui parut surpris de me voir prêt de si grand matin.

— Ton père m'envoie te quérir ! me cria t-il en guise de salut, il semblait inquiet pour toi et voulait savoir si tout s'était bien passé !

— Hé ! Je ne suis pas Esteban, lui rétorquai, il ne fallait pas vous donner la peine de venir, je peux retrouver le chemin seul !

Il jeta un coup d'œil inquiet vers la tour.

— Tout est fermé, la clé est à sa place et j'ai tout nettoyé et rangé, le rassurai-je, je n'ai pas mis le feu et n'ai pas été attaqué par des fantômes cette nuit, j'avais bouclé Cinca dans l'écurie et elle était en sécurité ! Pourquoi mon père s'inquiétait-il ? Je sais prendre soin de moi, comment ai-je fait à Arenas alors que j'étais livré à moi-même ? Je me suis même occupé d'Angel ! J'aurai bientôt treize ans et je suis presque un homme !

Je lui lançai un regard de défi et comme d'habitude il éclata de rire.

— Puisque je suis là et que tu es un homme, nous allons rentrer par un autre chemin, celui des crêtes qui est parfois périlleux et où il faudra souvent mener nos chevaux par la bride, cela te sied, jouvenceau exemplaire ?

Il lança son cheval au trot avant que j'aie pu répondre et je dus bien le suivre. Il ne me ménagea pas et je regrettai vite d'avoir clamé être déjà un homme. La route était dangereuse et je dus faire appel à tous mes sens pour mener ma monture, la rassurer, calmer Diana et faire semblant de ne pas trembler. Je vis don Miquel me scruter maintes fois d'un air soucieux et je crois qu'il regretta de m'avoir entraîné par ce chemin escarpé qui longeait un précipice. Je ne souffrais pas du mal des hauteurs mais je craignais pour Cinca que je sentais trembler sous ma paume. Nous arrivâmes brusquement sur Toylona par un autre chemin et la citadelle se dressa d'un coup face à nous.

— Inutile de dire à ton père que nous avons pris cette voie, lança don Miquel d'un air faussement léger.

Mal lui en pris ! Nous déboulions à peine du sentier étroit, tirant nos montures derrière nous que nous nous trouvâmes nez à nez avec mon père et don Fejardes qui effectuaient un petit trot matinal. Pour la première fois, je vis don Miquel pâlir. Mon père comprit sur le champ d'où nous venions.

Il fixa mon mentor d'un air horrifié :

– Miquel ! Ne me dis pas que tu as conduit mon fils par le chemin de l'abîme ! Que tu as pris ce risque !

Miquel grimaça un sourire contrit.

– Si, admit-il, je n'avais pas réalisé le danger. Mais il s'en est bellement tiré et a su rassurer et mener Cinca sans coup férir. Tu peux être fier de lui.

Mon père pour l'heure n'était pas fier, mais furieux contre son écuyer qu'il foudroya du regard

– Nous en reparlerons plus tard, gronda-t-il d'un air prometteur en jetant un coup d'œil à don Fejardes qui lui, me dévisageait d'un air appréciateur, Gabriel, tu dois avoir faim, va manger aux cuisines… après t'être occupé de Cinca bien-sûr.

– Bien-sûr messire, c'est évident, la pauvre a eu son content d'émotion je vais la cajoler un bon coup, n'ayez crainte, je vais aussi nourrir Diana.

Je le saluai de la tête et vis à ses yeux que ma répartie avec fait mouche. Je laissai don Miquel se débrouiller avec lui et filai sans demander mon reste.

Je narrai mes aventures à Izem qui m'aida à m'occuper de Cinca et Diana avant d'aller m'attabler à la cuisine où je fis grande impression. Marta me serra contre elle de soulagement en me morigénant pour la peur que je lui avais causée. Carles m'assit d'office devant un ragoût de haricots et une tranche de chapon rôti ; plusieurs autres vinrent aux nouvelles et se dirent heureux de me voir sain et sauf. Leur sollicitude me toucha et pour la première fois peut-être, j'eus le sentiment d'être à ma place et d'appartenir au château. En finissant mon écuelle, je cherchais comment éviter Esteban quand celui-ci débarqua tout à coup dans la cuisine, ce qu'il ne faisait jamais car c'était là la place des gueux. Sa curiosité avait été la plus forte et il avait osé s'aventurer dans l'antre des manants.

Il ne prêta nulle attention aux saluts profonds du petit peuple et fonça vers moi tel une charge d'arquebuse :

– Comment as-tu osé partir ainsi ? Et d'abord où étais-tu ? Où as-tu dormi ? Pourquoi n'es-tu pas revenu avec mon père hier au soir ?

Je le scrutai un court instant. Il semblait avoir oublié que nous étions en froid.

– Notre père m'a donné permission de dormir seul cette nuit. Il m'a fait confiance.
– Où as-tu dormi ?
Il n'avait pas songé à la tour.
– Dans un abri sûr. J'avais Diana avec moi.
– Tu n'as pas eu peur ?
– Juste un peu.
– Vas-tu être fouetté pour être parti ainsi ?
Ses yeux brillèrent d'une joyeuse lueur d'anticipation à cette pensée.
– Je ne sais point. Il faut le demander à notre père. Je lui ai expliqué le pourquoi de ma fugue.
– Dis-le-moi aussi !
– Je voulais être seul pour pleurer tout mon soul et méditer. Je voulais fuir la haine et la méchanceté et être en paix.
Il fut désarçonné par mes paroles et me fixa sans piper mot avant de se reprendre.
– C'est l'heure de nos leçons, tu dois venir dans notre chambre. J'espère que tu as fait ta version latine !
J'avais oublié la version et je sentis déjà la férule du maître qui allait s'abattre sur mon postérieur, à la grande satisfaction d'Esteban qui remontait déjà.
– Je vais voir mon père pour ta punition !
Quand il nous rejoignit dans la chambre, il était furieux. Il s'assit sans rien dire, se plongea dans sa leçon. Je ne fus pas puni pour avoir fugué mais reçus quelques coups de férule pour avoir oublié mon latin. Tout au long de ma punition je fixai Esteban sans émettre le moindre bruit et il en fut tout marri, car il avait espéré me voir gémir et me plaindre, mais je m'étais promis de ne pas lui octroyer ce plaisir.

La vie reprit son cours après le départ de don Fejardes. Je retournai à Valbona avec don Miquel pour les commandes d'hiver et revis Angel qui avait grandi et forci et savait à peu près lire et écrire. Le curé lui avait même appris un peu de latin et il comprenait maintenant ce qu'il racontait pendant les offices. Je fus surpris de cette éducation poussée, surprise qui s'accrut lorsque j'appris que j'en étais la cause : Angel était considéré comme un protégé de Toylona maintenant et bénéficiait donc de quelques avantages. Les dirigeants de la cité voyaient d'un bon œil l'amitié entre l'orphelin de Valbona et le bâtard du comte. Sans doute pensaient-ils en tirer quelques profits futurs pour leur cité, voire recevoir quelques dons pour leurs œuvres...

Quand l'hiver s'installa, mon entraînement et mes études s'accrurent. Mon père suivit mes progrès de près et, mes treize ans approchant, il m'annonça qu'il était temps pour moi de posséder mon épée personnelle. Il ajouta qu'étant petit-fils de forgeron, j'allais participer à sa fabrication. Je fus heureux de cette marque de confiance. Rien ne semblait avoir changé entre mon père et moi aux yeux de quiconque : il était toujours autoritaire, distant et cassant, me donnant ses ordres, et n'imaginant pas ne pas être obéi sur le champ. Pourtant, nos relations étaient autres depuis notre confrontation de l'été. Des tâches nouvelles, davantage de liberté, mais surtout des regards complices que nul ne devinait, des clins d'œil furtifs, sa main qui serrait mon épaule quand il me croisait, ces détails d'apparence anodine me remplissaient d'ardeur et de fierté et je redoublais d'effort pour complaire à ce père sévère et exigeant.

Je rejoignis la forge dès l'aube par un froid matin d'hiver et comme prévu, m'occupai de relancer le feu de charbon de bois et de préparer le matériel. Lluis me rejoignit peu après et m'annonça que cette première épée serait assez large et affûtée des deux côtés selon les ordres de mon père car elle était destinée pour frapper de taille et non d'estoc. Je réaliserais une lame d'estoc, plus longue et affinée, lors de mon apprentissage du combat à cheval, avec un bouclier. Pour le moment je me battais à pied et depuis quelque temps Henriquez m'entraînait aussi avec une large et lourde épée, qu'il fallait tenir à deux mains pour parer et briser et qui servait comme une masse d'armes. Je finissais ces joutes épuisé, au grand amusement des hommes d'armes mais il fallait parait-il en passer par là pour fortifier ma musculature et mes os.

J'étais enthousiaste à l'idée de forger ma propre épée et m'y préparai avec entrain.

Que le travail fut long, fatigant et fastidieux ! La journée entière y passa. Sous la conduite de Lluis, je passai mon temps à durcir ma lame au feu, à la marteler et la tremper afin de la rendre toujours plus résistante et souple à la fois. Quand Lluis me relayait, je devais nourrir le feu et aller quérir de l'eau. Au milieu de l'après-midi, j'étais en plein martelage quand je sentis une présence derrière moi : mon père était là qui m'observait attentivement avec son regard d'oiseau de proie. Je me redressai, gêné, car j'étais torse nu, en sueur, les cheveux attachés avec un vieux linge mais il me fit signe de continuer et j'obtempérai en cachant ma gêne tandis qu'il détaillait mes gestes mais aussi mon apparence physique car il me voyait rarement sans mes frusques. À un moment donné, je me suis arrêté net, me suis redressé et l'ai fixé dans les yeux, ne supportant plus d'être examiné comme un maquignon observe un cheval et nous sommes restés ainsi un certain temps, les yeux dans les yeux, sans piper mot.

Ce fut lui qui rompit l'assaut le premier. Il inclina légèrement la tête comme pour me saluer et recula en disant simplement :

– Continue et viens me montrer ton œuvre ce soir, je veux l'examiner.

Je le saluai également de la tête en répondant simplement.

– Bien messire, je ferai comme vous l'ordonnez.

Et j'obéis. J'étais trop heureux de pouvoir forger ma lame pour ne pas y mettre le meilleur de moi-même. Quand la trempe, le martelage et l'aiguisage des deux côtés furent terminés, Lluis m'aida à monter la poignée, la garde et le pommeau, tous prévus d'avance et légèrement plus lourds que la lame afin que l'épée aie un équilibre parfait. Il ne restait plus qu'à la graver, déjà avec l'aigle aux ailes déployées des Toylona, puis le G de mon prénom. Je la frottai ensuite afin de la lustrer avant de l'enfiler dans son étui.

Pour fêter l'événement, Llora nous offrit un verre d'hypocras bien épicé accompagné d'oublies que j'engouffrai avec avidité, la faim se rappelant à moi après ces heures de labeur harassant.

Vint enfin le moment de présenter mon œuvre à mon père et je fus soulagé quand j'appris que Lluis avait reçu ordre de m'accompagner.

Nous nous sommes tous deux inclinés devant mon père, qui prit le temps d'écouter les explications de Lluis et posa quelques questions qui révélèrent qu'il possédait de bonnes connaissances en la matière.

– J'ai forgé ma propre lame quand j'avais quatorze ou quinze ans, nous expliqua-t-il, et je…

Il ne termina pas sa phrase. Regina et Esteban arrivèrent tous deux en trombe, suivis d'une dona Ambrosia affolée qui s'efforçait en vain de retenir une Emilia curieuse comme un pou qui ne voulait rien manquer des événements prometteurs qui s'annonçaient.

Regina se rua vers mon père qui était en train de manier l'épée en la faisant voleter dans tous les sens avec une agilité qui me laissa pantois.

– Ai-je rêvé ? glapit-elle hors d'elle en me montrant du doigt tandis qu'Esteban me lançait un regard venimeux, tu as osé te forger une épée, toi le bâtard alors que c'est là privilège d'héritier ! Tu as intrigué vers mon époux pour qu'il te permette cette vilenie n'est-il pas ? Espèce de sale petit morveux, je vais te...

Elle avait levé la main pour me frapper comme elle giflait souvent ses servantes pour les corriger et je fus cloué sur place, sidéré par sa fureur et incapable de réagir.

Elle n'eut pas le temps de frapper. Mon père avait saisi son bras et la fixait avec une lueur féroce dans les yeux. Elle le scruta quelques instants, sembla revenir céans et sa colère retomba graduellement. Toutefois, je vis que Guillem tenait toujours son bras.

– Il faut vous calmer ma mie, lui asséna-t-il de cette voix glaciale qui n'appartenait qu'à lui, mais je reconnais que je vous dois quelques explications. Vous savez que chaque héritier de notre lignée forge sa propre épée quand il est damoiseau.

Je tremblai en entendant cela car j'ignorais qu'il s'agissait d'un privilège de caste et je compris la rage de la comtesse.

– J'ignorais ce fait dona Regina ! m'écriai-je, sinon je n'aurais jamais...

– Silence Gabriel ! C'est moi qui parle ! Le ton de mon père me coupa net, je fermai ma bouche et baissai la tête.

– Maintenant ma douce amie, reprit-il d'un ton plein d'une amère ironie, laissez-moi mettre les choses au point. J'ai veillé à ce que Gabriel ignore cette coutume car j'étais sûr qu'il n'aurait jamais accepté d'accomplir cette tâche. Dites-moi donc si vous auriez laissé Esteban prendre la place de Gabriel pour forger cette épée depuis l'aube, sans trêve ni repos ? Vous savez qu'une telle arme ne peut être forgée sur plusieurs jours et qu'une fois l'ouvrage entamé, il faut s'y tenir. Pensez-vous que notre héritier possède assez de force pour accomplir un tel effort ? Pensez-vous qu'il soit apte à manier cette lame lui qui ne passe guère plus d'une heure par semaine en salle d'armes, et encore, sur mon ordre ? Vous le savez Regina, notre fils sera apte à gérer ce domaine mais pas à le défendre en cas d'attaque, ni même à se défendre lui-même, vous savez parfaitement qu'il aura besoin de mon bâtard, que celui-ci sera son bras armé et vous allez accepter ce fait. Gabriel est issu de mes reins et il a toutes les qualités requises pour forger et manier cette lame. Je l'entraîne durement, ne lui passe rien et suis extrêmement exigeant avec lui, que vous faut-il de plus ?

Il se tourna vers moi.

– Cette lame est trop grande pour toi, elle t'appartiendra quand tu auras grandi, je vais la conserver comme le veut la tradition et dans deux ou trois ans, tu seras apte à la manier, maintenant va prendre du repos, tu travailles depuis l'aube et tu parais épuisé, allons ! File vite...

Je ne me le fis pas dire deux fois, m'inclinai à une vitesse remarquable, filai avant qu'Esteban ne me rappelle à son service du soir et allai me sustenter en cuisine avant de m'écrouler auprès d'Izem qui me gardait toujours une place sur sa paillasse dans le fenil.

L'hiver passa très vite avec ses joies et ses peines. J'entrepris une nouvelle tâche qui me tenait à cœur : enseigner à Izem les rudiments de la lecture et de l'écriture. Cela se fit avec la complicité du père Sandoval, convaincu que la lecture des textes sacrés le mènerait à la vraie foi. Je n'osai faire remarquer au bon père que c'était là un argument de Luther et que la sainte église jugeait l'éducation du peuple inutile voire dangereuse. Nous nous retrouvions dans les deux pièces où logeait notre curé et avec son aide, je répétais ce que j'avais déjà fait avec Angel. Izem était vif d'esprit, découvris-je, apprenait vite et avec ardeur. Dans son jeune temps, il avait suivi durant quelques mois l'école coranique, mais les cours consistaient surtout à réciter le Coran, néanmoins, il avait acquis quelques rudiments d'écriture arabe qu'il voulut à tout prix me communiquer pour me remercier de mes efforts. Il prétendit que cela me serait utile plus tard pour le commerce avec le levant. Presque convaincu, je me lançai à mon tour dans la découverte de cette étrange et gracieuse calligraphie. Je sus vite écrire mon nom. Le père Sandoval en profita pour nous enseigner tous deux sur al Andalus et ses merveilles : ses savants, docteurs, philosophes et musiciens, son ingénieux système d'irrigation, la maîtrise de la fabrication des armes et autres avancées. Izem en fut tout ragaillardi et voua au bon père une admiration sans bornes car il ne présentait pas ceux de sa religion comme d'affreux barbares, quant à moi, je dus promettre de ne rien divulguer de ces enseignements à quiconque, ce que je comprenais fort bien.

Vers la fin de l'hiver, Guillem me confia une nouvelle tâche : réunir les galopins du château, voire du village afin de leur enseigner quelques rudiments de combat, au corps à corps et avec des épées en bois. Henriquez avait jugé cette corvée indigne de lui et refusait de l'envisager. De plus, me chuchota mon père, ces garçons allaient grandir avec moi et seraient un jour sous mes ordres. Ils devaient s'habituer à me suivre et m'écouter et comprendre que, même si je n'étais pas le maître, j'étais le futur bras armé de Toylona. Me voyant hésiter, il décréta qu'Izem serait mon premier lieutenant et se formerait avec les autres et qu'il n'était pas nécessaire d'informer Esteban et Regina de ce petit arrangement. Il me donna ensuite quelques conseils sur la conduite à tenir et la manière de procéder et il ordonna à Izem de me seconder dans ma tâche.

C'est ainsi que je devins maître d'armes 'pour galopins crasseux et pouilleux' aux dires d'Henriquez. Deux ou trois fois la semaine, nous nous retrouvions et je m'efforçais de donner le meilleur de moi-même sans prendre garde aux quolibets du maître d'armes qui ne manquait pourtant pas de me donner d'utiles suggestions pour la leçon suivante. Petit à petit je m'engaillardis devant les premiers résultats et l'ardeur de mes improbables élèves. De mon côté, je progressais dans mon entraînement et mes études, mes journées étaient si remplies que j'eus peu de temps pour me plaindre ou me lamenter. Au début du printemps, j'aperçus un soir Vicent passer en courant avec sa petite épée en bois afin de trucider un affreux dragon qui menaçait le château et voulait enlever la fille d'une chambrière dont le marmot était amoureux : je l'observai tout à son jeu, oublieux de la réalité et compris que le temps des jeux était fini pour moi. Je ne m'étais

plus amusé ainsi depuis des mois, accablé de tâches du matin au soir. Je fis part de mes réflexions à Izem qui observait Vicent avec amusement et il hocha la tête :
– Nous jouons à l'alquerque et aux jonchets le soir non ? Tu joues aux échecs avec Esteban aussi...
Je soupirai :
– Quand je suis arrivé, j'ai passé des heures à explorer le château pour trouver la dame blanche et quand j'étais petit, avec Felipe, nous jouions au Cid, à sant Jordi des heures entières et nous étions ailleurs, dans un autre monde. Maintenant, je n'ai plus une minute à moi, je dois sans cesse faire quelque chose et je... vois tout ce que mon père exige de moi !
– Messire Guillem te forme comme si tu étais le futur maître, observa Izem, tiens... avec les garçons, il voit bien qu'ils t'aiment et te font confiance, je crois qu'il voit plus loin que nous...
Je le fixai un instant. Mon père laissait Izem à mes côtés de plus en plus souvent, me permettant ainsi de lui enseigner à peu près ce que je voulais. L'un des garçons, en me parlant de lui, la veille l'avait nommé 'mon écuyer' sans y prendre garde.

Je menais presque une double vie : humble et discret serviteur en présence d'Esteban et des castillans, je me montrais plus vaillant, vif et audacieux loin de leurs regards.
Au début de l'été, mon père me permit, sous couvert d'expédition de chasse, de passer deux à trois jours à la tour seul avec Izem, sous réserve de ramener quelque gibier pour justifier notre escapade. Ce furent des journées heureuses, sans corvées ni exigences, à lézarder au soleil, nous baigner dans la rivière, attraper des lapins au collet pour les rôtir sur le feu, pêcher des truites, explorer une grotte proche et bien-sûr, escalader la tour, bien encordés. Le soir, nous discutâmes longuement, de nos rêves et nos peines, nos espoirs et nos craintes. Je jouai de la flûte qu'il rythma avec son tambourin. Il se souvint brusquement d'un chant de son enfance que son esprit avait occulté depuis sa capture et il me le chanta, les larmes aux yeux. Je le repris à la flûte et gravai les notes dans ma tête pour pouvoir lui rejouer si je le voyais se languir.

Cet été-là fut plutôt heureux, les choses se gâtèrent tout à la fin, juste avant l'automne.
Les castillans arrivèrent.

CHAPITRE TREIZE

'Noblesse est partout où est valeur, mais non valeur où est noblesse ' (Dante)

Nous savions à peu près la date de leur venue et Regina avait passé l'août à préparer leur arrivée : des chambres supplémentaires avaient été installées, des literies secouées, des tentures nettoyées, rien ne semblait trop beau pour les recevoir. J'allais pour la première fois rencontrer des Grands d'Espagne. Regina quant à elle, allait revoir sa sœur aînée pour la première fois depuis son mariage. Nul de sa famille ne s'était jamais aventuré dans notre vallée, même si elle entretenait avec son clan une abondante correspondance. Elle fit tailler de nouveaux vêtements à Esteban, l'obligea à répéter les saluts et formules de politesse en usage tant de fois que j'en vins à le plaindre car elle le reprenait et houspillait sans cesse. Quant à moi je fus dûment chapitré sur la façon de me comporter et les enjeux de leur visite.

– Tu dois comprendre Gabriel, m'expliqua don Miquel, que ton père dépend encore d'eux même si nous avons déjà remboursé une partie de la dette. Ils nous font grand honneur en venant jusqu'ici et nous devons nous en montrer dignes. Isaura, la sœur de Regina a fait un mariage prestigieux en épousant le duc Hugo de Fuenta de Arroyal, tous deux fréquentent la cour et le duc seconde notre empereur dans sa gouvernance, il est pour l'instant le second argentier du royaume. Il a aussi participé aux campagnes militaires menées contre les Turcs et les Français, c'est un combattant aguerri, un bretteur renommé et il paraît que son fils, Rodrigo, tient de lui, il voudra sans doute ferrailler contre son cousin...

– Il va l'occire alors ! m'écriai-je, Esteban est incapable de...

– Nous le savons bien et leur visite va être un exercice de haute voltige, nous allons biaiser pour leur faire bonne impression et tu vas jouer ton rôle : être quasi invisible, te taire, te fondre parmi les palefreniers et les hommes d'armes afin qu'ils ne te remarquent pas, ils sont curieux à ton sujet, ne comprennent pas ta présence ici, s'ils te voient relégué au rang de simple serviteur parmi les autres, ils t'oublieront vite. Tu ne seras pas surpris de la froideur de ton père à ton égard, ni de la distance qui se creusera entre nous et toi, cela n'est que pure comédie, tu saisis jouvenceau ? N'en sois pas marri ni mortifié, ils ne resteront que trois ou quatre jours…

– Esteban m'a déjà expliqué tout cela par le menu, je dois le laisser briller et donc ils ne doivent pas savoir que je manie l'épée, ni même que je possède un cheval ! Je devrai me comporter comme un valet inculte et stupide, ne vous inquiétez point, je vais installer mes quartiers chez Izem et vous ne me verrez ni m'entendrez, nous irons pêcher et nous amuser loin des regards curieux, je vais en profiter pour aller grimper le long de ma falaise, j'ai repéré une nouvelle voie et…

– Je te l'interdis, ton père te l'interdit ! Gare à tes fesses si nous apprenons que…

– Je l'ai encore escaladée pas plus tard que la semaine dernière, répliquai-je, et vous n'en avez rien su, cela fait au moins cinq fois que j'y retourne. Vous pouvez remercier Izem si je suis encore vivant, il m'oblige à m'encorder et me surveille de près, il faudra que j'y retourne seul si je veux vraiment m'amuser sans toutes ces précautions de pucelles…

Je filai vite avant que mon tuteur ne m'attrape pour me corriger et m'apprendre l'obéissance. Je voulais bien jouer les invisibles mais il me fallait ma petite vengeance. Faire enrager don Miquel en faisait partie. Par contre, je n'osai m'opposer à mon père. Je voyais qu'il appréhendait cette visite et il passait des heures dans les livres de comptes tout en inventoriant les richesses du domaine. Il savait qu'il serait scruté et jugé sur ses qualités de bon gestionnaire.

Regina aussi était sur des charbons ardents. Elle, la dernière des sœurs au physique ingrat, juste bonne à être mariée à un Catalan d'Aragon insignifiant aux yeux de tous ces Grands, voulait montrer qu'elle ne vivait pas dans une sombre forteresse pleine de courants d'air mais qu'elle tenait son rang et était digne de ses sœurs.

Pour cela, mon père était parti pour Barcelone début juillet pour s'en retourner avec des marchandises arrivées d'orient qui attendaient dans nos entrepôts. Il revint donc avec une carriole remplie de tapis, tentures, vaisselle et verreries, coupons de tissu et autres fariboles. Il n'oublia pas quelques petits tonneaux de vins doux et d'hypocras, des épices et aromates.

Il était passé chez le libraire-imprimeur de Barcelone et il rapporta quelques ouvrages qui enchantèrent Esteban. Quant à moi, je me plongeai avec délice dans un livre de géographie en espagnol qui décrivait le monde tel qu'on le connaissait alors.

Regina fit merveille avec les trésors de Barcelone et le château ressembla presque à une demeure des contes orientaux. De nouveaux vêtements furent taillés pour tous, sauf pour moi qui n'en aurais pas besoin et devais paraître pauvre et humble, argua-t-elle.

La veille de leur arrivée présumée, mon père nous accorda une petite récréation et il décida qu'une petite confrontation à l'épée nous délasserait. Il était fort marri de cette visite, préférant recevoir des personnes de rang plus modeste que ces nobles de rang supérieur qui l'obligeaient à paraître plus haut qu'il n'était. S'il avait été heureux du séjour de Fejardes, il subissait la venue des castillans et je compris qu'il voulait purger sa mauvaise humeur avant leur venue. Je décidai donc de purger avec lui car mes nerfs étaient aussi mis à rude épreuve.

Nous étions au plus fort de notre combat, suant et ruisselant au centre de la lice, encouragés par les hommes d'armes qui commentaient bruyamment chacun de nos coups quand un mouvement sur notre senestre nous fit cesser notre assaut. Nous en profitâmes pour reprendre haleine et boire à la cruche que nous tendait Vicent qui me suivait à la trace dès qu'il me voyait avec une arme.

Mon père me passa la cruche et je m'abreuvai goulûment après quoi, nous nous éclaboussâmes le visage avec le reste d'eau en riant, heureux de cette détente et de notre duel qui me laissait sans force, mon père ne me ménageant pas.

Notre bain improvisé fut brusquement interrompu par une voix puissante qui nous fit sursauter.

– Ah le bel assaut ! Voilà qui augure bien pour notre séjour ! Quel plaisir de vous voir... mon beau-frère Guillem... vous êtes bien Guillem l'époux de notre chère Regina n'est-ce pas ?

Mon père et moi nous figeâmes de concert et d'un même geste nous tournâmes vers celui qui venait de parler : l'illustre argentier Hugo De Fuenta de Arroya se tenait à quelques pas de nous avec un large sourire, les bras ouverts en guise de salutations.

J'embrassai rapidement le personnage du regard : grand et bien bâti, l'œil et le cheveu noir, coiffé en catogan, il portait une tenue de voyage simple d'apparence, mais dont le luxe ne laissait aucun doute sur la noblesse de son possesseur. Je notai le pourpoint noir en velours de soie brodé de rouge et vert, à manches à crevés rouge, le haut de chausses rehaussé de vert, les bottes de monte en cuir de chevreau d'une extrême finesse, l'épée dans un fourreau rehaussé de pierreries assorties au vermeil du pourpoint. Tout respirait le luxe et l'opulence, mais sans l'ostentation tapageuse qu'affichaient parfois les nouveaux riches.

L'adolescent qui se tenait à ses côtés était vêtu avec la même recherche, cette fausse simplicité qui signalait la vraie richesse. Rodrigo, qui avoisinait les seize ans, tenait de son père pour ce que j'en pus juger : même silhouette élancée, même yeux et cheveux noirs, même mine altière et fière de celui qui ne doute pas de lui et sait appartenir au monde des puissants. Il portait lui aussi une belle rapière au côté.

Mon père était entre temps revenu de sa surprise et il redevint le maître de Toylona.

– Messire Hugo ! Et vous Rodrigo ! Pardonnez ma piètre allure mais je ne vous attendais pas avant demain et je...

Il était dépenaillé dans ses vieux vêtements de combat mais cela ne rebuta nullement le duc qui lui donna une franche accolade en riant de bon cœur.

– Vous ne pouviez nous offrir plus bel accueil beau-frère, mon fils et moi adorons jouter et espérons avoir le plaisir de lutter avec vous. Esteban votre fils nous a accueillis et voulait vous mander céans, mais en entendant les cris de vos hommes nous n'avons pu résister au plaisir de venir vous surprendre, le reste de la troupe devrait nous rejoindre. J'ai laissé Regina seule avec sa sœur pour leur retrouvailles… pensez qu'elles ne se sont plus vues depuis notre mariage… autant dire une vie !

Mon père avait retrouvé contenance.

– Venez donc en notre salle pour vous rafraîchir et restaurer pendant que je me change, il faut vous installer et…

– Esteban y a veillé avec sa mère, nos gens vident les voitures et montent nos malles, vos serviteurs prennent soin de notre escorte qui est déjà aux cuisines et vos palefreniers s'occupent des chevaux. Tout est pour le mieux beau-frère !

Je m'étais reculé pour me fondre dans le groupe des hommes mais mal m'en prit.

– Hé toi !

Je me retournai. Rodrigo De Fuenta De Arroyal me fixait ou plutôt me détaillait des pieds à la tête. J'étais en nage, ma tenue de combat était rapiécée de partout, mes cheveux trempés par l'eau de la cruche. Je connus un instant de pure honte face à ce regard qui me jaugeait sans pitié. Je m'inclinai néanmoins.

– Qui donc es-tu ? Tu as un fameux coup d'épée. Tu es bien jeune pour être un soldat.

Les paroles de Rodrigo avaient attiré sur moi l'attention de son père qui me dévisagea à son tour.

– C'est vrai, reprit-il, vous avez là un bon adversaire Guillem, vous formez vous-même vos hommes ? Mais…

Il se tint brusquement coi en m'envisageant attentivement. Je m'inclinai à nouveau en reculant, prêt à détaler mais une main puissante me retint.

– Hé, où penses-tu filer damoiseau ?

– Reprendre mon ouvrage messire, vos chevaux attendent des soins, permettez-moi de...
– Guillem, ce drôle-là est votre bâtard n'est-ce pas ? Il tient de vous de manière étonnante. Le beau et vif gaillard que voilà !
– Gabriel est au service d'Esteban et je veux qu'il soit à même de le défendre, expliqua mon père, c'est pourquoi je l'entraîne...
– Hé le bâtard, attrape ça !
Je vis ma rapière d'entraînement fondre sur moi et la saisis avant qu'elle ne m'assomme. Rodrigo se tenait face à moi avec un sourire éclatant, l'épée de mon père à la main, prêt à se mettre en garde.
– Ma main me démange, nous cria-t-il, depuis des jours nous sommes enfermés dans cette carriole sans pouvoir nous détendre et je n'attendais qu'une chose : un bon et franc combat pour me remettre de cet affreux voyage ! Oncle Guillem, je vous emprunte votre bâtard pour m'amuser un peu, cela ne vous dérange pas je pense ?
Mon père grimaça un sourire contraint en me dévisageant. Il devina ma question muette car il eut le temps de se pencher vers moi pour me murmurer :
– Oublie pour l'instant nos consignes de discrétion, montre que tu es de mon sang et bats-toi comme un Toylona ! Monte assez ta garde, il est un peu plus grand que toi ! Alterne les frappes de taille et d'estoc comme je t'ai appris. Allez fonce maintenant !
Je hochai la tête et me mis en garde face à Rodrigo qui attaqua aussitôt avec un grand cri. J'étais épuisé mais encore chaud du combat précédent, il était tout courbaturé de son voyage. Je parai aisément et suivis les consignes de mon père que je savais judicieuses. Rodrigo se battait avec fougue et panache, tout en fureur et passion ; j'avais appris à durer, me ménager et calculer mes coups. Il s'entraînait avec des jeunes pages et écuyers, je ferraillais avec des adultes vigoureux qui oubliaient souvent ma taille et mon âge. Très vite je pris le dessus et il commença à céder du terrain et à rompre, las et essoufflé. Me vint alors l'idée que mettre une branlée à un futur Grand dès son arrivée n'était pas la

meilleure des idées. Je lui accordai la victoire, mais en veillant à ce que chacun comprenne que j'étais bon prince et avais de fait le dessus. Je terminai avec la rapière sous la gorge et levai la main pour demander merci, ce qu'il m'accorda avec un grand rire avant de me chuchoter.

— Pourquoi m'as-tu laissé l'emporter ? Tu me vaux largement !

— Un bâtard, catalan de surcroît, ne peut dépasser un futur Grand. Vous deviez vaincre Messire. Vous mettre en déroute aurait été une bien mauvaise politique de ma part.

Il me fixa de son œil noir et éclata de rire.

— Tu as de la répartie bâtard ! Nous nous reverrons je pense... Ah mais je vois que le reste de la compagnie est arrivé... hé cousin Esteban, viendras-tu prendre la suite du bâtard ? Il a failli l'emporter... si vous vous entraînez ensemble tu dois être de première force, j'avais ouï qu'il te servait de valet, je vois que tu en as fait aussi ton écuyer !

Regina avait visiblement omis de parler du piètre état de santé de son fils dans ses courriers et elle pâlit en regardant son rejeton qui lui aussi fixait son cousin d'un air éperdu. J'eus la bonne idée d'intervenir.

— Esteban ! N'oubliez pas les recommandations des médecins ! Pas d'exercices pendant plusieurs mois, vous devez retrouver tout votre allant avant de combattre à nouveau. Vous avez juste droit à quelques promenades à cheval, souvenez-vous...

Je me tournai à nouveau vers Rodrigo

— Il est encore convalescent de sa maladie mais je suis sûr qu'il vous battra aux échecs et en version latine, alors en attendant qu'il retrouve sa forme, Messire Guillem m'entraîne quelque peu aux armes...

— Quelque peu... grimaça Rodrigo en me fixant avec un sourire narquois, tout en jaugeant son cousin du regard.

Il m'apparut qu'il n'était pas dupe de mon mensonge mais en bon gentilhomme, il n'en laissa rien paraître et adressa à Esteban un sourire encourageant.

J'allai vite m'incliner devant le reste de la compagnie sans demander mon reste ni les dévisager. J'eus juste le temps de voir que la sœur de Regina avait meilleure tournure que sa cadette, sans être une beauté. Son visage était plus rond, ses yeux plus doux, son corps montrait davantage de rondeurs.

— Oh le joli page ! s'exclama-t-elle en me détaillant, enfin... avec une meilleur vêture il serait tout à fait présentable.

— Ah mère, envisagez-le mieux, s'esclaffa Rodrigo, c'est le bâtard du comte Guillem et tout bâtard qu'il est, il a un bon coup d'épée et un bon entendement.

— Et deux bras solides pour aller faire ses corvées à l'écurie, intervint don Miquel d'une voix ferme en me propulsant en direction du bâtiment, allez file vite et va gagner ton pain mon gaillard sinon il va-t'en cuire !

— Et prends bien soin de mon cheval, ajouta Esteban d'un ton perfide, hier tu l'as négligé, que je ne t'y reprenne pas !

J'entendis le duc renchérir d'un ton joyeux tandis que je m'éloignais :

— Voilà un bâtard qui sert à quelque chose ! Quand je pense que j'ignore si les miens sont vivants ou morts ! À chaque fois qu'une fille était grosse de mes œuvres, je la chassais avec une bourse bien garnie... Celui-là ne doit pas coûter grand-chose vu ses frusques et au moins, il semble rentable... docile, solide, bien dressé, un bon coup de fouet s'il relève la tête ! Je devrais peut-être faire l'élevage des miens, au moins, je n'aurais aucun gage à verser ! Ha ha !!!

Par chance, il n'y avait pas d'arquebuse dans les parages car je crois que je l'aurais trucidé sur place tant ma colère fut grande. Je lançai un rapide coup d'œil à mon père et vis la même ire couver en lui. Nos regards se croisèrent et nous nous comprîmes. Cette complicité m'aida à me calmer mais je me demandai si je supporterais cette comédie très longtemps.

Au lieu d'aller faire mes corvées et pour faire enrager Miquel qui venait vérifier si j'étais bien au travail, je pris Cinca, la sellai rapidement et jaillis de l'écurie en la lançant au galop. Je vis trop tard qu'il était accompagné de Rodrigo qui avait décidé de le suivre sans lui demander son avis, car il aimait trop les chevaux pour patienter jusqu'au lendemain.

Je captai la mine furieuse de mon tuteur et celle sidérée, puis admirative de Rodrigo qui me suivit des yeux avec envie.

– Docile le bâtard ? l'ouïs-je dire à don Miquel, mon père n'a rien compris, mais il me plaît bien votre gentil damoiseau !

Je revins assez promptement, ne voulant pas qu'Izem accomplisse mes corvées à ma place. Le pansage des chevaux me calma et quand je gagnai les cuisines pour le souper, j'avais recouvré mes esprits. Quelques chapons avaient été mis à rôtir dès l'arrivée inopinée de nos invités et Carles m'en servit une large tranche avant de m'ordonner d'aller enfiler un pourpoint digne de ce nom et faire une toilette rapide. Je m'étais baigné et récuré dans la rivière la veille, ayant toujours conservé les habitudes de ma mère au sujet de la propreté, malgré les quolibets que cette manie me valait. Je me contentai de laver mes mains et mon visage, d'enfiler ma tenue habituelle et de me coiffer soigneusement avec le peigne de ma mère, que je conservais comme une précieuse relique. Je me livrai ensuite à mon jeu favori : échapper à don Miquel afin d'éviter de faire le service. J'eus la mauvaise idée de passer à la cuisine pour dérober quelques oublies et fruits confits et il me trouva là, en train de m'empiffrer en buvant force gobelets d'horchata. Mes protestations véhémentes n'y firent rien : nous manquions de monde pour servir car l'assemblée était nombreuse et mes bras indispensables, j'aurais de plus, m'informa-t-il d'un ton suave, le privilège de servir nos hôtes, ce que j'allais faire de la manière la plus exquise et dans le plus grand respect de nos distingués visiteurs. Je haussai les épaules d'un air désinvolte, mais suivis mon mentor, accompagné d'Alix, ce qui me consola et me décida à me montrer exemplaire pour l'amour de ses beaux yeux. Elle allait sur ses treize ans et se faisait fort jolie.

L'assemblée était nombreuse en effet et fort prestigieuse. Les hommes d'armes de l'escorte du duc portaient la tenue des soldats espagnols et ils avaient fière allure avec leurs culottes noires bouffantes, leurs bas rouges et leurs chapeaux à plumes rouges et blanches. Sur l'estrade trônaient, le duc et son épouse, revêtus de beaux atours et soieries. Les cheveux d'Isaura étaient retenus par une résille en perles de nacre qui luisaient à la lumière des chandelles, un collier assorti illuminait sa gorge, tandis que son époux impressionnait dans un pourpoint noir et or, sa tête coiffée d'une sorte de béret en velours et soie d'où s'échappait une plume assortie à celles des soldats. Rodrigo n'était pas moins élégant et j'aperçus sa sœur Ines, qui à quatorze était déjà considérée comme bonne à marier. Elle était jolie elle aussi et Emilia lui faisait la conversation, en parfaite maîtresse de maison. Esteban quant à lui, étrennait avec fierté sa nouvelle tenue qui étoffait sa maigre carrure et lui conférait quelque allure.

Rodrigo eut l'élégance de taire ma fugue à cheval et il fut attentif à la façon dont Esteban me parlait et cherchait à me rabaisser. J'y étais si habitué que je n'y prenais plus garde mais je le vis observer son cousin avec curiosité et son regard se promena sans cesse entre nous deux. Je gardai les yeux baissés, servis le plus adroitement possible, sans répondre aux remarques d'Esteban et m'éclipsai dès que possible.

Le lendemain, j'étais à l'écurie en train de préparer Cinca pour la faire travailler un peu quand j'entendis une voix que je reconnus être celle de Rodrigo, à quelques pas de l'endroit où je me trouvais.

– Le bâtard est-il céans ? ouïs-je

– Vous parlez de Gabriel messire ?

– Tiens ! Il a un nom celui-là ! Bon, réponds-moi, est-il là ?

– Au bout de l'allée, il s'occupe de son cheval.

– Quoi ? Il a un cheval ? À lui ?

– Oui messire, une jument, Cinca.

Quelques secondes plus tard, Rodrigo jaillissait devant moi, en pleine forme, arborant une tenue d'équitation des plus élégantes et des bottes de monte comme je n'en posséderais jamais. Je m'inclinai sans un mot tandis qu'il nous considérait, Cinca et moi.

– Morbleu, la belle jument, s'exclama-il enfin, c'est celle d'Esteban ?

– Non, la mienne, mon père me l'a offerte.
– Diantre ! Tu es un bâtard chanceux ! Ne dis point cela à mon père, il ne comprendrait pas. Bon, choisis-moi un cheval digne de ce nom, nous partons en balade toi et moi. Tiens, celui-ci !
– Pas question, c'est celui de mon pè... de messire Guillem. Nul ne l'approche.
– Messire, prenez celui-ci, il vous conviendra bien, il est fougueux mais apprécie un cavalier sachant le maîtriser.

Izem se tenait devant nous, tirant derrière lui le jeune étalon qu'il dressait depuis quelque temps. Celui-ci piaffait, désireux d'aller galoper, ce qui enchanta le téméraire Rodrigo.

– Selle-le, ordonna-t-il à Izem d'un ton sans appel, allez bâtard, hâte-toi, nous partons !
– Je ne suis pas libre de mes mouvements, je dois aller quérir permission messire.

Par chance, don Miquel arriva juste à ce moment-là, comme chaque matin, mais aussi sans doute, voulait-il canaliser l'impétuosité du jeune Rodrigo et s'assurer de sa personne.

– Ah don Miquel ! Je vous emprunte le bâtard, il va m'emmener découvrir la contrée et veiller sur moi.
– Ne préférez-vous pas attendre Esteban pour lui proposer de vous accompagner ? Son cheval est là-bas vous voyez ? intervins-je, histoire de montrer à don Miquel que je n'étais pas l'instigateur de cette sortie improvisée.
– Lui ? Je lui ai proposé mais il a décliné mon offre, il m'a offert de faire du latin avant de visiter le jardin. Ce sont là occupations de pucelles non ? D'ailleurs sa monture a tout d'un bon vieux roncin bien tranquille, ta jument semble plus nerveuse et je n'ai pas l'intention de traîner au petit pas !

J'interpellai don Miquel du regard et il trancha.

– Bon, je vous accorde deux heures avec Gabriel, mais revenez à l'heure, il a de l'ouvrage avec le monde qui est arrivé !
– Vous avez des gens pour ça, je garde le bâtard avec moi, je compte ferrailler avec lui après notre retour, il supplée aux faiblesses de mon cousin d'après ce que j'ai compris hier

soir non ? Don Miquel, n'oubliez pas que nous sommes les De Fuenta, proches de notre empereur, et que nous commandons partout où nous allons ! Si je veux le bâtard, j'aurai le bâtard !

Je haussai les épaules d'un air déconcerté en croisant le regard de mon tuteur qui semblait aussi dérouté que moi. Il finit par soupirer d'un air résigné, ce que Rodrigo interpréta comme un plein assentiment et il me fit signe de le suivre.

J'employai les deux ou trois heures suivantes à canaliser son énergie car il voulait tout voir et aller partout. Je réussis à l'empêcher de piétiner les cultures qui restaient encore dans les champs et à débouler au centre du poble au grand galop. Je parvins à faire reposer nos montures, à les faire boire et reprendre des forces. Je le retins de plonger dans le lac, ignorant s'il savait nager et lui démontrant que je serais sans doute découpé en menus morceaux si je ramenais son cadavre noyé en guise d'héritier des De Fuenta. L'argument le ramena à la raison car il tenait à son nom et son héritage. Il lorgna ensuite la falaise et je me hâtai de lui expliquer que je ne grimpais qu'avec une corde que je n'avais pas céans.

– Le comte Guillem grimpe avec toi ? s'enquit-il.

– Bien-sûr que non ! Je viens avec Izem, vous savez, le jeune maure des écuries. Le comte n'en sait rien, c'est trop dangereux.

Ma réponse l'enchanta.

– Ah ! Le bâtard docile vient en clandestin donc ! Esteban aussi ?

– Jamais ! me récriai-je horrifié, il se tuerait à coup sûr et puis, il n'a pas la force.

– Vous ne faites rien ensemble ?

– Je suis là pour le servir, mais nous étudions tout de même ensemble bien qu'il me dépasse, car il consacre tout son temps à l'étude. Nous jouons aux échecs aussi mais je le laisse gagner car il ne supporte point la défaite.

– Nous verrons ce soir s'il va gagner contre moi !

– Il va vous laisser l'emporter, vous êtes de plus haut rang, il ne voudra pas vous froisser !

Il me fixa un instant.

– Et si nous ferraillons en rentrant, me laisseras-tu le dessus ?

J'osai soutenir son regard et lui avouer :

– J'aimerais un combat loyal, sans tenir compte du rang des adversaires.

Un large sourire illumina son visage.

– Enfin ! Exactement ce que j'espère, alors en avant bâtard ! Allons jouter !

Je le suivis en soupirant, songeant que même Felipe était de tout repos comparé à lui.

À peine arrivés, il trépigna pendant que je prenais soin des chevaux, ce qu'il ne faisait jamais. Il finit par me donner la main pour hâter ma tâche et Izem et moi ne pûmes réprimer un sourire en voyant sa maladresse. Je regrettai vite son aide car à peine avions-nous terminé qu'il me traîna sur la lice pour jouter. Je songeai promptement à mander merci mais un sursaut de fierté me poussa à relever le gant, histoire de montrer que j'étais un Toylona. Cette fois ce fut moi qui le mis bas et je soupirai en voyant que cet escogriffe avait quelques limites humaines. Il réclama de l'eau en râlant et Vicent, toujours à l'affût, alla l'abreuver en m'adressant un signe de victoire accompagné d'un sourire radieux à mon intention, comme si je venais de sauver notre Catalunya d'un péril mortel. Nos pères arrivèrent sur ces entrefaites, voulant eux aussi jouter et je vis le visage de mon père se fendre d'un large sourire en voyant Rodrigo à terre. Le duc lui, le somma de se relever et lui annonça qu'ils allaient nous montrer ce qu'était une bonne joute. Ils portaient tous deux des justaucorps en cuir et des casques et ils se mirent en garde avec, heureusement, des épées d'entraînement.

Ce fut un bon combat et Hugo de Fuenta était un fier combattant, mais ils finirent à égalité et je fus fier de voir mon père, un Catalan, en remontrer à un Castillan qui, loin de se fâcher, baissa son arme avec un rire tonitruant, se félicitant que Regina soit mariée à un vrai Catalan, sachant manier le fer et non à un pleutre.

Comme nous revenions tous vers le château pour nous rafraîchir, mon père agrippa mon épaule et me glissa d'un ton sec :

– Pourquoi portais-tu tes vieilles frusques trop petites pour servir hier au soir ?

– Je n'en ai point d'autres, messire.

– Quelle est cette menterie ? J'ai demandé à Regina de t'en faire tailler avec les étoffes ramenées de Barcelone ?

– Si fait messire mais la comtesse m'a affirmé que mes vieilles frusques suffisaient et qu'il était bon qu'un bâtard tel que moi ait l'air d'un manant.

Sa main se crispa sur mon épaule et je pus sentir sa colère.

– Je vais donc lui rappeler de te faire couper quelque vêture. Promptement.

Le ton était sec et glacial.

– Messire, hasardai-je, ne soyez point trop sévère avec elle, avec tous ces préparatifs, elle n'aura pas eu le loisir d'y songer.

– Elle y a fort bien songé mais elle voulait surtout que tu aies l'air d'un gueux.

– Si vous lui faites reproche elle va se venger sur moi.

– Qu'elle n'essaie point où il lui en cuira.

Sur ces mots, il me dépassa et courut rejoindre le duc. Je m'aperçus alors que Rodrigo était resté derrière nous et qu'il avait suivi notre aparté.

– Ma chère tante Regina craint donc que le bâtard ne supplante son Esteban chéri et s'emploie à le rabaisser, me susurra-t-il d'un ton suave.

– Elle n'a rien à craindre, répliquai-je d'une voix sèche, je suis à peine toléré céans et ne suis là que pour servir.

– C'est pour cela que le petit bâtard possède une belle jument et a forgé sa propre épée, me rétorqua-t-il avec son sourire ironique. Tu seras à la veillée ce soir ?

– Je n'y suis point convié et j'ai des corvées à accomplir.

Après le souper que je servis, je fus mandé à la veillée. Je vins donc prendre mes ordres mais à peine étais-je entré que Rodrigo me héla depuis une des fenêtres où il s'était installé sur les coussièges avec Esteban. Un échiquier les séparait et ils venaient d'entamer une partie.

– Ah, voici mon bâtard favori ! Installe-toi donc, j'ai parié que je vous battais tous deux aux échecs. Esteban d'abord, toi ensuite, selon la préséance.

– Je gagne toujours contre Gabriel, avança Esteban, je ne sais cousin s'il est utile de l'affronter, sans doute a-t-il un corps assez bien fait pour les exercices du corps, comme beaucoup de manants qui sont robustes mais, pour ce qui est des jeux de l'esprit, il ne pourra jamais nous égaler.

– C'est justement ce que je veux vérifier, expliqua Rodrigo en m'adressant un clin d'œil. Dis-moi donc, comment se nomme la jolie petite servante qui a servi le repas à tes côtés ?

– C'est Alix messire, la fille du cuisinier.

– Ah ! Quel âge a-t-elle ? Elle est bien mignonne je trouve !

– Elle va sur ses treize ans je crois.

– L'as-tu déjà troussée ?

Horrifié, je le contemplai bouche bée et vis qu'Esteban n'était pas moins outré que moi. Rodrigo éclata de rire.

– Ah c'est vrai, j'oubliais que vous êtes plus jeunes que moi. Vous êtes encore puceaux non ? Vous seriez pourtant d'âge à sauter le pas.

– Je n'ai pas quatorze ans ! protestai-je d'un air outragé.

Il hocha la tête.

– J'avais quatorze ans passés quand j'ai baisé ma première jouvencelle. Une jolie chambrière plus blonde que les blés, apportée de Flandre dans la suite de notre empereur. Maintenant que j'y ai pris goût, je tâte de toutes les jolies garces qui passent à ma portée, cela fait rire mon père qui a fait de même et ne dédaigne pas une jolie servante quand elle est bien accorte.

– Euh... hasardai-je, vous parvenez à les séduire toutes ?

– Qui te parle de séduire ? On séduit les nobles damoiselles, les servantes, on les prend. Je suis futur grand d'Espagne, n'oublie pas petit bâtard et les garces le savent. Aucune n'a encore osé me résister.

Je baissai la tête, songeant à ma mère avant de le confronter du regard.

– C'est ainsi que mon père m'a conçu, murmurai-je, que ferez-vous si vous procréez un bâtard, vous qui aimez tant ce mot au point que vous refusez de me donner mon prénom pour ne m'appeler qu'ainsi ?

Il voulut rire mais mon regard le happa et nous nous affrontâmes un instant, les yeux dans les yeux.

Ce fut Esteban, visiblement mal à l'aise, qui nous sépara.

– Romps là cousin et continuons notre partie.

Je vis son soulagement évident et il se plongea dans le jeu. J'observai sa façon de jouer et ses stratégies. Il était bon joueur mais je connaissais ses feintes. Nul ne savait qu'Izem et moi jouions le soir dans le fenil, il avait appris très jeune et était de première force. Il m'avait enseigné des feintes que je n'avais jamais rencontrées et qui venaient de sa contrée.

Je me lassai vite car ils étaient trop prévisibles. J'en profitai pour observer la brillante assemblée réunie céans. Les hommes discutaient au fond de la salle et j'entendais de grands éclats de rire. Ils avaient sorti des cartes et jouaient tout en parlant. Les dames, à l'autre extrémité, brodaient en papotant tandis qu'Emilia et Ines jouaient de la vihuela et du psaltérion en s'initiant mutuellement. Je ne les avais pas approchées depuis leur arrivée mais avais remarqué la beauté prometteuse d'Ines, toute en yeux et cheveux noirs et brillants.

Un peu plus tard, je me sentis observé. Je tournai la tête. Ines me détaillait des pieds à la tête sans vergogne aucune. Quand elle vit que j'avais remarqué son manège elle rougit brusquement et se détourna, gênée. Je fis de même, troublé. Une damoiselle de son rang ne devait pas fixer ainsi quelqu'un comme moi.

– Tu plais à ma sœur, susurra soudain Rodrigo qui semblait pourtant plongé dans sa partie, elle ne cesse de te mirer quand tu ne la vois pas, elle t'a épié pendant tout le souper.

– Je ne comprends pas pourquoi, bougonnai-je d'un air confus.

– Parce que, toute haute damoiselle qu'elle est, elle devient femelle et qu'elle aime admirer les beaux et fringants damoiseaux !

Choqué, je protestai :

— Nenni messire, que pourrait-elle voir ? Je suis le plus mal vêtu ici, sans jolis vêtements ni parures. Que pourrait-elle regarder ?

Il se tourna vers moi d'un air goguenard.

— Elle se moque de tes frusques, c'est ce qu'il y a en dessous qui l'intéresse. Je lui ai conté comme tu es bien fait de ta personne et elle cherche à vérifier si je lui ai dit la vérité... Ah Esteban, tu es tombé dans mon piège, échec et mat, j'ai gagné la partie cousin ! À toi bâtard, je parie que je te bats en moins de temps qu'il ne faut pour boire une pinte de cervoise !

Je m'installai à contrecœur, me demandant si je devais me laisser écraser. Je lus une lueur narquoise dans ses yeux :

— Je veux que tu joues pour de vrai, me prévint-il, pas question de me laisser gagner, je sais accepter une bonne défaite, tu l'as vu dans la lice... mais de fait, c'est la première fois que je me mesure avec un inférieur, voyons si tu as quelque entendement ou si, comme Esteban le prétend, tu es trop stupide pour te mesurer à moi...

Il venait de dire exactement ce qu'il fallait pour que je décide de lui tenir tête et de lui démontrer mes capacités.

La partie dura et nous captiva tous deux au point que nous oubliâmes où nous étions. Je fis semblant de lui laisser la main au début avant de me redresser avec quelques feintes apprises vers Izem. J'oubliai qui il était et n'eus plus qu'un dessein : l'écraser.

Je gagnai, après un combat acharné. Il était si sûr de me battre qu'il avait dégarni certains points stratégiques et je défis ses défenses une à une.

À son tour, il fut échec et mat. Nous relevâmes la tête au même instant et nous fixâmes les yeux dans les yeux. Il était pâle, je lui avais infligé une humiliation qu'il n'avait pas prévue.

— Ne jamais sous-estimer l'adversaire, lui rappelai-je, même s'il n'a ni nom ni titre et est vêtu comme un gueux.

— Il a raison le bâtard ! Tu t'es fait plumer comme un perdreau mon fils !

Nous relevâmes nos têtes d'un seul geste. Nos pères nous entouraient ainsi que quelques dames, dont la sœur de Rodrigo qui me détaillait à nouveau avec dans les yeux, quelque chose qui me troubla.

Puis je croisai les yeux d'Esteban. Il était livide. Il se leva en me fixant d'un air éperdu.

– Comment as-tu fait pour le battre alors qu'avec moi tu perds sans cesse ?

Je le fixai stupidement et Rodrigo éclata de rire.

– Cousin ! Voyons ! Il te laisse gagner pour ne pas te froisser ! C'est cela n'est-ce pas bâtard ?

Au comble de la confusion, je me levai et prétextai une corvée à faire pendant qu'Esteban insistait.

– Réponds-moi ! Me laisses-tu gagner ? Je veux savoir ! Tu n'as jamais joué ainsi avec moi, ni utilisé toutes ces feintes, allons réponds !

Avant de m'éloigner je m'approchai de lui et lui soufflai juste :

– Oui-da Esteban, je fais semblant de perdre.

Je filai mais tandis que je me faufilais parmi la presse, je sentis une main sur mon bras. Je me retournai. Ines me retenait.

– Tu as été magnifique, me souffla-t-elle en me fixant avec un sourire.

Saisi et gêné, je la saluai de la tête non sans lui avoir rendu son regard appuyé.

Au moment de sortir, je croisai les yeux d'Esteban et la haine que j'y lus me fit frissonner.

Je sus qu'il allait se venger.

La vengeance arriva dès le lendemain. Sans doute avait-il déjà prévu son coup.

CHAPITRE QUATORZE

'Selon que vous serez puissant ou misérable, les jugements vous feront blanc ou noir' (La Fontaine)

Je travaillais à l'écurie quand je fus appelé dans la grande salle où les hôtes prenaient leur déjeuner. J'y trouvai les castillans debout, formant un large cercle avec au centre, mon père, Regina et Esteban. Les damoiselles, suivantes et servantes se tenaient en retrait. Une vague appréhension naquit en moi quand je captai les mines sombres et les regards rivés sur moi. Mon père allait s'exprimer quand Isaura se rua sur moi et m'attrapa aux épaules :

– Écoute, je suis prête à te pardonner si tu avoues de suite où tu l'as caché. Ton châtiment sera moins rude, mais je t'en prie, avoue sans barguigner.

Je tombais des nues.

– Mais de quoi parlez-vous ? Je n'y entends rien.

Un lourd silence s'installa avant qu'Esteban ne prit la parole.

– Je vous ai prévenus, sous ses dehors angéliques et sa belle mine il est retors et trompe son monde, il niera jusqu'au bout.

Je tournai lentement sur moi-même en les fixant tous, sentant de sombres nuées s'amonceler sur moi.

– Expliquez-moi de quoi on m'accuse, que je puisse répondre.

– Tu es accusé d'avoir dérobé le collier de mon épouse, cracha soudain le duc, soit hier au soir, soit tôt ce jour d'hui. Nous n'avons découvert le vol que tout à l'heure, au moment où la servante est allée à la garde-robe pour prendre la parure. Nous avons fouillé partout en vain. Les serviteurs ont été interrogés, tous t'ont croisé dans les parages de la chambre.

Je passais par-là dix fois par jour mais quand j'ouvris la bouche le duc me coupa.

— C'est alors que, malgré sa répugnance, Esteban s'est résolu à avouer qu'il t'avait vu fouiller dans ta malle hier soir ainsi que ce matin et que cela lui avait semblé étrange...

— Mais je vais dans ma malle tous les jours, c'est là que sont mes affaires !

— Tu oses me couper bâtard ! Pour qui te prends-tu ?

— Pour quelqu'un que l'on accuse injustement et qui veut se défendre !

Je compris mon erreur au moment où je prononçai ces mots. Répondre à un Grand était péché mortel, or je venais de mettre en doute son accusation.

— Tu veux te défendre alors que je viens de retrouver cela dans ta malle !

Mon père venait de me parler en me tendant un écrin rouge sombre que je devinai être l'écrin en question. Il l'ouvrit, il était vide.

— Maintenant, je te demande de nous dire où tu as dissimulé le collier. Sinon, tu seras fouetté au sang jusqu'aux aveux. Tu mets le déshonneur sur moi et ma maison en agissant ainsi et j'ai honte de songer que j'ai nourri un félon qui ne pense qu'à faire le mal !

Le ton était sec et empreint de fureur, les yeux de glace. Mais perdu pour perdu, je décidai de me défendre bec et ongles.

— Croyez-vous que je serais assez sot pour cacher l'écrin dans mes affaires si je l'avais ravi ?

— Certes non, intervint Esteban en glapissant, tu escomptais le mettre ailleurs, mais tu as vu que je te lorgnais ce matin quand tu fouillais dans ta malle et tu n'as donc pu le sortir de sa cachette. Sans doute l'aurais-tu enlevé dès mon départ de la chambre mais tu n'en as pas eu le temps. Je t'ai trouvé une mine sournoise et me suis demandé ce que tu mijotais.

Je ne pouvais avouer que je devais mon trouble aux paroles et aux regards d'Ines la veille au soir, j'aurais encore ajouté au sacrilège.

Je rivai mes yeux sur Esteban et me souvins de sa haine de la veille. Je vis qu'il jubilait intérieurement, il tenait sa vengeance.

– Tu es sûr que je vais être fouetté puisque je ne puis avouer ce que j'ignore. Merci Esteban. Tu as bien calculé ton traquenard !

Regina poussa un cri scandalisé, vite suivi par d'autres, et mon père me saisit violemment par le bras.

– Perds-tu l'entendement ? Tu oses accuser Esteban d'avoir fomenté cela ? Retire ce que tu viens de dire et implore son pardon à genoux ! Tout de suite !

Je fixai mon père, puis Esteban et sus que de toute façon je serais fouetté afin de révéler la cachette du bijou. Les dés étaient jetés pour moi.

– Je ne puis renier ce qui est vérité, lâchai-je au milieu d'un concert de protestations horrifiées.

Je les regardai tous. Je venais de commettre un crime de lèse-majesté. J'avais incriminé un noble, moi l'infâme bâtard, celui qui n'était que toléré.

– Tu vas être durement châtié, martela mon père, je te laisse encore une occasion de quémander pardon et nous révéler la cache du bijou, hâte-toi de répondre je t'en conjure, où tu vas regretter ton outrecuidance et ta félonie.

– Messire Guillem, vous allez frapper un innocent, je n'ai rien volé, jamais ! Mais je comprends qu'il est plus aisé de frapper le bâtard sans défense que de faire avouer la vérité à son héritier.

À nouveau, je venais de dire ce qu'il ne fallait pas et mon père sembla prêt à m'étriper sur place. Il fit signe à Ramon son valet de me lier au poteau central. Une cordelette attendait, ainsi que le fouet. Le servant du duc vint prêter main forte à Ramon car je ne me laissai pas retirer mon pourpoint et ma chemise sans me débattre. Mais je n'étais point de taille contre les deux hommes et je finis attaché au poteau, bel et bien ficelé. Ramon se pencha vers moi pour vérifier mes liens et j'eus le temps de lui glisser :

– Ramon, envoie quérir don Miquel je te prie ! Je suis innocent et ne pourrai rien avouer, je crains d'y laisser la vie, vois, il n'a pas pris le petit fouet habituel des marmots mais celui des hommes faits et je suis trop jeune pour ce châtiment ! Je t'en prie, don Miquel, vite !

Il opina sans piper mot mais son regard parla pour lui.

– J'envoie Vicent, me souffla-t-il avant de reculer vers la sortie.

Je me laissai aller contre le poteau et croisai alors les yeux de Rodrigo, indéfinissables et troublés. Son regard se posa un instant vers Esteban avant de revenir à moi. Ce que j'y lus était sans équivoque : il croyait son cousin capable de cette vilenie. Il se précipita vers moi très vite et glissa le manche de son couteau dans ma bouche en murmurant :

– Mords dedans, cela remplacera tes cris puisque tu es trop fier pour t'humilier devant Esteban, souffre au moins comme un gentilhomme : en silence.

– Attends une minute, crachai-je alors en me tournant vers Esteban qui se tenait non loin de moi :

– Esteban, souviens-toi du neuvième commandement : *'Tu ne diras pas de faux témoignage contre ton prochain'* ! Toi qui vas ouïr la messe et espère aller au paradis, que diras-tu à Dieu pour ta défense si je meurs ? Tu mets là sur ta tête un grand péché et Dieu te demandera des comptes.

Il fut comme frappé par la foudre et se recula, livide, lui qui professait la sainteté. Peu m'avaient entendu. Le duc s'avança avec le fouet et je sus qu'il me frapperait à mort quand je vis la haine sur son visage. Mon père intervint alors :

– Beau-frère, celui-ci est à moi et il me revient de frapper, passez-moi ce fouet !

Ils se défièrent du regard avant que le fouet ne change de main.

– Je crains que vous ne soyez trop tendre avec lui, insinua le duc.

– N'ayez crainte, mon sang bout en moi quand je pense à sa félonie, il a attenté à mon honneur.

Mon père s'empara du fouet et s'approcha de moi. Je l'avais déjà vu frapper des serfs et je le savais impitoyable. Je fermai les yeux.

Le premier coup me prit par surprise et un long gémissement m'échappa tant la douleur fut violente. Je rouvris les yeux, Rodrigo s'était placé pour me faire face et m'invitait à le fixer, pour m'aider à endurer la douleur.

Deux ou trois coups suivirent que je parvins à subir en silence grâce à son soutien. Au coup suivant je sentis ma peau éclater, le sang jaillit et la douleur s'intensifia. Mon père s'arrêta.

– Vas-tu avouer où est caché le bijou ? Je te laisse une chance ! Après…

– Je ne sais où il est, je n'ai rien volé ! parvins-je à murmurer.

Les coups reprirent, je sentais le sang dégouliner et la douleur devint intolérable comme si une bête brûlante fouaillait mon dos et me dévorait. Je fermai les yeux, mordis le couteau au point de briser le manche, le visage inondé des larmes de douleur qui coulaient malgré moi.

Petit à petit la réalité s'effaça, seule restait la bête immonde qui me dévorait et je me sentais sombrer, lentement et inexorablement.

Puis advinrent deux événements simultanés, Esteban se précipita devant notre père alors que la porte s'ouvrait sur don Miquel et Eugeni qui pilèrent devant l'affreux spectacle qui se dévoila à eux. Esteban, qui ne pouvait les voir, cria :

– Arrêtez père ! Vous allez l'occire et j'aurai sa mort sur la conscience ! Je vous en prie : cessez ! Il est innocent, il n'a rien fait, c'est moi qui ai volé le collier pour le faire accuser !

Le temps sembla se suspendre. Un lourd silence s'ensuivit ; Mon père resta immobile, fixant Esteban sans parvenir à réaliser ce qu'il venait d'avouer.

– Que dis-tu Esteban ? Tu cherches à le sauver n'est-ce pas ? Tu t'accuses par bonté d'âme…

Regina venait de parler d'une voix tremblante en fixant son fils avec l'espoir qu'il se rétracte.

– Le collier est dans la cache secrète de l'écritoire que vous m'avez offerte voici peu, précisa-t-il d'une voix tremblante, seuls vous et mon père connaissez ce tiroir invisible, je n'ai pas permis à Gabriel d'approcher cette écritoire et il ignore son existence.

J'étais dans une sorte de brouillard et près de défaillir mais j'interdis à mon corps de prendre le dessus quand je vis mon père se précipiter hors de la salle pour aller quérir le coffret. Entre temps, don Miquel et Eugeni s'étaient rués vers moi pour délier mes mains et me faire boire l'eau d'une cruche proche. J'entendis don Miquel donner des directives à Vicent qui les avait suivis dans la salle :

– Va prévenir ta mère, qu'elle vienne dans ma chambrée avec de l'eau et les remèdes nécessaires pour le panser et le soigner, vite, marmot, ne traîne pas ici...

Ces paroles me parvenaient de loin, je flottais dans une autre dimension.

– Tiens bon bâtard, souffla une voix à mon oreille, reste avec nous, nous allons te soigner...

La voix de Rodrigo me maintint parmi eux et je sentis qu'il essuyait mon visage, avec sans doute son joli mouchoir brodé qu'il avait humidifié. La fraîcheur du tissu et l'eau que j'avais bue me ranimèrent quelque peu.

Mon père revint avec le coffret. Je m'étais écroulé au sol, à genoux et plié en deux, soutenu par don Miquel, mon dos lacéré saignait toujours et je sentis Miquel y appliquer fermement un grand linge que lui tendit Eugeni pour contenir l'écoulement du sang.

– Nous allons t'emmener dans ma chambre tout de suite, tiens bon marmot, me souffla-t-il d'un ton presque tendre.

Je me forçai à relever la tête, vis mon père ouvrir l'écritoire, actionner un petit tiroir et en ressortir le collier sous les murmures sidérés de l'assemblée. Mon père dévisageait Esteban d'un air hagard.

– Qu'as-tu fait ? balbutia-t-il d'une voix blanche. Tu voulais quoi ? Que je tue ton frère ?

– Je ne pensais pas que cela irait si loin, j'ai pris peur quand je vous ai vu frapper, j'ai craint que vous ne le trucidiez et j'ai vu l'horreur de mon péché... Je n'imaginais pas que vous... que vous étiez capable de le frapper à mort... Je sais au moins maintenant qu'il ne compte pas vraiment pour vous puisque vous étiez prêt à l'occire, je n'avais pas de raison d'être jaloux car vous ne l'aimez point, c'est évident pour moi maintenant...

Ces mots me pénétrèrent comme une dague acérée et me firent aussi mal que le fouet. Guillem, fixait toujours son fils d'un air hébété quand ce dernier s'adressa à Rodrigo :

— Cousin, je vous tiens grief aussi, depuis votre venue céans, vous vous êtes entiché du bâtard au point de me délaisser pour passer votre temps avec lui. J'ai été humilié hier au soir à cause de cette partie d'échecs, je vous en ai tenu rancune et me suis résolu à passer à l'action.

Je tentai de me relever pour voir le reste de l'assemblée mais ce fut comme si mon dos se déchirait, tout devint sombre et flou autour de moi, je me souviens seulement du gémissement que j'ai poussé et de la voix de don Miquel, empreinte d'une sourde colère.

— Emmenons-le en lieu sûr Eugeni, loin de tous ces vautours.

Ensuite tout devint noir et je sombrai dans une bienheureuse inconscience.

La mémoire me revint vite quand j'ouvris les yeux : la douleur se rappela à moi immédiatement et je gémis. Une main se posa doucement sur mon bras :

— Reste calme, je vais te donner à boire, tu es tout chaud.

La main me souleva la tête et un petit goulot de bouteille se glissa entre mes lèvres. J'avalai goulûment et l'eau fraîche me ramena à la vie. Je sentis ensuite un linge humide me rafraîchir le front et les tempes et je fermai les yeux d'aise en murmurant :

— Je suis où là ? Qui êtes-vous ?

— Tu es dans la couche de don Miquel et c'est Rodrigo qui te soigne ! me répondit une voix en castillan

La surprise me réveilla tout à fait. Je me soulevai légèrement, grimaçai de douleur et balbutiai :

— Sommes-nous en paradis que les grands prennent soin des misérables ? Ou plutôt au purgatoire, et vous expiez vos péchés en me soignant ?

— Ne te méprends pas bâtard, j'ai juste offert mes services car il fallait du monde pour se relayer à ton chevet, je ne savais pas trop à quoi m'occuper et me suis proposé... Tu dors depuis plus de cinq heures sais-tu ? Le choc t'a assommé car tu es trop jeune pour endurer un tel châtiment a dit don Miquel.

— Est-il céans ? murmurai-je

– Il est resté un long moment vers toi et a aidé à te panser. Il a dû repartir vaquer aux tâches du jour car il semble qu'il ne reste que lui en scène pour diriger le fief et la mesnie[17].

Je parvins à me redresser et vis que j'étais bandé de frais.

– Ne bouge pas, m'intima Rodrigo, ta jolie petit amie est venue te soigner avec sa mère et…

– Quoi ! Elle m'a vu en sang et tout lacéré ! Que va-t-elle penser de moi maintenant ?

– Elle a fondu en larmes et j'ai dû la consoler pendant que sa mère te pansait… Non, ne me fixe pas ainsi, j'ai été fort correct, elle est un peu trop jeunette pour moi, par contre je peux te dire que tu lui es cher vu sa peine. Elle t'a soigné, a lavé ton dos avec du vin aux herbes aromatiques et aidé sa mère à étendre partout une bonne couche d'onguent au miel et aux herbes, tu vas rester tranquille jusqu'à demain où ton pansement sera changé…

Il se pencha vers moi et me susurra d'un ton ironique :

– Il a aussi fallu te faire pisser dans un pot et…

Je faillis bondir en poussant un cri horrifié et il me retint avec une poigne ferme. Il semblait beaucoup s'amuser à mes dépends.

– C'est Eugeni qui s'en est chargé et la donzelle a pudiquement détourné les yeux, mais je crois qu'elle avait très envie d'en mirer davantage…

Je le trucidai du regard et il éclata de rire. Je voulus détourner la conversation.

– Rodrigo, vous savez que je suis innocent n'est-ce pas ? Vous ne croyez pas Esteban ?

Il eut l'air surpris.

– Hé, souviens-toi petit bâtard ! Ton demi-frère adoré a avoué son crime avant que tu ne défailles, c'est lui qui a agi par jalousie…

L'ultime scène me revint en mémoire et je revis mon père immobile, le fouet à la main.

Rodrigo devina ma question muette.

– Ton père est resté comme paralysé face à ton frère… il n'en croyait pas ses yeux. Ensuite, il a murmuré 'mon Dieu,

---

[17] Mesnie : entourage, proches et serviteurs

mon Dieu, mais qu'ai-je fait ?' en te fixant, a imploré des yeux son écuyer qui t'emmenait, avant de jeter le fouet en direction de mon père qui l'avait poussé à te châtier sans pitié. S'il avait eu une arme, je crois qu'il l'aurait occis. Ensuite, il est sorti comme un fou et nous avons entendu son destrier débouler au galop dans la cour, vos gens n'ont eu que le temps de se jeter de côté pour éviter ses sabots. Il n'est point encore revenu. Esteban est enfermé dans sa chambre au pain sec et à l'eau, sur ordre de don Miquel. Sa mère est sous le choc car elle a été la première à te jeter la pierre et elle a brusquement réalisé que le coupable était son fils chéri, ma mère récite des prières à ses côtés. Mon père est parti s'occuper des chevaux et ferrailler avec les hommes d'armes, histoire de se calmer et se faire oublier et ton esclave maure est venu te visiter toutes les heures entre deux corvées, il va t'aider à manger tout à l'heure... La moitié du château a pris de tes nouvelles, tu es très apprécié et l'injustice que tu viens de subir est sur toutes les lèvres...

Je méditai quelques secondes avant de protester :

– Izem n'est pas mon esclave ! C'est mon ami et j'obtiendrai un jour son affranchissement !

– Pour cela il faut te réconcilier avec ton père... et ton frère !

– Je leur pardonnerai s'ils quémandent mon pardon ! Peut-être !

Il éclata d'un rire joyeux.

– Ah bâtard ! Tu me mets en joie ! A-t-on déjà vu noble seigneur mander pardon à ses serfs ? Tu ignores donc que nous avons tous les droits ? Y compris celui de châtier comme il nous plaît ? De plus tu sais qu'un père a toute autorité sur son fils, il a donc doublement le droit de te traiter comme il lui sied !

– Cela ne lui sied pas tant puisqu'il est parti furieux et qu'Esteban est puni lui aussi.

– Touché bâtard ! Je reconnais leurs torts mais n'escompte pas qu'aucun d'eux vienne s'humilier auprès de toi...ils sont trop hauts, tu es trop bas.

Je voulus répliquer mais la porte s'ouvrit sur don Miquel au même instant. Je lus le soulagement sur sa mine quand il me vit réveillé. Rodrigo prit les devants :
— Il va très bien, nous étions déjà en train de nous chamailler.

Il fixa mon tuteur quelques instants et comprit le message :
— Je vous laisse tous deux, je vais aller sauver ma sœur et ma gracieuse cousine des mains de cette horrible duègne qui leur interdit tout ce qui est agréable et les oblige à se morfondre en récitant des prières interminables, je reviendrai te voir bâtard, je m'en voudrais de louper une nouvelle dispute avec toi, cela me manquerait trop !

Don Miquel le dévisagea d'un air interloqué avant de revenir à moi ; je ne pus m'empêcher de rire en voyant sa mine et cela me fit grimacer de douleur.
— Tonnerre, grommela-t-il, vous semblez vous accorder comme larrons en foire tous les deux ! Je n'en crois pas mes yeux...
— Il est arrogant, vindicatif, sûr de sa supériorité...
— Mais il est resté tout le temps des soins et s'est rendu utile... enfin presque, il a consolé Alix, une fille de cuisine, ce qui est déjà inouï ! Mais il était présent et je l'ai vu fort marri pour toi. Bon, revenons-en à toi, comment te sens-tu ?
— Comme quelqu'un qui a le dos lacéré, grimaçai-je, mais je suis assez réveillé pour causer et prendre des nouvelles.

Don Miquel entendit la question muette que mes yeux lui adressèrent.
— Ton père n'est pas revenu, il est parti comme un fou, il m'a juste confié Esteban en me demandant de le punir, je l'ai mis au pain sec et à l'eau...
— Il adore ça ! Il va se prendre pour san Sebastia, protestai-je.
— Je lui ai pris son écritoire et tous ses livres, il ne pourra donc pas se consoler avec une traduction latine. Je lui ai juste laissé les 'exercices' de Loyola. Le père Mateu est passé le voir après être resté plus d'une heure à ton chevet à prier pour toi. Il t'a même donné l'onction d'huile...

– Quoi ! L'extrême onction ! hurlai-je paniqué, je vais donc sans doute trépasser ! Vous auriez dû me réveiller pour que je confesse mes péchés avant de mourir !

– Gros nigaud ! Tu es toujours vivant que je sache et plutôt vif et fringant vu le ton de ta voix ! L'onction que tu as reçue est celle des malades et non des mourants…

Provisoirement rassuré sur ma probable survie, je revins à des sujets plus prosaïques.

– Vous n'avez donc pu parler avec mon père ?

– J'ai eu le temps de lui dire ma colère. Il vient de se comporter comme il l'a fait avec ta mère, en suivant ses pulsions violentes et non la voie de la raison. Il aurait dû écouter tes explications, mais excité par la noble compagnie qui l'a poussé à sévir sans réfléchir, il a suivi ses bas instincts. Je lui ai dit mon fait ainsi qu'au duc car on m'a rapporté qu'il avait incité ton père à se montrer impitoyable… Rodrigo s'est d'ailleurs montré mon allié et il a osé dire à son père ce qu'il pensait, au risque d'être puni pour insolence lui aussi. Mais le duc est bon joueur, pour se faire pardonner, il m'a proposé son aide… Depuis qu'ils sont là je suis seul à tout gérer et la tâche est lourde, ton père a été occupé à les amuser et les promener…

Je lus la lassitude sur le visage de don Miquel, ainsi qu'une colère rentrée et le souci qu'il avait eu de moi.

– Merci de vos soins don Miquel, vous pensez comme moi que mon père est à la tour ?

– Il doit s'y repentir amèrement de son geste et surtout se demander comment il va se comporter face à toi.

– Je n'arrive pas à le haïr mais je ne suis point prêt à lui parler de sitôt. D'ailleurs, il est parti sans se soucier de mon état, ni s'en inquiéter… Esteban avait raison, ce qu'il m'a fait prouve qu'il n'éprouve rien pour moi, comment peut-on traiter son fils ainsi ?

– Rodrigo m'a conté la scène, admit don Miquel.

– Donc Esteban, tout au pain sec qu'il soit, doit exulter : il sait que je ne compte pas pour notre père puisqu'il était prêt de me tuer !

Don Miquel posa sa main sur ma tête dans un geste apaisant.

– Ne crois pas cela. Il aimait ta mère mais l'a forcée, pour ensuite verser des larmes amères. Il en est de même pour toi, il n'est d'ailleurs pas rentré alors que nous avons des hôtes. Son propre père était aussi sujet à ces coups de folie furieuse, nous en avons tous deux fait les frais à quelques reprises. Mais nous en reparlerons, je dois suppléer à son absence et prendre soin des hôtes, je vais voir où en sont les préparatifs du dîner... Tiens ! Voilà Marta et sa potion magique, je te laisse à ses soins.

– Aidez-moi juste à le maintenir assis don Miquel je vous prie, quémanda Marta. Gabriel, ce breuvage va te remettre d'aplomb et refaire ton sang.

Je ne pus retenir un cri de douleur quand je fus mis assis, appuyé sur une pile de coussins. Je humai ensuite avec inquiétude l'étrange breuvage rosâtre qu'elle me tendait.

– Je reconnais l'odeur du miel, commençai-je et des herbes...

– Et du vin rouge bien fort, et deux jaunes d'œufs mélangés au miel... C'est une boisson d'homme avec tout ce vin, tu es sûr de parvenir à la boire, vu ton jeune âge ?

Elle avait dit exactement ce qu'il fallait pour que j'ingurgite sa mixture, d'autant plus qu'Alix me surveillait aussi d'un air inquiet. Je décidai donc de leur prouver ma virilité en buvant toute la tasse, sans voir les regards amusés qu'elles échangeaient.

La boisson était si virile que la tête me tourna et que je crus flotter dans la chambrée. Je retombai endormi sans m'en rendre compte pour me réveiller le lendemain matin.

La journée fut à l'avenant : Izem était là qui me veillait et ce fut lui qui m'aida à me lever, douloureusement, et qui me força à manger du riz au lait sucré, préparé à mon intention. Marta vint ensuite refaire mon bandage et je serrai les dents, ne voulant pas passer pour une jouvencelle. Elle se déclara satisfaite de l'état de mon dos et décida de le laisser à l'air une partie de la journée afin de sécher les plaies.

Je marchai un peu dans la chambre, repris quelques forces. Ma paillasse et ma malle avaient été apportées et je m'y installai pour libérer la couche de don Miquel. Je lus un peu, reçu quelques visites, dont celle des jouvenceaux que j'entraînais aux armes et de Rodrigo qui arriva avec un œil au beurre noir et en claudiquant : il avait défié Henriquez en combat singulier et ce dernier lui avait mis une bonne raclée, ceci avec l'aval du duc qui estimait que son rejeton avait besoin d'une bonne leçon. Marta et Alix arrivèrent au même instant pour me remettre de l'onguent et me bander le dos pour la nuit ; Rodrigo se retrouva aussi entre leurs mains et repartit en répandant partout une odeur de plantes et de miel qui amusa fort son paternel.

J'eus enfin des nouvelles de mon père : il venait seulement de rentrer après avoir dormi à la tour et chassé, car il était revenu avec un daim attaché sur son destrier. Il s'était rendu directement aux étuves avant d'aller trouver le père Sandoval avec lequel il s'était enfermé. Je plaignis le bon père de devoir confesser mon énergumène de père, qui était aussi le seigneur ténébreux du château ! S'il était dans les mêmes dispositions que la veille, notre abbé devait craindre pour sa tête !

À la vesprée, alors que tombait la nuit, la douleur redevint intense et don Miquel, que je n'avais vu de la journée, me donna à avaler une graine d'opium qui, m'assura-t-il allait calmer mon mal. Je voulus lui parler de mon père mais son remède était sans doute trop puissant pour mon âge : je m'entendis lui clamer que j'allais prendre mon envol comme un faucon, alors il me prit dans ses bras pour m'étendre sur ma paillasse, en m'enjoignant de fermer mon bec et en intimant à Eugeni d'empêcher que j'aille me lancer par le fenestron pour m'envoler si je me prenais encore pour un oiseau. Je parvins à ouvrir les yeux quelques secondes et j'aperçus, juste avant de tomber dans un bienheureux oubli, la silhouette de mon père qui m'observait depuis le seuil. Je sus le lendemain qu'il m'avait veillé un long moment et s'était enquis de mon état et des soins que l'on m'avait administrés.

La nuit avait fait son œuvre, tout comme les emplâtres de Marta et je me sentis ragaillardi, surtout après avoir avalé un bol de sa mixture au vin rouge, jaune d'œufs et miel. Je dissertai beaucoup ensuite, et fis rire Izem car je débitai moult bêtises dont je ne gardai aucun souvenir.

Mon père avait emmené ses hôtes et leur valetaille pour une journée au bord du lac avec un déjeuner sur l'herbe et le château était quasi désert. J'en profitai pour déambuler et reprendre des forces, je passai un long moment en plein soleil au sommet du donjon, le dos à l'air libre afin de hâter ma guérison.

Je me dépêchai de redescendre quand la compagnie se profila sur le pont de pierre et je regagnai la chambre. Je soupai avec Izem, don Miquel vint s'enquérir de ma santé avant de retourner à ses tâches. Mon père resta invisible.

Le lendemain s'étira en longueur, ils partirent chasser tous ensemble et ne rentrèrent que le soir, Marta décréta que j'étais en voie de guérison, je me sentais revivre et avais recouvré mes forces.

Je profitai de ma solitude pour mettre mon plan à exécution : je préparai mon sac en toile que je remplis de mes meilleurs vêtements et de quelques affaires, allai chercher mes armes et pris quelques denrées dans la réserve : du pain, une saucisse sèche, du fromage, des pommes.

J'allai cacher le tout dans la petite remise située près de la vieille poterne menant au passage souterrain construit au temps des ancêtres chevaliers. J'avais pris de quoi faire du feu et je dissimulai une petite torchère à l'entrée du souterrain. J'étais prêt.

Le soir, je descendis à la cuisine et soupai copieusement, remontai ensuite dans la chambrée et annonçai à Eugeni que je me sentais assez vaillant pour aller passer la nuit vers Izem. Je gagnai la petite remise, m'enroulai dans la couverture, sur le foin que j'avais pris soin d'apporter et tâchai de dormir. Je ne devais pas être aussi solide que je pensais car je sombrai vite dans un sommeil profond et sans rêves alors que ce que je m'apprêtais à faire aurait dû me maintenir éveillé.

Ce fut un oiseau de nuit, qui devait nicher juste au-dessus de ma tête, qui m'éveilla. Je me levai d'un coup, grimaçai à cause de mon dos, hésitai sur la conduite à tenir mais me morigénai en me traitant de couard.

J'enfilai mon gaban, pris mon sac, mon épée avec son baudrier, mon arc et mon carquois et me glissai vers la vieille poterne. J'allumai la torchère et descendis l'escalier menant au souterrain. J'avais exploré les lieux à maintes reprises, connaissais les endroits difficiles et ses pièges. Cet endroit était, pour nous les jouvenceaux et marmots, un formidable terrain de jeux, et nous y avions joué à sant Jordi : le souterrain était l'antre du dragon qui terrorisait Mont-Blanc et la belle princesse y était prisonnière : nous mélangions allègrement vieilles légendes et vies des saints mais les adultes nous laissaient y jouer car ce jeu nous apprenait à affronter les lieux obscurs et nos peurs les plus profondes. J'y avais encore emmené ma petite troupe le mois précédent et nous en avions profité pour dégager les lieux et placer quelques étais. En vérité, les adultes nous avaient interdit d'y retourner si le tunnel n'était pas sécurisé et c'est sous étroite surveillance, et avec l'aide du charpentier et d'un maçon, que nous nous étions échinés à consolider et réparer notre terrain de jeu préféré.

J'empruntai donc mon tunnel d'un bon pas, sûr de ne pas tomber dans quelque chausse-trappe. Je sursautai pourtant quand un rongeur fila entre mes jambes et mon cœur s'accéléra.

Le tunnel débouchait au-dessus du poble, la sortie était dissimulée derrière un épais buisson et je n'avais qu'une longueur de pente à dévaler pour rejoindre un sentier, puis l'unique chemin permettant de quitter Toylona.

La lune était pleine, et l'aurore se profilerait bientôt. Je me retournai et contemplai la silhouette menaçante du château. J'étais fier de mon ingéniosité : j'avais su déjouer les gardes en empruntant le souterrain, j'avais dissimulé ma prompte guérison, nul n'avait soupçonné mes projets, pas même Izem. Je me sentais coupable de l'abandonner ainsi, mais je savais trop quel était le châtiment des esclaves en fuite pour lui faire prendre le moindre risque, je me promis de vite lui écrire pour lui expliquer la situation.

Une chouette hulula et je sursautai avant de me raisonner : les loups ne venaient jamais ici en cette saison et je ne risquais rien. Je me mis en marche sur le chemin, et discernai la silhouette d'un garde à la poterne d'entrée. Un chien aboya et un coq noctambule chanta. Je devais me hâter pour être hors de vue avant l'aube. Je me mis en route d'un pas régulier, point trop vif, car bien qu'ayant recouvré des forces, je me savais encore faible. Je marchai à moyennes foulées en respirant profondément, humant l'air frais de la nuit, ou plutôt du matin car, une heure environ après mon départ, l'est se tinta de rose et l'atmosphère changea : une nouvelle journée commençait, le monde de la nuit disparut pour laisser la place au monde du jour, familier et rassurant.

En suivant la progression du soleil, j'imaginai ce qu'il allait se passer à Toylona : j'avais calculé que l'on ne découvrirait ma disparition que vers le milieu de la matinée, voire au repas de midi : Izem penserait que la fatigue m'avait empêché de venir à l'écurie de même qu'Henriquez et la petite troupe : ma convalescence me ferait gagner trois ou quatre heures de répit. La question qui me hantait était plutôt : partirait-on ma recherche où mon père réagirait-il avec indifférence à ma fugue ? Mon départ le soulagerait-il ou le peinerait-il ? La réponse me terrifiait tant que je m'efforçai de me cacher le mobile de ma fuite : obliger mon père à venir à moi. Mon cœur battait la chamade à l'idée qu'il pourrait ne pas venir. Je réalisai, au fur et à mesure que le soleil s'élevait dans le ciel, la folie de cette fugue que j'avais préparée dans le but de défier Guillem et lui crier ma colère. Les heures passèrent et nul sabot ne se fit entendre. Or, je voulais me confronter à lui, lui dire ma déception et ma souffrance.

J'avais dépassé mon chêne depuis un moment quand la fatigue me força à faire une pause. Je bus longuement, mangeai du pain et un morceau de fromage de chèvre avant de m'obliger à repartir malgré la souffrance de mon dos et ma lassitude. Je savais pertinemment que je n'étais pas prêt pour une telle équipée mais j'avais écouté mon ressentiment plutôt que la voix de la sagesse. Je songeai un moment à faire demi-tour et rentrer en prétextant être allé faire une promenade mais je portais tout mon attirail et avais pris de la nourriture pour deux jours.

Je me remis en route avec de nouveaux doutes en tête : qu'allait dire maître Llull en me voyant arriver chez lui pour demander asile et soutien ? Il m'avait bien répété que je trouverais toujours la porte ouverte mais j'étais maintenant reconnu dans tout Valbona. Mon dos blessé allait-il le convaincre de me recevoir... et de s'opposer à un seigneur ?

Quand j'arrivai sur le haut-plateau que nous nommions *le causse,* ma situation m'apparut inextricable. J'étais de plus, exposé à tous les vents, visible de loin, et il n'y avait nul endroit où se cacher, à part une ou deux cazelles en pierre utilisées par les pastoureaux pendant l'estive.

Ce fut bien-sûr à ce moment précis que j'entendis un bruit de galop. Je me retournai et vis des silhouettes de cavaliers se profiler. Ils étaient encore loin mais les destriers de mon père et de don Miquel étaient reconnaissables entre tous.

Je réagis de manière parfaitement stupide : en me mettant à courir pour leur échapper. Comme nous étions sur un plateau désertique sans même un rocher pour me dissimuler, ma tentative était vouée à l'échec mais de surcroît, la douleur de mon dos se raviva et le souffle me manqua.

Il ne leur fallut que quelques minutes pour me rattraper et me dépasser pour me barrer le chemin. Loin de m'avouer vaincu, je persistai et m'élançai de côté sans voir le petit fossé qui bordait le chemin, je m'étalai de tout mon long, la douleur dans mon dos me transperça et je restai ainsi, incapable de bouger, versant des larmes à la fois de douleur et d'humiliation.

Je sentis quelqu'un me relever avec douceur et me prendre dans ses bras et je supposai qu'il s'agissait de don Miquel mais je me raidis en reconnaissant la voix de mon père demander d'une voix forte :

– Miquel, apporte la gourde ! Vite ! Il défaille !

Un goulot fut inséré entre mes lèvres et je me laissai faire, trop faible pour réagir ou protester. De toute façon, je ne savais que dire et me sentais tout penaud, j'accueillis donc ma faiblesse avec soulagement car elle retardait toute explication.

– Marta nous a donné ça pour toi, de l'hypocras mêlé à de l'eau miellée, pour te redonner des forces.

La potion de Marta me ranima en effet et je faillis la recracher car elle était trop forte et épicée pour moi. Je bus néanmoins, me sentis ragaillardi et entrepris de me relever.

– Où escomptes-tu aller ainsi ? fit une voix ironique.

– À Valbona. Je vais voir Angel.

– Fort bien. Et tu es parti sans prévenir, comme un voleur, en passant par le souterrain. Ton ami Izem était en larmes et nous a suppliés de te retrouver. Tu tiens à peine debout, que comptais-tu donc faire ?

J'osai enfin les fixer et j'aperçus Cinca derrière eux, tenue par Pere, un des hommes d'Henriquez qui me grimaça un sourire cynique.

Je voulus aller voir ma jument mais mon père me retint fermement par le bras.

– Tout doux mon gaillard, j'exige une explication !

Je plongeai mes yeux dans les siens.

– Je voulais trouver asile chez Angel et j'espérais qu'il m'aide à trouver un travail.

– Pourquoi ?

– Parce que je n'ai plus ma place chez vous. Après ce qui est arrivé, j'ai compris que je n'avais plus qu'à partir.

– Parce que je t'ai battu ?

– Au sang. Au risque de me tuer. Parce qu'Esteban a menti, que vous l'avez cru et que vous avez refusé de m'écouter. Parce que vous avez suivi les castillans qui vous ont poussé à me battre cruellement. Parce qu'Esteban est satisfait, il a eu sa réponse.

– Sa réponse ?

– Il a clamé devant tous que le traitement que vous m'infligiez était la preuve que vous n'aviez pour moi aucune considération et que je ne comptais pas. J'ai compris que j'étais de trop et qu'il me fallait partir.

Je revis un court instant la scène finale et l'exultation d'Esteban et ne pus empêcher des larmes de couler. Je les essuyai rageusement et voulus passer outre.

– D'ailleurs vous n'êtes même pas venu me visiter. Seul Rodrigo s'est soucié de moi.

Mon père hésita un court instant.

– Je reconnais mes torts. J'ai pleuré sur ma stupidité et j'espère que bientôt tu me pardonneras. Miquel m'a dit sa colère aussi et le père Sandoval m'a longuement confessé. Refuseras-tu ton pardon à celui qui se repent devant Dieu ?

– C'est un peu facile messire. Qui me dit que vous n'allez pas recommencer demain au prochain mensonge de votre fils ? Depuis notre journée à la tour, j'espérais que vous m'aimiez un peu, juste un peu, mais vous avez détruit cette espérance et j'ai le cœur...

Je ne pus finir car de gros sanglots jaillirent, que je ne pus retenir. Je voulus contourner mon père mais il m'attira contre lui, me prit dans ses bras et saisit doucement ma tête pour la poser dans le creux de son épaule. Mes larmes redoublèrent et je me cramponnai à lui, malgré moi.

– Je te demande pardon Gabriel, me souffla-t-il doucement, j'ai pleuré sur cette violence qui me saisit parfois et me fait perdre tout entendement. Il était trop tard quand j'ai réalisé ce que je venais de faire. J'ai agi avec toi comme avec Ana, que j'aimais pourtant. Je sais que je ne suis pas pardonnable et il est normal que tu me tiennes rancune. J'espère simplement que bientôt tu pourras me pardonner, comme ta mère l'a fait.

Je me détachai de lui et l'observai en essuyant mes larmes. Incapable de piper mot tant ma gorge était serrée, je hochai simplement la tête. Au même instant don Miquel amena Cinca vers moi et j'enlaçai ma jument à l'encolure en me serrant contre elle comme j'en avais l'habitude. Je la sentis remuer sa tête et hennir doucement, comme pour me consoler.

Don Miquel, toujours pratique, avait fait signe à Pere.

– Apporte-nous les victuailles. Nous allons manger un morceau avant de repartir.

Je relevai vivement la tête.

– Laissez-moi Cinca, je voudrais aller avec elle à Valbona. Donnez-moi juste de quoi payer l'écurie municipale, j'ai quelques provisions.

– Tu oserais aller seul jusque-là ?

– Je suis armé et avec Cinca je ne crains rien. De toute façon, je refuse de retourner à Toylona tout de suite.

Ils me fixèrent un instant avant de se consulter du regard en hochant la tête.

– Nous avons prévu de tous aller à Valbona, m'asséna mon père, alors mange, nous repartons de suite, la journée est avancée.

Il avait repris son ton autoritaire et je n'osai répliquer. Je m'assis et dévorai le pain et le jambon que me tendit Pere.

Après notre repas, au cours duquel les chevaux avaient été nourris et abreuvés, nous remontâmes en selle et je réprimai une grimace douloureuse en me mettant au petit trot. Mon père le remarqua.

– Miquel, le petit ne pourra suivre un rythme soutenu ; prends les devants et prépare tout, notre logement, notre souper et surtout le principal.

Ils échangèrent un regard entendu avant que don Miquel éperonne son cheval pour partir au galop. Je le vis s'éloigner rapidement. Il ne lui faudrait guère plus d'une heure pour arriver à une telle cadence. Quant à nous, nous nous mîmes au petit trot, mais mon père ralentit chaque fois qu'il me vit grimacer et il nous obligea à repasser au pas à plusieurs reprises. Il fit bien car je serrais les dents. Au bout d'une heure, il ordonna une halte et je fus heureux de détendre mon dos douloureux. Mon père me fit boire la potion de Marta qui me revigora à nouveau.

– Pourquoi allons-nous tous à Valbona ? osai-je enfin demander.

– J'ai des projets pour toi, répliqua-t-il, ne demande plus rien, tu verras bien à notre arrivée.

Mes spéculations sur ce qui m'attendait à Valbona m'occupèrent tout le reste du trajet. Quand les fortifications de la cité furent en vue, j'en étais venu à croire qu'il allait me trouver une place d'apprenti et que don Miquel avait pris les devants. Je ne voyais rien d'autre, j'étais trop jeune pour entrer dans l'armée.

Le cheval de don Miquel nous attendait à l'écurie devant un tas de foin et je saluai le petit palefrenier que je connaissais bien maintenant. Il avait grandi et pris du galon et un autre garçon plus jeune le secondait. Ils s'emparèrent de nos chevaux et nous les aidâmes à retirer les selles, ce qui me fit pousser un cri de douleur. Don Miquel arriva un même instant, à peine essouflé.

– Tout est prêt ! Nous sommes attendus et Luisa nous concocte un bon souper.

Mon père saisit mon bras pour me soutenir, malgré mes protestations véhémentes et nous nous mîmes en marche dans la rue principale. Tous ceux que nous croisions s'inclinaient pour saluer profondément en reconnaissant le comte Guillem.

Nous arrivâmes devant une belle demeure en pierres blanches, aux fenêtres à meneaux sculptées de têtes d'animaux aux encoignures. Nous étions donc chez un des notables de la cité. Mon paternel allait peut-être me placer comme apprenti secrétaire ou clerc.

Nous fûmes introduits dans un bureau assez sombre, au mur nord lambrissé, tandis que l'autre était occupé par des étagères remplies de livres. Un lutrin était ouvert, une table encombrée de documents jouxtait la cheminée où brûlait un feu nourri qui réchauffait la pièce et lui conférait une douce lumière.

Je n'eus pas le temps de poursuivre mes investigations plus loin : un homme entra, se plia en deux devant mon père qui le salua d'un hochement de tête :

– Messire Guillem quel honneur ! Je suis à votre service, don Miquel Arbaca est venu me faire savoir que vous aviez besoin de moi pour une affaire d'importance. Prenez place je vous prie, on vous apporte tout de suite quelques rafraîchissements.

Un clerc nous tendit des sièges à haut dossier en cuir de Cordoue tandis qu'un autre apportait un plateau garni de gobelets en étain et d'une cruche. Les notables savaient recevoir, surtout un comte.

J'eus droit à un sirop d'orgeat tandis que les hommes sirotaient un vin clairet.

Maître Riveira s'était installé derrière son bureau et avait machinalement saisi une plume et une feuille de papier.

– Messire Guillem, don Arbaca m'a fait mander en me disant que l'affaire pressait, je suis honoré que quelqu'un de votre importance daigne faire appel à mes humbles compétences, je sais que vous avez vos hommes de lois à Barcelone et...

– Vous contacterez ensuite Barcelone pour finaliser et les avertir...

– Il sera fait selon vos désirs Messire... Que puis-je donc faire pour vous satisfaire ?

Je me demandai pourquoi Barcelone devait être averti de mon installation comme apprenti à Valbona mais mon père coupa court à mes conjectures.

– Vous avez sans doute entendu parler de mon bâtard Gabriel qui se trouve ici céans.

– Si fait messire ! Tout Valbona l'a au moins vu une fois ou l'autre, sa renommée est faite, c'est lui qui a arraché le neveu de maître Llull à la misère, l'a pris sous sa protection malgré son jeune âge et l'a conduit ici, nous connaissons tous sa bravoure et nous...

– Je veux le reconnaître officiellement et qu'il porte mon nom !

Un coup de tonnerre n'aurait plus me frapper davantage. Il me fallut quelques secondes pour donner sens à ce que je venais d'ouïr et tout ce que je trouvai à dire fut :

– Vous n'êtes pas venu céans pour me placer comme apprenti ?

Je lus la stupéfaction sur le visage de mon père mais aussi de don Miquel, ils se fixèrent quelques instants avant de se mettre à rire.

– Te placer comme apprenti ? Toi ? Mais où as-tu imaginé une telle ineptie ? Voyons Gabriel... bon, maître Riveira, pouvez-vous m'établir des documents officiels stipulant que Gabriel est reconnu comme mon fils bâtard ? Don Arbaca ci-présent va être mon témoin car il a toujours pris soin de lui depuis son plus jeune âge et peut témoigner qu'il est bien mon fils...

Maître Riveira avait fait signe à un clerc qui se précipita sur des registres tandis qu'un autre préparait une liasse de feuilles avec empressement.

– Nous allons préparer les documents en plusieurs exemplaires, il me faudra aussi des renseignements sur le lieu et la date de sa naissance ainsi que le nom de sa mère.

– Je vais rester pour vous expliquer tous ces détails, intervint don Miquel.

– Autre chose, reprit mon père, je désire léguer quelque chose à mon fils, sa part d'héritage est, je crois, limitée mais je peux tout de même lui léguer un bien de faible valeur…

– Vous pouvez aussi prendre des dispositions pour qu'il ne puisse être chassé de votre terre et pour qu'il ait toujours un endroit où vivre, vous pouvez aussi lui léguer, en quantité raisonnable, un ou deux chevaux, des armes, vêtements, vaisselle et meubles…

Mon père sortit un document de la sacoche en cuir qu'il avait amenée et le tendit au notaire.

– Voici un plan de mon fief, j'ai entouré ce que je veux laisser à Gabriel, il s'agit d'une antique tour en très bon état et du terrain qui l'entoure. Je veux qu'elle lui appartienne avec tout ce qu'elle contient.

Le notaire examina le plan et hocha la tête.

– Un beau terrain en effet. Tout cela sera à lui dès sa majorité mais je vais déjà l'inscrire dans la reconnaissance en paternité afin que nul ne puisse s'y opposer. Il pourra en jouir dès maintenant même s'il s'agit d'un héritage futur. Mais… euh je vois que cette tour s'appelle la tour des amants sur votre document, pensez-vous que ce nom soit adapté à un jeune homme ? Nous pourrions le changer, au moins sur les documents officiels.

Un peu gêné, mon père hocha la tête tandis que je commençais seulement à réaliser ce qui m'arrivait.

– Vous pourriez la nommer euh… la vieille tour ? La tour du fils ? La tour de Gabriel ? Si vous avez une autre idée…

– La tour de Gabriel ! décida mon père, au moins la chose est claire !

Ainsi fut fait et les choses furent rondement menées. Don Miquel resta pour finaliser et le notaire promit les documents pour le lendemain matin. Mon père se leva après avoir signé quelques papiers, salua maître Riveira et m'entraîna dehors en donnant rendez-vous à Miquel chez Luisa, qu'il connaissait visiblement.

Une fois dans la calle, il me fixa :

– Alors, qu'en dis-tu ? Tu pourras dire maintenant que tu es Gabriel de Toylona, bâtard de Guillem, sans mentir. Quant à la tour, elle te sera un refuge et même un lieu de vie si tu t'y plais. Tu pourras l'aménager à ta guise dans les années qui viennent... Permets-moi seulement de m'y rendre aussi, j'y ai des souvenirs que je chéris.

La gorge serrée, je hochai la tête.

– Merci messire, je ne sais que dire, j'ai l'impression que vous parlez de quelqu'un d'autre...

Il se pencha vers moi et m'attrapa aux épaules.

– Maintenant que tu es mon fils officiel, je veux que tu m'appelles 'père' comme Esteban.

J'en perdis presque le souffle.

– Je vais essayer messire mais euh... cela me semblera étrange, difficile et... que vont dire Esteban et la comtesse ?

– Ils ne diront rien. Ils accepteront.

– Et pour la tour ?

– Je leur en ai déjà parlé. Ils sont d'accord, ils se moquent de cette tour sans valeur pour eux. Tu auras quelque chose à toi Gabriel, que nul ne pourra te prendre. Bon, maintenant, que dirais-tu d'aller saluer ton ami Angel et sa famille ? Il est temps que tu me les présentes non ?

Mes yeux s'ouvrirent comme des soucoupes.

– Eux ? Mais... il aurait fallu les prévenir non ? Déjà qu'ils sont gênés quand ils voient don Miquel ! Ils ne sauront plus où se mettre. De plus, je devais venir avec lui la semaine prochaine et Angel m'attend dans huit jours...

Mo père stoppa net et réfléchit quelques instants.

– Tu crois que son oncle le laisserait repartir avec nous pour revenir avec toi la semaine prochaine comme prévu ? Il apprécierait peut-être de passer huit jours à Toylona avec toi. Vous pourriez même passer deux ou trois jours à la tour, tous les trois avec Izem, qu'en penses-tu ?

Ébloui, je le contemplai comme si j'avais l'archange devant moi. Sans réfléchir je me jetai dans ses bras en riant de joie :

– Oh merci ! Ce sera un cadeau merveilleux, depuis le temps que j'en rêvais ! Mais vous croyez que son oncle va le laisser huit jours sans faire son ouvrage ?

Mon père sourit.

– Tu vas voir que mon nom et ma simple présence vont faire des miracles.

Je précédai mon père dans la calle, Angel fut le premier à m'apercevoir quand je me présentai à l'huis et sa surprise ne fut pas feinte. Il poussa un cri de joie, bondit et me sauta au cou avec enthousiasme.

– Oh Gabriel, tu es venu plus tôt que prévu ! Comment se fait-il...

Déjà je saluais le reste de la compagnie avant de me reculer vers la ruelle pour faire signe à mon père qui patientait, un petit sourire aux lèvres.

– Euh... je ne suis pas seul, il y ici quelqu'un qui voudrait vous connaître.

Je ris sous cape quand mon père s'avança et qu'ils devinrent tous livides en le reconnaissant. Je crus qu'Angel allait défaillir et je le retins par le bras. Il voulut plonger à terre pour saluer et se prosterner mais mon père le retint avec un sourire amusé.

– Inutile Angel, je désire simplement rencontrer l'ami de mon fils dont nous entendons tous parler à Toylona, je suis heureux de te voir enfin !

Angel était cramoisi, terrifié, yeux baissés et bouche ouverte, incapable de la moindre réaction et le comte Guillem eut pitié de lui : il le laissa reprendre son souffle en se tournant vers maître Llull et Sofia qui n'étaient guère plus vaillants et attendaient, pliés en deux.

– Je suis fort aise de vous rencontrer et veut vous remercier d'accueillir Gabriel chez vous chaque fois qu'il vient céans. Nous vous invitons à un petit souper chez Luisa, la douce amie de don Arbaca, mon écuyer que vous connaissez, nous avons quelque chose à fêter...rejoignez-nous donc dès que votre boutique sera fermée, nous vous attendons à l'auberge dès que possible...

Mon père s'amusait beaucoup tandis que maître Llull bredouillait :

– Oh mon Dieu, quel honneur Messire ! Nous n'osons... nous ne sommes que de petits artisans, jamais nous n'oserions...je euh...

– Il s'agit d'un petit souper informel, je suis venu seul avec don Miquel, ne soyez point gênés et prenez vos aises surtout… Ah… à propos, laisseriez-vous Angel repartir avec nous à Toylona demain pour y séjourner jusqu'à la semaine prochaine ? Il reviendra avec Miquel et Gabriel, mon fils serait très heureux de faire découvrir Toylona à son ami…

Refuser était bien-sûr impensable face à un tel honneur. Quant à Angel, sa joie fut si grande qu'il en perdit presque la respiration et dut boire un peu d'eau pour reprendre vie. Je réalisai derechef combien j'avais changé, la vie au château, qui était pour moi chose ordinaire, était pour lui un rêve qui devenait réalité.

Quand ils nous rejoignirent à l'auberge, ils avaient revêtus leurs plus beaux vêtements, Joaquim portait son chapeau d'apparat en velours cramoisi, celui des maîtres de la guilde des cordonniers et Sofia une toque en soie brodée et un mantelet sans manches doublé de satin. Don Miquel et Luisa se chargèrent de les accueillir afin de les mettre à l'aise.

Une nappe blanche recouvrait la grande table en bois et plusieurs chandelles avaient été allumées, un luxe inhabituel. Un ragoût fumait dans une marmite mais je vis aussi le rôtisseur de la calle Sant Lu apporter deux chapons rôtis que don Miquel lui régla discrètement. Il fit de même avec un plat de buñuelos bien dorés et sucrés et je vis les yeux d'Angel briller de gourmandise.

Sur un signe de don Miquel, je m'installai à un bout de table avec les Llull tandis que mon père prenait place à l'autre extrémité. Je crois que s'ils avaient été à ses côtés, ils n'auraient pu avaler miette, mais une fois entre gens du même monde, ils osèrent profiter du festin inattendu qui s'offrait à eux.

Avant de commencer mon père se leva, brandit une coupe de vin et annonça la raison de ces ripailles, ce qui provoqua une grande émotion chez Angel et le cordonnier qui me félicitèrent et furent sincèrement heureux pour moi. Nous trinquâmes donc tous et fîmes honneur au repas. Le soldat Pere s'était institué marmiton et prétendait aider Luisa mais ce fut surtout pour conter fleurette à la jolie servante qui la secondait depuis quelques semaines. Elle devait avoir mon âge et je la mis en garde contre les assiduités du gaillard qui se vantait de trousser toutes les servantes d'auberges qui croisaient sa route. Guillem lui, semblait heureux de s'encanailler avec le peuple et de manger ailleurs qu'aux côtés de sa sinistre épouse sur l'estrade de la grand salle. Je le découvris gai et sans manières, il avait renoncé à cette mine sévère et austère qui le faisait craindre de tous.

Je profitai du repas pour instruire Angel sur les us et coutumes de Toylona et les gens qu'il allait rencontrer. Je lui parlai de Rodrigo et des castillans qui avaient proposé de garder le château en l'absence de mon père et de don Miquel. Je ne voyais pas trop ce qu'il y avait à garder, les ennemis étant inexistants dans la vallée. Ce serait plutôt à nos servantes de se garder de Rodrigo et de son père car ils avaient la main leste et ne supportaient pas qu'on leur résiste. J'avais dû parler trop fort car je croisai le regard amusé de mon père au même instant et il hocha la tête d'un air entendu. Il ajouta avec un sourire qu'il avait chargé Henriquez de protéger nos servantes mais surtout d'épuiser les De Arroyal en leur organisant moult combats et parties de chasse dont ils reviendraient fourbus à la tombée de la nuit.

Vers le milieu du repas, deux musiciens se présentèrent avec leur luth, flûte et tambourin et nous reprîmes avec eux de vieux refrains catalans mais aussi quelques chansons à boire qui auraient fait s'étrangler la comtesse et Esteban. Mon père croisa mes yeux au moment où cette idée me vint et je sus, au sourire qu'il m'adressa, que nous pensions la même chose.

Ce fut une belle soirée, chaleureuse et simple, qui me réchauffa le cœur et s'inscrivit dans ma mémoire.

– Je ne pourrai pas m'asseoir pendant deux jours au moins ! gémit Angel.

Il me cramponnait depuis notre départ et nous venions d'atteindre le *Causse*. Je ris sous cape en pensant à la tête de mon père quand il m'avait vu installer Angel sur Cinca, le rassurer et lui expliquer les rudiments de l'équitation tandis qu'il gémissait à la fois d'excitation et de crainte. Il avait fait bonne figure en traversant Valbona car notre petit équipage n'était pas passé inaperçu et alimenterait les commérages du jour. Mais une fois hors de la cité, et lancés au trot, il s'était collé à moi, terrifié et j'avais usé de trésors de diplomatie pour l'amadouer, au grand amusement de mon père et don Miquel.

J'avais parié avec l'hidalgo que mon père nous abandonnerait promptement, incapable de supporter notre allure paisible, lui qui n'aimait que le galop à pleine vitesse. Il partait en avant, revenait voir si nous avancions assez vite et jetait des coups d'œil pathétiques sur le pauvre Angel mais aussi sur moi, privé de galop et de sensations grisantes.

– Je vais gagner ! murmurai-je à don Miquel d'un air vainqueur.

Mon père arrivait vers nous d'un air excédé et je pris les devants avant qu'il ne pourfende Angel pour crime de ralentissement de monture.

– Messire ! le hélai-je.

Il fronça les sourcils.

– Messire ? Que t'ai-je dit hier au soir ?

Je le fixai, gêné.

– Heu… messire mon père, cela vous sied-il ? Cela me sied à moi.

Il hocha la tête d'un geste rapide.

– Euh…voilà, il serait bon que vous arriviez avant nous afin de… euh, préparer le terrain, après tout, je me suis enfui et vous revenez avec moi et un de mes amis, de plus je veux qu'Angel arrive vivant ce soir et je compte faire quelques pauses afin de ménager son postérieur mais aussi mon dos dont je pâtis encore. Je vois également aussi que Tonnerre a grand besoin de galoper et s'impatiente.

Une lueur joyeuse illumina les yeux de mon père à la simple pensée d'un galop.

– Prenez les devants avec Pere, Guillem ! proposa don Miquel avec un grand sourire, je reste avec les deux marmots et les amène sains et saufs.

– Je suis parfaitement apte à venir seul avec Angel ! protestai-je, et nous ne sommes pas des marmots mais des damoiseaux !

– Voyons donc ! se récria don Miquel, et si ton ami choit du cheval et se blesse ? Ne vois-tu pas que Cinca fatigue, qu'il nous faut faire une pause et qu'ensuite Angel montera derrière moi ?

Je me rendis à l'évidence avec une parfaite mauvaise foi avant de rassurer Angel qui tremblait déjà à l'idée d'approcher et don Miquel et son destrier, qui en effrayait plus d'un.

Quant à mon père, nous le vîmes mettre Tonnerre au grand galop et nous quitter avec un tel soulagement que nous éclatâmes de rire en le voyant disparaître.

– On croirait qu'il est poursuivi par une horde de mahométans, s'amusa don Miquel, maintenant, nous irons à notre rythme sans le sentir piaffer à nos côtés et nous maudire pour notre lenteur !

Ainsi fîmes nous, et je fis découvrir à Angel les beautés de nos terres et des monts alentour. Il se relâcha enfin, il connaissait Miquel et ne tremblait plus devant lui. Nous prîmes notre temps, nous octroyant des pauses pour nous restaurer et nous détendre et le soir n'était pas loin quand nous arrivâmes en vue de Toylona.

Don Miquel comprit la prière muette que je lui adressai et il se tourna vers nous :

– Je prends les devants et vais prévenir Izem de votre arrivée, terminez seuls et ne traînez pas trop !

Je traînai bien-sûr, voulant profiter pleinement de cet instant dont je rêvais depuis longtemps : partager avec mon ami sa première découverte du château, qui me ramenait à ma propre arrivée, trois ans s'étaient écoulés mais je n'oublierais jamais le choc ressenti quand j'avais vu Toylona se dresser fièrement face à moi.

Angel réagit exactement comme moi à l'époque. Ses yeux s'ouvrirent démesurément.

– Oh Gabriel ! Mon Dieu... c'est... gigantesque... terrifiant... si beau aussi !

Il me contempla avec d'autres yeux :

– Et tu es le fils du Seigneur ! Et tu es mon ami !

Je me dépêchai de le ramener à la réalité car des larmes mouillaient déjà ses yeux.

– Je ne suis que le bâtard Angel... Tu vas le voir par toi-même, souviens-toi de tout ce que je t'ai expliqué sur Esteban !

– Il a failli te faire tuer, il a menti et...

– Tu le salueras sans un mot et ne diras rien. Compris ? Les seigneurs ont tous les droits ici, mais je te promets que nous allons bien nous amuser avec Izem, j'ai une tour maintenant et je compte t'emmener chez moi, loin d'eux, compris ?

CHAPITRE QUINZE

'Un père a deux vies : la sienne et celle de son fils'
(Jules Renard)

Je comptais éviter tout ce qui ressemblait à un noble et nous cantonner entre les cuisines et l'écurie, en évitant soigneusement la grande salle.

C'était compter sans don Miquel et mon paternel. Je finissais de présenter Angel aux gens des cuisines et nous nous apprêtions à nous attabler quand don Miquel arriva avec un sourire cauteleux qui me fit craindre le pire.

Il vérifia que nous nous étions à peu près propres et se planta devant nous en montrant l'escalier.

– Gabriel, Angel et Izem, dans la grande salle immédiatement !

– Nous avons faim ! protestai-je et nous...

– Vous mangez là-haut avec nous.

– Je ne veux voir personne !

– Tu vas voir tout le monde et chacun te verra ! Allons ! On se presse !

J'eus beau maugréer, nous dûmes rejoindre la salle d'apparat où nous prîmes place vers don Miquel de la manière la plus discrète possible, ce qui n'alla pas sans mal, car le beau monde se hâta de se retourner pour nous dévisager. J'évitai soigneusement de regarder vers l'estrade et fis mine de me passionner pour la tapisserie accrochée face à moi avant de trouver un excellent dérivatif : initier Angel aux us et coutumes locaux, l'empêcher d'examiner bouche bée ceux que je lui présentais discrètement et de poser des questions indiscrètes, lui montrer comment se laver les mains (il prit l'aiguière pour une cruche et faillit en boire l'eau) et autres mystères que j'avais éclaircis lors de mon arrivée à Ensegur.

À la fin du souper, je cherchai comment nous éclipser sans que don Miquel ne nous remarque, ce qui semblait ardu vu que j'étais assis à ses côtés et partageais son écuelle.

– Angel et toi dormez dans ma chambrée cette nuit, m'annonça-t-il d'une voix sans appel. Je suppose que vous projetiez de dormir avec Izem à l'écurie ?
– Comment devinez-vous tous mes projets don Miquel ?
– Et vous escomptiez aller vous promener je ne sais trop où au lieu de dormir du sommeil du juste !
– Comment le savez v… ?
Je me tus juste à temps. Ce diable d'homme devinait tous mes plans et les déjouait un à un. Dépité, je lui dardai un regard furieux qui l'amusa beaucoup.
– Mon apprenti archange ne va pas se fâcher tout de même ! Si tu veux être promu archange en chef, il faut que je t'empêche de faire des bêtises et que je t'aide à être parfait !
Nous nous tûmes car mon père s'était levé et demandait le silence. Chacun se tint coi et mon géniteur parcourut la salle des yeux. Il croisa mon regard et je me sentis rétrécir dans mon pourpoint.
– J'ai une nouvelle à vous partager, commença-t-il de sa voix la plus 'seigneur absolu du château' comme je la nommais, Gabriel, lève-toi et rejoins moi !
Je guettai la porte et songeai à filer en courant mais je croisai les yeux amusés de Rodrigo et décidai de faire face. Je rejoignis mon père sous les regards curieux. D'aucuns se demandaient peut-être si j'allais être à nouveau fouetté pour m'être enfui car bien-sûr, tout le monde avait été avisé de ma petite escapade et me l'avait fait savoir… en me félicitant de mon retour, retour dont je n'étais pas responsable.
Mon père me plaça devant lui en me tenant aux épaules, face à l'assemblée.
– Voilà, je veux que chacun sache que je viens de reconnaître officiellement Gabriel comme mon bâtard, qu'il peut maintenant porter mon nom, qu'il aura droit à la part légale d'héritage octroyée aux bâtards et que je lui ai légué la vieille tour qui va désormais s'appeler 'la tour de Gabriel'.
Horriblement gêné, je glissai mes yeux du côté d'Esteban et de sa mère. Nulle surprise dans leurs yeux, mon père avait eu la décence de les avertir au préalable. Regina fit même semblant de sourire et Esteban eut la présence d'esprit de se lever pour se diriger vers nous. Je voulus fuir car je m'étais juré de ne pas

l'approcher mais mon père me retint d'une poigne de fer, ayant deviné mes intentions.

— Ah mon frère bâtard ! s'écria Esteban en insistant bien sur le bâtard, je suis fort aise de cette décision, tu auras ainsi toujours parmi nous le gîte et le couvert et il est juste que la vieille tour en ruine te revienne puisque c'est là que tu as été conçu !

À ces mots, la poigne de mon père se resserra violemment sur mon épaule et je le sentis tressaillir. Esteban était fin diplomate et il savait cracher ses méchancetés sous une apparence de bonté.

— Embrassons-nous comme deux frères ! reprit-il d'une voix suave, je me réjouis de te revoir céans, ta fugue n'a point duré, j'étais certain que tu déciderais de revenir vite parmi nous. Tu sais bien que tu n'auras jamais meilleure place que celle qui consiste à me servir, je suis sûr que ton ami des jours de misère que tu as invité ne me contredira pas, il n'y a qu'à voir sa mine émerveillée ; n'est-ce pas que la vie est belle céans et que Gabriel est heureux de pouvoir me servir ?

Tous les yeux s'étaient rivés sur le pauvre Angel qui faillit disparaître sous la table. Don Miquel lui glissa quelques mots et il se leva et s'inclina en murmurant

— Si fait ! Messire Esteban ! balbutia-t-il d'une voix étranglée avant de se rasseoir avec la célérité d' aigle fondant sur une proie, pour plonger le nez dans l'écuelle.

Ce petit intermède me fut profitable et me permit de peaufiner ma vengeance.

— Merci mon frère de vos bons vœux. Je vois que les quelques jours enfermé au pain sec à faire pénitence vous ont mené à vous repentir pour m'avoir accusé d'un vol que vous aviez vous-même commis. Nous sommes tous les mêmes nous, misérables humains : prompts à pécher que nous soyons puissants ou misérables, n'est-ce pas ? Vous semblez avoir compris que votre naissance ne vous avait pas fait meilleur que ceux qui vous servent. Je vous sais gré de votre humilité et ne peux que pardonner votre vilenie à mon encontre.

Je l'embrassai à mon tour et me hâtai de filer avant qu'il ne saute sur le premier couteau venu pour me l'enfoncer quelque part. Heureusement, son éducation lui interdisait de m'occire ou de se mettre à hurler et il grimaça un sourire contraint, s'inclina élégamment et regagna sa place.

J'eus le temps de croiser les yeux admiratifs d'Ines et, quand je passai vers Rodrigo je l'entendis me murmurer :

– Bien bâtard, tu commences à savoir te défendre, un vrai petit serpent !

Quand je regagnai ma place don Miquel me fixa :

– Cela n'était pas digne d'un archange mais c'était remarquable. Par contre, le père Sandoval n'a pas trop apprécié, attends-toi à une sainte convocation pour une confession en règle.

Je haussai les épaules mais Izem se pencha vers moi :

– Attention Gabriel, tu viens de l'humilier et de te placer comme son égal en lui répondant ainsi, il voudra se venger, pourquoi ne pas te taire et endurer ? Comment crois-tu que je fais, moi ? Si j'avais répondu au mépris et aux insultes, je serais mort depuis longtemps.

Je faillis lui rétorquer qu'il était esclave et que c'était là comportement normal d'esclave, mais proférer cela serait me placer au-dessus de lui, que je proclamais être mon ami. Je me tus et le fixai un court instant avant de hocher la tête.

– Sans doute as-tu raison, finis-je par admettre à contre cœur, mais je suis le fils de Guillem, par le sang sinon par le rang et je ne veux plus me laisser insulter sans réagir.

Il se contenta de me murmurer :

– J'espère que tu ne regretteras jamais ces paroles. À trop s'approcher du soleil, on risque de se brûler les ailes. Ils ne t'accepteront jamais comme leur semblable Gabriel, jamais.

Izem adorait citer des aphorismes depuis qu'il maîtrisait le catalan comme un natif. Le père Sandoval lui donnait des cours d'écriture et de lecture depuis quelques mois, espérant ainsi le catéchiser et l'amener à la conversion, ce qui ne le rebutait point, bien au contraire. J'avais depuis peu découvert, à ma grande honte, que ses leçons lui étaient permises parce qu'il était maintenant considéré comme mon esclave car il passait une bonne partie de ses journées avec moi.

Je croyais que notre père n'avait pas pris garde à l'affrontement de ses deux fils. Mal m'en prit. Le lendemain, je terminais de faire à un Angel émerveillé les honneurs des coins les plus secrets du château (mes préférés) quand je fus sommé de me rendre dans la chambre paternelle. J'avais prévu de donner à Angel une première leçon officielle d'équitation mais Izem offrit de me remplacer. Il venait d'ailleurs de choisir un cheval placide et mon Angel ne pouvait avoir meilleur professeur que ce jeune berbère qui semblait né sur un cheval. Je laissai donc mon ami à ses bons soins et rejoignis la chambre comtale.

Mon père était assis devant la table qui lui servait de bureau et Esteban se trouvait face à lui, debout, tandis que le père Sandoval se tenait en retrait près de la fenêtre.

Il ne nous offrit pas de siège, aussi restâmes-nous debout côte à côte et face à lui, ne sachant trop quelle contenance prendre. Esteban avait perdu de sa superbe. Mon père se leva, et mains appuyées sur la table, se pencha vers nous :

– Je n'ai pas goûté votre aparté en public hier au soir. Il me déplaît de voir mes deux fils se mordre et se déchirer alors qu'ils devraient se donner la main et s'entraider. Esteban, c'est toi qui as commencé hier, pourquoi agis-tu ainsi alors qu'il est là pour te seconder ? Ta pénitence ne t'a-t-elle rien appris ? Il a toutes les qualités requises pour être ce que Miquel est pour moi, pourquoi ne le vois-tu pas ?

Esteban fixa son père quelques secondes avant de répondre.

– Justement père, je les vois ses qualités. Je ne les vois que trop. Chacun l'apprécie ici. Vous le premier. Je ne laisserai pas cet usurpateur prendre ma place. Vous oubliez de qui il est le fils.

Il n'aurait pas dû prononcer la dernière phrase.

– J'oublie de qui il est le fils ? Crois-tu ? Tu te trompes Esteban, je n'oublie pas qu'il est aussi de mon sang et de ma race et qu'il est fils d'une femme que j'ai aimée, brièvement peut-être mais follement, oui follement. Maintenant, tu vas m'écouter, sortir de tes enfantillages et cesser d'écouter les ragots de ta mère : tu es mon héritier et le seras toujours, tu as l'intelligence nécessaire pour diriger un jour Toylona. Ta place n'est pas remise en cause, je veux que cela soit clair. Mais je sais aussi que tu as besoin de Gabriel pour réussir. Il sera ce que Miquel est pour moi, qui suis pourtant fort et vaillant. Sans lui, j'aurais bien du mal à faire ce que je fais. Comment comptes-tu régner sur ce fief et nos affaires si tu es seul ? Iras-tu à Barcelone en chevauchant des jours à bride abattue pour régler une affaire urgente ? Mèneras-tu des chasses et des battues ? Régleras-tu les querelles de paysans, toi qui ne sais rien de leur vie ? Sauras-tu acheter des chevaux ? Répondras-tu à l'appel de notre empereur s'il appelle un jour ses nobles au combat ?

La dernière question me posa aussi problème car je n'avais nulle envie de prendre les armes. Le comte eut ensuite la mauvaise idée de se tourner vers moi.

– Et toi Gabriel, pourquoi avoir ainsi répliqué à ton frère ? Il est et sera aussi ton maître, ne l'oublie pas. Porter mon nom et avoir mon sang qui coule en toi ne te confère pas tous les droits. Tu jouis déjà de beaucoup de privilèges et tu reçois une éducation que bien des nobles n'auront jamais. Je sais que depuis quelque temps tu relèves la tête, fais preuve d'une certaine insolence et désobéis à Miquel. Je mets cela sur le compte de l'adolescence qui fait bouillir ton sang. mais je t'avertis : je veux retrouver un Gabriel humble et soumis, reconnaissant de la place qu'il occupe et heureux de servir un demi-frère dont il ne sera jamais l'égal, mais qu'il servira de tout cœur en gardant sa place, qui est celle d'un inférieur. Comprends-tu ? Tu jouis d'une certaine liberté, possèdes ton cheval et tes armes comme un chevalier, une tour maintenant et un nom, contente-toi de cela, qui est beaucoup et marche tête basse en restant parmi les serviteurs. Si je te vois te montrer encore une fois insolent envers ton frère, je sévirai durement et tu le regretteras. Je ne veux plus non plus entendre Miquel se plaindre de toi. Ne cherche plus à échapper aux corvées, il est juste que tu travailles dur, comme tout un chacun. Maintenant, regarde-nous et promets de t'amender, de rester à ta place, d'avoir un comportement irréprochable et de respecter ton frère !

Je venais de recevoir une douche glaciale et d'être remis à ma place de manière brutale. Néanmoins je n'eus pas le choix car ils attendaient tous deux, le père et le fils, ligués contre moi me sembla-t-il, avec toute l'arrogance de leur position.

– Je promets messire, déclarai-je d'une voix coupante qui manquait singulièrement d'humilité, je vais me montrer respectueux et obéissant envers mon frère, vous-même et don

Miquel. Je garderai ma place, terminai-je en songeant qu'Izem avait eu raison la veille en me prédisant que je ne serais jamais des leurs.

– Bien, conclut mon père tandis qu'Esteban rayonnait, sûr d'avoir gagné cette joute cruelle, maintenant Esteban, je veux que toi aussi, tu t'engages à ne pas humilier Gabriel pour le plaisir, ainsi que tu t'y plais, à ne pas l'accabler de tâches inutiles comme de l'envoyer trois fois de suite aux cuisines le soir au moment de vous coucher, je veux que tu lui fasses confiance et reconnaisses sa valeur. Ta position ne t'octroie pas tous les droits et un bon maître est celui qui respecte les siens et sait s'en faire aimer. T'engages-tu mon fils ? Ne le fais pas à la légère pour te dédire dès que la porte sera refermée, je sais comment tu te comportes avec Gabriel et j'en serai toujours informé.

Le sourire d'Esteban s'était effacé et les paroles de mon père estompèrent quelque peu ma peine. Il avait gardé quelques remontrances pour mon frère ! En outre, je savais que mon comportement des mois passés laissait à désirer, je m'étais montré rebelle à maintes reprises. Moi qui me targuais de ne pas agir comme les nobles, j'avais eu cette tendance à les copier dans leur outrecuidance et leur orgueil pour n'en faire qu'à ma tête.

– Je promets père, se résigna Esteban avec la voix d'un dominicain torturé par les sauvages du Nouveau-Monde, je vais faire tous mes efforts pour m'amender, acquérir les sept vertus capitales, me débarrasser du péché d'orgueil et pratiquer la charité chrétienne envers les misérables placés sous mon autorité.

Mon père, dépité, renonça à commenter cet élan religieux soigneusement calculé qui l'exaspérait au plus haut point, lui qui ne goûtait point la bigoterie. Pour ma part, sa prestation mystique ne m'agréa guère car j'étais sûrement l'unique élément des 'misérables' qu'il avait mentionnés. Notre père hocha la tête en le fixant :

– Je n'ai rien ouï concernant ton frère.

Tel un renard acculé par les chiens de notre père, Esteban se rendit, la mort dans l'âme. Il semblait beaucoup souffrir. Il avait sorti son chapelet et je craignis qu'il ne nous propose d'entrer

en oraison en espérant quelque illumination divine qui lui éviterait de répondre. Il n'osa pas.
— Je m'engage à respecter le bâta... euh Gabriel et à euh... prier pour le salut de son âme.

Je n'en demandais pas tant et doutais de l'efficacité d'une telle prière venant de lui. Notre père lui, ouvrit de grands yeux, réprima un sourire et comprit qu'il avait soutiré de son rejeton le maximum de charité qu'il pouvait espérer. Il soupira :
— Bon. Tu vas rester céans, je veux encore te préciser tes devoirs et parler avec toi mon fils. Gabriel, si tu le désires, pars demain avec Izem et Angel dans ta tour, sans doute y-a-t-il quelque entretien à faire, vous vous y attellerez, tu en es maintenant responsable et j'entends que tu endosses tes responsabilités. Vous pourrez y rester deux ou trois jours. Prenez toutes les provisions nécessaires et partez de bon matin. Laisse-nous seuls maintenant.

Je m'éclipsai et filai comme si j'avais l'armée de Soliman aux trousses.

Je me rembrunis en découvrant que l'immuable Rodrigo avait entrepris de prodiguer ses conseils à mon apprenti cavalier et je me hâtai d'aller délivrer Angel des griffes de ce redoutable professeur. Il sourit de toutes ses dents en me voyant.
— Ah mon bâtard préféré ! Alors ton paternel ne t'a point trucidé ? Ni même navré ?
— Il m'a juste tancé pour mon impertinence qui ne sied pas à un gueux tel que moi, lui rétorquai-je tandis qu'Izem se dépêchait de tirer le cheval par la bride et d'éloigner mon pauvre Angel de l'envahissant castillan afin de reprendre la leçon.
— Ton... ami m'a narré avec beaucoup d'empressement tout ce que tu as accompli pour lui. J'ignorais que tu avais vécu chez un forgeron dans un misérable poble et que tu étais arrivé céans seul après avoir tenu tête à une meute de loups... Tout cela pour retrouver sa famille en plus. Il te tient pour une sorte de sant Jordi incarné...

Il me les désigna d'un geste :

– Voici mon cher bâtard... ta cour : un esclave maure et un orphelin des bas-fonds... C'est un début, ne te décourage pas !

Il me fixa quelques secondes avant d'ajouter d'un air sérieux :

– En tout cas, ces deux-là te chérissent et seront à jamais tes fidèles vassaux. Garde-les toujours vers toi. Angel m'a conté l'hiver passé ensemble à vous réchauffer dans la forge, la nourriture que tu lui mettais de côté, les coups que tu as reçus aussi, le travail harassant... Comment ton père a-t-il pu permettre une telle vilenie ?

– Il ne sait rien, répliquai-je, et don Miquel non plus. Ils me croyaient en sûreté, ils ignoraient que le bonhomme avait le vin mauvais. Pourquoi sommes-nous partis sans attendre la venue de don Miquel ? Je n'en pouvais plus et Angel était plus mal loti que moi. Je voulais nous sauver tous les deux, c'est tout.

– Tu n'avais que onze ans m'a dit Angel... Tu devais être terrifié...

– Depuis le trépas de ma mère, j'ai appris à affronter bien des choses seul. Songez que je ne connaissais pas mon père et me considérais comme un orphelin, il fallait bien que je trouve en moi les ressources pour me débrouiller. Maintenant messire Rodrigo, je dois vaquer à certaines tâches et veiller à ce qu'Angel soit apte à monter ce paisible roncin d'ici demain, je les emmène voir ma tour, le comte m'accorde un peu de liberté.

Je le saluai respectueusement, d'autant plus que don Miquel n'était pas loin, avant de retourner à mes occupations tout en ressassant la scène avec mon père et Esteban. Je n'avais qu'une hâte : trouver refuge dans ma tour qui me devenait soudain très chère.

Le lendemain fut un jour faste. Angel parvint à faire le court trajet sur le roncin sans tomber, nous étions abondamment pourvus en victuailles, Carles avait même ajouté une petite cruche d'hydromel à l'insu de don Miquel. Un maître maçon et un charpentier aux ordres de mon père nous accompagnaient : ils devaient inspecter les lieux et voir si des travaux étaient nécessaires avant l'hiver. Il s'avéra que les réparations étaient minimes, les seigneurs successifs de Toylona s'étant attachés à maintenir les lieux en parfait état. Le maçon ajouta même avant de repartir que j'avais là un bel héritage dont je pouvais être fier. Izem et Angel abondèrent dans son sens et Angel soutint que certains notables de Valbona n'étaient pas mieux lotis et que mon logement valait celui de Joaquim.

Nous prîmes nos aises et vécûmes une belle journée : je leur montrai tous les recoins puis nous partîmes en expédition pour reconnaître les limites du terrain après avoir posé un ou deux pièges à petit gibier. Nous nous baignâmes malgré la fraîcheur de l'automne précoce et restâmes un long moment à nous sécher au soleil sur l'herbe, goûtant un repos qui nous était chichement octroyé.

Nous avons parlé, rit, plaisanté, rêvé. Bref, nous avons été heureux, tout simplement.

La soirée fut à l'avenant. Le repas était copieux et le cruchon d'hydromel nous mit dans une telle joie que nous rîmes à perdre haleine. Qu'il était bon d'être sans maîtres, sans professeurs, sans surveillance ! Nous avions soif d'une liberté qui nous était rarement permise. Seul Angel jouissait d'une marge de manœuvre appréciable et profitait de la bonté de sa tante qui le chérissait. C'était là un juste retour des choses après tout ce qu'il avait enduré. Son oncle était exigeant, tout comme les maîtres de la petite école paroissiale mais cette exigence était parsemée de bonté et de patience. Les coups de férule du maître n'étaient rien comparés à ce qu'il avait connu.

Izem parlait peu et nous écoutait, il vivait dans le présent, ayant perdu son passé, son pays et les siens. Devenu philosophe, il était ouvert à ce qui se présentait à lui.

Avant de nous coucher, ils oignirent mon dos encore douloureux avec l'onguent de Marta. Je ne voulais point, mais ils insistèrent tant que je me laissai faire, un peu honteux que moi, fils de Guillem, porte les marques de la violence de mon père. Tous trois avions en commun notre lot de souffrance et notre amitié n'était pas un hasard.

Nous nous fîmes la promesse de rester amis jusqu'à la mort, de nous entraider et nous secourir quelle que soit notre situation.

Le lendemain débuta de belle manière : un lièvre était pris au collet et notre repas était assuré, quoique la nourriture de Carles fût suffisante. Je montrai à Angel comment vider et dépecer la bête, après l'avoir achevée le plus vite possible. Mon pauvre ami sua à grosses gouttes et en fut tout marri, je compris à quel point je m'étais endurci au contact de mon père et de ses hommes. Je répugnais à tuer mais le faisais tout de même, non sans implorer le pardon de l'animal dans mon cœur. Je ne pouvais m'offrir le luxe de refuser la chasse. J'espérais de tout cœur ne pas avoir à remplacer Esteban à l'armée un jour.

Nous avions mis notre lièvre à cuire dans la cheminée de la cuisine après l'avoir farci d'herbes odorantes quand un bruit de galop nous fit lever la tête. Nous sortîmes en courant pour nous trouver face à mon père, suivi de l'inévitable Rodrigo, mais aussi d'Esteban, qui se hâta de quitter sa monture pour tendre les rênes à Izem qui les prit après m'avoir consulté du regard.

Mon père me salua de la tête et désigna ses deux accompagnateurs :

– Ils veulent absolument voir ta tour.

Je m'avançai tandis que, têtes levées, ils inspectaient mon héritage pour en soupeser la valeur et voir si elle n'était pas trop élevée pour moi.

– Bienvenue dans ma modeste tour ! les saluai-je en m'inclinant à peine, je suis honoré de recevoir la visite de si hauts gentilshommes.

Mon père et Rodrigo comprirent que je me gaussais quelque peu mais Esteban n'y vit que du feu.

Il fronça pourtant les sourcils.

– Je croyais qu'il s'agissait d'une ruine à peine habitable, grommela-t-il d'un air contrarié, or elle n'est pas si misérable que je pensais...

– Cousin, as-tu accepté qu'il reçoive la tour car tu la croyais en ruine ? s'enquit Rodrigo en le toisant d'un air narquois, ne me dis pas que toi, haut seigneur, tu as de telles bassesses ? Sache que la grandeur se mesure à la hauteur des bienfaits que l'on consent et tu as consenti librement, tu ne peux te dédire... mais rassure-toi, le cadeau n'est pas trop beau pour un bâtard, t'imagines-tu un instant vivre céans ?

– Certes non ! s'exclama Esteban, l'endroit est trop petit, loin de tout et indigne de mon rang ! Tu as raison cousin, cette vieille tour est parfaite pour lui. Je voudrais tout de même visiter l'intérieur, me faire une idée...

– Entrez donc mes sires, ajoutai-je en m'amusant franchement car mon père et Rodrigo venaient de me faire un clin d'œil en désignant Esteban, venez mon frère découvrir la simplicité rustique de cette demeure des champs qui convient bien à mon rang, pardonnez la vétusté du mobilier, je sais que vous êtes habitué à un autre confort mais comme je vous l'ai dit, cet endroit me sied.

Mon frère ne put se dédire même si la soi-disant simplicité n'était pas une évidence : le mobilier de la chambre n'avait rien à envier à Toylona et la cuisine était simple mais fort bien équipée, ce qu'il ne pouvait savoir car il ne fréquentait pas celle du château. Il inspecta tout d'un air inquisiteur et se déclara satisfait.

Pendant qu'il allait aux latrines mon père se pencha vers moi :

– Une tapisserie, quelques couvertures et autres babioles et pièces de vaisselle vont s'ajouter à ce que tu as déjà, inutile que ton frère le sache, je doute fort qu'il revienne ici, le voyage l'a fatigué...

– Merci messire, répondis-je en m'inclinant, mais vous savez, je suis comblé avec ce qu'il y a ici.

– Tout vient directement de Barcelone et mon épouse ne soupçonne rien. Je veux que cet endroit soit à toi et que tu y jouisses d'un bon confort. Après tout, tu as grandi dans les richesses d'Ensegur.

Je fus très gêné et ne sus que dire sinon remercier encore. Je n'étais pas habitué à de telles largesses. Rodrigo me sortit de mon embarras en arrivant avec un grand sac qu'il brandit :

– Nous avons amené des victuailles pour le déjeuner mais ton père était sûr qu'une viande ou quelques truites cuiraient à notre arrivée, tu es bon chasseur paraît-il et le fumet qui monte de la cuisine me dit qu'un gibier est sur la broche...

– J'ai oublié le lièvre ! m'écriai-je en me précipitant, il va brûler !

– Ne t'affole donc point ! Angel s'en occupe ! rétorqua-t-il en riant.

Quand Izem revint de l'écurie après avoir pris soin des chevaux, nous avons échangé un regard soulagé. J'avais pressenti leur visite, surtout devant la curiosité de Rodrigo qui voulait 'inspecter ma ruine', et j'avais eu l'heur de cacher les livres de la chambre dans un coffre. J'avais vu les yeux inquiets de mon père se fixer sur l'étagère, son soulagement en constatant leur disparition et le regard de connivence qu'il m'avait adressé pour me remercier de ma sagacité. Je savais ces ouvrages censurés ; tombés entre les mains du frère Aguirre ils pouvaient briser un homme.

Mon père avait eu assez foi en moi pour amener mon frère dans un lieu qui avait été son antre et pouvait signer sa perte !

Je proposai de nous installer dans la cuisine pour déjeuner car nos estomacs nous signalaient que le milieu du jour avait sonné. Esteban fit grise mine à cette idée mais quand il vit notre père et Rodrigo s'installer avec entrain, il conclut que manger céans ne serait point déchoir puisqu'un futur Grand y consentait. Izem et Angel m'aidèrent à installer les victuailles et couper le pain et mon père, prévoyant, sortit un cruchon de vin de ses fontes de selle. Il nous obligea à les rejoindre à table car nous n'osions prendre place, au grand amusement de Rodrigo qui, ayant une longue pratique des filles du peuple, ne faisait point de manières et enjoignit son austère cousin à quitter sa face de carême et ripailler de bon cœur.

Le vin nous réchauffa et la viande était succulente. Vers la fin de nos agapes, mon père se tourna vers Angel et moi.

– Rodrigo m'a conté, le long du chemin, le récit qu'Angel lui a fait de votre vie à Arenas. J'ignorais tout cela et je vais tancer Miquel pour me l'avoir caché.

– Don Miquel ne sait rien messire, je n'en ai jamais parlé, sauf à Izem.

Mon père m'observa un instant.

– Tu as dû nous en tenir rigueur, te croire abandonné et c'est pourquoi tu t'es enfui sans attendre le retour de Miquel.

Le temps que je mis à répondre fut un aveu. Je trouvai enfin une formule acceptable :

– Il est vrai qu'on languit quand on est dans la crainte et que l'on a souvent faim et froid. Heureusement, le père Diez a été un fidèle soutien, c'est d'ailleurs lui qui a nous a aidés à partir. Mais je n'ai pas été si malheureux, les gamins du poble sont devenus nos alliés...

– Oh oui ! me coupa Angel, tu veux dire que t'es devenu leur chef et que tu as su les rallier à toi, ils n'avaient jamais vu un garçon comme lui qui savait lire, écrire, bien parler et manier l'arc et se battre. Il les a défiés en leur proposant un combat singulier mais ils ont bien vu qu'il était au-dessus d'eux et qu'il valait mieux être de ses amis. Si vous saviez tout ce qu'il nous a appris ! Sur les châteaux et notre empereur et son épouse, sur le Cid et Sant Jordi et puis le beau parler...ils ont dû être bien marris quand nous nous sommes enfuis, n'est-ce pas Gabriel ?

Horriblement gêné par les regards rivés sur moi, je hochai vaguement du chef.

– J'ai écrit une lettre au père Diez pour lui donner de nos nouvelles et lui demander de les communiquer aux garçons, expliquai-je à Angel.

Les yeux de mon père étaient dardés sur moi, j'y lus un mélange de peine et de fierté et ce fut Rodrigo qui résuma la situation :

– Bon sang ne saurait mentir ! Tu portes bien ton nom Gabriel !

Esteban n'osa pas protester et il me sembla même quelque peu remué par mes mésaventures. Peut-être pour la première fois s'imagina-t-il à ma place...

Ces trois jours à la tour furent un temps heureux dont le souvenir me soutint dans les jours sombres.

Les Castillans repartirent et mon père parvint difficilement à cacher sa joie de les voir nous quitter enfin. Rodrigo et moi prîmes congé l'un de l'autre presque comme des égaux et il me fit de grandes démonstrations d'amitié, tandis que sa sœur me faisait les yeux doux, me plongeant dans une grande gêne.

Don Miquel et moi repartîmes avec Angel pour Valbona afin de compléter les provisions d'hiver 'de toute urgence', selon l'hidalgo, car les Castillans avaient vidé nos réserves avec leurs ripailles incessantes. Il exagérait bien-sûr mais révélait ainsi le peu d'estime qu'il leur portait. J'avouai éprouver pour Rodrigo un sentiment proche de l'amitié et Angel sortit alors une pièce offerte par ce dernier avant son départ en précisant qu'Izem avait reçu la même.

– Il aime jouer les grands seigneurs généreux, soupira don Miquel en louchant sur la pièce, tu as là de quoi d'offrir un joli pourpoint Angel, garde la précieusement.

– Il nous a enjoints, Izem et moi, de bien veiller sur Gabriel et de lui être toujours fidèle ! Comme s'il avait besoin de nous le dire ! s'exclama t-il d'un ton outré. Il paraît qu'Izem sera ton écuyer et moi, ton euh… secrétaire et conseiller, c'est ce qu'il nous a annoncé.

– Guillem sera content de voir que Rodrigo a décidé ton avenir à sa place, s'amusa don Miquel en me fixant, alors Angel, tu n'as plus qu'à t'appliquer à l'étude pour être à même de seconder Gabriel !

Je ris en fixant mon ami qui rougissait, mais un frisson me parcourut, comme si les prévisions de Rodrigo annonçaient un avenir différent de celui prévu pour nous, où nos places respectives étaient déjà décidées.

Quand le rythme de nos vies reprit son cours, mon père vint me trouver pendant qu'Esteban suivait les vêpres, qu'il ne manquait jamais, tandis que je prenais prétexte de diverses corvées pour les manquer souvent. J'arguais que je priais mieux le matin et de fait, beaucoup admiraient ma piété chaque jour que Dieu faisait, quand ils me voyaient dans la chapelle, yeux fermés, plongé dans une prière dont j'avais du mal à m'extraire. La vérité était tout autre : si j'avais les yeux clos, c'est parce que je terminais ma nuit et profitais de ce répit pour dormir tranquillement dans l'église avant de recommencer une journée exténuante. Je me confessais chaque semaine au père Mateu qui s'en amusait et n'était pas dupe de mon oraison simulée. Comme il savait ma foi et m'entendait en confession, il me pardonnait cette petite comédie qui poussait Esteban à faire montre de plus de piété afin de rivaliser en sainteté. Don Miquel s'en était offusqué mais je lui avais rétorqué que sa piété laissait à désirer puisqu'il se contentait chaque jour de faire acte de présence dans l'allée centrale de l'église à l'heure de l'office, de s'assurer que chacun le voyait faire moult génuflexions d'un air inspiré avant de s'esquiver dès que les têtes se penchaient pour la prière. Il revenait juste avant la fin pour faire croire qu'il avait suivi toute la messe et faisait mine de se relever après une profonde oraison.

Mon père lui, montrait une ferveur plus authentique et semblait s'abîmer dans la prière au point de rivaliser avec Esteban qui copiait chacun de ses gestes, voulant entrer dans ses bonnes grâces.

Donc, pendant qu'Esteban faisait assaut de zèle mystique, mon père vint m'entretenir dans la salle d'armes, vide à cette heure, non qu'Henriquez et ses hommes se soient rués aux vêpres, mais plutôt aux cuisines pour boire une bonne cervoise.

– Gabriel, commença mon père, j'ai vu la jalousie d'Esteban et la cruauté dont il est parfois capable à ton égard, je suis las de vos querelles et vais les faire cesser. Le fouet que je t'ai infligé a fait croire à Esteban que je n'avais pour toi aucun sentiment de père. Nous n'allons pas le détromper et le conforter en ce sens. Je vais me montrer vis à vis de toi plus dur et indifférent en présence d'Esteban, n'en sois pas marri car je vise ainsi à te protéger de sa vindicte. S'il te voit traité rudement, il oubliera de s'en prendre à toi et te laissera sans doute tranquille.

– Ou alors il se croira autorisé à me maltraiter davantage encore ! me récriai-je quelque peu affolé.

– Non, je vais le prendre en main, je l'ai négligé et laissé sous la coupe d'Aguirre et des Castillans trop longtemps, je vais le débarrasser de leur influence et commencer de le former à sa future tâche de seigneur de Toylona.

Il s'approcha de moi et posa sa main sur mon épaule :

– Quant à toi, je te confie à Miquel, tu vas te former avec lui et apprendre les mêmes choses que ton frère, sauf qu'il n'en saura rien. Je te demande de te montrer obéissant et de respecter ton frère, oublie ses mesquineries et concentre-toi sur ton apprentissage. Et je ne veux point entendre Miquel se plaindre de toi, comprends-tu ? Point de rébellion, ni de récriminations, ne me fais pas regretter de t'avoir légitimé et donné la tour !

Je hochai la tête avec un enthousiasme parfaitement simulé et lui promis un comportement exemplaire, comme je le faisais depuis toujours…

Le lendemain, nous apprîmes que le cher frère Aguirre avait brusquement décidé de partir faire une longue retraite religieuse au monastère de Poblet. Je l'avais vu entrer dans la chambrée de Guillem pour en ressortir quelque temps plus tard, une bourse à la main pour aller faire ses adieux à la clique des Castillans et leur annoncer avoir reçu une brusque illumination lui enjoignant de partir de suite.

Esteban se rua chez notre géniteur dans le plus grand désarroi pour lui annoncer le départ de son cher père spirituel. Notre père lui rétorqua que le père Sandoval allait désormais le guider dans ses dévotions et qu'il l'entendrait en confession chaque semaine, tout comme moi d'ailleurs.

J'admirai la rapidité avec laquelle mon père s'était débarrassé du frère Aguirre. Il escomptait que la fréquentation de l'abbé Sandoval aurait sur son héritier des effets bénéfiques et l'éloignerait de tout fanatisme. Quant à moi, ma confession hebdomadaire visait surtout à tempérer l'influence d'Henriquez et de ses hommes qui étaient plus soudards que pieux chevaliers… Je surpris d'ailleurs mon père les morigéner à mon sujet et les menacer des pires sévices s'ils s'avisaient de me pousser au vice et à l'ivrognerie.

Don Miquel se fit une joie, dès l'entraînement et les exercices terminés, de me récupérer pour me conduire vers de saintes occupations afin de me garder dans le droit chemin : je me consacrai donc à la musique, aux échecs, jonchets[18], tric-trac et autres jeux de société, à la lecture et aux jeux d'esprit. Je pris garde de toujours laisser Esteban me devancer mais don Miquel eut fort à faire avec moi car je me rebellai plusieurs fois et dus effectuer de répugnantes corvées en guise de punition. Comme don Miquel me reprochait ma désobéissance, je lui rétorquais que ma confession hebdomadaire annulait tous mes péchés de la semaine et que je pouvais donc recommencer. Ce petit manège dura quelques semaines, avant que le père Sandoval ne me reprenne sévèrement, mais ce qui me ramena à de meilleurs sentiments fut une lettre des sœurs de Santa Colomba. Don Miquel, en désespoir de cause avait fini par demander leur aide et leur missive m'alla droit au cœur. J'éprouvai une véritable

---

[18] Jonchets : sorte de mikado

contrition à l'idée de les avoir attristées car je voulais qu'elles gardent de moi l'image de l'enfant au cœur pur et innocent qu'elles avaient connu. Je réalisai aussi le désarroi que don Miquel devait éprouver pour faire appel à un couvent de femmes ! Il aurait pu user du fouet ou du cachot et me dénoncer à mon père, mais il n'en fit rien. Je pleurai de honte, demandai pardon à don Miquel et écrivis aux sœurs en les remerciant de leur intervention. Cette expérience me libéra des mauvaises influences des soudards d'Henriquez et je repris avec joie les leçons que je donnais à Izem, que j'avais plus ou moins délaissé pour passer mes soirées avec les hommes d'armes. Il faut dire qu'un soir, j'avais copieusement vomi tripes et boyaux après qu'ils m'avaient fait boire et le souvenir de cette nuit me tint éloigné de toute tentation de boire à nouveau. Don Miquel les avait d'ailleurs laissés m'enivrer dans ce but-là : que je sois dégoûté de la boisson pour un bon moment, ce qui ne manqua pas d'arriver.

J'eus mes quatorze ans à Noël et reçus une jolie aumônière en cuir fin de la part de don Miquel tandis que mon père m'offrit de nouvelles bottes commandées chez maistre Llull, réalisées en partie par Angel qui ajouta une paire de gants qu'il réalisa pour moi. Je fus touché par ces gestes qui disaient leur affection et fus honteux de mes moments d'égarement : je devais être un exemple pour ceux qui m'aimaient et m'admiraient.

Esteban alla même jusqu'à me souhaiter un bon anniversaire ce qui me laissa pantois et me poussa à ne pas le contrarier et à lui obéir, durant un certain temps. Sa vie n'était pas toujours aisée : notre père l'obligeait à venir s'exercer avec lui en salle d'armes presque tous les jours, de même qu'ils montaient ensemble. Il endurait stoïquement ses souffrances mais exigeait que je lui masse le dos le soir pour le soulager. Il avait grandi, son visage avait pris quelques rondeurs et son corps s'était quelque peu renforcé mais je voyais bien que sa faible constitution supportait douloureusement les exercices imposés, au demeurant modestes, surtout en regard de ce que je traversais. Un soir, notre père vint visiter Esteban qui avait chuté de cheval et s'était meurtri la cuisse. Après avoir encouragé son fils, il se tourna vers moi pour s'enquérir de mes progrès. Je lui parlai de mon épaule endolorie suite à un combat au corps à corps avec les hommes d'armes et contai combien était rude la vie que je menais. Il se redressa, lança un coup d'œil à Esteban qui n'en perdait pas une miette et me rétorqua :

– Tu es bâti pour endurer bien pire, je ne t'ai pas fait venir céans pour jouer les damoiselles mais pour servir ton frère de toutes les manières, les coups et les bleus font partie de ton apprentissage ; demande un baume à Marta et cesse de geindre, d'ailleurs je lui ai ordonné de t'apprendre à te soigner, le fait-elle ?

– Si fait mon père, intervint Esteban, hier il m'a préparé un onguent pour les coups avec de l'arnica et de la menthe, il se soigne seul le soir et sait faire de bons bandages. En outre, je le trouve bien obéissant et soumis depuis la Noël, il fait ce que j'exige et ne rechigne pas... Mais je n'exige rien d'inutile et ne le fatigue pas pour un caprice ! se hâta t-il d'ajouter en voyant mon père se renfrogner.

Il est vrai que, tancé par le comte, Esteban se montrait raisonnable avec moi et avait presque oublié ses enfantillages. J'avais appris à ne plus réagir à ses sarcasmes et méchancetés et il s'était lassé d'asticoter quelqu'un qui ne semblait pas l'entendre. Miquel m'avait promis un nouveau pourpoint si j'agissais ainsi avec lui et je m'appliquais car j'avais aussi beaucoup grandi et désirais une nouvelle vêture.

Nous assistâmes tous deux aux séances durant lesquelles mon père, mais aussi don Miquel, réglaient les litiges, mineurs ou majeurs, et rendaient justice. Esteban se tenait assis aux côtés du comte tandis que je restais en retrait dans un coin d'ombre mais était prié de n'en point perdre une miette. Nous reçûmes des leçons sur les lois et la justice. Esteban y excella car il avait étudié le droit romain, que je n'avais qu'effleuré, mais je tâchai de me montrer à la hauteur. J'avais tout de même saisi que mon père ne jugeait pas selon son bon plaisir, mais s'appuyait sur des textes de lois et d'anciennes jurisprudences. Esteban avait appris par cœur certains textes, qu'il n'hésitait pas à citer au cours des séances hebdomadaires, se positionnant ainsi comme le futur comte, ce dont mon père le félicitait tandis que, tapi dans l'ombre, j'écoutais et tâchais d'en retenir le plus possible. Don Miquel m'y aida après avoir vu la façon dont

Esteban étalait ses connaissances en public, sans oublier de me lancer un coup d'œil méprisant au passage afin de montrer qu'il était celui qui savait. Mon précepteur allégea un peu mes séances guerrières pour me faire ingurgiter du droit et des règlements à en vomir. Il se donna du mal et me consacra du temps, ce dont je lui fus reconnaissant malgré l'ennui de ces leçons.

J'affrontai aussi le futur héritier dans des joutes mathématiques quand on nous confia à l'intendant pour qu'il nous montre les livres de comptes et qu'il nous fit vérifier les chiffres, évaluer l'état des réserves et calculer les besoins des habitants du domaine. Nous réalisâmes de véritables courses sur le boulier, alignant centaines et dizaines à toute vitesse et amusant grandement la galerie.

En février, il y eut fête avant le carême et une soirée fut organisée où nous dansâmes, bûmes et chantâmes en dégustant des montagnes de beignets au sucre, des xurros, avant les privations des jours maigres. Alix se décréta ma cavalière et nous caracolâmes de concert en riant beaucoup et en buvant force verres d'auroras, ce lait d'amandes parfumé à la cannelle que je prisais d'autant plus que don Miquel m'empêchait de m'approcher du tonneau de vin, à mon grand dépit.

Plus tard, Alix m'entraîna dans un recoin et se serra contre moi, me priant de l'embrasser. Obligeamment et quelque peu émoustillé, je voulus accéder à sa demande et me penchais vers elle quand je sentis une main ferme se poser sur mon épaule. Je me tournai et vis mon père me fixer d'un regard sombre et dur. Alix ne demanda pas son reste et terrifiée, fila en courant.

– Qu'escomptais-tu faire ? s'enquit-il.
– Elle voulait un baiser et je m'apprêtais à le lui donner.
– L'as-tu déjà fait ?
– Quelques fois, quand nous sommes seuls.

Il me fixa un court instant.

– Nous étions chez le tisserand l'autre jour et je t'ai vu avec sa fille, elle te dévorait des yeux.

Je dardai un regard inquiet vers Alix qui, heureusement était loin.

– Attention messire, ces deux-là ne s'aiment guère. Alix ne supporte pas que je parle à Flor.

Flor avait à peu près mon âge et était arrivée au poble deux ans plus tôt avec ses parents : son père était le nouveau tisserand que mon père avait convaincu de venir s'installer parmi nous. Il avait décidé de se lancer dans la culture et le tissage du fin lin qui était d'un bon rapport e convenait bien au sol en amont de la rivière. Flor venait parfois servir au château et je ne savais pourquoi, elle et Flor ne s'entendaient guère.

Mon père se pencha vers moi.

– La fille du tisserand a failli venir arracher les yeux de la petite Alix quand elle t'a vu danser avec elle.

– C'est insensé ! protestai-je, je peux très bien danser avec chacune à tour de rôle... Elles n'ont qu'à danser avec les autres garçons en attendant.

Mon père rit en secouant la tête, rejoint par don Miquel qui n'avait rien perdu du manège.

– Gabriel, tu ne peux courir deux lièvres à la fois, décréta don Miquel les yeux rieurs.

Je me tortillai, très mal à l'aise.

– Ce sont elles qui me courent après.

Don Miquel se pencha vers moi.

– Marta m'a conté que ce tantôt, elles se sont disputées et ont failli en venir aux mains à cause de toi !

– Mais je n'ai rien fait ! protestai-je, elles n'ont qu'à aller voir les autres garçons !

Les deux hommes devinrent sérieux.

– Gabriel, tu grandis et plais aux damoiselles, c'est évident, il n'y a qu'à les voir se pâmer en regardant ta belle tournure. Il est hors de question que tu profites de la situation en abusant de ces pauvres filles qui j'en suis sûr, sont prêtes à se laisser trousser dans le premier tas de foin.

Je devins cramoisi car j'avais déjà rejoint Alix dans un tas de foin, même si nos ébats avaient été limités.

– Je euh... suis trop jeune encore... et elles aussi.

– Sais-tu qu'il suffit d'une fois pour que tu les engrosses ?

Je rougis devant le regard impérieux de mon père.

– Elles sont trop jeunes, protestai-je, je n'ai jamais fait...la chose. J'ai juste quatorze ans messire. Ce sont des petites filles.

– Qui ont de jolies formes et une poitrine appétissante que je t'ai vu mignoter pas plus tard qu'hier.

– C'est elle qui m'en a prié, elle a pris ma main et l'a mise là où il fallait. C'était très agréable et je... euh non... ce n'était pas bien et je suis allé me confesser au père Sandoval tout de suite après. Mais vous savez, Alix veut m'épouser plus tard et Flor aussi, mais je ne sais pas laquelle choisir, qu'en pensez-vous ? m'enquis-je ingénument.

Ils se regardèrent et éclatèrent de rire.

– Quatorze ans et il parle mariage ! s'exclama don Miquel, et les donzelles, toutes jeunettes qu'elles sont, ont des idées derrière la tête, se faire épouser par le beau bâtard du maître, voilà qui présage un bel avenir !

J'étais confus, ne sachant que dire. Les mois passés avaient vu mon corps se transformer, de nouveaux émois naître en moi et les regards des filles se faire insistants.

Mon père me prit en pitié.

– Te voilà prévenu. Je t'accorde quelques baisers et caresses, c'est tout. Pas question d'aller trousser les filles dans le fenil. Je ne veux pas que tu procrées bâtard, c'est compris ? Respectes les filles et sois galant, mais en gardant tes distances, leurs futurs maris t'en seront reconnaissants plus tard. Pas question que tu agisses comme Rodrigo qui ne pense qu'à trousser jupon.

Je hochai la tête, un peu honteux.

– Mais je pourrai épouser Alix si je l'aime toujours, plus tard ?

Mon père soupira.

– J'espère plus haut pour toi. Nous verrons dans dix ans, tu as bien le temps. Va danser encore un peu, ton frère s'est retiré pour préparer le carême et prier, profite avant les jours maigres.

Je lui obéis et retournai à mes plaisirs qui furent je l'avoue, forts chastes.

Je l'ignorais encore, mais le temps de l'innocence allait bientôt se terminer pour moi, brutalement, et ma vie être bouleversée de manière dramatique.

En mars, mon père nous annonça que nous partions en voyage et qu'il nous emmenait, mon frère et moi.

CHAPITRE SEIZE

'Heureux qui comme Ulysse a fait un beau voyage...'
(Du Bellay)

— Il suffit Regina, Esteban vient avec nous, je l'ai décidé et n'y dérogerai point, il doit s'endurcir et voir le monde.

Nous étions dans la chambrée comtale, mon père était debout, mains appuyées sur son bureau, et fixait une Regina à la fois furibonde et désolée.

— Qu'ai-je besoin d'y aller père ? intervint Esteban, il s'agit d'affaires et je vous rappelle que nous avons un titre et nul besoin de travailler, laissons cela aux hidalgos qui espèrent ainsi s'élever, ajouta-t-il perfidement en tournant ses yeux vers don Miquel qui, impavide lui adressa un large sourire.

— Je sers de prête-nom à ton père Esteban, tu le sais fort bien, lui rétorqua-t-il, mais il s'agit là d'affaires importants et le négociant veut le rencontrer, il lui plaît de traiter avec un comte...

— Les De Monteiro n'ont jamais travaillé et vivent fort bien de leurs rentes, protesta Esteban, que ne faisons-nous de même ?

— Ils possèdent des terres immenses et reçoivent des subsides de la couronne, ce sont des Grands, ce que nous ne sommes pas ! Avec quelles espèces ai-je payé ce pourpoint de velours brodé que tu portes céans ? La nouvelle tapisserie des Flandres qui orne la grande salle ? Le tapis de Samarkande qui réchauffe tes pieds dans ta chambre ? As-tu vu nos terres ? Crois-tu qu'elles rapportent assez pour en vivre largement ?

— C'est pour cela que vous avez reçu des subsides de ma famille, signala Regina d'un ton aigre.

— Que j'ai enfin fini de rembourser... grâce à mon commerce qui vous fait honte. Le duc Hugo se demandait d'ailleurs où j'avais bien puisé les fonds.

— Vous ne nous avez pas fait honte en révélant que vous étiez un vulgaire marchand au moins ? Il pourrait s'intéresser à vos associés, le baron de Fejardes est paraît-il un converso...

— Comme tous les nobles de fraîche date qui gagnent de l'argent pendant que les Grands se pavanent, répliqua mon père d'une voix cinglante, sachez tout de même que sa famille est catholique depuis trois générations, cela vous suffit-il...

— Il n'est pas un vieux-chrétien [19]comme nous, son sang n'est pas pur comme le nôtre et...

— Il a été lavé de tout soupçon de judaïser en secret, la sainte Inquisition n'a rien trouvé contre lui, je ne veux plus ouïr quoi que ce soit là-dessus, conclut mon père d'un ton sec.

— Mais vous frayez aussi avec l'autre, celui qui gère le comptoir de Barcelone, lui aussi est un converso et il n'est même pas un hidalgo, gémit Regina qui semblait très éprouvée.

— Vous n'avez pas apprécié le manteau doublé de martre que vous a offert mon ami Adam Caballero ? répliqua mon père, vous le portez sans cesse pourtant, lui aussi est passé entre les griffes de l'inquisition et en est sorti presque indemne, il en a juste gardé une santé plus fragile.

Il s'approcha d'elle et la fixa.

— Je ne veux plus ouïr ces sornettes et vilenies. Je suis le maître céans et vous n'avez mot à dire. Quant à la pureté du sang, je vous rappelle que mes lointains ancêtres ont reçu ces terres immenses et isolées pour défendre les deux cols qui nous surplombent contre l'invasion des mahométans. Ils ont tenu bon et les ont empêchés de passer au-delà des Pyrénées. Ce château a été pendant des siècles un rempart contre les infidèles et mon sang est pur depuis cette époque. Notre titre est mérité mais je défie quiconque ose me reprocher de m'allier avec des inférieurs pour gagner du bon argent. Notre domaine est isolé, il avait son utilité durant la reconquista mais ce jour d'hui, il n'a plus raison d'être, nous sommes

---

[19] Vieux-chrétien : celui qui pouvait se targuer d'avoir le sang pur de tout mélange (juif ou musulman). La notion de pureté de sang (limpieza de sangre) fut une obsession de cette époque.

loin des routes commerciales, isolés et oubliés. Nous devons donc trouver de nouveaux débouchés pour faire fructifier notre vallée. Je l'ai reçue de mes ancêtres qui l'ont défendue au prix de leur vie et ne la laisserai pas péricliter et sombrer dans la misère. À cette fin, je dois nouer des alliances et aller dans le monde, c'est ainsi.

Esteban tenta une prudente intervention.

– Les transformations que vous avez apportées céans ne suffisent donc pas père ? La culture du lin qui est d'un bon rapport, les troupeaux de moutons et de chèvres que vous avez agrandis, le nouveau moulin si moderne, notre forgeron et ses projets de travailler le fer des mines locales ?

Guillem contempla son héritier un instant.

– Esteban, l'empire s'enrichit grâce au Nouveau-Monde et aux produits qui en arrivent, tu sais bien que notre royaume d'Aragon en est écarté et que c'est la Castille qui en tire profit. Si nous voulons survivre, il faut entreprendre… Les Castillans vont au Pérou, nous allons en méditerranée, les marchands du Levant nous attendent !

– Mais c'est dangereux, s'écria Regina, les barbaresques sont partout !

– Regina, je ne peux déroger à cette rencontre, je dois être en juin en Sicile, comprenez-vous ? C'est la route de la soie qui s'ouvre à nous !

Don Miquel intervint.

– L'amiral Doria regroupe les forces à Barcelone pour aller délivrer Tunis des mains de Barberousse, ils escomptent partir à la mi-mai, nous aurons toute latitude pour naviguer tranquillement vers la Sicile, aucun navire pirate ne se risquera dans la zone, songez que toute la flotte sera réunie, avec notre empereur et peut-être même le pape Paul et les chevaliers de Saint-Jean… et sans doute Rodrigo et son père qui suivront l'empereur.

– Ouah ! m'écriai-je, nous verrons la flotte à Barcelone ?

– Non, la ville sera invivable avec tous ces soldats, ce sera un camp retranché avec des milliers d'hommes qui tromperont l'ennui dans la boisson et les jeux, sans parler des centaines de ribaudes qui vont hanter les lieux…pas question que je vous traîne dans ce cloaque…

Je tus ma déception mais j'avais attiré sur moi l'attention d'Esteban.

— Père, insinua-t-il d'une voix doucereuse, pourquoi faut-il que j'y aille puisque Gabriel va me remplacer dans maints domaines ? Plus tard, ce sera à lui de s'occuper de ces choses, autant qu'il commence de suite.

Guillem observa son fils d'un air irrité.

— Parce que j'exige que tu sortes de cette vallée, de tes ouvrages sur Sénèque et Platon et que tu découvres la vraie vie ! Tu vas chevaucher avec nous, dormir dans des ventas[20] misérables, porter des vêtements simples qui nous feront passer inaperçus et endurer des jours à cheval et suer sang et eau.

Esteban se décomposa à vue d'œil et je le pris en pitié.

— Ne craignez rien Esteban, je serai là pour m'occuper de vous. Tout ira bien.

Il me fixa et pointa un doigt vers moi :

— Tu laveras et brosseras mes vêtements, je ne tiens pas à attraper de la vermine, tu masseras mon dos tous les soirs, t'occuperas de mon cheval en plus du tien et tu me liras quelques pages de mon Sénèque pour m'endormir car je serai trop épuisé pour lire seul...

— Est-ce là tout ? m'enquis-je d'un ton onctueux.

— Non bien-sûr, tu surveilleras ma nourriture et monteras la garde pendant mon sommeil pour que l'on ne me dérobe rien...

Je me tournai vers notre géniteur commun avec un sourire ironique :

— Messire, Esteban a raison : il vaut mieux qu'il reste céans et que je le remplace. Nous gagnerons un temps précieux et je m'épargnerai bien des tracas.

Mon père fronça les sourcils, comme chaque fois que je le nommais 'messire' tandis qu'il escomptait que je lui dise 'père', ce que j'échouais à faire, mais il se tint coi et préféra confronter Esteban, non sans réprimer un sourire :

---

[20] Ventas (castillan) : auberges de campagne, souvent douteuses.

– Inutile de chercher un subterfuge, tu viendras et Gabriel ne sera pas ton esclave, il accomplira ses corvées habituelles et rien de plus.

Esteban était très entêté :

– Gabriel pourrait peut-être emmener son esclave infidèle pour l'assister dans mon service ! Il servirait au moins à quelque chose !

Je vis notre tendre paternel lutter contre un fort désir de l'aplatir contre la nouvelle tapisserie des Flandres dans laquelle on voyait un seigneur trucider un loup féroce mais, songeant sans doute au prix de l'article, il évita un bain de sang. Don Miquel lui s'amusait franchement et me fit un clin d'œil.

– Esteban, reprit mon père du ton patient que l'on prend pour parler à un demeuré, Izem est très utile ici, c'est mon meilleur dresseur et soigneur, il restera avec Miquel et le secondera car comme tu le sais, il est maintenant instruit et sait lire, écrire et compter.

– Donner une telle place à un mahométan, quelle idée diabolique !

– Il va ouïr la messe avec moi, lui rappelai-je, et le père Sandoval le catéchise. De plus tu sais fort bien que, comme tous les captifs, il a été baptisé dès qu'il a posé les pieds sur le sol espagnol et été déclaré catholique, même s'il n'y a rien compris.

Esteban ne se déclarait jamais vaincu :

– Vous craignez que si nous l'emmenons, il ne s'échappe et retourne dans son pays.

– Où il serait mis à mort car déclaré renégat à sa religion. Nul ne peut quitter l'islam sans encourir la mort.

– Il ne tient pas à repartir et a presque tout oublié de sa jeunesse qui a été pauvre et rude, intervins-je, mais il est vrai que j'aurais eu plaisir à l'avoir avec moi pour ce voyage.

– Je ne prendrai jamais ce risque, décréta mon père, déjà à cause du risque des barbaresques qui le tueraient sur le champ comme apostat, mais surtout parce que la sainte inquisition fait la chasse aux morisques, ce qu'il est maintenant. Je ne voudrais pas qu'un dominicain zélé décide d'éprouver la réalité de sa foi dans les caves du saint-office...

Il se tourna vers moi :
– Il est en sûreté ici Gabriel, loin de tout, tranquille. Tu devras te contenter du plaisir de voyager avec ton frère.
– Demi-frère ! précisa Esteban en me scrutant comme s'il me voyait pour la première fois tandis que don Miquel et mon père levaient les yeux au ciel d'un air désespéré.
– Pour vous servir, mon cher *demi*-frère, fis-je en insistant sur le demi et en m'inclinant d'un air moqueur qu'il ne remarqua pas.

Don Miquel me rattrapa dans le corridor et me retint par la manche :
–Tu fais peine à Guillem en le nommant 'messire', m'asséna-t-il en me fixant, fais donc un effort, il serait heureux que tu l'appelles 'père' !
Je soupirai en lui rendant son regard.
– Je sais don Miquel, mais il est dur de nommer père un homme froid et distant, qui m'ignore depuis des mois tout en me tenant d'une main de fer. Je n'ai guère été ménagé ces derniers temps.
Il plaça sur mon épaule une main qui se voulait affectueuse :
– Vois les progrès accomplis ! Tu es devenu fort et manies bien les armes. Il est fier de toi tu sais et suis tes avancées attentivement. Tu t'es montré obéissant et n'as point répliqué aux sarcasmes de ton frère.
– Demi-frère intervins-je avec un petite sourire. N'allez pas créer un scandale don Miquel...
Il soupira et reprit :
– Je sais que ta situation n'est point aisée, néanmoins, nous sommes heureux de tes progrès dans tous les domaines, tu as fait preuve de patience, de persévérance et d'abnégation et nous nous en félicitons. Tes relations avec Esteban sont meilleures car tu ne répliques pas et ses sarcasmes tombent dans le vide, il finira par se lasser....
– S'il pouvait voir que je ne lui veux point de mal et ne lui fais pas d'ombre, ce serait déjà bien !

Don Miquel m'empoigna aux épaules et m'obligea à le fixer :
— Tu lui fais de l'ombre sans le vouloir Gabriel et il te jalouse !

Je levai à nouveau les yeux au ciel.

— Encore cette rengaine ! Il n'a aucune raison de me jalouser, il est plus instruit que moi et... bien né, de bon sang de vieux chrétien tandis que moi...

— Le sang de ton père et de ses nobles ancêtres crie à travers toi, ne le vois-tu pas ? Chacun s'en rend compte ici, y compris Regina et son fils... D'ailleurs le futur Grand Rodrigo ne s'y est pas trompé, il s'est entiché de toi et la jalousie d'Esteban n'était pas vaine.

— Rodrigo s'entiche également des filles de cuisine, lui rétorquai-je, il voulait juste quelqu'un avec qui se mesurer, aux armes et à cheval... De plus vous le savez, la valeur d'un homme ne se mesure pas à son habileté aux armes mais aussi à son esprit et aux valeurs qu'il incarne...

Il me fixa d'un air sérieux :
— Mais c'est ce que je voulais dire Gabriel, je ne parlais pas de tes aptitudes aux armes mais de ton comportement, de ton altruisme. Crois-tu que ton père, mais aussi tout un chacun ici, ignore ce que tu fais pour Izem, ce que tu as fait pour Angel ? L'attention que tu portes au petit Vicent qui ne rêve que d'une chose : être ton écuyer ? Ta simplicité et ta gentillesse ? C'est tout cela qui fait la noblesse Gabriel, surtout ne change jamais, jamais ! Tu m'entends ?

Je le contemplai, éberlué :
— Vous me prêtez de trop nobles sentiments don Miquel... vous connaissez pourtant mes faiblesses, ma tendance à la rébellion et les pensées peu charitables que j'entretiens envers Esteban et sa mère... vous dites qu'il me jalouse, mais moi aussi je l'envie... il a tout : le nom, l'héritage et surtout un père qui s'occupe de lui et m'a à peine adressé la parole depuis quelques mois, il veut juste que je sois bien soumis et travailleur, en un mot que je sois invisible...

Don Miquel soupira en m'empoignant aux épaules :
— Ah... enfin une réaction normale ! Je craignais que tu ne te sois transformé en archange ! Je m'inquiétais de te voir si

parfait... Allons reprends courage, de belles journées t'attendent, ton père t'expédie dans ta tour, il faut la remettre en ordre après l'hiver, chasser l'humidité et le froid, nettoyer et aérer, vous ne serez pas de trop toi et ton esclave pour accomplir cette tâche...

Je vis les yeux rieurs de don Miquel mais ne pus m'empêche de protester :

– Izem n'est pas mon...

– Ton esclave, je sais, c'est ton... ton quoi au fait ? Ami ? Ecuyer ? Depuis quand les bâtards sans le sou et sans titre ont-ils un écuyer ?

– Et depuis quand ont-ils un esclave ? Izem est... mon frère d'adoption, puisque mon cher demi–frère ne me trouve pas digne de lui, j'ai plus en commun avec mon mahométan comme vous dites, qu'avec Esteban, tout parfait chrétien qu'il est...

Les quelques jours passés dans ma chère tour furent à la fois délicieux et harassants, du moins au début quand il fallut aérer, nettoyer, secouer les tapis et les couvertures. Nous savions qu'une inspection ne nous serait pas épargnée et nous nous jurâmes de montrer un ouvrage parfait. Non pas que le travail nous passionna, mais nous savions que nous serions récompensés par quelques jours de liberté, ce qui ne manqua pas d'arriver.

Qu'ils furent heureux ces moments et leur souvenir fut pour moi une force dans les épreuves qui m'accablèrent ensuite. Nous parcourûmes les bois en long et en large, nous gorgeant de soleil, de la sève nouvelle du printemps, du chant des oiseaux et des piaillements de leurs oisillons, bref, pour nous deux, souvent brimés et tenus d'obéir, ces temps représentaient un espace de liberté qui nous donnait l'illusion que notre vie nous appartenait et que nous en étions maîtres... ce qui était erroné bien-sûr, mais en nos contrées, peu d'hommes étaient capitaines de leur existence. Chacun était lié, par son devoir, sa basse condition ou encore les exigences d'une religion rigide.

Nous passâmes de longs moments à la lisière de la forêt, à la limite des hauts pâturages à admirer les isards qui grimpaient les roches avec une agilité que nous envions. Des petits étaient nés et nous nous jurâmes de n'en point parler afin de les protéger des chasseurs qui ne manqueraient d'aller les pister, sans doute en m'obligeant à les suivre. Je chassais quand il le fallait et pour satisfaire mon père et mes instructeurs mais je ne pouvais tuer sans demander à l'animal de me pardonner mon geste... action puérile sans doute, qui visait à calmer ma conscience...

Mai arriva et nous partîmes enfin, de bon matin.

Mon père avait décidé de voyager avec Tonnerre, son fougueux étalon. Son valet Ramon le suivait en tirant un roncin chargé de bagages. Ramon était un excellent cavalier qui avait servi dans l'armée mais également un honnête bretteur et un bon manieur d'arquebuse... impossible d'être le valet de Guillem sans ces qualités. Il ne parlait que s'il ne pouvait faire autrement et s'accommodait bien de l'humeur souvent sombre de mon père.

Esteban n'avait pas osé nous retarder et m'avait fait lever très tôt pour que je l'aide à se préparer. J'étais heureux de faire le trajet avec don Miquel et Eugeni qui étaient tous deux de bonne compagnie. Je n'avais pas réussi à faire admettre Izem parmi nous à mon grand dépit, mais la veille, il avait reçu des consignes précises quant au travail à accomplir aux écuries et il était heureux de la confiance que lui témoignait mon père qui en avait fait le second des écuries en notre absence, lui octroyant ainsi quelques avantages...

Nous quittions à peine les écuries qu'Alix nous rejoignit et se précipita vers moi pour me faire ses adieux, les larmes aux yeux. Elle me confia un gros paquet de biscuits aux amandes 'préparés exprès pour toi et que Dieu te garde' et m'embrassa très vite avant de filer, le rouge aux joues car elle venait de voir mon père et don Miquel qui me suivaient et nous observaient d'un air goguenard.

Gêné, je rangeai les gâteaux dans mes fontes de selle, tandis qu'Esteban scrutait d'un air sidéré la mince silhouette qui s'enfuyait avant de se tourner vers moi pour quelque admonestation. Il n'eut rien le temps de dire car j'avais déjà sauté en selle et filé, peu désireux de subir un sermon sur les dangers de la fornication et les vertus... de la vertu.

Hélas ! Nous quittions le village et venions de passer la maison du tisserand qu'une autre silhouette se profila avant de s'approcher de moi timidement. Je reconnus Flor et la saluai comme s'il était normal de la trouver là de si bon matin.

J'aimais bien ses yeux noisette et ses petites taches de rousseur aussi je l'accueillis avec enthousiasme, admirant son courage aussi, car je n'étais point seul, même si j'étais bon dernier. J'espérai un instant que la troupe n'avait rien vu et continuerait sans moi mais je les vis tous arrêtés au pied de la grande montée, tournés vers moi et attendant que je daigne les suivre.

Flor me tendit aussi quelque chose :

– Je t'ai tissé un mouchoir, balbutia-t-elle en rougissant, comme ça tu pourras t'essuyer si tu as chaud.

– Oh Flor, tu es aussi gentille que jolie mais également prévoyante, m'exclamai-je, je ne possède qu'un vieux mouchoir tout rapiécé et...

– Je l'ai vu ! me coupa-t-elle, c'est pour ça que je t'en ai tissé un, ainsi tu penseras à moi chaque fois que tu le serviras.

– Je n'y manquerai pas, promis-je. Je m'imaginais toutefois mal rêver à sa jolie frimousse en mouchant mon nez, activité qui cadrait mal avec le sentiment amoureux.

– Décidément, je suis gâté pour mon départ, commençai-je, avec les gâteaux de...

– Quels gâteaux ? Qui t'a donné des gâteaux ? cria-t-elle brusquement et son joli visage se tordit.

Je voulus rattraper ma bévue, Alix et elle étaient devenues de grandes ennemies et je commençais de saisir que j'en étais éventuellement la raison.

– Mais les biscuits du cuisinier voyons ! Bon, je dois y aller et je...

Je ne terminai pas, elle m'avait tiré violemment vers elle et je faillis choir de Cinca...je reçus un baiser aussi ardent que rapide et elle me relâcha tout aussi vite. Horriblement gêné, je lorgnai vers la troupe qui n'en avait pas perdu une miette.

Je cherchai une formule d'adieux adaptée :

— Eh bien merci pour le mouchoir, il en aura de la chance celui qui t'épousera, il portera de belles chemises tissées par tes soins et...

— Mais c'est toi qui vas m'épouser ! me coupa-t-elle d'un air menaçant, qui me poussa à éperonner Cinca pour m'éloigner d'elle, le mouchoir à la main en lui envoyant un baiser de l'autre main.

Je rejoignis la troupe, un peu penaud, pressentant leurs mines moqueuses et les remarques salaces.

Je ne fus pas déçu.

— Il y en a combien qui attendent le long du chemin pour te faire leurs adieux ? commença mon père

— Tu as fait claironner l'heure de notre départ pour qu'elles te fassent une haie d'honneur ? ajouta don Miquel qui riait franchement.

Je voulus m'expliquer et brandis le mouchoir.

— Mais non ! Voyez donc : elle a vu que je manquais d'un mouchoir et elle m'a tissé celui-ci, c'est un geste de pure charité chrétienne !

— Son baiser relevait donc aussi de la pure charité ? se gaussa don Miquel, comme les biscuits d'Alix, il ne manquait que le père Sandoval pour te bénir ! Tu donnes l'impression de partir en croisade et non en voyage commercial, tu as précisé aux donzelles que tu revenais bientôt ? Elles semblaient fort éplorées...

Ils riaient tous, sauf Esteban bien-sûr, qui prenait ombrage de tout ce qui me concernait.

— Je ne comprends pas ce qu'elles te trouvent, me souffla-t-il, loin des oreilles paternelles.

— Moi non plus ! lui rétorquai-je du tac au tac, espérant, en vain, le décourager.

— Tu es pauvre, sans avenir, tu manques de vraie piété, tes vêtements sont rapiécés, qu'est-ce qui peut leur plaire chez toi ?

— Sans doute que la piété n'est pas leur premier critère sans quoi elles épouseraient un moine, lui rétorquai-je, pour la pauvreté, elles ne sont guère riches non plus, et pour l'avenir, elles se voient peut-être servantes au château si elles m'épousent, voilà pourquoi elles en ont après moi...

Il hocha la tête d'un air approbateur.

— J'ai vu d'autres donzelles te mirer ainsi... pourquoi pas moi ?

— Esteban vous êtes fils de comte et futur comte, vous êtes inaccessible pour elle, vous épouserez une fille de haut rang digne de vous, elles n'oseraient jamais lever les yeux vers vous, ce serait manquer de respect...

— Tandis que toi, tu es leur égal... un manant tout comme elles, qui se ressemble s'assemble, conclut-t-il avec satisfaction, chevauche derrière moi, il ne convient pas que tu restes à mes côtés...

— Vous avez raison Esteban, comme ça je pourrai vous ramasser si vous tombez de votre monture.

Don Miquel et moi avions parié sur le temps que mettrait mon père à supporter notre allure lente et mesurée. Je gagnai. Nous n'avions pas atteint le bois qu'il me désigna du doigt :

— Toi ! Suis-moi, j'ai vu quelque chose là-bas, allons voir ce que c'est.

J'éperonnai Cinca, dépassai don Miquel en lui tirant la langue (il me devait une jolie pièce) et me lançai sur les traces de mon père au grand galop. Je le suivis un moment avant de réaliser que nos montures avaient besoin de repos et qu'il fallait aussi songer au reste de la troupe. J'accélérai encore, arrivai à sa hauteur, lui fis signe de s'arrêter et le dépassai pour m'arrêter un peu plus loin.

Il me rejoignit et je vis sa mine sidérée.

— Qu'as-tu fait ? cracha-t-il en soufflant, tu m'as dépassé ! Tu m'as dépassé.

Je crus avoir commis un crime, une horrible vilenie.

— Mille pardons messire, j'ignorais qu'il était interdit de vous dépasser, si j'avais su je n'aurais jamais...

Il me coupa net en abattant son bras sur mon épaule.

— Tu m'as dépassé ! Personne n'a jamais fait ça !

— Et je vous supplie de me pardonner, j'ignorais que...

– Tu es le premier qui parvient à me dépasser ! Miquel n'y est jamais arrivé.

Je le scrutai et vis ses yeux briller de fierté. Il serra mon épaule, j'inclinai ma tête comme pour le saluer et lui souris, très gêné, ne sachant que faire.

– Messire, il faut faire reposer nos montures un instant, voilà les autres qui arrivent.

Dès notre arrivée à Valbona, je filai retrouver Angel ainsi que j'en avais coutume. Mon père tirait grise mine car il avait escompté manger avec nous chez Luisa mais les chevaux étaient à peine dessellés qu'une invitation du regidor arrivait pour mon père et Esteban : ils étaient priés d'accorder l'honneur de venir souper mais aussi de passer la nuit dans sa confortable demeure. Je le vis se rembrunir car il aimait nos joyeuses rencontres chez Luisa mais Esteban ne lui laissa pas le choix et prit les devants :

– Allez dire que nous sommes reconnaissants de cette si aimable invitation et que mon père et moi nous réjouissons à l'avance de notre rencontre.

Il accompagna ses paroles du hochement de tête qu'un supérieur adresse à un subalterne et j'admirai son aplomb, moi qui jamais n'eus osé répondre ainsi.

Angel avait encore grandi depuis notre dernière rencontre et, comme il avoisinait les seize ans, il avait presque la carrure d'un homme et quelques poils de barbe commençaient à apparaître, ce dont il n'était pas peu fier. Nous devisâmes une partie de la nuit et il me confia les tendres penchants qu'il avait pour la fille du tonnelier, au demeurant jeune fille timide et effacée dont il me chanta les louanges une bonne partie de la nuit. En l'entendant vanter ainsi sa bien-aimée, j'hésitai de lui parler de Flor ou Alix. Je compris qu'elles n'étaient pour moi que de douces amies mais que je n'aimais aucune d'entre elles en particulier. Je finis par m'en ouvrir à Angel qui ouvrit de grands yeux.

– Mais Gabriel, les filles de Valbona que je connais sont toutes prêtes à te faire les yeux doux et elles espèrent un regard de toi en soupirant. Tout le monde le sait.

– Mais c'est stupide, m'écriai-je, quelle mouche les a piquées ?
– Elles disent que tu es le plus beau garçon de toute la région ! Et le plus charmeur !
– Mais je suis comme tout le monde ! Ni plus beau ni plus laid ! Je ne comprendrai jamais les filles, elles viennent toujours vers moi, c'est fatigant à la fin ! Je me demande ce qu'elles me veulent.

Angel me fixa d'un drôle d'air avant d'éclater de rire.
– Il est vrai que tu n'as pas quinze ans, m'avoua-t-il, mais comme tu es grand et bien bâti, on te croit plus âgé, ne t'en fais pas, tu comprendras bientôt...

Sur ce, il redevint sérieux et me partagea le souci qu'il avait de me voir partir courir les mers. Il m'assura de ses prières tout au long de mon périple et me recommanda la plus grande prudence. Je ne compris pas trop d'où lui venait ce tracas qu'il avait de moi.

Nous repartîmes le lendemain, escortés par de nombreux habitants et une nuée de gamins excités. Je me tournai vers Esteban et mon père :
– Avez-vous passé une bonne soirée chez le regidor ?
– Formidable, grommela mon père d'un air lugubre.

Le manque d'enthousiasme paternel dut échapper à Esteban car il s'exclama en me fixant :
– Tu as manqué une grande soirée Gabriel, quel dommage que ta qualité de bâtard ne te permette pas de nous suivre. Les membres du conseil sont venus avec de nombreuses doléances mais aussi avec les plans de nouveaux entrepôts municipaux, que nous avons étudiés. Mais surtout, un prêtre inquisiteur était de passage, il nous a rappelé nos devoirs de bons chrétiens et longuement exhortés et nous avons terminé en récitant le chapelet en entier. Quelle belle soirée ce fut-là !

– Quelle pitié que j'aie manqué une telle aubaine ! soupirai-je. Mon ton ironique n'échappa pas à mon père qui réprima un sourire. Esteban quant à lui, était imperméable à tout humour et prenait toujours mes remarques au premier degré.

Le lendemain, nous arrivâmes à un carrefour vers le milieu de l'après-midi. Mon père et don Miquel échangèrent un regard entendu avant de se tourner vers moi.

– Nous allons faire un petit détour par cette vallée pour saluer de vieilles connaissances, m'informa-t-il en me fixant.

– Où cela donc ? s'enquit Esteban qui semblait à bout de forces.

– Dans un monastère, lui rétorqua don Miquel.

Une telle réponse ne pouvait que soulever son enthousiasme.

– Allons tout de suite alors ! Qu'attendez-vous, hâtons-nous !

Je m'empêchai de rire car je venais de reconnaître Ma vallée, celle que j'avais gravée dans ma tête lorsque je l'avais quittée. Je m'abstins de tout commentaire sachant fort bien qu'Esteban refuserait d'y aller s'il savait où nous nous rendions. Mon père se plaça vers moi et se pencha pour me parler à voix basse :

– Il y a longtemps que je désire voir le lieu où tu es né et as passé tes premières années. Nous avons pensé que tu serais heureux de revoir les sœurs, nous ne sommes pas à un jour près.

Je ne pus que hocher la tête car l'émotion m'étreignait au fur et à mesure que je reconnaissais le paysage familier.

Un cri d'Esteban me tira de ma contemplation.

– Mais c'est tout petit ! Et très vieux ! Où sont les moines ? Il doit s'agir d'un monastère mineur, qui allons-nous y voir ?

– Ce ne sont pas des moines mais des sœurs Esteban, de saintes femmes.

– Quoi ! Des fem… ! Il n'osa se récrier davantage face au regard de mon père.

Quant à moi, j'avais éperonné Cinca et filais au galop vers la vieille porte du monastère. Je voulais être le premier sur les lieux, le premier à parler à la sœur tourière et à redécouvrir cet endroit où j'avais été si heureux.

J'attachai vite Cinca, secouai la cloche comme un forcené et attendis interminablement. J'entendis un pas traînant accompagné de murmures, la porte grinça sur ses gonds et j'aperçus le visage parcheminé de la vieille sœur Sonora qui ouvrit de grands yeux en me contemplant :

— Hola ! C'est pour quoi ? grommela-t-elle en me fixant sans me reconnaître.

— Sœur Sonora ! Vous ne me reconnaissez pas ? C'est moi ! Gabriel ! Regardez-moi !

Elle me fixa et ses yeux s'ouvrirent tout grand. Elle mit la main à sa bouche dans un geste de stupéfaction et fila en courant, ou plutôt en se dandinant, poussant de grands cris et me laissant à la porte :

— Le petit est là ! Mes sœurs ! Gabriel est à la porte !

Elle finit par courir vers la cloche de la chapelle toute proche qu'elle actionna à toute volée sans s'arrêter.

— Elle est train de sonner l'alarme, s'amusa don Miquel qui m'avait suivi de près, les sœurs vont croire à une attaque des barbaresques, je ne savais pas que tu inspirais une telle terreur.

La cloche avait rempli son office et des sœurs jaillirent de partout, affolées, se demandant si le couvent était attaqué.

— J'ai l'air malin maintenant, bougonnai-je, tu parles d'une arrivée !

Elles se rassurèrent en reconnaissant don Miquel, qui passait régulièrement voir sa tante et donner des nouvelles. Elles fixèrent les yeux sur moi, hésitèrent à me reconnaître, puis me fondirent dessus en poussant des cris de joie et, comme lors de ma précédente visite, je fus fêté et embrassé au point que je songeai à demander grâce pour ne pas mourir étouffé.

L'arrivée de mère Teodora calma les esprits et les sœurs s'écartèrent pour lui laisser la place.

Elle me tint à bout de bras et m'examina attentivement avant de me serrer contre elle avec cette affection toute en retenue que je connaissais si bien.

— Miquel nous avait bien conté que tu avais grandi, mais là ! Quel beau gaillard que voilà ! J'espère que tu es aussi sage que tu es beau ! m'asséna-t-elle en me fixant au milieu des murmures approbateurs des autres sœurs.

J'aperçus un visage inconnu, une jeune novice qui ne devait pas être de beaucoup mon aînée. Elle me fixait avec de grands yeux, la bouche ouverte. Je lui adressai le sourire que je réservais aux filles et la saluai comme j'avais appris à le faire, en lui faisant un compliment. Elle rougit violemment, bégaya, me fixa d'un air éperdu et fila en courant sans demander son reste. Les sœurs s'esclaffèrent et sœur Carmelita me tira les oreilles, les yeux rieurs :

– Tu ne vas pas séduire notre novice quand même ? La voilà toute chose, ce n'est pas tous les jours qu'un beau damoiseau la salue ainsi ! Nous sommes au couvent ici et non dans un château mon garçon !

Le silence tomba d'un coup car deux visiteurs venaient de pénétrer notre cercle : mon père et Esteban. Je restai un instant interdit, fixai don Miquel qui me lança un regard signifiant 'débrouille-toi, c'est ton travail' et me résignai à présenter les deux inconnus qui attendaient d'être introduits.

– Ma mère, mes sœurs, permettez-moi de vous présenter le comte Guillem de Toylona et son héritier Esteban, commençai-je d'une voix hésitante.

Mon père me lança son regard d'aigle et me coupa :

– Je suis le père de Gabriel et j'étais impatient de voir le lieu de sa naissance et de ses premières années. Et je vous présente son frère, Esteban.

– Demi-frère ! précisa Esteban qui pâlit brusquement quand il vit les sœurs le dévisager avec stupeur et une certaine réprobation.

Je fus heureux de sa bévue car en deux mots il avait tout dit de nos relations, sa mine et le ton employé avaient parlé pour lui.

Un lourd silence s'installa, vite rompu par mère Teodora qui s'inclina rapidement devant mon père et Esteban

– Messires, c'est une grande joie de vous recevoir céans, soyez les bienvenus, vous arrivez à point nommé pour le repas, sœur Constanza, allez ajouter une ou deux saucisses à nos légumes, et sortez le vin clairet, ces messieurs ne sauraient se contenter d'eau. Venez donc dans le réfectoire vous rafraîchir et vous reposer.

Don Miquel était allé chercher Eugeni et Ramon ainsi que les chevaux. Il fouilla dans les fontes et sortit un paquet qu'il brandit :

– Voici un jambon salé au château en guise de cadeau mes sœurs et... quelques toises de fin lin tissé par notre tisserand, j'ai pensé que vous l'apprécieriez, que ce soit pour les pansements ou pour tailler des chemises.

Les sœurs s'exclamèrent avec enthousiasme et notre petit troupeau se dirigea vers le réfectoire. Nous venions à peine d'y pénétrer que la voix d'Esteban retentit :

– Gabriel, verse-moi à boire et aide-moi à retirer mon pourpoint, je suis en sueur. Allons hâte-toi !

Un silence assourdissant s'installa à nouveau. Je vis les yeux de mon père briller de colère mais mère Teodora fut plus prompte que lui et sa voix retentit bien fort.

– Venez donc sur ce banc Esteban et prenez place, sœur Eva, donnez un verre d'eau à ce jeune homme, monsieur le comte, Miquel prenez place, oui, ici, le vin clairet est là ? Je vais le servir.

Elle s'activa, aidée par une sœur et je me dirigeai vers Esteban pour l'aider, songeant que puisque la mère supérieure servait, je ne pouvais faire moins. Esteban se laissa faire, dépité, car il avait espéré une impertinence de ma part mais je préférais mourir que de mal me comporter devant les sœurs. Il en fut pour ses frais.

– Avez-vous besoin d'autre chose Esteban ? m'enquis-je ensuite d'un ton exquis.

Il me fixa un court instant.

– Je veux que tu me fasses visiter cet endroit. Je veux voir où tu dormais, où tu vivais.

– Voilà là une riche idée Esteban, suivez donc votre frère, pendant ce temps, je pourrai deviser avec votre père, vous nous rejoindrez pour le repas quand vous entendrez la cloche. Sœur Clarissa, accompagnez donc ces jeunes gens, nous ne pouvons laisser deux jeune hommes divaguer seuls dans notre couvent, ce ne serait point convenable.

Nous partîmes tous trois, j'étais maintenant plus grand que sœur Clarissa, ce qu'elle me fit remarquer en riant. Elle montra le toit de la chapelle à Esteban en lui expliquant qu'avant mes deux ans, j'avais déjà grimpé dessus et que, incapable de redescendre, il avait fallu aller me chercher et que c'est ma mère qui avait grimpé à l'échelle.

– Ah ! Tu as mis de l'animation ici ! Dis-moi, continues-tu de bien étudier ?

Elle me parlait tout en lorgnant Esteban du coin de l'œil.

– Il étudie ce qui sera utile pour me servir, lui rétorqua ce dernier avant que j'aie eu le loisir d'ouvrir ma bouche, je veux qu'il me supplée en tout, enfin presque…

– Je supplée, sœur Clarissa, je supplée, lui fis-je avec un petit sourire et un clin d'œil qui la rassura. Je voyais bien qu'elle était choquée par les manières d'Esteban et je voulais lui dire que j'allais bien et n'étais plus un marmot.

- Tenez Esteban, nous dormions là ! m'écriai-je

Elle ouvrit la porte de la petite cellule où j'avais passé mes jeunes années. Un lit simple l'occupait ainsi qu'une malle.

– Nous dormions sur une paillasse dans le coin là, tous les deux, sauf l'hiver où nous campions devant la cheminée de la cuisine, il faisait trop froid pour moi et j'aurais pris la mort.

Je vis le visage d'Esteban se tendre tandis qu'il examinait les murs nus de la pauvre pièce.

– Allons voir la cuisine, fit-il ensuite d'une voix enrouée.

Elle n'avait pas changé la cuisine avec sa grande table de bois brut, le tonneau d'eau vers la porte, les ustensiles accrochés au mur, les paniers d'oignons et de légumes et Constanza toujours fidèle au poste qui me prit dans ses bras et m'embrassa très fort :

– Hé ben ! Je parie que tu vas faire pleurer les filles toi ! Le beau garçon que voilà !

– Quand nous sommes partis, deux filles se sont ruées sur lui pour l'embrasser, glissa perfidement Esteban, Gabriel court deux lièvres à la fois, ce n'est pas ici qu'il a appris la luxure j'espère ?

Je devins cramoisi et bredouillai je ne sais quoi tandis que les sœurs s'esclaffèrent, non sans me tancer :

– Songe que tu voulais être archange ! Nous n'allons pas te faire la leçon, mère Teodora va s'en charger avant ton départ, mais n'oublie pas les bonnes choses apprises ici.

– Je ne me livre pas à la luxure mes sœurs ! protestai-je, c'est juste que… elles sont toujours après moi, je n'y puis rien !

Je m'étais approché de la cheminée et me revis avec ma mère, les nuits d'hiver, quand elle me chauffait un peu de lait de chèvre ou faisait griller quelques marrons. Je revis la couverture grise de laine grossière dans laquelle elle m'emmitouflait avant de me chanter une berceuse en me serrant contre elle. Nous étions heureux, loin du monde et de ses tracas. Une violente émotion m'envahit et je sentis des larmes perler à mes yeux. Je me détournai brusquement et sortis en courant. Je rejoignis le petit jardin aux herbes de sœur Carmelita où j'avais tant joué et m'assis sur le vieux banc de pierre si usé qu'il devait remonter au tout début du couvent. J'essuyais mes yeux quand Esteban arriva, suivi des sœurs qui tentaient de le suivre. Avant qu'il n'ouvre la bouche pour quelque perfidie, je pris les devants.

– Voilà où j'ai vécu Esteban et où j'ai été heureux. Nous étions pauvres mais je ne le savais pas, notre vie était simple et paisible et je n'oublierai jamais cet endroit. Quand je suis malheureux, j'évoque ces lieux, la paix qui règne ici me gagne alors et me redonne des forces.

Il promena son regard autour de lui, m'observa un instant et ne sut que dire.

– Quel âge avais-tu quand tu es parti ?
– Six ans, don Miquel est venu nous chercher pour nous mener à Ensegur. J'ai été heureux là-bas aussi… jusqu'à ce que…

Je ne terminai pas mais chacun comprit ce que je voulais dire. Je voulus ajouter quelque chose mais la musique métallique et acidulée de la cloche retentit et je bondis comme je le faisais quand j'étais un marmot.

– Le repas ! Allons-y !

Les sœurs rirent :

– Il n'a pas changé, toujours le premier au réfectoire !
– Mais il doit manger davantage aujourd'hui, j'espère que tu nous en laisseras un peu ! Venez messire Esteban, rejoignons les autres !

Je vis mon père et mère Teodora sortir de la petite pièce qu'elle servait comme bureau et ils échangèrent un regard de connivence, elle tenait à la main une bourse que j'avais vue dans la main de mon paternel : il lui avait fait un don pour le couvent et j'en fus tout rasséréné.

Notre repas fut simple, paisible et silencieux. J'avais craint qu'une des sœurs ne nous lise le récit des tortures subies par un martyr, lectures dont elles avaient le secret et qui me coupaient l'appétit quand j'étais petit. Nous entendîmes juste quelques psaumes de louanges et mangeâmes en silence le ragoût de légumes agrémentés de morceaux de saucisses en buvant de l'eau du puits. Même Esteban sembla humble et satisfait, lui qui professait un grand amour des monastères pouvait difficilement émettre une quelconque critique car les sœurs étaient, je le savais depuis toujours, d'authentiques saintes femmes.

Après le repas et les grâces finales, mon père se leva mais mère Teodora le devança en se tournant vers moi :

– Viens avec moi Gabriel, je ne veux pas que tu repartes sans m'ouvrir ton cœur, tu rejoindras ton père à la porte ensuite. Carmelita et Clarissa vont lui faire découvrir les lieux où tu as grandi et étudié ainsi que le jardin des simples où tu as passé tant de temps avec ta mère.

Nul ne contredisait jamais mère Teodora, pas même un redouté comte à la mine sombre. Elle savait vous clouer sur place d'un regard. Je les vis s'éloigner, Esteban sur leurs talons.

Il en alla pour moi comme il en avait toujours été avec Teodora : je lui ouvris mon cœur, elle m'écouta et me conseilla, comme elle l'avait toujours fait. Elle fut sévère et exigeante à mon égard comme j'en avais l'habitude, mais son exigence était empreinte de bonté et d'espérance. Elle m'encouragea à aimer mon père et mon frère et à montrer à ce dernier toute la compassion dont j'étais capable. À la fin, comme nous nous levions pour sortir, elle me retint par le bras :

– Je suis un peu soucieuse de te voir partir sur la mer en ces temps troublés, vas-tu Gabriel, me promettre que, quoi qu'il advienne, tu resteras fidèle à notre Seigneur et jamais ne le renieras ? Vas-tu promettre de ne jamais désespérer et de toujours attendre une heureuse issue, quelle que soit ton épreuve ?

Je la fixai d'un air stupide, ne voyant pas pourquoi elle me demandait une telle chose. Devant son regard inflexible et insistant, je promis, non sans hausser les épaules. Elle finit par sourire.

– Je vais prier pour toi chaque jour Gabriel. Je suis ta mère spirituelle et il est juste que je veille sur ton âme.

– Oh j'ai le père Sandoval pour ça ! Il ne loupe pas un seul de mes péchés !

– Tu ne l'auras peut-être pas toujours vers toi, tu sais que nous, nous luttons par la prière pour les âmes en péril, qu'elles soient proches ou au bout du monde. Dieu nous entend et nous répond car nous lui sommes fidèles et persévérons dans l'intercession.

– Alors intercédez pour moi ma mère, je n'ai ni votre foi, ni votre force, mais je sais que plusieurs de vos prières à mon égard ont été exaucées et que je vous dois de rester dans le droit chemin... enfin la plupart du temps.

– Compte sur nous toutes mon fils !... Avec tout un couvent pour te soutenir, tu ne crains rien, nous sommes redoutables sous nos dehors doux et humbles...

– Oh je le sais ma mère, et mon père l'a compris je crois, il est doux comme un agneau depuis notre arrivée ici... même mon frère semble être sous votre bonne influence. !

J'avais dit cela sur un ton léger mais elle ne fut pas dupe. Elle passa sa main sur mon épaule et me serra contre elle avec son inimitable sourire.

– Ne perds jamais espoir et sois patient Gabriel ! À propos, parle-moi d'Izem, comment va-t-il ?

En sortant, je reconnus la voix de sœur Clarissa qui avait guidé ses visiteurs vers le bassin du cloître.

– Nous avons dû le retirer du bassin je ne sais combien de fois, avec une bonne excuse à chaque plongeon... Un dragon le pourchassait, il allait sauver sa mère, il commandait une troupe d'anges, oui les soldats ne lui suffisaient pas, il lui fallait des anges ! Quand il ne finissait pas dans le bassin, nous le retrouvions sur le toit en train de pourchasser je ne sais quoi... Il était temps qu'il parte après ses six ans, il avait trop d'énergie pour de pauvres sœurs comme nous ! Et visiblement, son éducation est réussie, il n'est peut-être pas un archange, mais nous sommes fières de notre Gabriel, quel beau garçon nous avons là ! Et on voit qu'il a été bien éduqué depuis son départ et qu'il est entre de bonnes mains, ajouta-t-elle avec un regard en coin vers mon père, histoire de s'en faire un allié et d'entrer dans ses bonnes grâces.

Nous repartîmes après mille promesses et adieux. Je me retournai sans cesse jusqu'à ce que le toit de la chapelle ne soit plus visible, le cœur un peu gros de les quitter. Mon père vint chevaucher à mes côtés.

– Je suis heureux d'avoir enfin vu les lieux de ta petite enfance, m'avoua-t-il simplement.

Je me retins de lui dire qu'il aurait pu venir me voir quand j'étais un petit enfançon car le détour n'était pas si grand mais je me retins, tout à mes bonnes intentions.

– J'ai été heureux là-bas, lui rétorquai-je, et ma mère aussi, la vie y est simple et sans complications, les bruits et les soucis du monde n'y arrivent que feutrés et adoucis.

– C'est un lieu de paix ! ajouta Esteban derrière nous, comme j'aimerais me retirer en un tel endroit et y passer ma vie !

Je le fixai, surpris, car je m'étais attendu à des sarcasmes de sa part. Je me souvins que mère Teodora s'était entretenue avec lui un petit moment pendant que je devisais avec d'autres sœurs. Elle avait dû lui faire grande impression. Je me demandai si ses bonnes dispositions allaient durer jusqu'au soir.

– Vous avez raison Esteban... toutefois n'oubliez pas qui vous êtes et que Dieu vous confie d'autres responsabilités, mais vous pourrez sans doute, quand vous en ressentirez le besoin, faire retraite dans un petit monastère le temps de vous ressourcer.

– En aurais-je le temps ? soupira-t-il, qui s'occupera du domaine ?

– Je te rappelle que je suis toujours en vie et que je suis le comte actuel, décréta notre père d'une voix amusée, je suis encore jeune, de même que Miquel qui ne semble guère décidé à trépasser, tu pourras donc faire retraite si tu le décides, tu as de bonnes années devant toi... et puis Gabriel te remplacera auprès de moi.

Il sursauta à ces mots et me fixa d'un air soupçonneux comme si j'avais fomenté quelque complot.

– Nous verrons en temps voulu, finit-il par grommeler.

Nous continuâmes notre chemin et deux jours plus tard nous étions à Vic, une importante étape et un rendez-vous apprécié des marchands.

Pour moi ce fut le lieu où j'échouai lamentablement à tenir une des promesses faites aux sœurs : celle de la vertu.

CHAPITRE DIX-SEPT

'C'est trop facile d'être exemplaire tant qu'il n'y a aucune tentation' V. Despentes

Installés dans une grande auberge située sur la Plaça Major, grande place bordée de maisons à arcades et centre névralgique de la cité, nous admirâmes les quelques riches palais aux façades colorées et sculptées qui cernaient la plaça. Je visitai les échoppes situées sous les arcades mais comme je ne possédais que quelques maravedis que je voulais garder pour Barcelone, je résistai héroïquement à la tentation d'acheter quelques friandises, d'autant plus qu'un plantureux repas nous attendait à l'auberge. La salle commune était vaste et bien éclairée, propre et bien tenue, contrairement à certaines auberges de campagne où la paille du sol était rarement changée et les lits douteux. On fabriquait d'excellentes charcuteries à Vic et je me gavai de saucisses aux œufs que j'accompagnai d'horchata bien fraîche, ayant été jugé trop jeune pour le vin clairet, à mon grand dépit. Je remarquai qu'Esteban mangeait mieux que d'habitude, les journées de cheval et la vie au grand air lui étaient profitables, il avait meilleure mine, tenait plus longtemps sur sa monture et son dos le faisait un peu moins souffrir. Quant à notre père et don Miquel, ils faisaient honneur à la table et à la boisson et étaient de belle humeur, échangeant plaisanteries et propos aimables.

– Cette auberge est la meilleure entre ici et Barcelone, nous confia don Miquel, profitez-en bien !

Nous nous étions baignés et je me sentais propre, j'avais mis mon linge de rechange, brossé mes bottes et mon pourpoint, et tenté de coiffer mes cheveux qui refusaient tout discipline et bouclaient jusque dans mon cou.

Je n'oublierai jamais le moment qui suivit.

Des musiciens s'étaient installés et avaient commencé de jouer, au rythme d'un tambourin et d'une petite flûte qui me donna envie de sortir la mienne pour la rejoindre.

J'allais m'exécuter quand elles apparurent.

Des gitanes à coup sûr. Sans doute une mère et sa fille de par leur ressemblance. Je ne m'attardai pas sur la mère qui offrait des courbes voluptueuses propres à ravir les trente ou quarante hommes qui composaient l'assistance, si l'on ne comptait pas les quelques femmes et servantes présentes dans la salle. Je vis d'ailleurs les yeux de mon père et de don Miquel la détailler de la tête aux pieds sans en perdre une miette.

Non, ce fut la jeune fille qui me captiva tout de suite. Elle devait être à peine plus âgée que moi, quinze ou seize, une taille extraordinairement fine, de longs cheveux noirs ondulés et brillants, et des yeux d'un noir de jais qui semblaient lancer des éclairs. Sa robe moulante ne cachait rien de ses formes et…

– Nous devrions monter dans notre chambrée, me souffla Esteban, ces créatures sont envoyées par le diable pour éveiller en nous la concupiscence et nous pousser au péché.

– Parlez pour vous Esteban, quant à moi je désire écouter la musique, d'ailleurs notre père ne nous a pas ordonné de monter, je ne voudrais pas lui désobéir en montant trop tôt.

Il me fixa d'un air sidéré.

– Te voilà bien prompt à obéir tout à coup, grogna-t-il, notre père et Miquel semblent être sous le charme de ces créatures infernales, nous ferions mieux de monter et de prier pour ne pas tomber en tentation.

Je frémis à l'idée de passer la soirée à marmonner des prières en latin alors qu'en bas…

– Allez-y Esteban, lui murmurai-je, il vaut mieux que je reste céans pour surveiller notre père et l'empêcher de tomber dans le péché !

Il me fixa d'un air soupçonneux.

– Je ne te savais pas si attaché à la vertu tout à coup, siffla-t-il à mes oreilles.

Cet idiot d'Esteban était incapable de voir quand je me moquais de lui. Il avait des excuses, passant sa vie entre prières et études, en compagnie de sa mère et ses suivantes, confites en dévotion et tristes comme un jour sans pain.

Je crus qu'il allait se ruer dehors mais il se ravisa en voyant passer la jeune fille qui tourbillonna devant nous et il jugea sans doute qu'il lui fallait étudier de près cette immonde créature avant de l'exorciser.

Il tomba si vite sous le charme de la danseuse qu'il en oublia de brandir son crucifix et resta sur le banc à la contempler, yeux écarquillés, bouche ouverte comme s'il voyait une apparition. C'était sans doute la première fois qu'il assistait à un tel spectacle, qui ne laissait aucun mâle indifférent.

Quant à moi je feignis d'être blasé mais tombai dans les rets de la belle gitane dès que j'eus détourné les yeux d'Esteban. J'admirai tout d'elle : ses gestes tour à tour lents et langoureux, puis rapides et saccadés, sa grâce naturelle, son caractère sauvage et indomptable que révélait sa façon de danser et de défier l'auditoire du regard. Elle possédait cette fierté que j'avais déjà observée chez d'autres gitans, elle se comportait en femme libre, elle ne dansait pas pour séduire les hommes mais pour montrer sa liberté.

Ce fut à cet instant que nos yeux se croisèrent. Lut-elle mes pensées ? Elle leva les bras au-dessus de sa tête qu'elle rejeta en arrière d'un geste saccadé avant de revenir à moi. Elle prit cette fois le temps de me détailler et je vis ses yeux parcourir mon corps et ce regard me donna des frissons qui allumèrent un feu en mon tréfonds.

Tout au long de sa danse nous nous amusâmes ainsi. Elle s'éloignait, virevoltait avant de revenir pour s'arrêter brusquement face à moi. Elle plantait ses yeux noirs dans les miens, me parcourait du regard et repartait un peu plus loin, non sans me fixer à nouveau depuis l'autre extrémité de la salle. Sans doute voulait-elle vérifier si son charme fonctionnait. Je n'étais pas dupe, j'étais sans doute naïf mais la fréquentation assidue des jouvencelles de notre comté m'avait appris quelques leçons. J'assistais là à un numéro de séduction comme je n'en avais encore jamais vu. Ce numéro m'était destiné et j'étais tout à fait disposé à y répondre.

Je coulai un regard inquiet vers mon père et Miquel, craignant qu'ils ne m'expédient au lit s'ils devinaient notre manège. Leurs yeux étaient rivés sur l'autre gitane et je constatai qu'ils étaient tombés sous le même charme que moi. Quant à Esteban, il semblait changé en statue de sel et je me demandai s'il respirait encore.

La danse se termina et les deux femmes s'immobilisèrent sous les vivats de l'assemblée. Une autre femme se mit à chanter une complainte et les regards se détournèrent des danseuses.

Elle fut soudain là devant moi, me fixant d'un regard de feu, impérieux et brûlant. Elle tendit simplement la main vers moi.

– Viens ! m'intima-t-elle.

Sans réfléchir, subjugué par son regard, je levai la main... et fus perdu. Elle me tira vers elle, je me levai et la suivis ou plutôt je me laissai tirer par sa main sans résister aucunement.

J'eus juste le temps d'entendre un cri de surprise poussé par mon père ou don Miquel, je ne sus dire et me gardai bien de tourner la tête vers eux.

Nous sortîmes pour emprunter une autre porte qui menait à un étage situé au-dessus des écuries. Nous gravîmes un escalier et je la suivis, incapable de la moindre résistance.

Au passage, elle s'était emparée d'une chandelle qui brûlait dans un verre à haut bord. Au bout d'un couloir, elle ouvrit une petite porte, me tira à l'intérieur et referma la porte dont elle tira le loquet en bois, nous enfermant tous les deux.

Elle alluma une autre bougie et posa la chandelle sur une petite table. Nous étions dans un petit réduit meublé d'une paillasse recouverte d'une couverture et d'une chaise en paille usée et bancale.

Revenant à moi je voulus parler.

– Je... nous pourrions... commençai-je d'une voix rauque.

Elle ne me laissa pas continuer. Elle me coupa la parole d'un baiser ardent qui me laissa pantois. J'avais déjà embrassé deux ou trois filles mais ce baiser-là était plein d'une fougue et d'une ardeur que je n'avais jamais rencontrées. Il n'avait rien à voir avec les chastes baisers échangés à Toylona avec une Alix rougissante et inexpérimentée.

Je m'aperçus que je répondais à son baiser avec la même ardeur.

Avant que j'aie pu réagir elle m'avait dépouillé de ma tunique.

Avant que je comprenne, elle défit le nœud qui retenait sa robe légère et elle se tint soudain devant moi, nue comme au premier jour.

Mes yeux s'agrandirent devant ce spectacle, nouveau pour moi. Elle ne portait pas de chemise en lin sous sa robe ainsi que le faisaient les femmes.

Mon corps parla pour moi et ses yeux se posèrent sur mon bas-ventre avec un petit rire.

Elle s'approcha de moi en me fixant et dénoua mon haut de chausses.

Je compris confusément que j'étais sur le point de perdre mon pucelage et que j'allais vivre quelque chose que je n'avais jamais connu. M'effleura la pensée de mon père et de don Miquel qui peut-être me cherchaient.

Sans doute sentit-elle mes craintes et mes hésitations car elle me donna un nouveau baiser, profond et appuyé qui fit tomber mes dernières défenses.

– Tu l'as déjà fait ? s'enquit-elle d'un ton brusque en appuyant sa main sur mon bas-ventre.

– Euh je… Elle ne me laissa pas finir et me tira presque violemment sur la paillasse tandis que je tentais de bafouiller je ne sais trop quoi : que j'étais jeune, que nous pourrions peut-être échanger nos noms et faire connaissance avant de… Mais non, je n'en eus pas le temps.

Ce fut intense et rapide. Je mentirais si je prétendais avoir pris les devants. Disons que je fus une victime consentante et que je lui laissai tout loisir d'agir à sa guise. Ce fut elle qui me chevaucha, qui saisit mes mains pour qu'elles agrippent ses seins, menus, fermes et haut placés que je caressai avec délice, sentant monter en moi un plaisir jusqu'alors inconnu. Elle exhalait un léger effluve de sueur et d'eau de jasmin, sa peau luisait et les ombres projetées par les chandelles dansaient sur son corps tandis qu'elle se mouvait sur moi et que pour la première fois, je pénétrais une femme.

J'explosai en elle assez vite et la vague qui me parcourut me fit gémir et arquer mon corps. Je l'entendis crier elle aussi, tout son corps tendu à l'extrême.

Puis lentement la tension retomba et nous revînmes sur terre, essoufflés et languissants. Je me sentais merveilleusement bien.

Elle se détacha de moi et s'étendit à mes côtés en se serrant contre moi. Je restai immobile et silencieux de crainte de briser ce moment magique, de crainte de me réveiller pour découvrir que j'avais rêvé cet instant et que je me trouvais sur ma paillasse aux côtés d'Esteban.

Mais je sentis sa main se poser sur mon visage, puis sur mon front dont elle écarta les cheveux collés par la sueur.

Je frissonnai à ce contact et sa main continua de me parcourir, doucement délicieusement. Le torrent impétueux que nous venions de traverser avait laissé la place à un paisible étang, calme et silencieux.

Elle toucha mon dos et dut sentir les cicatrices qui sans doute, marqueraient mon corps à jamais. Elle se raidit, bondit, s'empara du vase où brûlait la chandelle et l'approcha de mon dos qu'elle observa, sourcils froncés avant d'ouvrir enfin la bouche.

– Le fouet ? Qu'as-tu donc fait ?

– Rien, lui dis-je simplement.

– Tu mens, tu n'aurais pas été fouetté sans raison. Voyons, laisse-moi deviner ! Tu es un apprenti et tu as gâché le travail de ton maître qui était de fort mauvaise humeur ce jour-là. Ou plutôt, il t'a trouvé en train de conter fleurette à sa fille unique. Ou alors tu l'as rapiné…oui c'est cela n'est-ce pas ?

– Tu as tout faux, lui rétorquai-je, j'ai été fouetté sur une fausse accusation de rapine par quelqu'un qui me cherchait noises. À propos, je m'appelle Gabriel, et toi quel est ton nom ?

Elle hésita, m'observa attentivement et finit par souffler.

– Esmeralda, je suis Esmeralda.

– C'est beau Esmeralda, ce nom te sied.
– Le tien aussi... Tu as une tête d'ange avec tes grands yeux innocents.

En parlant, elle avait continué d'explorer mon corps en laissant une main légère se promener partout. Elle fit la moue.

– Je ne suis pas sûre que tu sois apprenti, finit-elle par dire, ou alors tu es forgeron, tu es musclé et fort... et bien nourri à ce que je vois. Dis-moi, tu es avec les deux hommes et l'autre garçon maigre et blanc qui se trouvaient vers toi ?

Je hochai la tête.

– L'un des hommes te ressemble. Il est vêtu comme un marchand prospère mais il n'en a pas l'allure.

– Mon dieu ! Quelle allure a-t-il ?

– Celle d'un guerrier... et d'un seigneur. Je suis allée dans des châteaux pour danser et j'ai vu les nobles... Tu leur ressembles mais tu es vêtu comme un garçon du peuple alors, je ne comprends pas...

Je soupirai. J'aurais préféré approfondir nos ébats plutôt que de subir la question.

– Qu'importe mon père ! marmonnai-je, je...

– C'est donc ton père ! Elle me tint sur le dos, assise à califourchon sur moi, mes bras au-dessus de ma tête et je trouvai cela délicieux : j'étais son prisonnier.

– Je te relâcherai quand tu m'auras avoué la vérité, fit-elle d'une voix menaçante que démentait un regard non dénué de tendresse.

Je fis mine de me résigner.

– Bon, j'avouerai tout mais par pitié, n'appelez pas l'inquisition ! gémis-je.

Elle parut enchantée de ma répartie.

– Toi aussi tu n'aimes point les corbeaux noirs !

– Ils voient le mal partout sauf en eux-mêmes !

– Alors avoue ou je te livre à eux !

– Et bien oui, cet homme est bien mon père et l'autre garçon est mon demi-frère.

– Vous ne vous ressemblez pas ! Et il est mieux vêtu que toi !

– Il est l'héritier légitime et je suis le bâtard. Je suis là pour le servir… et endurer son mépris, il chérit les corbeaux noirs.

– Il est l'héritier de qui ? D'un riche marchand ?

– Pas tout à fait, un comte plutôt…

Elle me fixa plus attentivement.

– Tu es le bâtard d'un comte ? Et il ne t'a pas jeté à la rue ? Par la vierge de Montserrat, tu es chanceux ! Et le fouet alors ?

– C'est mon père qui m'a flagellé… devant tout le château.

– Qu'as-tu fait ensuite ?

– Je me suis enfui dès que j'ai été en état de le faire.

– Et ???

– Il m'a rattrapé, m'a emmené à la ville voisine pour me reconnaître devant un notaire et… il m'a offert une vieille tour perdue dans la montagne pour que j'aie un petit bout d'héritage. Et puis, je dois avouer que je ne suis pas un domestique. J'étudie avec son fils et apprends le métier des armes.

Elle hocha la tête.

– Je me disais bien que ton corps était trop ferme et musclé pour être celui d'un apprenti. Tu montes à cheval n'est-ce pas ?

– Bien-sûr ! J'ai une jument à moi.

– Heureux bâtard ! Remercie Dieu d'avoir un tel père ! Tu es chanceux Gabriel.

– Si tu me parlais plutôt de toi ? Tu sais le principal sur moi, mais toi…

Elle secoua la tête.

– Moi ? Tu ne sauras rien, je suis Esmeralda, une fille du vent, libre comme l'air, c'est tout !

Je l'observai un instant, songeur.

– Peu de gens sont libres. Nous sommes liés par notre devoir, notre condition, le servage, la religion. Tu as de la chance si tu es libre. Moi, c'est mon père qui décide de mon avenir. Je n'ai jamais rien décidé, les autres l'ont toujours fait pour moi et on ne nous demande pas notre avis.

Elle se pencha vers mon visage et embrassa doucement mes lèvres.

— Etre libre signifie aussi être jugée et souvent rejetée, être traitée de puterelle, avoir faim en hiver et soif en été, ne pas avoir de toit à soi et ne posséder que les vêtements que l'on a sur le dos. C'est là tout l'héritage de mon père : le goût de la liberté.

Nous nous sommes contemplés un instant, les yeux dans les yeux.

— Je vais redescendre, finis-je par murmurer, avant que mon père ne retourne l'auberge, il est très strict avec moi et ne me passe rien.

Elle éclata de rire avant de me fixer à nouveau d'un air sérieux.

— Tu oublies que tu es mon prisonnier et je n'en ai pas fini avec toi. Ton apprentissage n'est pas terminé, beau Gabriel au visage d'ange.

En disant ces mots elle se glissa sous moi et me tira sur elle pour que je la recouvre. Elle éclata de rire.

— Je sens ta vigueur qui revient ! Tu vas donc œuvrer maintenant et me mener très haut dans le plaisir.

Elle dut sentir mon début de panique car elle ajouta :

— N'aie crainte, je vais t'enseigner comment procéder et quand tu rentreras dans ton château, les jouvencelles te supplieront de leur accorder tes faveurs.

Elle m'enseigna en effet et il paraît que je fus bon élève, c'est ce qu'elle m'affirma en tout cas.

Plus tard elle me libéra et m'ordonna de redescendre. Je terminais de m'habiller quand elle me demanda.

— Au fait quel âge as-tu ?

J'hésitai un court instant.

— Pratiquement quinze ans, annonçai-je sans préciser que j'étais plus proche des quatorze.

— Par la vierge noire ! Tu trompes ton monde, j'ai cru que tu avais seize ans au moins ! Allez, file avant que ton père ne boute le feu à l'auberge et ne m'accuse d'avoir suborné un jouvenceau ! Ne lui dis pas où je loge, je ne veux pas tâter de son fouet ! Je vais allez faire un tour à l'autre bout de la cité et dormir loin de cette auberge !

Elle me poussa dans les escaliers en riant et s'enfuit par la cour de derrière après un dernier baiser tandis que je rejoignais la grande salle, sûr que tout le monde dormait et que je pourrais me glisser sur ma paillasse sans éveiller l'attention.

Grande était ma naïveté. Je découvris deux silhouettes dans la salle plongée dans la pénombre, installées vers la cheminée qui rougeoyait, éclairées par une ultime chandelle à la flamme dansante : mon père et don Miquel.

Je les fixai d'un air idiot tandis qu'ils me dévisageaient. Ce fut mon père qui attaqua.

– Nous t'avons vu t'enfuir avec la charmante gitane et vous avez disparu depuis au moins trois heures. Nous avons parcouru toute la place mais nul ne vous a vus. Où étais-tu ?

Esmeralda avait été bien avisée de filer à l'autre bout de la ville, songeai-je.

– Et bien euh... elle voulait me montrer sa chambre.

Les deux gardiens de mes jours échangèrent un regard.

– Et qu'avez-vous fait dans la chambre ? De la tapisserie ? Récité des prières pour ne pas tomber en tentation ainsi qu'Esteban te l'a conseillé ? Réponds ! De suite !

– Je crois que nous avons euh... badiné.

– Badiner ? Qu'entends-tu par badiner ?

– Et bien en fait, il semble que nous ayons succombé à la tentation.

Ils échangèrent un regard rapide.

– Déjà ! s'écria Miquel les yeux ronds.

Mon père dardait sur moi des yeux impitoyables :

– Qu'appelles-tu succomber à la tentation ? Quelques baisers et caresses ?

Je soutins son regard et ne pus résister davantage.

– Non... je suis devenu un homme. Nous avons couché ensemble.

Ils se fixèrent et don Miquel gémit :

– Morbleu Gabriel ! Tu as quatorze ans, comment cette fille a-t-elle pu...

– Elle a cru que j'en avais seize, quand elle a su mon âge, elle a décidé de filer loin d'ici.

— Tonnerre ! Mais qu'avez-vous fait tout ce temps ? Avec une ribaude, ça n'aurait guère pris plus d'un quart d'heure !

— Nous avons parlé et puis… on ne l'a pas fait qu'une fois, elle m'a appris des choses, ajoutai-je d'un ton mystérieux et suffisant.

Ils soupirèrent de concert et ce fut mon père qui s'enquit :

— Combien t'a-t-elle demandé et d'où tenais-tu ton argent ?

— Mais Esmeralda n'est pas une ribaude ! protestai-je, elle n'a rien demandé et je garde mon argent pour Barcelone !

— Elle a fait ça pour sa jolie tête d'ange et ses beaux yeux ! commenta don Miquel d'un ton désabusé, nous n'avons pas fini de lui courir après s'il commence dès ses quatorze ans ! Qu'allons-nous en faire !!!

— Ne sois pas en souci Miquel, grommela mon père qui me fixait toujours avec un étrange regard où se mêlaient colère mais aussi une dose de fierté, c'est mon fils et je ne vais pas le laisser aller se galvauder dans le ruisseau, je vais l'avoir à l'œil à partir de maintenant.

Ces nouvelles dispositions paternelles ne m'enchantèrent point. Je voulus le rassurer.

— Ne soyez point marri messire, demain j'irai à confesse et ensuite je serai plus saint et vertueux que euh… saint François peut-être ?

— Songe qu'Esteban voulait aller quérir le curé et sonner les cloches pour que tout le monde parte à ta recherche !

J'imaginai un instant mon frère entrer en trombe dans la chambre en brandissant son crucifix, un curé derrière lui au moment crucial où Esméralda et moi…

— Mon Dieu ! soufflai-je.

— Ne mêle pas Dieu à ça, je sais exactement à quoi tu penses ! intervint don Miquel.

— Vous avez été dans la même situation don Miquel ! À quel âge ? Au fait, Luisa va bien ? Son lit douillet va vous manquer non ?

Je crus qu'il allait me passer à travers la fenêtre.

— Mais quel culot ce jouvenceau ! Et ça n'a même pas un soupçon de barbe !

— C'est bien un Toylona ! soupira mon père.

Cette affirmation me ravit même si mon géniteur ne semblait pas partager mon enthousiasme.

– Certes, approuva don Miquel d'un ton sinistre, je crois revoir un certain Guillem au même âge. Allons-nous le punir ?

Mon père sembla peser le pour et le contre.

– Son frère va s'en charger demain, il va devoir supporter ses sermons toute la journée.

Et en fait de sermons, je fus servi.

J'avais pris garde de le laisser descendre dans la salle pour déjeuner avant moi, en faisant semblant de dormir profondément. Mais une bonne odeur de pain chaud et de lard grillé monta jusque vers moi et je me levai d'un bond, paniqué à l'idée de manquer ce premier repas. Il faut dire que j'étais sans cesse affamé depuis quelque temps.

Esteban heureusement était tout à sa pitance et il oublia de se lever, crucifix en main, pour m'exorciser par quelque formule latine qu'il chérissait particulièrement. Il me laissa manger et je m'empiffrai le plus possible avant de subir les foudres fraternelles qui n'allaient pas manquer de s'abattre sur moi. Mon père et don Miquel paraissaient beaucoup s'amuser de la situation.

Hélas, le déjeuner prit fin et mon frère, repu, revint à son domaine de prédilection : me ramener dans le droit chemin. Il finit par pointer un doigt vengeur vers moi et gronda en s'efforçant d'imiter le très regretté frère Aguirre tout en prenant notre père à témoin :

– Il faut d'urgence trouver un prêtre pour qu'il se confesse et fasse pénitence.

Il me scruta ensuite, cherchant quelques stigmates de débauche sur mon corps :

– J'espère que tu n'as pas dit qui tu étais et que notre nom n'a pas été sali ! Quelle ignominie si le peuple apprenait que le fils d'un comte s'adonne au péché de chair !

– Rodrigo futur Grand d'Espagne saute sur toutes les jolies servantes et son père fait de même ! lui rappelai-je d'un ton onctueux, prêt à en découdre tandis que notre père

et don Miquel s'apprêtaient visiblement à prendre du bon temps.
– Ce sont des Grands eux ! clama t-il.
– Et cela leur donne des privilèges quant au péché ?
Il éluda la question.
– Je n'approuve pas leurs agissements. Mais nous parlons de toi. N'es-tu pas honteux de ce que tu as… Il stoppa net et reprit : – Mais au fait, qu'as-tu fait ?
Je lui adressai mon plus beau sourire :
– J'ai fait ce que vous pensez que j'ai fait mon frère !
– Avec cette… créature ? Comment as-tu pu ?? Tu devrais être rouge de honte !
– Esteban, vous l'avez dévorée des yeux pendant qu'elle dansait et je suis sûr que vous auriez aimé être à ma place...
– Comment oses-tu ?
– Je ne dis que la vérité. Et pour vous répondre, non je ne suis pas rouge de honte, je dois dire que j'ai beaucoup aimé et que je suis prêt à recommen…
– Que nenni Gabriel !
Mon père avait tapé sur la table en disant ces mots et il me fixait avec le regard qu'il avait quand il devait châtier des voleurs. Il pointa un doigt menaçant vers moi :
– Esteban a raison, tu vas aller te confesser ! Et en parlant de recommencer, tu n'escomptes pas trouver une autre fille dans l'auberge de ce soir tout de même ?
– Ah bon ? fis-je d'un ton déçu.
Il vit mes yeux rieurs et retrouva sa bonne humeur.
– Mon gaillard, tu n'iras te promener à Barcelone que dûment chaperonné par l'un de nous !
– Esteban l'emmènera faire le tour des églises et ils diront des neuvaines dans chacune, suggéra don Miquel d'un air angélique.
Esteban poussa un cri joyeux à cette perspective tandis que j'ourdissais déjà des plans pour échapper à ce sort funeste.
J'avais escompté que le curé chargé de me confesser serait un vieil homme sourd et à moitié aveugle mais je tombai sur un jeune prêtre à l'esprit alerte qui eut tôt fait de m'arracher ma confession, très confuse au demeurant.

– Pourquoi viens-tu te confesser ? finit-il par demander avec un soupir exaspéré.

– Parce que mon père m'a traîné céans pour le faire, ainsi que mon frère qui est très pieux. Il m'attendant dehors, dûment confessé et pardonné.

– Regrettes-tu sincèrement tes actes ?

– Sincèrement ? Bien-sûr que non mon père, répliquai-je du tac au tac, mais je viens tout de même chercher l'absolution.

– Si tu pouvais recommencer ce soir, le referais-tu ?

– Sans doute que oui, admis-je à contrecœur, mais je viendrai me confesser tout de suite après, c'est à cela que sert l'église non ?

Je crus qu'il allait démolir le banc et je l'entendis grommeler pour lui-même :

– Il y a des moments où je me demande si ce maudit Luther n'a pas raison de dénoncer l'hypocrisie de l'église. Tu voudrais peut-être des indulgences ? me susurra-t-il d'un ton menaçant, pour tes futurs péchés ?

Je hochai la tête :

– Ce serait pratique mais je n'ai pas assez de maravedis, seuls les riches peuvent pécher et se racheter, les pauvres sont tenus à plus de sainteté car ils ne peuvent payer ce que les prêtres exigent. Mais n'ayez crainte mon père, j'ai l'habitude de me confesser directement à Dieu. Je vais m'arranger avec lui sur ce coup, j'ai l'habitude.

J'entendis un soupir exaspéré et le prêtre me dévisagea du haut en bas d'un air soupçonneux.

– Donnez-moi vite ma pénitence, mon père attend pour repartir !

– Ton père est un marchand ?

– Que nenni, c'est un comte !

– Ne dis pas de menteries, tu es vêtu comme un fils du peuple.

Je fixai l'homme de Dieu avec mon sourire le plus angélique.

– C'est normal mon père, je ne suis que son bâtard. Son héritier légitime attend avec lui, il n'a pas péché lui.

Il fronça les sourcils et m'empoigna.

– Allons donc voir sur le parvis si tu dis la vérité ! Si tu as menti tu seras fouetté !

Il me traîna vers le parvis mais me lâcha d'un coup quand il aperçut mon père et Esteban qui faisaient les cent pas. Il ne s'y trompa point, quelque chose lui souffla que ces deux-là n'étaient pas du peuple malgré leurs vêtements simples. Il s'inclina en signe de respect.

– Je vous ramène votre fils après sa confession en bonne et due forme.

– Quelle est sa pénitence ? cria presque Esteban les yeux brillants, espérant sans doute une peine digne de l'inquisition.

Le prêtre, surpris, le dévisagea un instant avant de revenir vers mon père, puis moi-même.

– Eh bien, il récitera cinq Pater le long de la route pour ne pas vous retarder. Il s'est montré sincèrement repentant et contrit, je crois qu'il a compris la leçon.

Je pris un air contrit et repentant en sentant les regards se tourner vers moi. Je vis que mon père n'était pas dupe et se retenait de rire tandis qu'Esteban retenait lui, un juron bien senti, déçu de la légèreté de la peine.

Mon père glissa discrètement une pièce dans la main du curé avec un sourire complice.

Esteban resta près de moi pendant que je récitais mes Pater d'un air inspiré. Je songeais en mon for intérieur que les armées angéliques avaient bien autre chose à faire qu'à surveiller les prières d'un garçon qui devait se repentir des délicieux instants passés auprès d'une ravissante créature. D'ailleurs si Dieu était contre ces choses, pourquoi avait-Il fait les femmes si jolies et l'acte amoureux si délicieux ?

Décidément, je n'y comprenais plus rien...

Je découvris Barcelone avec les mêmes yeux que j'avais eus pour Ensegur. Ebahis. La ville me parut immense, belle et sale, riche et misérable. Je vis les palais le long des belles avenues, celui de la Generalitat derrière lequel se trouvait auparavant le Call où vivaient les juifs avant leur expulsion en 1492, m'expliqua mon père, tandis que je jetais un rapide coup d'œil aux longues ruelles étroites pavées de pierre sans pouvoir retenir un frisson en imaginant le drame qui s'était déroulé là.

Nous suivîmes un moment la rambla qui n'était pas achevée pour rejoindre ensuite la Carrer de Montcada où cette puissante famille alignait ses palais et hôtels particuliers. La plupart des riches demeures étaient bâties autour d'un patio central et l'étage supérieur était égayé par des arcades ouvertes et des moulures décoratives autour des fenêtres.

– Tu vois là le style italien, m'expliqua don Miquel, là c'est la palau D'Aguilar, ici le palau Meca et…

– Irons-nous saluer les Montcada ? s'enquit Esteban, vous les connaissez père, non ?

Mon père et don Miquel se consultèrent du regard.

– Non, décida mon père, je présume qu'ils sont partis avec la flotte de Doria.

– Ou juste derrière pour les ravitailler et faire leurs affaires, florissantes en temps de guerre pour les princes marchands comme les Montcada, ajouta don Miquel d'un ton un peu cynique.

– Nous avons bien fait de traîner en route, ils ont eu le temps de nettoyer la cité après le départ de l'armée, la ville devait ressembler à un cloaque, conclut mon père en tirant sur ses rênes pour laisser passer une charrette.

Je ne trouvais moi, pas la ville très propre, surtout les quartiers populaires où des ordures innommables et puantes encombraient la chaussée.

Don Miquel attira soudain notre attention.

– Regardez, voici la cathédrale de la mer ! Santa Maria del Mar. Elle est aimée du peuple car elle a été financée en grande partie par les marins et les portefaix du port qui voulaient rivaliser avec les bourgeois qui bâtissaient l'autre cathédrale que nous avons vue, Santa Eulalia. Vous pourrez y venir plus tard.

Jamais je n'avais vu de bâtiments si grands et je levais le nez sans arrêt, m'émerveillant de la hauteur des maisons, des fenêtres ornementées, des escaliers sculptés d'un patio. Une telle concentration de beauté me laissait sans voix.

– Quelle belle ville ! m'écriai-je, même si ça pue parfois et qu'il y a trop de saleté.

– Je te promets qu'elle est très propre, s'amusa don Miquel, la couche d'ordures devait atteindre une telle hauteur après le départ de la flotte qu'ils ont été obligés de tout nettoyer, nous y gagnons un agréable séjour, c'est beaucoup plus sale d'habitude ! Allons, Gabriel, tiens bien ton cheval, nous allons rejoindre le bord de mer, la ville est à moitié déserte avec la guerre, nous sommes chanceux, d'habitude, il faut aller à pied en tenant sa monture.

Enfin, je découvris la mer pour la première fois. Le ciel était d'azur et le vent d'autan soufflait. La mer était bleue, agitée de vagues frangées d'écume. C'était beau tout simplement et je restai immobile le long du rivage, bercé par le bruit des vagues, purifié par le souffle de l'air iodé, les yeux mi-clos.

– C'est beau, murmura Esteban à mes côtés, aussi ému que moi.

– Le soleil est encore haut et il fait chaud, ajouta don Miquel, nous pourrions aller à notre crique et nous tremper, qu'en pens...

Sa phrase n'était point terminée que notre père aiguillonnait sa monture avec une approbation enthousiaste et fila en direction de la crique en question, que nous rejoignîmes au petit trot.

L'endroit me parut le plus beau du monde. Une petit anse entourée de rochers m'invitant à les escalader, bordée de pins et de lauriers roses, vide de toute présence humaine, étrangère à la puanteur de la cité, fleurant bon le thym, l'iode et l'air marin.

Un moment plus tard, nous nagions tout notre content, nous purifiant de la saleté du voyage et de notre sueur, riant comme des jouvenceaux, nous éclaboussant avec de grands cris. Même Esteban, qui n'avait trempé que ses jambes, prit plaisir au jeu et rit à gorge déployée, ce qui ne laissa pas de m'étonner, tout comme notre père qui en fut fort aise. Je fis une course avec don Miquel, que j'aurais remportée s'il ne m'avait pas coulé vers la ligne d'arrivée.

Notre père et don Miquel s'étendirent sur un rocher pour se sécher, j'en profitai pour explorer les lieux et je revins promptement avec une grosse quantité de coquillages que je déversai vers eux. Je m'apprêtais à repartir en quérir davantage quand Esteban m'arrêta :

– Que fais-tu donc avec ces choses ? s'enquit-il.
– Je vais les ramener à Toylona, répondis-je fièrement.
– Et pourquoi donc ?
– Les offrir.

Ils ouvrirent de grands yeux en voyant mon tas qui grandissait.

– Oui da, expliquai-je, il en faut pour Angel, pour Izem, pour Alix et Flor et Vicent et... et puis Carles et Marta et...

– Oh là ! m'arrêta mon père en riant de bon cœur, tu es fort généreux, mais comment escomptes-tu transporter tout cela ? Il faudra un âne bâté pour les porter !

– Réfléchis donc, me morigéna Esteban, tu ne vas pas embarquer avec ces saletés, tu en retrouveras au retour ou même là-bas, en Sicile, pourquoi te charger maintenant ?

Je hochai la tête un peu penaud.

– Vous avez raison Esteban, je me suis trop pressé, c'est que je ne voudrais point rentrer sans rapporter quelque chose à mes amis, la plupart ne verront jamais la mer.

– Nous y veillerons au retour, m'assura don Miquel, tu prendras soin toutefois, d'en offrir deux d'égale beauté à Alix et à la fille du tisserand, les jouvencelles vont se battre sinon et notre retour au château se résumera à un pugilat de femelles jalouses, termina-t-il en riant tandis que je commençais à le bombarder avec les dits coquillages. Nous terminâmes par un combat dans le sable et dûmes retourner dans l'eau pour nous nettoyer à nouveau.

Ce fut un moment heureux. Mon père s'amusait franchement, Esteban oubliait de m'écraser de ses sarcasmes, tout à ses découvertes, et l'atmosphère entre nous était empreinte d'une complicité que j'avais rarement connue. Ce jour-là, je fus heureux et je ne fus pas le seul.

Esteban était d'humeur radieuse : notre père lui avait promis une visite chez le libraire de Barcelone et l'achat d'un livre de son choix. Il savait le coût des livres et comprenait l'importance du geste. J'espérais juste qu'il n'allait pas choisir un affreux récit de martyr ou le manuel du parfait inquisiteur. Notre père, qui connaissait les goûts épouvantables de son fils, lui avait déjà suggéré quelques auteurs latins qu'il chérissait, Sénèque, Plutarque ou alors quelques grecs tels que Platon, Aristote ou Homère.

Guillem ne m'avait rien promis, c'est sans doute ce qui mettait mon frère de si belle humeur.

Nous longeâmes la côte pour revenir et passâmes par le port pour rejoindre la maison d'Adam Caballero, l'associé de notre père, chez qui nous devions résider. Le port était quasi désert après le départ de la flotte, nombre de navires avaient été réquisitionnés et armés par l'amiral Doria. Ne restaient qu'une galiote piteuse et un vieux brigantin, sans compter les bateaux de pêche habituels.

La maison d'Adam Caballero était belle et de facture récente, ordonnée autour d'un patio qui menait aux étages dotés de fenêtres à meneaux ouvragées et ornées de personnages sculptés à chaque angle.

– L'art des italiens, me souffla don Miquel qui attira aussi mon attention sur une sculpture équestre qui ornait la jolie fontaine du patio.

– Cette statue a dû coûter une fortune, ajouta-t-il en aparté.

– Je vais demander le prix à messire Caballero, lui assurai-je d'un air sérieux.

– C'est exactement ce qu'il ne faut jamais faire espèce de jouvenceau ignorant ! répliqua-t-il, je vais me coller à toi pour te mettre un coup de pied dans les tibias chaque fois que tu diras une bêtise ! Il vaudrait mieux que tu te taises et écoutes, tu as tant de choses à apprendre mon mignon !

Je n'eus pas le temps de répliquer, Adam Caballero se ruait sur nous et saisissait mon père aux épaules pour le serrer contre lui avec affection. Je le fixai soigneusement mais ne discernai rien qui trahissait une ascendance juive :

point de doigts crochus, de nez busqué ou d'odeur démoniaque, ce que je subodorais déjà. Je remarquai qu'Esteban se livrait au même examen et semblait quelque peu dépité de ne rien trouver. Adam Caballero était de taille moyenne, les cheveux et les yeux sombres, il portait un élégant pourpoint de laine rayée à haut col, orné de boutons en satin, aux manches à crevés et ses chausses étaient de deux couleurs vives, ce qui contrastait avec les vêtements sombres et sobres de mon père.

Esteban se hâta de se présenter comme l'héritier en titre, ce qu'il faisait avec tout le monde, pendant que nous échangions un regard blasé et amusé, mon père et moi. Je prenais garde de ne jamais paraître blessé de l'outrecuidance de mon frère, voulant démontrer que j'étais bien au-dessus de ces vulgaires sentiments, ce qui était faux bien entendu. Je me considérais comme un maître dans l'art de cacher mes sentiments, ce qui était également faux.

L'associé de notre père fut charmant avec Esteban qu'il complimenta pour son ardeur à l'étude et ses bonnes manières. Il se tourna ensuite vers moi et me dévisagea durant ce qui me sembla être une éternité avant d'échanger un regard de connivence avec mon père.

– Ainsi c'est toi Gabriel ! finit-il par dire en s'inclinant légèrement vers moi.

– Le bâtard, ajoutai-je hâtivement avant qu'Esteban ne fournisse gracieusement ce supplément d'information à mon encontre ; Je suis honoré de vous rencontrer messire Caballero et je vous remercie de nous recevoir dans votre belle maison. Je crois que je vais monter nos bagages, proposai-je aimablement, désireux d'échapper à ses yeux scrutateurs.

– Inutile, Ramon et Eugeni vous ont précédés et ont tout préparé.

Je me souvins que les deux compères avaient refusé de nous accompagner sur la plage tout en proposant de prendre les devants, ce qui m'avait surpris.

– Ils sont déjà en train de conter fleurette à mes soubrettes, soupira Adam Caballero, le service est quelque peu relâché, ma femme et mes deux enfants sont à Besalu dans ma belle-famille, je les ai envoyés là-bas avant le regroupement des armées, je voulais les protéger du désordre ambiant...

– Et ? s'enquit mon père en souriant, ce devait être quelque chose non ?

– La ville était méconnaissable, les écuries bondées à craquer... et pas seulement de chevaux, il n'y avait plus un endroit où dormir, l'armée a donc réquisitionné des chambres chez l'habitant...sans contrepartie financière bien entendu ! J'ai eu droit à un capitaine et deux je ne sais quoi, mais ils étaient corrects.

– Vous avez vu le pape ? demanda Esteban, les yeux comme des soucoupes.

– Non, pas lui mais l'amiral Doria oui, ainsi que ses amiraux, plusieurs de nos Grands et les chevaliers de Saint-Jean, quel spectacle mes amis ! Le départ de la flotte a été un grand moment ! Avec toutes ses bannières et ses oriflammes, la foule qui criait, les prêtres qui bénissaient à tour de bras... et tous ces navires, les galeotas, les galeas et autres, ils avaient tout réquisitionné, du moins tout ce qui pouvait être armé et qui tient la mer...enfin, nous en reparlerons plus tard, venez-vous installer et vous rafraîchir...

Le repas fut très gai et bien arrosé. On nous servit un jambon rôti glacé au miel accompagné de fèves et d'un vin clairet qui se transforma en eau dans nos gobelets à nous, pauvres jouvenceaux ! Les hommes faisaient peu de cas de nous, plongés dans un débat animé que je tentais en vain de suivre tout en lorgnant ce qui m'entourait. Esteban lui, scrutait notre hôte de façon peu amène et je craignais à tout instant qu'il brandisse un manuel d'inquisiteur et se mêle de l'interroger sur le degré de pureté de son sang ou son état de vieux chrétien...mon père dut pressentir la même chose que moi car il lui lança un ou deux regards d'avertissement qui le convainquirent de renoncer à toute visée purificatrice.

Quand nous montâmes nous coucher je sus qu'il n'échapperait pas à une sérieuse mise en garde quand j'ouïs notre père lui glisser à l'oreille :

– Nous dormons ensemble toi et moi et j'ai quelques petites choses à régler avec toi.

Je fus ravi de partager la chambre de don Miquel qui se souciait peu de me faire la morale. Quant à Eugeni, j'appris qu'il dormait dans une chambre jouxtant l'écurie avec Ramon, une habitude que les deux valets appréciaient hautement et qui leur offrait liberté et bref congé de leurs maîtres.

Le lendemain fut consacré aux affaires et nous vit plongés dans les livres de comptes et affairés dans l'entrepôt de la petite compagnie qui était pour l'heure plutôt vide, suite au passage de l'armée qui avait permis de lucratives affaires. Il fallait maintenant les remplir à nouveau et c'est ce que nous ferions en Sicile où un navire syrien nous attendait, ses cales pleines d'articles venues du lointain orient : soieries, épices, tissus, remèdes, meubles et tapis. J'entendais mon père discuter stratégie avec Adam Caballero et j'en retirai quelques bribes de connaissance, ne voulant pas démériter de mon frère qui était toute ouïe et posait les bonnes questions. Notre récompense consista à aller suivre les vêpres en la cathédrale Santa Creu I de santa Eulalia dûment chaperonnés, don Miquel semblant craindre que mes vêpres ne se terminent dans un quelconque bouge. J'eus beau lui expliquer qu'il était impossible de fausser compagnie à Esteban qui me forçait à me coller à lui et veillait sur mes dévotions tel un père abbé sur ses ouailles, je ne récoltai que son éternel rire et une claque dans le dos. Les vêpres furent belles et le sanctuaire me fit si forte impression que je m'abîmai dans la prière et ne simulai point. La grandeur, la solennité, le chœur d'enfants qui me tira des larmes des yeux, la musique de l'orgue, les belles dames aux riches atours qui suivaient l'office, tout concourut à m'émerveiller, détail qui n'échappa point à Esteban qui en fut ravi et se montra charmant sur le chemin du retour, allant jusqu'à me vanter les joies de la vie religieuse et les charmes du monastère de Poblet, qui serait certainement heureux de m'accueillir en son sein. Mon niveau de piété était tel à ce moment-là que je m'abstins de lui rétorquer qu'il ne se débarrasserait pas de moi ainsi et que j'escomptais bien garder ma place à Toylona, fut-elle celle d'un humble bâtard sans le sou certes, mais doté d'une tour !

La seconde récompense m'était destinée : les hommes annoncèrent que nous passerions la soirée dans une auberge où se retrouvaient les gentilshommes de la cité. On y faisait bonne chère, le vin était goûteux et des musiciens égayaient les soirées. Mon œil s'alluma en entendant cela et je me vis déjà filant avec une jolie danseuse. Hélas mon âme damnée, en l'occurrence don Miquel, avait le don de lire dans mes pensées.

– N'escompte pas filer comme l'autre soir, me prévint-il, tu resteras vers nous et nous aurons l'œil sur toi.

– Tu pourrais aussi rester céans pour jeûner et vaquer à la prière, suggéra aimablement Esteban, tu as été touché par la grâce durant l'office, peut-être devrais-tu rester loin de tout lieu de débauche.

Je faillis éclater de rire en voyant les mines des trois hommes qui fixèrent Esteban d'un air effaré avant que mon géniteur ne vienne à mon secours.

– J'ordonne à Gabriel de venir avec nous, il est trop jeune pour jeûner, aimerais-tu demeurer céans pour prier pour son âme au lieu de nous suivre Esteban ?

– Que nenni ! s'empressa-t-il de rétorquer, j'ai faim et dois manger même si vous me tentez fort en me proposant de rester céans père ! Quoi de meilleur que le jeûne et l'oraison ?

Sa question ne reçut pas un accueil des plus enthousiastes et mon père se contenta de lever les yeux au ciel... en priant sans doute pour que son héritier sorte de ses crises mystiques intempestives.

Adam nous mena par des ruelles transversales réputées mal famées, nous étions suivis par Eugeni et Ramon qui se donnaient des airs de mercenaires. Nous avions pris nos épées par mesure de précaution, y compris Esteban, j'avais discrètement reçu l'ordre de l'empêcher de se navrer s'il venait à sortir sa lame et j'avais joyeusement obtempéré. Je fus bientôt distrait de ma tâche par une jolie jouvencelle qui semblait monter la garde à l'entrée d'une sombre venelle malodorante. Elle était rousse, avait une mine avenante et sa robe décolletée révélait des appâts prometteurs. Elle laissa filer la troupe, me jaugea des pieds à la tête et m'adressa un sourire à faire fondre les neiges du pic d'Aneto en me murmurant d'une voix lascive :

— Fais quelques pas avec moi dans la ruelle, je vais te montrer quelque chose, susurra-t-elle en se caressant lentement le buste tout en cambrant les reins, geste qui m'hypnotisa et me fit perdre mon bon sens, qui n'était déjà pas bien grand. Comme un idiot, je la suivis dans la ruelle en toute confiance.

Je sentis soudain une main me tirer violemment en arrière et je m'envolai presque hors de la venelle, tandis que Ramon et Eugeni s'y engouffraient en courant, armes brandies.

Nous entendîmes un bruit de galopade, des cris et des bruits étouffés que j'identifiai comme étant ceux d'une bonne bagarre. Ce fut bref, Ramon et Eugeni revinrent en remettant leurs épées au fourreau et firent un signe de la tête à don Miquel :

— Un traquenard, il y en avait deux qui attendaient avec des lames. Le petit n'y aurait pas résisté.

Don Miquel me fixa avec les yeux de Sant Jordi juste avant qu'il ne coupe la tête du dragon, puis il éclata :

— Qu'as-tu donc dans la tête pour être aussi stupide ? Tu voulais te faire trucider ? Suivre la première catin qui te hèle... Tu n'as pas compris qu'elle voulait te rapiner et peut-être t'occire si tu te défendais ? Ce n'est pas parce que tu as un joli minois que toutes les jouvencelles vont se pâmer devant toi ! Essaie d'être conduit par ton entendement et non par... ce que tu as entre les jambes espèce de...

Il se tut car mon père et Esteban avaient fait demi-tour et venaient aux nouvelles. Rouge de honte, je demeurai coi, imaginant déjà les sarcasmes justifiés qui n'allaient manquer de se déverser sur moi. J'attendis donc les explications de l'hidalgo en tremblant.

— Gabriel a failli être navré par deux marauds qui voulaient le rapiner, expliqua doctement don Miquel, ils n'avaient pas vu Eugeni et Ramon qui leur sont tombés dessus et les ont mis en fuite.

— J'en ai éclopé un, conclut Ramon, toujours aussi peu disert.

Mon père n'insista pas, estimant qu'il n'en tirerait rien d'autre, ces quatre mots étant le maximum que l'on puisse escompter de lui.

Nous repartîmes et je me collai à don Miquel.

– Mille mercis don Miquel, vous m'avez sauvé la vie, mais aussi évité de sombrer dans le ridicule !

– As-tu compris la leçon damoiseau ? grommela mon mentor, ou es-tu prêt à suivre le prochain jupon qui se présentera à toi ?

– J'ai compris la leçon... enfin j'espère, ajoutai-je d'un ton peu sûr. C'est qu'elle était jolie.

– Ils ne voulaient pas en mettre une laide pour attirer les pigeons, gamin ! Ces ruelles sont des coupe-gorges, tu étais averti et tu t'es lancé sans réfléchir dans le premier traquenard venu, un nouveau-né se serait méfié, mais toi, il a fallu que tu fonces tête baissée ! Je n'ai rien dit à ton père mais demain tu feras des corvées à l'entrepôt toute la journée, il y a du travail, tu t'occuperas aussi de mon cheval en plus du tien et je t'aurai à l'œil !

Don Miquel parlait toujours d'un ton badin et léger, mais il était implacable avec moi chaque fois qu'il me punissait.

– Je devais aller me promener demain, hasardai-je d'un ton incertain.

– Tu n'iras pas et tu trimeras tout le jour, décréta-t-il, et ton père ne dira rien, il me fait confiance, s'il sait que je t'ai puni il ne demandera pas pourquoi.

J'avais vérifié cette assertion à de nombreuses reprises, mon père m'avait confié à don Miquel et le laissait faire à sa guise, sans s'enquérir de ses décisions, sauf... s'il trouvait qu'il me ménageait trop, ce qui arrivait régulièrement. Je me tins coi, ne voulant pas aggraver mon cas, chaque fois que j'avais voulu plaider ma cause, je m'étais retrouvé avec une punition supplémentaire.

Quand nous arrivâmes en vue de l'auberge, loin des sombres venelles, je cogitais sur la dure vie de bâtard et me demandais ce qui serait advenu si Esteban avait été à ma place. Ma conclusion arriva vite : il n'aurait jamais pu être à ma place car si la drôlesse lui avait fait des avances, il aurait vite sorti son crucifix pour un exorcisme réglementaire et aurait fui promptement cette créature des enfers. Je songeai aussi qu'il se serait méfié lui, et n'aurait jamais été aussi stupide que moi.

Le fumet de viande rôtie qui nous accueillit quand nous entrâmes dans la salle me rasséréna et mon avenir proche s'éclaira légèrement.

Les lieux étaient soignés et propres, occupés par des gentilshommes et des bourgeois bien vêtus. Bien lavés aussi car l'odeur habituelle de crasse des auberges de campagne ne nous assaillit pas comme nous en avions l'habitude.

– C'est ici que se retrouvent les pages et les écuyers de la cour comtale, expliqua mon père, la meilleure de la cité et la mieux famée.

– Ah ! Nos seigneurs des montagnes sont revenus ! s'exclama l'aubergiste en se précipitant vers nous, monsieur le Comte, venez, votre table est prête ! Ainsi qu'une poularde rôtie, que je suggérerais d'accompagner d'un petit vin de Malaga qui devrait vous plaire.

Nous n'étions pas assis qu'une sorte de tornade nous assaillit don Miquel et moi, qui étions restés à la traîne. J'ouïs un grand rire, un cri de joie, je fus secoué de toute part, tout comme don Miquel qui réagit le premier en se débarrassant de l'opportun avec son rire habituel accompagnée de sa poigne puissante que je connaissais si bien.

– Felipe ! protesta Miquel, je te croyais en mer avec nos amiraux et la flotte, sinon je t'aurais déjà amené cet animal qui demande souvent de tes nouvelles ! Lâche-moi donc et donne-lui une bonne accolade plutôt qu'à moi !

Stupéfait, je fixais le grand gaillard au sourire radieux qui se tenait face à moi et me serra contre lui avec un rire que je reconnus de suite. Plus grave certes mais toujours le même. Son rire redoubla devant ma mine effarée.

– Gabriel ! Je ne suis pas le monstre de Mont-Blanc, c'est bien moi, Felipe, et je suis foutrement heureux de te voir céans ! Tu m'as manqué vieux frère !

Il m'étreignit à m'étouffer et je lui rendis la pareille quoique avec moins d'ardeur car il était plus large que moi qui étais tout en longueur. Je reconnus sa bouche trop grande faite pour le rire et sus qu'il était toujours le même joyeux drille.

— Felipe d'Ensegur ! Je t'ai écrit mais tu n'as guère répondu, je n'ai pas vraiment attendu de missive vu que don Miquel m'a donné de tes nouvelles toutes ces années et que tu détestes écrire !

Je lui dis cela en riant et en lui tapant sur les épaules, tout à la joie de le revoir.

— Viens t'asseoir et manger vers nous, lui ordonna don Miquel, et conte-nous tes exploits !

— Ils sont maigres, laissez-moi avertir mes camarades écuyers, je vous rejoins de suite !

Quelques instants plus tard, il s'inclinait devant mon père, Esteban et Adam avec de belles manières que je ne lui connaissais pas.

— Je suis fort aise de rencontrer le père et le frère de mon cher camarade d'enfance avec qui j'ai fait les quatre-cents coups !

— Plaît-il ? s'enquit Esteban d'un air supérieur, nous ne nous connaissons pas je crois ?

— Messire Esteban, futur comte de Toylona, je suis Felipe de Montradon, futur marquis d'Ensegur, présentement, écuyer à la cour du Grand-Duc de Barcelone.

— Vous n'avez point pris la mer pour délivrer Tunis ? insista Esteban d'un ton légèrement méprisant.

— Hélas, mille fois j'ai demandé à partir, mais ils ne prenaient que les plus de seize ans ! Nos exploits céans consistent à protéger les épouses et les fiancées éplorées en leur tenant compagnie et à tromper leur ennui.

Tout en parlant les yeux de Felipe avaient scruté Esteban et je vis qu'il était en train de jauger le personnage.

— Prends place et mangeons cette poularde, lui intima don Miquel en lui montrant une cuisse rôtie à point pendant que mon père lui tendait une coupe de vin clairet, celui qu'il ne voulait pas que je boive.

Sans plus de façons, Felipe dévora et je retrouvai le compagnon de mon enfance, avide de tout, osant tout, à l'aise partout, malgré mon père qui le scrutait intensément et le soupesait de toutes parts.

Au bout d'un moment, quand nous fûmes rassasiés, il me fixa avec son sourire goguenard habituel.

– J'ai appris voici peu que ton séjour chez le forgeron avait été douloureux et que tu as trimé comme un serf ! Tu as belle mine pourtant, te voilà beau comme un prince de sang !

Je hochai la tête, soupesant mes mots.

– Oui da, le bonhomme avait le vin mauvais, mais j'ai appris à l'éviter et le curé nous abritait souvent chez lui.

– Nous ?

– Oui, avec mon ami Angel, qui est parti avec moi. Un orphelin.

– Et Miquel a accepté d'embarquer l'orphelin quand il est venu te quérir ?

– Je n'ai rien accepté, maugréa don Miquel, les deux compères se sont enfuis avant que j'arrive là-bas. Et Gabriel est arrivé seul à Toylona, il a réussi au passage à caser l'ami Angel chez une tante qui vit à Valbona, Monsieur est venu à la rescousse de l'orphelin avant de se présenter tout seul à la porte du château !

Felipe ouvrit de grands yeux ébahis.

– Par sant Jordi ! Tu as fait ça ! Tu étais déjà ainsi à Ensegur, à venir sauver les plus faibles, même les chiots avaient droit à ta pitié.

– Il a mis sa vie en danger en venant seul, intervint mon père d'un ton coupant, il a passé la nuit dans la montagne, perché dans un arbre avec une meute de loups à ses pieds.

– Par la vierge de Montserrat ! s'écria Felipe, Miquel nous a tu cette histoire ! Qu'as-tu donc fait ?

– Le nécessaire, répliquai-je d'un ton détaché, j'ai sorti mon arc et blessé le loup de tête. Cela les a fait fuir et j'ai pu reprendre ma route.

Je décelai une grande admiration dans les yeux de Felipe.

– Tu as toujours été bon archer, admit-il, malgré ta détestation de la chasse et...

– Je suis bon chasseur maintenant, le coupai-je, et bon traqueur.

– Et toujours aussi casse-cou ? Tu escalades encore toutes les parois qui s'offrent à toi ? As-tu conté ta descente du donjon avec une petite corde et sans protection ? Tu as failli te rompre le cou ce jour-là !

– Quoi ? se récria mon père, conte-moi cela Felipe ! ordonna-t-il d'un ton impérieux.

Felipe conta et j'en fus fort marri.

– Nous avons été bien punis tous les deux, termina-t-il et nos postérieurs s'en souviennent encore.

Mon père me fixa.

– J'espère que ce genre de lubie t'est passée !

Je haussai les épaules.

– Descendre notre donjon est un jeu d'enfant par rapport à ce que fais à….

Je stoppai net. Mon père saisit ma main au risque de la broyer.

– Continue. Ce que tu fais où ? Ne me dis pas que tu vas encore vers cette maudite falaise !

Un fort désir de me montrer à la hauteur et de défier mon père s'empara de moi.

– La falaise messire ? Je la connais par cœur ! Non, je suis en train d'explorer le Pic de l'Aigle. La face sud bien-sûr. Elle est moins dangereuse.

Mon père et don Miquel avaient blêmi.

– Tu te mets volontairement en danger ? articula Guillem d'une voix blanche.

Je pris mon air le plus désinvolte.

– Je suis davantage en danger avec les hommes d'Henriquez et les armes qu'ils me font manier. Non messire, Izem vient avec moi et nous nous encordons. Il me sert d'ange gardien et m'empêche de grimper seul. Pareil pour la chasse, il me suit pas à pas, nous traquons parfois des bêtes dangereuses, dans des endroits escarpés et risqués.

Mon père me fixa un instant, les mâchoires serrées, prêt à éclater, mais il se contint.

– Nous en reparlerons plus tard tous les deux, articula-t-il d'une voix blanche. Ce n'est pas le moment. Mangeons plutôt et profitons de la présence de ton ami.

Je vis au regard que Felipe m'adressa, qu'il avait compris que mes relations avec mon père n'étaient pas toujours au beau fixe. Il voulut m'aider.

— Je donne les mêmes sueurs froides aux miens messire Guillem, commença-t-il, nos maîtres d'armes nous poussent sans cesse à nous dépasser et ils nous traitent de poules mouillées si nous ne prenons pas de risques insensés. L'un de mes amis pages est mort ainsi, lors d'un défi à armes réelles. Le maître d'arme l'y a incité. Il a voulu prouver qu'il était un homme et il en est mort. Le comte était furieux et il a rédigé un nouveau règlement pour nous protéger de nos ardeurs belliqueuses excessives. Nous n'avons plus le droit de nous battre pour remporter les faveurs d'une jouvencelle, termina-t-il d'un air dépité.

— C'est stupide, intervint Esteban d'un ton coupant, la valeur d'un homme se mesure à son intelligence, à son instruction et à sa capacité à tenir sa place. À sa piété aussi, et non à des fanfaronnades de jouvenceaux qui se terminent en bains de sang. Gabriel se comporte de manière puérile en se donnant des défis dangereux. Mais je peux lui pardonner, il n'est que mon demi-frère et n'est pas porteur du même héritage que moi. Ma lignée de sang est pure et je suis un Vieux Chrétien, il est de sang mêlé et je ne peux attendre de lui qu'il se comporte comme un seigneur. Au moins me servira-t-il du mieux qu'il peut. Mais ces derniers temps, il a été fort occupé à courir derrière les jouvencelles et à les faire se pâmer, quand je dis jouvencelles, je ne parle pas de dames bien nées, mais de vulgaires servantes et de paysannes, il y en a deux qui se sont battues pour lui au château, termina-t-il d'un ton perfide.

Felipe le mira d'un air ébahi et hésita sur la réponse à donner. Enfin, un large sourire vint illuminer son visage, sa bouche atteignant presque ses oreilles.

— Ah ! Toi aussi Gabriel tu aimes les jolies servantes ! N'en sois pas marri, nous faisons tous de même, les dames nous sont interdites bien sûr, nous nous rabattons donc sur les filles du peuple. Enfin nous essayons du moins, fit-il d'un air piteux. Mais toi qui es si beau, tu ne dois pas avoir de mal à les conquérir non ?

Esteban prit sur lui de répondre à ma place.

— Peuh ! Vous savez ce qu'il a fait l'autre jour ? Il a suivi une danseuse gitane qui l'a entraîné je ne sais où, dans un trou infect je pense, et il est allé se perdre dans les bras de cette créature diabolique !

S'il s'attendait à voir mon ami se détourner de moi, il en fut pour ses frais ! Les yeux de Felipe s'arrondirent et il me fixa avec un sourire extasié.

– Ouah ! Tu l'as fait Gabriel ? Avant moi ! Avec tes airs de petit archange et ton air innocent, tu séduis tout le monde toi ! Tu as osé ! Compliments camarade !

Je captai le regard amusé qu'échangèrent mon père et don Miquel et la honte me quitta. D'autant plus que Felipe, curieux, se pencha vers moi pour me demander :

– J'ai ouï dire que les gitanes sont ardentes et presque violentes au déduit, est-ce vrai Gabriel ? Dis-moi donc, t'es-tu brûlé avec ta gitane ?

Je devins sans doute cramoisi, d'autant plus que je n'avais pas tout saisi de sa question. Je balbutiai la seule réponse logique :

– Je l'ignore Felipe, je n'ai jamais essayé avec une autre, je te redirai ça plus tard, mais oui, c'était brûlant !

Je discernai un éclair d'envie dans les yeux de Felipe et une lueur indéfinissable dans ceux d'Esteban, mélange de mépris et de désir inavoué tandis que don Miquel, toujours pratique et prompt à me railler, s'exclamait :

– Brûlant ! Tu es sûr de ne pas avoir attrapé la chaude-pisse ou le mal de Naples au moins ? Il faudra me montrer que je vérifie jouvenceau, à traîner n'importe où, on risque gros !

Lui et mon père éclatèrent de rire. Les jours suivants me virent scruter avec angoisse mon anatomie.

Felipe et moi nous quittâmes avec moult promesses de nous revoir dès notre retour de Sicile. Il m'attendait au palais comtal où il comptait m'introduire. Il eut la décence d'y prier aussi Esteban avant de me le faire savoir, ce qui m'évita un accès de jalousie de la part de mon frère.

J'aurais voulu le revoir avant d'embarquer mais mon père, pour me punir d'avoir enfreint ses ordres de prudence en allant escalader les montagnes, décida de me punir : je fus consigné entre les entrepôts et l'écurie où je soignai les chevaux, nettoyai le purin, balayai, transportai des caisses, et vérifiai les comptes et les listes de marchandises. Comme don Miquel m'avait déjà octroyé la même punition, je ne fus pas ménagé.

Enfin nous prîmes la mer.

Et ma vie allait changer.

CHAPITRE DIX-HUIT

> *'Et je m'en vais*
> *Au vent mauvais*
> *Qui m'emporte deçà, delà*
> *Pareil à la feuille morte' (Verlaine)*

– Virez à tribord ! hurla le capitaine.

Nous étions partis depuis une bonne heure, laissant Adam, Don Miquel et Eugeni sur le quai en leur criant nos adieux jusqu'à ce qu'ils ne soient plus que trois points indistincts. Une étrange émotion m'étreignait et je restai à contempler la côte catalane jusqu'à ce qu'elle s'estompe, pris d'un malaise indéfini et inexpliqué, moi qui me réjouissais de cette aventure. Mon père finit par me confier au capitaine et à son second qui nous expliquèrent, à Esteban et moi, ce qu'était un navire. Le second m'entraîna à sa suite et je passai le reste de la journée à courir derrière lui en tentant de saisir ses explications. À la fin de la journée, je connaissais le sens de mots mystérieux tels que drisse, poupe, bâbord, gaillard d'avant, sabords, vergues, beaupré, souquer, border et autres termes. Il me fit hisser les voiles avec les marins et tenir le gouvernail. Mon père nous emmena aussi dans la cabine du capitaine et nous montra des portulans, ces cartes des côtes et des ports si utiles aux marins. Il nous expliqua comment utiliser la boussole, le quadrant et l'astrolabe. Il nous fit calculer la latitude et chercher où nous nous trouvions sur la carte.

Le navire appartenait à la compagnie que notre père avait fondée avec Adam Caballero et, pour rentabiliser leur investissement, ils le louaient à d'autres marchands quand ils n'en avaient pas l'usage. L'exercice se révélait rentable et ils pensaient en acquérir un autre, plus gros, qui pourrait aller plus loin, de l'autre côté de l'atlantique, celui-ci ne convenant qu'à la méditerranée en raison de sa taille modeste.

Il garda le meilleur pour la fin : l'équipage était fort réduit, des marins avaient été réquisitionnés pour Tunis et nous allions donc participer aux tâches, sans exception aucune. Il fixa Esteban, se demandant sans doute quelle corvée il allait lui confier sans qu'il se blesse, ne finisse à l'eau ou ne tombe malade.

– Je suis sûr qu'Esteban sera enchanté de remplir le journal de bord, avançai-je, mais aussi de ranger les cabines ou d'aider le maître coq.

– Cuisiner ? Jamais ! C'est œuvre de manant ! protesta mon frère d'un air outré.

– Tu préfères frotter le pont ? s'enquit mon père d'un ton suave, précurseur d'une colère froide.

Esteban botta en touche.

– Je plaisantais père, je serai heureux d'aider là où je serai utile. Et lui ? s'enquit-il en me fixant, il va aller grimper sur la grande vergue ?

– Tout de suite ! me récriai-je en me levant avec enthousiasme, j'y vais immédia...

Je ne terminai pas. Mon père m'avait fait asseoir d'un geste brusque en me foudroyant du regard.

– Tu veux te rompre le cou ?

– Aucun risque ! clamai-je d'un ton assuré.

– Alors si tu veux être un vrai marin, tu vas commencer par le commencement : tu vas aller frotter le pont et servir de mousse.

Ainsi fit-il. Et je frottai le pont pendant un bon moment. Pour le plus grand plaisir de mon frère qui eut droit aux travaux délicats. Mon père, que j'avais vu manœuvrer avec les marins, finit par venir me voir.

– Le métier rentre ? s'enquit-il d'une voix ironique.

– Je préférerais grimper là-haut, grommelai-je en levant les yeux vers les haubans, ce n'est pas haut, c'est un petit navire, je grimpe des hauteurs autrement plus impressionnantes.

– Sans doute, mais ça bouge sans cesse. Sache qu'avant de manœuvrer, j'ai aussi lustré le pont, tout le monde y passe.

– Sauf Esteban !

Il se pencha vers moi :
— J'ai promis à sa mère de le ramener intact et en vie. Pas question de lui faire prendre le moindre risque. Tu sais que son cœur est fragile.
— Moi je le trouve dur son cœur, crachai-je en frottant rageusement la même planche pour la dixième fois avec la brosse de chiendent.
Il soupira et posa sa main sur mon épaule.
— Allons, ne lui en veux pas ! Profite de ce voyage pour apprendre le plus de choses possibles et fais contre mauvaise fortune bon cœur.
Je retournai ensuite dans la cabine étudier les cartes et les différents instruments de mesure. Je servis aussi le dîner et aidai à laver la vaisselle.
Ramon et moi fûmes relégués dans l'entrepont où dormaient les marins pour passer la nuit. On m'indiqua un hamac de grosse toile et la soirée commença. L'un des marins sortit un instrument à cordes et commença à chanter, je l'accompagnai à la flûte, ce qui fut apprécié, tandis que quatre autres entamaient une partie de jonchets. L'un des hommes me tendit une gourde que j'acceptai avec un grand sourire mais Ramon l'arracha sèchement de mes mains.
— Trop jeune, consentit-il à marmonner sans tenir compte de mes vives protestations qui amusèrent les matelots.
— Alors comme ça, t'es aussi le p'tit gars du comte Guillem ? s'enquit l'un des marins en me dévisageant, on avait ouï dire qu'il avait un bâtard mais on savait pas si c'était vrai. Tu viens voir du pays alors ?
Il dit aux autres quelque chose que je ne compris pas.
— Quelle langue parlez-vous ? m'enquis-je intrigué, j'entends tout le monde parler ainsi, c'est la lingua franca[21] dont nous a parlé notre père ?
— Ouais jouvenceau, c'est un mélange d'espagnol, d'italien et d'arabe sans parler de tous les mots du pourtour de la méditerranée qui s'y glissent. Tu veux apprendre ? On

---

[21] Linga franca : mélange de français, italien, espagnol et autres langues parlée dans le bassin méditerranéen par les marins, marchands, esclaves etc...

la parle dans tous les ports et sur les bateaux, si tu veux voyager, il faut la connaître.

J'en appris ce soir-là, les marins furent patients avec moi et me firent répéter. Je devinai que ma condition de bâtard me valait quelques faveurs. Je constatai en outre que mon père était respecté et aimé de tous ces gars rudes, ainsi que me l'expliqua l'un d'eux en me soufflant une haleine avinée au visage.

– Ton père, p'tit, tout comte qu'il est, il est pas fier et il met la main à la pâte, il craint point d'se salir et il est franc et j'ai ben l'impression qu't'es comme lui, pas vrai ? T'es pas fier toi ?

– Fier de quoi ? m'enquis-je ingénument.

Il rit et m'ébouriffa les cheveux.

– Il est mignon le p'tit bâtard, pas vrai les gars ? Dis p'tit, tu connais les femmes ? Tu sais comment y faire avec ell...

Il ne termina pas sa phrase. Ramon l'avait écarté et pointait son doigt vers moi.

– Il va dormir le petit maintenant ! Il est fatigué !

– Mais non ! protestai-je, juste quand ça devient intéressant !

– Son père m'a dit de le surveiller et je le surveille. Dès qu'on le laisse tout seul, il fait des choses stupides et...

– Tu dis des menteries là Ramon !

– À l'auberge tu as filé avec la belle gitane et ton père t'a cherché partout, à Barcelone tu as failli te faire occire dans une venelle parce que tu t'es précipité derrière la première ribaude qui t'a fait signe !

Il fit un clin d'œil aux autres et ajouta :

– Au château, les filles se battent déjà pour lui. Faut toujours le surveiller et ça n'a pas quinze ans !

Ce récit de mes piètres exploits m'attira immédiatement la sympathie de l'équipage.

– Et tu sais te battre jouvenceau ? Ton père te fait apprendre ?

– Ouais, il apprend bien, décréta Ramon que je n'avais jamais vu si disert, il est bon cavalier et bon chasseur, il fait ce que ne peut pas faire son frère qui est faible du cœur et

doit se ménager. Esteban, lui, en a dans la tête, il est lettré lui, il parle le latin, le grec et tout ça !
— Moi aussi je suis lettré ! me défendis-je.
— Tais-toi jouvenceau ! Gabriel, il est bien brave et il ne craint rien, mais il a pas grand-chose dans la cervelle, surtout si il y a un jupon dans le coin ! Esteban c'est un futur saint, et il passe son temps à prier et à lire des livres pendant que lui ne pense qu'à courir la gueuse !

Mes protestations furent noyées dans les rires mais le portrait de Ramon, que je jugeai peu flatteur, me gagna les cœurs de l'équipage et me valut de bonnes claques dans le dos. Je dus me contenter de cela, à défaut de respect.

— Alors tu as compris ?
— Oui, il faut toujours agir en fonction du vent.
— L'amarre sous le vent ?
— Est presque toujours larguée... si le courant n'est pas trop fort.
— L'amarre au vent ?
— C'est celle est qui le plus près du vent. Elle est euh... tendue non ?
— Montre-moi tes mains !
— Elles sont écorchées, j'ai aidé à hisser.
— C'est le métier qui rentre Gabriel. Va dans la cabine et frotte-les avec le contenu du flacon vert qui est sur la table. Ensuite, vous allez recalculez notre position avec Esteban. Mais auparavant, que dirais-tu de monter sur les haubans ? Tous les deux ? À condition que tu restes vers moi et cesses de grimper dès que je te le dis.

J'étais fourbu après une journée de manœuvres et de corvées mais rien n'aurait pu me faire renoncer à monter làhaut avec mon père. Il m'avait pris à part pour m'expliquer quelques secrets de navigation et je rayonnais de fierté et d'une joie mal contenue : mon père me consacrait du temps, à moi qui passais rarement du temps en tête à tête avec lui.

Esteban pour l'occasion montra quelque alarme.
— Soyez prudents surtout ! nous pria-t-il. Je ne sus s'il m'incluait dans ses vœux de prudence mais le regard qu'il

me lança était dénué de toute animosité, ce qui ne laissa pas de m'étonner.

Mon père me fit signe de monter avant lui et il me suivit pour faire un rempart de son corps si je venais à glisser. Il me fallut un peu de temps pour m'habituer au fin cordage des haubans qui se dérobait sous les pieds mais rien ne m'aurait fait admettre la moindre crainte.

– Cela ressemble davantage aux fines branches d'un arbre qu'à une falaise ! criai-je à mon père en levant les yeux pour constater que nous étions presque en haut.

Il me montra où me tenir et comment m'arrimer dans le cordage pour ne pas être emporté par le vent. Alors seulement, pûmes-nous admirer l'immensité de la mer et l'écume infinie des flots qui se déroulaient à l'horizon. Je me sentais merveilleusement bien, heureux et détendu. J'allais en parler à mon père quand je le vis fixer le nord, les yeux brusquement remplis d'une sombre inquiétude.

– Tonnerre ! grommela t-il.
– Qu'y a-t-il ?
– Là-bas ! Vois donc ! je crois qu'un grain se prépare ! Ces nuages sombres ne me disent rien de bon. Descendons avertir le capitaine. Sois prudent surtout, et obéis-moi, nous avons le temps !

Je lui obéis scrupuleusement, inquiet de son regard qui se fixait sans cesse sur le nord avant de revenir à moi.

Quelques heures plus tard, la tempête fondait sur nous.

J'avais aidé à arrimer ce qui devait être arrimé. La cabine avait été rangée, nos affaires calées. Esteban et moi avions aidé le coq à préparer un repas rapide mais substantiel car il n'était pas question de faire du feu durant une tempête. Chacun avait avalé son écuelle et reçu une large portion de pain, viande séchée et fromage pour le ou les repas suivants. Nous avions rangé la cambuse et mis au sec la nourriture. Les marins ne semblaient pas inquiets et parlaient juste d'un coup de tabac qu'il fallait laisser passer. Quand le vent forcit, nous étions prêts. Mon père, qui se tenait sur le gaillard d'avant, vint vers nous :

– Les garçons, vous filez maintenant dans la cabine et n'en bougez plus !

– Mais je peux être utile pour... ! commençai-je avant que son œil ne me cloue sur place.

– Tu veux passer par-dessus bord ? Je veux que tu restes vers ton frère et le protège. Et prenez un seau, vous pourriez être malades. Je vous rejoindrai plus tard. Je vous interdis de sortir de la cabine, compris ?

Il me fixa en disant ces mots, qui m'étaient destinés. Esteban n'aurait jamais l'idée saugrenue de sortir en pleine tempête mais mon père savait que j'étais suffisamment irréfléchi pour me précipiter dehors sans en mesurer les conséquences.

Quand le vent se déchaîna et que notre bateau se mit à tanguer, toute idée d'héroïsme me quitta, je rejoignis mon frère sur sa couchette, soi-disant pour le protéger, et je le suivis dans les prières qu'il adressait au ciel avec cette fois une vraie ferveur, celle de celui qui sent approcher la mort et ne voit plus qu'une issue, celle du secours divin. Il en oublia même son latin à certains moments pour prier en catalan et je ne rechignai pas à me joindre à lui. Miraculeusement, ni lui ni moi ne fûmes malades, sans doute la peur avait-elle clos notre estomac. Notre père nous rejoignit au bout d'une éternité, pour nous dire que le pire était passé et qu'il ne s'agissait que d'un petit grain. Je l'aidai à retirer ses vêtements trempés pour en enfiler des secs. Il sombra ensuite dans un sommeil bref mais profond. Commença alors une longue attente : notre bateau dérivait et se laissait ballotter, attendant que le vent se calme assez pour nous permettre de reprendre notre route. Je ne sais combien de temps dura cette veille : je vis l'aube se lever et une journée entière passer avant que nous fussions autorisés à sortir. Nous avions mangé à deux reprises, dormi un peu, parlé de tout et de rien.

Esteban me faisait réciter, avec un succès mitigé, la liste de tous les rois de la péninsule ibérique depuis les Wisigoths quand enfin ! nous pûmes monter sur le pont. La mer s'était calmée d'après les matelots, ce qui me parut optimiste, et de gros nuages obstruaient encore l'horizon. Pedro, un des marins, qui m'avait en amitié, m'affirma que la tempête était passée et que ce que je voyais n'était qu'un résidu. Il ne restait plus qu'à tout remettre en ordre et à calculer notre position. La tempête nous avait poussés loin vers le sud, à une bonne journée de la route habituelle. Je vis le capitaine et mon père échanger un regard significatif.

– Non, répondit le capitaine à la question muette de mon père, je suis sûr que tous les navires barbaresques sont partis au secours de Tunis. Ils savent la mer infestée de nos navires de guerre et ne prendront aucun risque. Ceux qui ne sont pas entrés en guerre sont restés dans leurs ports respectifs. Maintenant, mettons-nous au travail, d'ici une bonne heure nous pourrons repartir.

J'aidai aussi de mon mieux et une heure plus tard, on me permit de grimper à la hune pour inspecter l'horizon. Je montai, prudemment car mon père me surveillait d'un air inquiet, et promenai mes yeux dans toutes les directions. Je me raidis soudain et restai un long moment à fixer un point à bâbord de notre navire. Je me hâtai de redescendre et courus vers le capitaine.

– Un navire approche par-là ! annonçai-je au capitaine qui se saisit de sa longue-vue pour fixer la direction indiquée avant de passer l'appareil à mon père. Tous deux échangèrent un regard entendu.

– Ami ou ennemi ? Trop loin pour le savoir ! grommela le capitaine, sommes-nous prêts à repartir ? cria-t-il à la cantonade.

– Bientôt capitaine ! répondit le second.

– Hâtez-vous, on a de la visite et je n'aime point cela.

Les matelots n'aimaient point ça non plus et ils s'activèrent en jetant des regards fréquents à bâbord où le point noir prenait forme, lentement. Nous avions pris le risque de prendre la mer sans soldats, misant sur la présence de notre flotte à Tunis. Nous avions bien deux canons, des *minions*, mais le canonnier qui accompagnait habituellement le bateau avait été réquisitionné par Doria. Au bout d'un moment, je fus prié de remonter voir de plus près et mon père ne s'y opposa pas, signe qu'il était vraiment inquiet. Je grimpai, m'installai et sortis la petite longue-vue que le second m'avait confiée. J'observai longtemps et revins sur le pont en me laissant glisser le plus vite possible le long des haubans, ce qui m'attira un regard noir de mon père.

– Il est loin encore et on ne voit rien, expliquai-je.

Le capitaine observa le sens du vent et l'autre navire, qui semblait voler sur les vagues.

– Le vent le pousse vers nous, fit-il d'un ton sec.

Mon père cessa un instant de scruter le navire avec la longue-vue.

– Il est plus rapide que nous, plus long et effilé. C'est un coursier, un chebec[22] je crois, pas un navire marchand comme nous. Dans une heure, il sera sur nous. Je n'ai pas vu de drapeau noir. Il est trop tôt pour voir ce qu'il est vraiment. Mais il faut nous armer et se préparer à tout. Donnez vos ordres capitaine !

– Mes hommes ne sont pas des soldats, bougonna-t-il, mais s'il faut se battre, nous nous battrons. Allons les gars, vous savez ce qu'il faut faire ! hurla-t-il d'un coup.

Mon père nous ordonna de rejoindre la cabine. J'accompagnai un Esteban pâle et effrayé et l'enjoignis de continuer à prier pour notre sécurité. Je lui tendis aussi une petite dague ciselée offerte par notre père afin qu'il la passe à sa ceinture. Il se saisit de mon bras qu'il serra très fort et je vis de la sueur perler sur son front.

– Si ce sont des barbaresques, que vont-ils nous faire ? souffla-t-il d'un ton angoissé en me fixant, les yeux hagards.

– Je ne sais Esteban.

– Vont-ils nous occire ?

– Pas vous Esteban. Les nobles sont leur gagne-pain, vous savez bien qu'ils demandent rançon.

– Et les autres ?

– Ils sont vendus comme esclaves. Les marins finissent attachés au banc de rame. C'est pour ça qu'ils sont prêts à se battre et à mourir. Mais calmez-vous Esteban, il n'y a pas de drapeau noir. Ce n'est pas non plus un navire de guerre. Attendons et prions.

---

[22] Chebec : 3 mats, 30 avirons, équipage de 30 à 200 hommes, de 4 à 24 canons.

Je le forçai à s'asseoir sur sa couchette et lui fis avaler un peu d'eau coupée de vin, que je pris aussi pour me ragaillardir. Nous mangeâmes un reste de pain et de fromage, moins par faim que par besoin de calmer la boule de peur qui nous tenait le ventre. Je fis ensuite une rapide toilette et l'obligeai à faire de même. Nous enfilâmes des chemises propres et coiffâmes nos cheveux, avant de mettre nos meilleurs pourpoints, sans trop savoir pourquoi, sans doute pour nous occuper l'esprit.

Mon père entra brusquement en trombe et nous fixa l'un après l'autre.

– Ce n'est pas un navire barbaresque, commença-t-il, ni un navire de guerre.

– Tout va bien donc père, fit Esteban d'un ton qui tremblait un peu.

– C'est un navire turc. Avec un petit nombre de soldats et quelques canons. Sans doute transporte-t-il quelque important personnage. Tout va dépendre de l'humeur de cette personne. Il vient droit sur nous et nous ne pouvons y échapper. Il est plus grand que nous et deux fois plus rapide. C'est un coursier des mers.

– Et nous un âne bâté ? proposai-je.

Il me fixa et m'adressa un sourire crispé.

– Tu as tout compris Gabriel. Nous ne pouvons lutter contre lui. Il a des canons.

Il nous examina attentivement.

– C'est bien, vous êtes propres et bien mis. Je vais faire de même.

D'un geste, il retira ses vêtements de marins pour enfiler son pourpoint noir et les hauts de chausses assortis.

– Prends ton épée Gabriel, m'intima-t-il d'un ton faussement détaché, ainsi que ton poignard.

– C'est déjà fait messire. Je suis prêt.

– C'est bien, nous montons sur le pont, suivez-moi.

Quand je passai la porte, il me retint par l'épaule :

– Protège ton frère quoi qu'il arrive, me souffla-t-il, sois sur tes gardes et surtout, obéis-moi, compris ?

– Compris messire... père.

Il me sourit tristement, et serra affectueusement mon épaule.
— Montons voir ce que le destin nous réserve, conclut-il.

L'abordage fut rapide et sans violence. Les grappins lancés, une dizaine de soldats se postèrent face à nous, sabres recourbés en avant, tandis que trois archers pointaient leurs arcs dans notre direction. Leurs visages n'exprimaient rien, ils attendaient sans doute l'arrivée de leurs supérieurs.

Nous nous tenions face à eux, nos épées brandies devant nous, dans un geste de défi ultime ; nous étions peut-être quatre à pouvoir combattre, ils nous dépassaient largement en nombre et en force.

— Ces hommes-là, avec leurs sabres, sont des janissaires, grommela le capitaine à notre adresse, alors, pas d'imprudence.

Les janissaires. Les fidèles du sultan. Sa force de frappe. Ces garçons chrétiens enlevés enfants[23], convertis de force à l'Islam et transformés en combattants de premier ordre. Le sultan s'appuyait sur eux, orphelins sans familles puissantes ni relations, ils ne risquaient guère de fomenter un coup d'état. Certains s'élevaient haut, très haut dans la hiérarchie. Je croisai les yeux de l'un d'entre eux, guère plus âgé que moi. Des yeux froids et glaçants qui n'exprimaient rien. Se souvenait-il d'où il venait ? Avait-il tout oublié de son passé ?

La tension se relâcha quelque peu quand arrivèrent les chefs. Un soldat, que je devinai être leur commandant, puis sans doute le capitaine et un autre homme coiffé d'un turban, accompagné d'un garçon d'environ mon âge qui devait être son fils et qui, sur un signe de son père se tint en retrait et nous fixa avec curiosité. Deux autres hommes, dont un noir de belle stature, entouraient l'homme au turban et le garçon.

---

[23] Cet enlèvement de jeunes garçons chrétiens s'appelait le devchirmé (la levée ou réquisition). On parle de 500 000 garçons enlevés ainsi à leurs familles qu'ils ne revoyaient jamais.

Que se passa-t-il alors ? Tout reste confus. En voyant, arriver ces hommes, Esteban gémit et je le sentis trembler contre moi.

– Ils vont me prendre, gémit-il, ils prennent les fils de nobles et de marchands et en font des esclaves de rançon, je ne veux pas...

– Silence, lui intima notre père, il ne s'agit pas de barbaresques qui pratiquent la course, celui-ci est un navire officiel, nous allons nous expliquer si ces gens-là sont civilisés.

Je sentis la panique gagner Esteban au fur et à mesure que le groupe se rapprochait. Il poussa un cri de panique qui attira le regard du chef des janissaires. Ce fut trop pour lui, il me poussa et s'enfuit en direction de notre cabine où il comptait sans doute s'enfermer. Le chef des janissaires donna un ordre et un de ses hommes se lança à sa poursuite, sabre levé. Mon père frémit et voulut lever le bras mais quatre cimeterres se tendirent devant lui et il se retrouva immobilisé. Il me jeta un regard paniqué et je n'hésitai pas. Pas question que cet idiot d'Esteban se fasse trucider bêtement. Je bondis d'un coup, et me lançai à la poursuite de mon frère et de son poursuivant. Un archer me visa mais le commandant l'arrêta d'un geste. Je sentis confusément que cette petite scène n'était pas pour déplaire aux turcs. Ils étaient de toute façon les gagnants et ce petit esclandre les amusait.

Esteban se retrouva acculé à la porte qui menait aux cabines, il se retourna l'air terrifié, les bras devant son visage, et là je réalisai que son poursuivant levait son épée et comptait bien le frapper, peut-être pas pour tuer, mais en tout cas pour le blesser.

Je bondis et frappai, utilisant une botte enseignée par Rodrigo qui n'avait pas été avare de ses conseils à mon endroit.

Je frappai de taille, avec un grand cri et l'homme se retourna pour riposter avec un sourire féroce. Il n'en eut pas le temps car mon coup l'avait déstabilisé et j'en profitai pour frapper d'estoc, profondément, et je sentis pour la première fois mon épée pénétrer la chair d'un homme et la pourfendre. Le sang jaillit et l'homme s'écroula, retenant des viscères rouges qui cherchaient à quitter leur cavité.

Je réalisai ce que je venais de faire quand je vis les arcs me viser et deux janissaires se ruer vers moi avec leurs sabres. Je me plaçai devant Esteban, levai mon épée rouge de sang et attendis en les défiant du regard.

– Que fais-tu Gabriel ? souffla Esteban, ils vont nous trucider.

– Je te protège, lui rétorquai-je, c'est pour ça que j'ai été formé non ?

J'étais prêt à défendre chèrement nos vies. Les deux janissaires attendaient l'ordre de frapper mais celui-ci se fit attendre. Leur chef discutait avec forces gestes dans notre direction, visiblement désireux d'en finir. Mais l'homme au turban secouait la tête, calmement, opposant je ne sais quels arguments. Quant à celui que je supposais être son fils, il dardait vers mois un regard avide sans louper une miette de la conversation. À un moment donné, il toucha la manche de son père, s'inclina brièvement, sans doute pour s'excuser de le déranger et me désigna en lui soufflant quelques mots à l'oreille. L'homme me détailla un long instant, revint à son fils et regarda pensivement le chef des janissaires. Il secoua la tête et l'autre, dépité, fit un geste de colère mais je le vis s'incliner courtement, le corps raide de désapprobation. Ma vie venait-elle d'être sauvée ?

Entre temps deux autres hommes étaient venus chercher le blessé avec un brancard de toile et l'avaient conduit sur le chébec.

Les yeux de mon père, comme de Ramon, naviguaient sans cesse des turcs à nous deux. Il voulut nous crier quelque chose mais une lame se plaqua contre sa gorge, en signe d'avertissement. Il se contenta de nous fixer et je pouvais voir dans ses yeux l'angoisse mêlée de colère qui l'agitait.

Esteban me cramponnait de toutes ses forces, me faisant presque mal.

L'attente s'éternisait, devenait insupportable, je tenais toujours mon épée devant moi face aux deux hommes qui faisaient de même.

Enfin un ordre fut crié dans notre direction. Je me raidis, prêt à riposter, mais les deux turcs reculèrent, sabres toujours levés vers nous, et se postèrent à quelques pas, prêts à intervenir si nécessaire.

L'homme au turban s'avança, entouré du grand noir que j'avais fort envie de scruter car je n'en n'avais aperçu qu'un ou deux de loin à Barcelone, mais le moment était mal choisi et je fixai les quatre hommes qui nous rejoignirent. Un autre homme de taille moyenne se tenait à côté de l'homme au turban et l'adolescent s'était joint au groupe mais il avait semble-t-il été prié de se tenir à distance, ce qu'il fit pendant deux ou trois secondes avant de rejoindre les autres à pas de loup, pour éviter de se faire remarquer. Son père craignait peut-être pour sa sécurité face à mon épée que je brandissais toujours.

– Baisse ton arme, m'intima l'homme au turban en espagnol, avec le même accent qu'Izem. Sa voix était à la fois ferme et douce, la voix d'un homme d'autorité qui s'attend à être obéi. Il avait visiblement préséance sur le capitaine et le chef des janissaires. Du moins en ce qui nous concernait. Il ne semblait pas être armé et je consentis à baisser mon arme vers le bas, tout en la gardant fermement en main, prêt à intervenir.

Les quatre turcs nous observèrent un moment et je fis de même. J'étais terrifié mais ne l'aurais montré pour rien au monde, mon père avait les yeux rivés sur nous et je voulais lui montrer ma bravoure.

– Tu es bien jeune pour te battre ainsi, observa l'homme au turban en me désignant, tu es courageux. Quel âge as-tu donc ?

– Quatorze ans, répliquai-je en le fixant avec la figure la plus farouche possible.

– Tu manies l'épée, sais-tu aussi monter à cheval et pratiquer d'autres formes de combat ?

– Bien-sûr, assurai-je, tandis que l'autre garçon s'approchait en dardant sur moi ses yeux noirs avec grand intérêt. Il se pencha vers son père et lui parla en arabe, que je reconnus car j'en avais appris quelques bribes avec Izem.

L'homme lui parla en me désignant avant de se tourner vers notre père pour revenir ensuite vers moi.
– Tu sais donc te battre, fit-il. Es-tu lettré ? Sais-tu lire et compter ?
– Evidemment, répliquai-je, pour qui me prenez-vous ?
– Tu ne crains donc pas de révéler que tu es noble ? Tu sais pourtant que les nobles d'Occident font de bons captifs de rançon dans la course. J'ai ouï parler d'aristocrates ou de riches marchands qui échangeaient leurs vêtements avec leurs serviteurs pour ne pas risquer d'être emmenés.
Mon air ébahi lui révéla que j'ignorais ces pratiques et il eut un fin sourire. Je songeai que j'étais une proie bien facile. Je ne sus que hausser les épaules en le fixant de l'air le plus bravache possible. Qu'aurait fait le Cid dans ma situation ?
– Présente-toi, m'intima l'homme en regardant prestement du côté de notre père, tandis qu'Esteban disparaissait presque derrière moi tant il s'était recroquevillé.
Il avait compris qui était mon père, qui sentait le noble à dix pas. Je jugeai inutile de dissimuler mon identité.
– Je suis Gabriel de Toylona, de Catalogne, fis-je simplement.
– Et l'homme qui nous fixe avec toute l'angoisse d'un père pour son fils, qui est-il ?
– Guillem de Toylona.
– Ton père ?
J'acquiesçai sans piper mot, attendant l'inévitable refrain d'Esteban sur mon statut de bâtard et demi-frère. Rien ne vint et il demeura coi.
L'homme se passa la main sur sa barbe finement taillée en nous dévisageant et j'en profitai pour l'examiner un peu. S'il ne nous avait pas encore trucidés, peut-être ne le ferait-il pas. Les deux janissaires avaient baissé leur garde.
Il devait être un peu plus âgé que mon père, quarante ans peut-être. De taille moyenne, plutôt svelte, il portait d'amples pantalons de couleur crème, sous un long manteau souple de même teinte, fermé par une large ceinture en soie brodée, aux bords gansé de la même soie. De belles bottes

d'été en cuir souple terminaient sa tenue. Son fils et les deux hommes portaient le même genre de tenue.

– Et lui, qui est-ce ? reprit-il en désignant Esteban.

Je m'écartai pour laisser place à mon frère qui fixa l'homme avec des yeux hagards sans piper mot. Comme il demeurait coi, je me hâtai de répondre, de peur d'irriter nos vainqueurs.

– Voici Esteban de Toylona, qui est...

– Je suis un cousin pauvre d'une branche inférieure, venu seconder Gabriel et étudier à ses côtés car j'ai quelques dispositions dans les lettres, lâcha-t-il d'une traite, sa main serrant mon bras comme un aigle sa proie.

J'en fus estomaqué et lui fis face tandis que les yeux de l'homme nous scrutaient tous deux. Il se tourna vers son second et ils échangèrent un regard amusé.

– Tu es donc un parent sans fortune, fit-il remarquer à Esteban d'un ton léger.

– Si fait messire, rétorqua-t-il du tac au tac en le fixant sans baisser les yeux.

Je voulus lui faire comprendre qu'il se montrait trop arrogant et lui donnai un léger coup de pied... en vain.

L'homme observa nos vêtures respectives et retint un sourire.

– Le parent pauvre est donc mieux vêtu que l'héritier dans votre contrée, observa-t-il d'un ton sévère, comment cela se fait-il ? As-tu échangé tes vêtements avec ton cousin afin de te protéger ? cracha-t-il en me fixant.

Esteban me tordit presque le bras et je compris qu'il voulait que je prenne sa place. Néanmoins, je ne pus me résoudre à mentir et me contentai de fixer l'homme sans répondre. Son second lui désigna alors nos vêtements en lui parlant à l'oreille. Il nous observa et hocha la tête.

– Zakaria a raison...vous n'être pas de la même taille, ces riches vêtements te serreraient tandis que les tiens flotteraient sur son corps... alors, qui est qui ? termina t-il d'un air amusé.

Il cria un ordre et notre père fut traîné vers nous, toujours sous la menace de quelques sabres. Il était visiblement jugé plus dangereux que nous.

L'homme le toisa, inclina brièvement la tête et notre père fit de même en le fixant.

– Guillem de Toylona n'est-ce pas ? Noble catalan je présume ?

– Vous présumez bien, lâcha-t'il d'un ton sec.

– Ces jeunes gens sont bien à vous ?

Mon père eut l'air surpris mais accepta de répondre.

– Ce sont mes fils en effet.

– Tous deux ? Celui-ci n'est donc pas un parent pauvre venu servir chez vous ainsi qu'il nous l'a affirmé ? insista-t-il en montrant Esteban.

Le visage de notre père se décomposa et il se tourna vers mon frère d'un air sidéré.

– Esteban ? Comment as-tu pu… Pourquoi ???

Je baissai la tête, gêné et contemplai mes bottes, voulant laisser notre père en tête à tête avec son fils trop veule pour avouer son identité.

Mais Esteban avait de la suite dans les idées.

– Gabriel doit me suppléer en tout non ? Alors il serait juste qu'il soit captif à ma place. Vous savez bien que ma frêle constitution ne me permettrait pas d'endurer une telle épreuve.

– Tu as osé mentir ? martela mon père dont les yeux s'assombrissaient avec la colère qui montait en lui.

Je tentai d'intervenir pour leur rappeler que nous avions d'autres problèmes à résoudre.

– Je crois que la question des captifs n'est pas à l'ordre du jour pour l'instant, nous n'avons pas vu le pavillon des barbaresques et Messire qui est là n'a pas une tête de pirate, terminai-je en espérant que j'avais présumé juste.

Mon père se calma en un instant et se tourna vers l'inconnu avec un signe de tête.

– Que faites-vous céans ? s'enquit-il d'un ton sec en fixant notre père. Allez-vous à Tunis ?

– Certes non ! lui répliqua ce dernier du même ton, nous voguions vers la Sicile quand le coup de vent nous a dérouté. Nous nous apprêtions à reprendre notre cap lorsque vous êtes apparus.

– Alliez-vous rejoindre des forces navales en Sicile ?

– Non ! Nous commerçons avec l'Orient et j'ai rendez-vous avec des marchands de Damas à Palerme. Mes fils m'accompagnent afin de s'initier au commerce.

Les mains derrière le dos, l'homme nous observait tour à tour d'un air songeur.

– Qui me dit que vous n'êtes pas des agents de votre empereur ? Que vous ne portez pas un message ?

– Fouillez partout et vous verrez ! lui rétorqua notre père, vous ne trouverez que des documents commerciaux.

– C'est ce que font présentement mes hommes, répliqua le turc, vous comprendrez ma surprise en croisant des Espagnols, n'oubliez pas que nous sommes ennemis, il est juste que nous vérifiions vos dires. Il est d'usage que les seigneurs d'Occident emmènent leurs fils combattre avec eux, qu'est-ce qui prouve que vous n'êtes pas en route vers Tunis pour aller rejoindre votre armée ?

Mon père soupira et fit un large geste du bras.

– Fouillez davantage ! Vous ne verrez ni armures, ni armes, juste nos épées et les deux ou trois arquebuses du bateau. Nous croyez-nous assez stupides pour partir seuls au combat, sur un petit navire sans défense, sans équipement ? Je voulais profiter de la présence des deux armées à Tunis pour passer tranquillement, nous pensions ne trouver que quelques pêcheurs.

Esteban s'avança alors.

– Permettez-moi d'intervenir messire... je voudrais vous faire savoir que jamais mon père ne me mènerait au combat, ma santé est fragile, je suis son seul héritier et ma mère ne voulait pas me laisser partir, je n'ai pour ainsi dire jamais quitté notre château de Toylona.

Mon père voulut parler mais l'homme leva une main pour le faire taire. Il fixa Esteban avant de revenir à moi.

– Pourquoi seriez-vous le seul héritier ? Votre frère est à côté de vous !

– Il n'est qu'un bâtard et n'a pas part à l'héritage ! cracha Esteban, c'est moi l'héritier de mon père.

Je vis le regard surpris que me lança l'homme qui se tourna alors vers notre père.

– Et c'est le bâtard qui porte l'épée et se bat, pendant que l'héritier se cache derrière lui car il a même peur d'avouer qui il est ? La bravoure est du côté du bâtard chez vous... à défaut du bon sens, termina-t-il en me jaugeant.

– Gabriel tient de moi pour beaucoup, avoua mon père, il est courageux et fonce sans réfléchir.

– Comme beaucoup de damoiseaux de cet âge, conclut l'homme en jetant un rapide coup d'œil à son fils, je voudrais que le mien me ressemble davantage... Permettez-moi de me présenter : je suis Sidi Hamid abd al Hakim[24], voici mon fils Karim, et mes fidèles serviteurs Zakaria et Ibrahim, termina-t-il en désignant tour à tour les deux hommes qui les serraient de près.

– Je suis le cadi d'Al Djazaïr, Alger si vous préférez, reprit-il, un cadi est un juge en droit islamique. Je suis également un des principaux intermédiaires entre la Sublime Porte, dont je reviens et la régence d'Alger. Je profite aussi du calme relatif de la mer pour passer et rentrer chez moi rapporter les nouvelles du Divan[25].

Il s'inclina légèrement après avoir dit ces paroles. Je compris qu'il devait être quelqu'un d'important, même si je n'avais pas tout saisi dans cette histoire de sublime porte et de divan... Quant à son nom, j'en avais déjà oublié la moitié.

Un petit groupe d'hommes émergea alors de la porte qui menait à nos quartiers et l'un d'eux gesticula en parlant fort et en secouant la tête.

Sidi Hamid se tourna vers nous :

– Ils ont bien trouvé des documents commerciaux et nul équipement guerrier. Il semble que vous ayez dit la vérité. Je vais vous laisser repartir et reprendre votre cap en oubliant notre rencontre, nous allons donc...

Il ne put en dire plus car le chef des janissaires, entouré de plusieurs autres, le héla d'une voix forte où sourdait une forte colère pleine de violence contenue.

Il hurla soudain en me désignant et ses hommes brandirent brusquement leurs sabres vers le ciel en criant

---

[24] Sidi : titre honorifique, Abd : serviteur, hakim : juge, Hamid : qui loue Dieu.

[25] Diwan ou Divan : un des noms du gouvernement d'Istanbul.

tandis que leur capitaine nous rejoignait d'un air sombre, prêt à en découdre. Sidi Hamid leva sa main en signe d'apaisement et l'interrogea. A la fin, il se tourna vers le grand noir et lui souffla quelque chose à l'oreille, ce dernier me fixa, obtempéra de la tête et rejoignit leur navire pendant que son maître nous observait d'un air embarrassé en se passant la main sur la barbe. Il s'adressa à notre père.

– L'homme que votre fils a frappé vient de succomber. Mehmet demande réparation.

– Réparation ? s'enquit mon père.

– Oui. Il veut votre fils. Une vie pour une vie.

Mon père devint d'une pâleur mortelle et je sentis mes jambes trembler. Le capitaine, ainsi l'avais-je nommé car j'ignorais les grades turcs, nous avait rejoints et me fixait d'un air farouche mais aussi inquisiteur. Mon père se passa lentement les mains sur le visage, comme pour se réveiller d'un cauchemar. Je résolus de me défendre seul.

– Il s'agissait d'un combat. Je suis allé au secours de mon frère. L'homme allait frapper Esteban, je n'ai fait que mon devoir, c'est dans ce but que j'ai été formé. De toute façon, c'était un soldat non ? Il connaissait les risques.

– Tu l'as frappé d'estoc et pas simplement de taille ? demanda mon père, tu as provoqué une hémorragie, si tu t'étais contenté de le férir, la blessure n'aurait pas été mortelle.

– Je n'ai pas eu loisir de méditer sur mes coups, Esteban allait être atteint et j'ai frappé, c'est tout, répliquai-je.

Le capitaine Mehmet intervint et me parla dans un espagnol maladroit.

– Toi quel âge ?

– Quatorze ans.

– Tu sais te battre ?

– J'ai battu votre homme qui avait deux fois mon âge.

– Tu sais monter cheval ?

– Bien-sûr, fis-je un peu surpris.

– Quoi autre ? Chasse ? Arc ? Lire ? Écrire ?

– Oui je… la main de mon père s'abattit sur moi brutalement.

– Tais-toi je t'en prie ! Reste coi !

J'obtempérai, un peu surpris tandis que l'homme tournait lentement autour de moi en me détaillant. Un frisson désagréable me parcourut et un sombre pressentiment m'envahit. L'homme se tourna vers Sidi Hamid et lui parla en me désignant plusieurs fois. Le cadi secoua la tête et parlementa avec lui d'une voix ferme en secouant la tête. Enfin, il se tourna vers nous.

– Mehmet veut votre fils.
– Il veut me tuer ? Et bien qu'il vienne ! m'écriai-je en brandissant mon épée dans sa direction et en le toisant de manière menaçante.
– Gabriel repose cette épée ! m'intima mon père d'une voix coupante, ne vois-tu pas que tu lui donnes des munitions ? Je ne crois pas qu'il veut te tuer. C'est toi qu'il veut !
– Pour quoi faire ?
– Il veut t'inclure dans le devchirmé, intervint le cadi, faire de toi un futur yeni çeni[26]. Ta démonstration lui a plu, tu es déjà formé contrairement aux autres garçons, tu parais instruit, tu représentes la recrue idéale.
– Je n'ai nulle intention de suivre cet homme, répliquai-je en levant à nouveau mon épée d'un air menaçant, les yeux rivés sur l'homme, qu'il vienne me chercher !

Le capitaine me fixa d'un air surpris avant de se tourner vers quelques-uns de ses hommes qui applaudirent d'un air approbateur. Sidi Hamid croisa les yeux de mon père et me tira en arrière.

– N'aggrave pas ton cas et baisse cette épée. Plus tu résistes, plus tu renforces son désir de faire de toi son esclave. Tu es la recrue rêvée. Il y a mort d'homme. Ta situation est grave. Tu as trucidé un soldat d'élite. Du haut de tes quatorze ans, tu as mis ta vie en péril.

Je fusillai l'autre du regard mais baissai mon arme et jugeai plus avisé de rejoindre mon père qui passa son bras sur mes épaules d'un geste protecteur. Esteban, tétanisé par la scène, se colla à nous. Le reste de l'équipage, toujours sous la menace des cimeterres, ne pouvait intervenir.

---

[26] Yéni çéni : mot turc pour janissaire.

– S'il veut un captif de rançon, je veux bien prendre la place de mon fils, martela mon père en fixant le turc.

Celui-ci n'eut pas besoin de drogman[27], son espagnol était suffisant pour saisir le marché proposé. Il fixa mon père d'un air dur.

– Moi pas raïs[28]. Pas pirate. Moi sers Souleyman, mon père nourricier. Pas prendre toi captif. Veux vie de ton fils pour vie Ali. Lui doit payer.

Ils se jaugèrent, les yeux dans les yeux.

– Gabriel ne sera jamais un janissaire, martela mon père d'une voix sourde, ces garçons enlevés n'existent plus et sont perdus à jamais, mon fils ne connaîtra jamais cela.

– Moi pas partir sans lui ! asséna l'autre.

À ce moment-là, le fils de Sidi Hamid se pencha vers son père et lui parla avec animation en arabe en me désignant. Son père secoua la tête en réfutant ses arguments mais le jeune homme insista et, au bout d'un long moment, il sembla se rendre à ses vues. Il m'observa encore avant de rejoindre le capitaine pour s'éloigner avec lui afin de parlementer. Nous suivîmes de loin leur conversation, violente parfois, dont je savais être l'enjeu.

– Que croyez-vous qu'ils se disent ? demandai-je à mon père.

– Ils parlent de toi sans aucun doute, mais je ne sais quel marché il lui propose, murmura mon père, la mine sombre.

– Il essaie de le convaincre de nous laisser repartir tranquillement peut-être, hasardai-je, il argumente de mon jeune âge.

– Ton jeune âge ? Les garçons enlevés ont parfois six ans. Tu as tué un de ses hommes, Gabriel, et nous sommes des ennemis, ne l'oublie pas !

Au même instant, Sidi Hamid revint vers nous, suivi de son fils et de son secrétaire, ainsi que je le nommais faute de mieux. Il paraissait soucieux.

– J'ai dû parlementer durement. Il vous laissera repartir à une condition, sur laquelle il ne transigera pas.

---

[27] Drogman : interprète.
[28] Raïs : capitaine de navire barbaresque.

– Laquelle ? s'enquit mon père.
– Une vie pour une vie. Il consent à me laisser votre fils. À condition qu'il devienne mon esclave et celui de mon fils qui me réclame un serviteur personnel depuis quelque temps. Il n'ira pas à Istanbul mais à Al Djazaïr avec nous.

Ce fut comme si une masse tombée du ciel m'avait frappé et je fus incapable de remuer, trop choqué pour dire un mot. Mon père réagit comme moi et demeura coi, pâle comme la mort, sans proférer un son. Esteban lui, trouva quoi dire.

– Quelle différence cela fait-il ? demanda t-il.

Sidi Hamid soupira patiemment.

– Je vous l'ai dit, il sera perdu à jamais pour vous. La formation des yeni çeni est impitoyable, d'une cruauté raffinée. Seuls les meilleurs émergent. Beaucoup meurent durant leur apprentissage. La moindre insoumission est réprimée sauvagement. Le peu que j'ai vu de votre fils me laisse penser qu'il sera incapable de se soumettre et d'endurer un tel régime, son éducation est sans doute trop avancée, les autres garçons viennent de familles villageoises et ont tout à apprendre à leur arrivée. On leur fait oublier jusqu'à leur nom, leur passé n'existe plus. Mon fils m'a convaincu qu'il sera plus à sa place comme esclave chez nous, à nous servir dans un cadre familial.

– Esclave, répétai-je, esclave... mais je ne veux pas être esclave !

Sidi Hamid m'empoigna brusquement aux épaules :

– Écoute ! Je te sauve la vie en te prenant avec moi ! Je fais œuvre de miséricorde, remercie Allah de m'avoir placé sur ton chemin.

– Si je vais à Alger, je pourrai revoir ma famille un jour ? m'enquis-je ingénument.

– Les voies d'Allah le juste sont impénétrables !

– Puis-je vous dire mot de père à père ? demanda soudain Guillem.

Sidi Hamid accepta et je les regardai s'éloigner, seuls, afin de parler.

– Tu as plus de chance de revenir d'Alger, commenta Esteban, sans doute acceptera-t-il une rançon d'ici deux ou trois ans, c'est une ville de pirates. Les pères blancs vont souvent chercher des captifs là-bas, tu pourrais rentrer... à condition que tu ne sois pas un renégat.

Je ne pus répondre, trop bouleversé pour commenter ses prévisions. Le mot esclave résonnait en lettres de feu dans ma tête et d'horribles récits sur les souffrances des esclaves chrétiens me revinrent en mémoire.

– Je vais prier pour toi, m'assura mon frère d'un ton patelin.

– Pour que je ne revienne jamais ? m'enquis-je avec ironie.

– Pour que tu restes chrétien. Tu ne pourras jamais revenir si tu renies ta foi.

J'observai l'homme à nouveau. Serait-il un maître cruel ? Allait-il me forcer à abjurer comme je l'avais lu parfois ?

– Vois comme il parle avec notre père, remarqua Esteban, il me semble être un homme bon et juste, surtout pour un infidèle. Il t'emmène pour t'empêcher d'aller à Istanbul. Je crois que ta situation sera meilleure qu'avec les turcs. Tu n'auras qu'à obéir et faire ce qu'on te dit comme tu le fais à Toylona. Après tout tu as été formé pour ça, remercie le ciel pour tout ce que tu as appris. Imagine qu'il me veuille moi ? Je ne saurais rien faire et ne résisterais pas longtemps. Tandis que toi, tu n'auras aucun problème. Surtout si je prie pour toi !

Vue par Esteban, ma situation était tout sauf tragique.

– Vous allez enfin être débarrassé de moi Esteban, soupirai-je, peut-être cette situation est-elle le résultat de vos prières ! Ne m'oubliez tout de même pas... Je suis un Toylona et j'ai la tête dure...

Il voulut répliquer mais mon père revenait, la mine décomposée tandis que Mehmet et ses yeni çéni s'impatientaient et brandissaient leur cimeterre de manière menaçante. Sidi Hamid leur cria quelque chose et fit signe à son garde du corps, le grand noir, de repasser sur notre bateau, il tenait un récipient à la main.

Mon père posa sa main sur moi et me força à le fixer.

– Gabriel, je n'ai d'autre choix que de te laisser à cet homme. C'est l'unique moyen de t'éviter d'aller à Istanbul d'où tu ne reviendrais jamais et connaîtrais une vie cruelle. Il m'a fait comprendre qu'il te fait, qu'il nous fait, une grâce en te prenant avec lui. Les autres nous tueront tous si nous refusons de te laisser aller.

– Il vaut mieux en sacrifier un que tous... commença Esteban.

Le regard que lui darda notre père le dissuada de continuer sa phrase et il jugea plus sage de rester coi. Mon père reprit :

– Tu vas me promettre deux choses : la première c'est de bien te comporter, en digne fils de ton père, de t'appliquer à bien servir et surtout de ne pas chercher à t'enfuir mais à prendre patience. La seconde, c'est de garder ta foi, et de ne jamais coiffer le turban comme ils disent, car tu serais un renégat et ne pourrais jamais revenir. Ce sera difficile car ils vont faire pression sur toi, promets-moi de demeurer chrétien et d'agir avec sagesse et intelligence Gabriel !

Esteban leva les yeux au ciel pour signifier que la sagesse et l'intelligence n'étaient pas ce qui me caractérisait le mieux, mais il se garda bien d'intervenir. Quant à moi, en plein marasme, ne réalisant pas ce qui m'arrivait, je me contentai de hocher la tête d'un air absent. Mon père reprit :

– Quant à moi, je te promets de tout faire pour te sortir de là ! Je remuerai ciel et terre mais tu reviendras, me fais-tu confiance ?

– Il faudra bien, hasardai-je, cela me donnera une raison d'espérer. Messire, repris-je, je vous demande de passer à santa Colomba pour avertir les sœurs, il faut qu'elles intercèdent pour moi, leurs prières ne seront pas de trop si je veux tenir ferme sans renier...

– Certes ! approuva Esteban, il te faudra tout un couvent au moins ! En plus de mes prières !

– Surtout si vous priez pour que je ne revienne jamais ! ne pus-je m'empêcher d'ajouter.

Esteban saisit mon bras et me fixa :

– Jamais je ne ferais cela. Je veux que tu restes un chrétien. Et je veux que tu reviennes pour me seconder. J'ai pris goût à te voir vivre parmi nous, tu mets de l'animation à Toylona mon cher demi-frère, conclut-il avec un sourire matois derrière lequel je devinai quelque affection fraternelle qui étrangement, me fit chaud au cœur.

Je les fixai tous deux, le père et le fils.

– Demandez à don Miquel de veiller sur Angel et... allez le voir pour lui expliquer. Dites-lui, ainsi qu'à Izem que je penserai à eux tous les jours et qu'il faut qu'ils pensent à moi. Embrassez aussi ma sœur Emilia pour moi et...mon père, puisque je vais être esclave, puis-je vous demander une faveur ?

– Laquelle ? s'enquit-il d'une voix rauque.

– Affranchissez Izem. Qu'il devienne un serviteur comme les autres. Je le lui ai promis. Au cas où...je ne revienne jamais, je serai heureux que l'un de nous deux soit libre. Chacun son tour, soupirai-je.

Mon père allait répondre mais Sidi Hamid posa une main sur moi, il était suivi de son garde qui portait le récipient fumant et entouré de Mehmet et plusieurs yéni çéni, cimeterres dardés vers nous.

– Je voulais faire cela plus tard, mais Mehmet insiste pour le faire céans, m'expliqua-t-il, ça va être un peu douloureux mais ta sauvegarde vaut bien ce court moment de souffrance, donnons-leur cette satisfaction, ce sera leur vengeance.

Je ne compris pas et mon père non plus. Le grand noir brandit alors une sorte de sceau fumant et le présenta à son maître.

– Je vais devoir te marquer au fer avec mon sceau. Tu vas porter ma marque, chacun saura à Alger que tu es à moi.

Je reculai mais Mehmet m'empoigna fermement pendant que deux lames effilées se collaient sur la gorge de mon père et qu'un troisième yéni çéni lui tordait les mains dans le dos. Ramon et l'équipage, toujours sous bonne garde de l'autre côté du bateau, regardaient de loin, essayant de deviner ce qu'il se passait.

Mon pourpoint fut arraché et ma chemise ouverte pour découvrir mon épaule. Mehmet me confia à l'un de ses hommes, lequel m'écrasa contre lui comme dans un étau. Il glissa ensuite son couteau entre mes dents.

– Serre-bien couteau petit chrétien, nous voir si toi courageux ou couard comme femelle.

L'autre me tint la tête contre lui mais je devinai que le turc se déplaçait pour aller chercher le sceau. Je bandai mes muscles contre la douleur à venir, me demandant si ce serait aussi douloureux que le fouet.

Ce fut atroce et mon corps se tendit tandis que le sceau imprimait sa marque sur mon omoplate. J'eus du mal à réprimer le gémissement qui monta de mon tréfonds mais Mehmet retira sa main et la douleur baissa légèrement d'intensité. Celui qui me maintenait me relâcha progressivement tout en me retenant car je titubais. Je sentis soudain quelque chose de frais sur mon épaule et me retournai : le grand noir avait placé un linge imbibé d'eau froide sur la brûlure, il m'adressa un sourire un peu triste et me murmura quelque chose en arabe. La douleur s'estompa un peu et je repris quelque contenance. Je fixai Mehmet.

– C'est bien petit infidèle, marmonna-t-il, toi vaillant, pas appeler ta mère.

– Elle est morte et prie pour moi depuis le ciel, lui lâchai-je.

Je vis les visages défaits de mon père et d'Esteban, Guillem tenta un geste vers moi, mais on ne le laissa pas me rejoindre.

– Non, rugit Mehmet à son encontre, lui esclave maintenant, plus ton fils !

Je lui saisis vivement le bras et lui murmurai :

– Si, il sera toujours mon père, comme vous avez sans doute un père quelque part. Vous rappelez-vous votre vrai nom ? Votre pays ?

Je le vis serrer les mâchoires et ses pupilles se rétrécirent. Il appuya brusquement sa main sur ma brûlure et je ne pus réprimer un cri de douleur.

Mon père avait suivi la scène de loin.

– Gabriel ! Tais-toi je t'en prie ! Ne le provoque pas, il faut que tu arrives vivant à Alger !

Je me calmai momentanément. Il avait raison.

Mais une autre épreuve se profilait. Après la douleur, venait l'humiliation. Le turc me maintint à nouveau et Mehmet, plaça autour de mon cou un collier de fer rigide qui fut promptement vissé et ajusté.

– Collier esclave. Pour attacher toi, jubila-t-il en posant mes mains sur le cercle de fer pour me faire sentir un anneau qui permettait d'y glisser une chaîne ou une cordelette épaisse.

– Maître promener toi comme animal, ajouta-t-il d'un air vainqueur.

Une nausée montait en moi et je retins de justesse une insulte. Je me contentai de le toiser et de lui demander.

– Où est votre collier ? Les yéni çéni sont des esclaves non ?

Il leva une main menaçante mais, au moment où il allait frapper, Sidi Hamid saisit son bras et le fixa d'un air inflexible.

– Mehmet, tu viendras me voir, je vais te lire ce que les Haddits et le Prophète, *béni soit son nom*, disent sur la manière de traiter les esclaves. Il faut se montrer juste et sauvegarder leur dignité. C'est ce que je vais faire car j'obéis au saint Coran. Je ne tolérerai aucune humiliation gratuite. Je punis quand il le faut, durement, mais je sais être juste. Si ce garçon se comporte mal et te manque de respect, il sera puni. Désormais il m'appartient, il porte ma marque et est sous mon autorité. Maintenant, nous partons avant que les choses ne dégénèrent. Nous enlevons un fils à son père et le moment est douloureux. Ibrahim, conduit notre nouvel esclave !

Je pensais avoir du temps pour des adieux mais il n'en fut rien. Sidi Hamid voulait partir vite, avant que Mehmet et mon père s'affrontent et provoquent un bain de sang.

Mon père, Esteban et Ramon furent juste autorisés à me prendre prestement dans leurs bras et à me serrer contre eux avant qu'Ibrahim ne me traîne avec lui vers le navire turc. Je tâchai de résister mais l'homme était un colosse et il me propulsa sur l'autre pont comme un fétu de paille. J'atterris douloureusement car je pâtissais fort de mon épaule qui m'élançait sourdement. Je peinai à me relever mais une main compatissante m'aida à prendre pied. Je levai les yeux et vis qu'il s'agissait du fils de sidi Hamid qui n'avait pas perdu une miette du spectacle.

– Toi courageux, toi esclave nous, venir El Djazaïr et vivre maison. Moi dire mon père vouloir toi esclave moi pour aider moi mieux parler espagnol et aussi entraîner épée. Toi apprendre arabe aussi.

Je le fixai, ébahi, car j'avais l'impression d'entendre Izem et l'affreux sabir qu'il parlait. Lorsque j'étais arrivé à Toylona. Il me tendit mon pourpoint que je serrai contre moi, n'osant lever le bras pour l'enfiler à cause de la douleur de mon omoplate. J'en profitai pour l'examiner. Il était de ma taille, mat de peau, doté du même visage aux traits réguliers que son père, son regard sombre, fier et hautain, son nez légèrement busqué, son maintien empreint de fierté, tout cela révélait une haute naissance et la certitude qu'il avait d'appartenir à une race supérieure. Mon ami Izem n'avait aucune de ces particularités, la seule chose qu'ils avaient en commun était leur origine et leur religion. Ce Karim, ainsi qu'il se nommait, se serait sans doute entendu à merveille avec Rodrigo, le futur Grand, tant ils avaient de traits communs. Je me souvins alors que Rodrigo m'aimait bien et avait recherché ma compagnie. Cette pensée me redonna quelque vigueur et je me redressai. Ce garçon-là était un ennemi, un mahométan, mais j'étais le fils de Guillem et je resterais tête haute.

Je sentis que le chebec repartait et me précipitai vers la lisse. Mon père, Esteban et Ramon, penchés eux aussi, scrutaient le bateau turc pour m'apercevoir. Quand ils me virent, ils me firent des signes et me crièrent quelque chose, des encouragements sans doute, je ne saisis pas leurs paroles, l'animation était trop intense autour de nous, les rames se levaient en cadence, les marins s'agitaient en tirant des cordages et en scandant une sorte de chant pour se donner du courage.

Ce fut à cet instant précis que je réalisai vraiment ce qui m'arrivait. J'étais désormais prisonnier, emmené dans le dernier endroit où un chrétien désirait se rendre, coupé des miens et de mon pays. Une terreur sans nom s'empara de moi en voyant la distance qui me séparait du navire paternel.

Un autre que moi, en l'occurrence Esteban, aurait réfléchi et pesé les risques. Pas moi. Je fixai l'eau et songeai que je pouvais encore plonger et rejoindre les miens. Les turcs ne se donneraient sans doute pas la peine de me récupérer et me laisseraient regagner mon bateau.

Sans étudier davantage la situation, je laissai tomber mon pourpoint, pris mon élan et grimpai sur la lisse pour effecteur un beau plongeon qui m'éloignerait assez du chebec.

J'allais plonger quand tout se gâta pour moi. J'eus juste le temps de voir mon père pointer sa main dans ma direction d'un air affolé avant de me sentir agrippé, jeté en arrière pour atterrir douloureusement sur le pont pour la deuxième fois. Sans me laisser le temps de me redresser, je fus tiré violemment, assis et maintenu fermement pendant que l'on passait une chaîne dans mon collier afin de m'immobiliser. Ma taille et mes mains furent liés avec une corde. J'étais attaché au mat principal et pouvais à peine remuer.

Je levai les yeux. Mon nouveau maître se tenait devant moi avec ses serviteurs et son fils. Il se pencha vers moi.

– T'arrive-t-il parfois de réfléchir avant d'agir ?

Je haussai les épaules et cela me fit un mal fou.

– Sans doute une ou deux fois, répliquai-je, mais pas aujourd'hui. J'ai compris ce qui m'arrivait en voyant les miens s'éloigner, il fallait que je les rejoigne vous comprenez ?

Comment pourrais-je accepter mon sort ?

Sidi Hamid échangea un regard éloquent avec son serviteur Zakaria et il soupira.

– Quatorze ans ! lâcha-t-il, la fougue d'un jeune lion et la tête d'un étourneau !

Il rencontra le regard de son fils.

– Je ne sais si je vais te laisser avec lui, je crois que je vais l'assagir auparavant, vous avez trop de points communs tous les deux, je vais attendre qu'il se calme et devienne raisonnable.

Le jeune homme répliqua quelque chose en arabe et son père leva les yeux au ciel.

– Je sais bien qu'à sa place tu aurais agi de même ! Réalises-tu que ce qu'il vient de faire pourrait lui valoir la mort en d'autres mains ? Rébellion contre son maître ? Je suis assez sensé pour mettre son geste sur le compte du désespoir et d'un caractère fougueux, mais je me dois de le punir, ne serait-ce qu'à cause de Mehmet qui pourrait sévir s'il voit que je n'agis pas.

Il se pencha vers moi et prit mon visage entre ses mains :
– Tu vas rester attaché à ce mat jusqu'à demain. Avec les gros nuages noirs qui se profilent, ce ne sera pas une partie de plaisir et cela satisfera Mehmet, du moins en partie. Maintenant, tu vas me promettre de ne plus rien tenter et de te tenir calme et obéissant !

Je le fixai et marmonnai.
– Attaché comme je suis, je ne risque pas de commettre le moindre forfait.
– Ne te gausse pas de moi, tu sais ce que je veux dire ! Alors ?

J'hésitai, peinant à céder, malgré la douleur, malgré le désespoir qui montait en moi.
– Je consens, lâchai-je entre mes dents.
– Bien, estime-toi heureux, d'habitude les captifs voyagent à fond de cale, parmi les rats, l'eau croupie, la puanteur et les excréments. Beaucoup n'arrivent jamais à bon port, surtout les enfants.

Il se pencha vers moi.
– Au moindre signe de révolte, je t'expédie là-bas, Mehmet n'attend que ça. Je ne veux plus entendre un son venant de toi jusqu'à demain.

J'opinai lentement, réprimant l'envie de lui demander si je recevrais quelque chose à manger.

Il se leva et me laissa à mes lugubres cogitations.

J'avais très envie de pleurer et pour ne pas y céder j'examinai ce qui se passait autour de moi. Après m'être dévissé la tête pour observer le travail des marins qui grimpaient, tiraient et s'affairaient sur le pont et dans les gréements, je dus me résoudre à voir ce que je ne voulais surtout pas voir, tâche d'autant plus ardue qu'ils se trouvaient juste en face de moi : les rameurs qui formaient la chiourme.

Je savais que la plupart sinon tous étaient comme moi des chrétiens, captifs de basse condition à l'espérance de vie très brève pour les moins robustes d'entre eux.

Je les examinai sans en avoir l'air et vis qu'eux aussi m'observaient d'un air curieux. Ils étaient en haillons, mal nourris, le corps couvert d'ecchymoses, les muscles saillants, la barbe et les cheveux hirsutes quand ils n'étaient pas rasés.

Ils marchaient au fouet, qu'ils semblaient à peine sentir. Un autre esclave battait la cadence sur une sorte de tambour.

Je les imaginai attachés à leur banc, nuit et jour, année après année, grelottant ou brûlés par le soleil et me demandai où ils trouvaient la force de survivre.

Je croisai quelques regards, indifférents, curieux, haineux et même obscène pour l'un d'entre eux. Je détournai vite mes yeux, un autre avait voulu me crier quelque chose mais un violent coup de fouet avait coupé net son élan.

Je luttai pour ne pas céder au désespoir. Je récitai quelques prières, plusieurs fois, jusqu'à avoir la tête qui tourne. J'imaginai ensuite les sœurs de Colomba en prière ou dans le jardin en train de cueillir les herbes. Je savais qu'elles allaient connaître ma situation et ne doutai point un instant de leur intercession. Cette pensée me rasséréna et je me souvins des engagements que j'avais pris devant mère Teodora : j'avais promis, fort légèrement, de demeurer fidèle et de garder la foi quelles que soient les circonstances. Je m'étais aussi engagé à ne pas céder à la désespérance, qui était un grand péché. Je devinai que ce serait là mon plus dur combat : garder l'espoir, quelle que soit ma situation. Je songeai à nos saints martyrs, morts criblés de flèches ou brûlés vifs avec le sourire, mais le réconfort fut maigre, je n'aspirais pas franchement à périr ainsi. Je voulais juste rentrer chez moi et reprendre ma vie, retrouver mes proches, ma tour et même mes douces amies. J'imaginai leur peine quand elles apprendraient mon sort et leur chagrin me tira des larmes... Je me repris assez vite, les sœurs, comme les bons pères m'avaient enseigné que l'auto apitoiement ne menait nulle part et déplaisait à Dieu.

Je fus tiré de mes cogitations par le secrétaire de Sidi Hamid qui vint s'asseoir à mes côtés.

– Es-tu calmé ? Dans de meilleures dispositions ?
– Je suis enchanté de ma situation, lui rétorquai-je.
– Pâtis-tu encore de ton épaule ?
– Oui da, fis-je, je suis tout endolori.

Il m'observa un instant avant de se décider à parler.

– Je me nomme Zakaria. Je suis au service de Sidi Hamid depuis quelques années, et avant je servais son père. J'avais passé mes onze ans quand je suis arrivé chez eux.

– Vos parents vous ont placé chez eux ?

Il rit.

– Je suis un ancien captif comme toi. Espagnol, d'une petite cité de la côte sud vers Almeria. J'ai été capturé lors d'une incursion. Mon père était un marchand de la ville, je savais déjà lire et écrire, ce qui a incité le père de sidi Hamid à m'acheter et me faire instruire.

– C'est donc pour cela que vous parlez si bien l'espagnol !
– Oui, j'ai été chargé de l'enseigner à sidi Hamid et à Karim. Nous parlons souvent en espagnol.

Je l'observai de plus près.

– Vous êtes donc un renégat ?
– Je suis un bon musulman, affranchi et heureux de servir un homme de la valeur de sidi Hamid. Tu feras de même bientôt et ne le regretteras point. La vie en terre d'Islam n'est pas dictée par le rang de naissance. Des raïs célèbres sont d'anciens esclaves, tout le monde peut s'élever, il n'est point besoin d'être noble.

Je voulus rétorquer quelque chose mais il avait levé les yeux vers les épaisses et sombres nuées qui arrivaient sur nous. Les voiles se gonflèrent violemment et les marins coururent partout pour préparer le navire à affronter ce nouvel assaut. Une vive inquiétude m'étreignit.

– Vous n'allez point me laisser céans ? Je vais être noyé !

Il secoua la tête.

– Tu ne risques rien, sinon d'être ballotté, secoué et transi. Ce n'est que le bout du grain, une dernière petite salutation.

Les rameurs résistent à bien davantage, ce n'est pas une nuit attaché au mat qui va t'occire. Voici une occasion de montrer ta vaillance et ta résistance damoiseau ! Je vais rejoindre mon maître à l'abri ! Qu'Allah te garde ! S'il veut que tu vives, tu vivras ! Si ton heure de mourir est venue, alors tu mourras. Ses voies sont insondables ! Inch Allah !

Sur ses paroles rassurantes et encourageantes il me quitta pour aller s'abriter quand une rafale de pluie violente le transperça et le fit tituber.

Un mur liquide, vivant et terrifiant s'abattit sur moi.

J'appelai à l'aide tous les archanges de ma connaissance et connus un moment de pure terreur.

Les trombes qui se précipitèrent sur moi et tombaient directement des cieux vinrent confirmer que le Ciel semblait se détourner de moi, et que je n'étais plus rien qu'un fétu de paille ballotté au vent mauvais.

Mon passé s'effaçait et un avenir terrifiant, tel un gouffre béant, s'ouvrait devant moi.

Fin de la première partie.

Suite tome 2 : à paraître : Gabriel, l'héritier de Toylona.